KB273656

마녀는
되살아
난다
魔女は
甦る

魔女は甦る
<MAJO WA YOMIGAERU>

마녀는 되살아난다
魔女は甦る
나카야마 시치리
장편소설
문지원 옮김
블루홀6

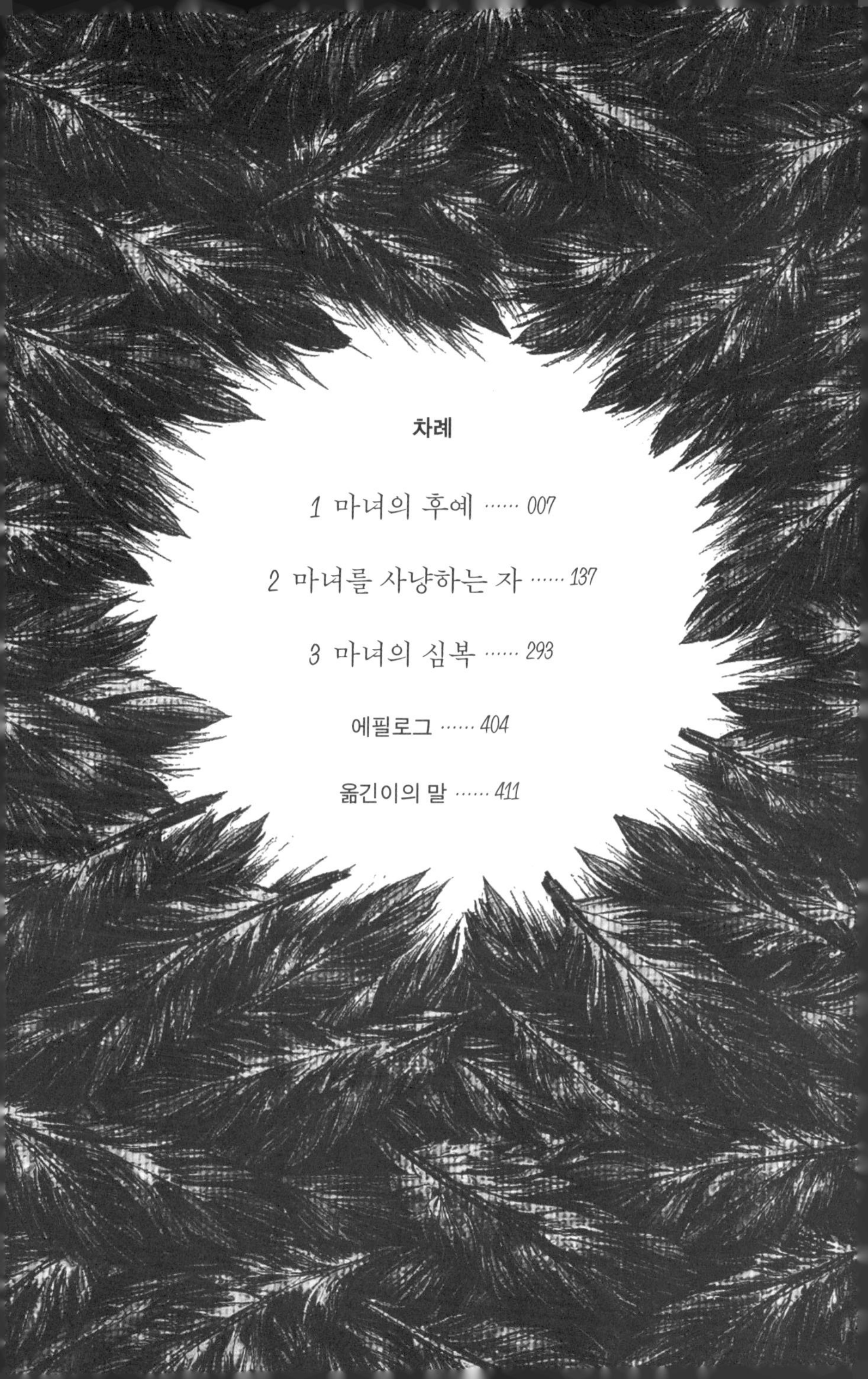

차례

일러두기
본문의 각주는 전부 독자의 이해를 돕기 위한 옮긴이 주입니다.

1

마녀의 후예

1

그 광경을 눈에 담은 순간, 마키하타 게이스케는 저도 모르게 고개를 돌렸다. 수사 현장에서 12년을 몸담으면서, 부패하거나 열차에 치여 절단되거나 처참하게 훼손된 시신을 수도 없이 봤지만 이렇게 형체조차 알아볼 수 없는 시신은 처음이었다.

사이타마현 도코로자와시 가미시마초. 그 시신은 국도변에 있는 마을에서 1킬로미터 정도 떨어진 늪지에 유기되어 있었다. 단순한 유기가 아니었다. 마치 보란 듯이 내던져 버렸다는 표현이 더 적확했다.

실제로 그것은 살점과 뼈만 남은 조각에 불과했다. 그 조각들은 반경 2미터에 걸쳐 흩어져 있었다. 단순히 머리와 사지가 잘린 정도가 아니라, 마치 수십 명이 뼈에 붙은 고기를 발라 먹고 버린 것을 잔뜩 쏟아부어 놓은 듯한 광경이었다.

그야말로 살점이라는 형태만 간신히 알아볼 수 있을 정도로 남아 있는 뼈들이 여기저기 흩어져 있었다. 갈기갈기 찢어진 검은 코트, 그리고 셔츠와 스웨터의 잔해마저 없었다면 도저히 사람의 시신이라고 유추조차 할 수 없었으리라.

남자인지 여자인지, 노인인지 젊은이인지는 물론 체격이 큰지 작은지조차 판별할 수 없을 정도로 모든 부위가 토막 나 있었으며 피부와 지방마저 모조리 벗겨지고 해체되어 있었다. 가장 중요한 머리는 머리카락이 사 분의 일만 남았고 나머지는 두피째 사라져 두개골이 훤히 드러나 있었다. 두 눈은 구멍이 텅 빈 채 사라졌고 뺨과 입술처럼 부드러운 살은 모조리 사라져 검붉은 속이 그대로 드러났다. 손가락과 몸통도 혈관과 조직이 엉겨 붙은 뼈가 보였다.

한여름이었다면 금세 부패해서 지독한 악취가 주변에 진동했겠지만, 11월의 차가운 공기가 그것을 억누르고 있었다. 그러나 늪에서 피어오르는 썩은 진흙 냄새, 그리고 살점과 피가 엉겨 붙은 냄새가 뒤섞여 또 다른 끔찍한 악취를 만들어 냈다.

마키하타는 구역질이 치밀어 올랐다. 오랜만에 느끼는 감각에 당황했지만 가까스로 목구멍 깊숙이 눌러 삼켜냈다.

"너무 끔찍하군. 마치 지뢰라도 터진 현장 같아."

옆에서 현장을 지켜보던 와타세가 결국 참지 못하고 입을 열었다.

"여기서 살해했을까요? 다른 곳에서 죽인 뒤 여기로 옮겨와 시신을 훼손했을 가능성은 없을까요?"

"그럴 수도 있겠지. 하지만 이 엄청난 피를 봐. 이건 사망한 시신을 훼손하면서 흐른 피가 아니야. 살아 있는 사람의 몸에서 뿜어져 나온 것이지. 살해할 때 온몸에서 피를 짜낸 다음 여기에 다시 흩뿌렸을 수도 있지만 굳이 그렇게까지 시간과 노력을 들일 필요가 있었을까? 범행 현장은 바로 여기야. 내기해도 좋아. 그리고 사람만 시신을 훼손한 건 아닐 거야. 너도 이미 눈치챘잖아?"

물론 와타세가 말하기 전에 알아차렸다.

와타세는 손수건으로 코와 입을 가린 채 다가가 무릎을 꿇고는 어떤 살점 조각을 집어 들었다.

그것은 끝이 피로 물든 검은 깃털이었다.

옷 조각들이 흩어져 있는 탓에 눈에 잘 띄지 않았지만 자세히 보면 살점들과 함께 엄청나게 많은 검은 깃털이 흩어져 있어서 끔찍한 광경에 기묘한 색채를 더했다.

"파출소의 가미야마 순경이었나요?"

와타세는 뒤를 돌아보며 불안한 기색으로 서 있는 초로의 경찰관에게 말을 걸었다. 노순경은 자신의 이름이 불리자 화들짝 놀라 허리를 꼿꼿이 세웠다.

"네! 어떤 일로 그러십니까?"

"이 근처에 까마귀가 많습니까?"

"까마귀 말입니까? 아아, 네. 여기는 녀석들의 서식지나 다름없죠."

자신이 대답할 수 있는 질문이라는 사실에 안도했는지 가미야마 순경은 반색하며 설명했다.

"지금은 조례로 금지됐지만 과거에는 이 늪지를 중심으로 반경 1킬로미터 일대가 음식물 쓰레기 처리장이었습니다. 현경 본부에서 여기까지 오실 때 국도를 타셨죠? 10년 전부터 그 국도를 따라 레스토랑이며 햄버거집이며, 심지어 편의점까지 우후죽순으로 생겨났거든요. 거기서 나온 음식물 쓰레기가 정말 어마어마했죠."

"그랬겠군요."

"그런데 시내에 있는 처리장이 여기서 너무 멀어서 쓰레기 수거차가 이곳까지 오지 않았어요. 원래 이 지역은 인구가 적어서 쓰레기양도 얼마 안 됐기 때문에 주민들이 자체적으로 쓰레기를 소각하는 걸 눈감아 줬습니다. 그런데 상황이 순식간에 변해서 어마어마한 쓰레기를 그날그날 바로 처리해야 하는 상황에 처했죠. 무엇보다 음식물 쓰레기다 보니 반나절도 안 돼서 냄새가 진동했어요. 아무리 외곽 지역이라도 가게에서 적당히 멀리 떨어진 곳에 쓰레기장을 마련하기란 쉽지 않았죠. 그래서 기업들이 눈독 들인 곳이 바로 이 일대 공터였습니다. 때마침 감산 정책*으로 버려진 논밭이 늘어나 땅을 확보하는 데 문제가 없었고 토지 활용 문제로 골머리를 앓던 땅 주인들에게도 더할 나위 없이 좋은 기회였죠. 그렇게 기업들이 공동으로 땅을 빌려 음식물 쓰레기 전문 처리장을 만들었습니다.”

“그렇군요. 그래서 이곳을 먹이터로 삼은 까마귀들이 집단으로 이동해 자리 잡았겠군요. 그런 점은 도시와 별반 다르지 않네요. 그보다 근처에서 피해자의 것으로 추정되는 차량은 찾았습니까?”

“아뇨. 국도에서 이 늪지까지 수상한 차량은 없었습니다.”

“그럼 피해자는 어떻게 여기까지 왔습니까?”

“일단 마을 입구에 버스 정류장이 있기는 하지만 버스보다는 누군가의 차를 타고 함께 이동했을 가능성이 큽니다.”

“그 누군가가 범인일 가능성도 크겠군. 어쨌든 참…… 꺼림칙한 사건이 될 것 같네요.”

마키하타는 와타세의 말뜻을 금방 이해했다. 조각조각 해체되어 보란 듯이 방치된 시신. 이는 피해자의 신원을 숨기고 싶어 하는 일반적인 살인이 아니었다. 자신의 범행을 마치 예술작품인 양 연출해 최대한 많은 사람의 눈에 띄게 하

---

* 일본 정부가 쌀의 과잉 공급을 억제하고 가격을 안정시키기 위해 1970년대부터 시행한 제도.

려는 쾌락 살인의 특징이었다.

"신원은 밝혀졌나?"

누구에게랄 것 없이 묻자 악취 속에서도 묵묵히 채취 작업을 이어가던 감식관 한 명이 지갑이 담긴 비닐 봉투를 가져왔다.

"코트 주머니에 들어 있었습니다. 유류품은 현재 이것뿐입니다. 손목시계도 없고 장신구나 휴대폰도 없습니다. 코트 말고도 옷에 주머니가 많은데 소지품은 몹시 적습니다."

"누가 일부러 가져갔을 수도 있지."

지갑은 흔한 접이식 검정 지갑이었는데 한눈에 봐도 합성 가죽으로 만든 저렴한 물건이었다. 게다가 가장자리가 군데군데 닳아 있어서 지갑 주인이 물건에 크게 신경 쓰지 않는 성격임을 짐작하게 했다.

마키하타와 와타세는 내용물을 확인했다. 만 엔 지폐 두 장과 천 엔 지폐 다섯 장. 버스 정기권. 신용카드 두 장. 시립 도서관 카드 한 장. 치과 진료 카드 한 장. 그리고 얼굴 사진이 담긴 사원증과 건강보험증.

사원증 사진에 담긴 사람은 콧대가 곧고 얼굴이 갸름하며 눈빛이 순한 청년이었다.

"이름, 기류 다카시. 나이 서른 살. 주소, 도코로자와시 시와키초 2—21 그린힐스 201호. 사원증은…… 스턴버그라는 회사의 것입니다."

“확인해.”

“알겠습니다.”

“그런데 마키하타. 피해자가 단순히 이 사진 속 인물이라고 단정할 수는 없어. 어떻게 해야 확실히 알 수 있지?”

“이 진료 카드는 올해 2월에 발급됐습니다. 보통 치과 치료는 한 달 만에 끝나지 않으니까 이 ‘기류 다카시’라는 사람은 최근까지 병원에 다녔을 겁니다. 당연히 진료 기록이 남아 있을 테니 부검할 때 구개 부위를 비교하면 단번에 확인할 수 있죠. 합격입니까?”

조금은 비꼬는 투를 담아 대답하자 와타세는 재미없다는 듯 웃었다.

“네가 내 밑에 있는 한 스트레스받을 일은 없을 거야. 제발 승진하지 말고 쭉 내 밑에 있어.”

“반장님이야말로 빨리 본부장까지 올라가세요. 그런데 반장님, 가장 중요한 게 있잖아요.”

“사인 말인가?”

“현재로서는 흉기로 보이는 잔류물은 발견되지 않았고 시신의 훼손 상태도 너무 심각해서 자상이나 총상 여부도 알 수 없어요. 교살인지 독살인지도 밝힐 수 없을지도 모르고요. 무엇보다 자살인지 타살인지도요.”

“뭐, 현장이 이렇게나 처참하니까. 시신이 있건 없건 별 차이 없었을 거야. 장기도 거의 다 갈기갈기 찢겼으니 부검

해도 유의미한 결과는 기대할 수 없겠지. 사망 추정 시각이나 알아낼 수 있을지 모르겠군."

와타세는 입맛이 쓴 기색으로 중얼거리더니 시신 주변을 둘러봤다. 늪지 가장자리에는 발목 높이까지 올라온 잡초가 방사형으로 무성하게 자라고 있었다. 시신은 카펫처럼 깔린 잡초 위에 있었는데 잔류물이 많아서 오히려 수사가 난항을 겪을 것이라 예상됐다. 현장에는 피해자를 포함한 사건 관계자가 몇 명이나 있었을까. 남자였을까 여자였을까. 현장에서는 어떤 대화가 오갔을까. 초동수사의 기초가 될 만한 흔적이 거의 없다시피 한 지금, 와타세의 초조한 심정이 손에 잡힐 듯 선명하게 느껴졌다.

그렇다면 현시점에서 할 수 있는 일은 목격 증언을 모으는 것이다.

"탐문 수사 다녀오겠습니다."

"혼자서 괜찮겠어?"

옆을 보니 가미야마 순경이 주인의 명령을 기다리는 개의 눈을 하고 서 있었다.

"순경님, 함께해 주시겠습니까?"

"네! 제가 모시겠습니다."

가미야마 순경은 여전히 긴장한 와중에도 기쁜 듯 거수경례를 했다.

두 사람은 현장을 벗어나 삼나무 숲을 가로질러 농로로

나왔다. 짙은 구름이 햇빛을 가리고 매서운 냉기가 삼나무 향과 함께 코를 파고들었다. 현장에서 멀리 벗어났는데도 여전히 악취가 가시지 않아서 마키하타는 코트의 소매로 코를 가렸다.

"코끝에 냄새가 남아 있는 게 아니라 현장 냄새가 여기까지 나는 거네요."

가미야마도 소맷부리로 코를 막으며 말했다.

"아침부터 낮까지는 산기슭에서 불어오는 바람이 늪을 지나 이쪽으로 불어요. 저도 이 냄새를 맡고 심상치 않다고 생각해 현장을 주시했죠."

"순경님이 최초 발견자였군요. 그때 상황은 어땠습니까?"

"아침 7시쯤이었나. 파출소에 사다 놓은 음식, 이를테면 컵라면이나 봉지 과자 같은 것들이 다 떨어져서 국도변에 있는 편의점까지 자전거를 타고 나갔습니다. 그러다가 이 근처를 지나는데 지독한 냄새가 풍기더라고요. 비료 냄새도 아니고 음식물 쓰레기 냄새도 아니었죠. 그냥 놔두면 어차피 주민들이 민원을 넣을 테니 이게 도대체 무슨 냄새인가 확인해야겠다는 생각에 삼나무 숲으로 들어갔다가 그런 끔찍한 현장을 발견했지 뭡니까."

"현장 보존은 어떻게 했습니까? 수상한 인물이나 소리는 없었습니까?"

"그 근처는 차도 거의 다니지 않고 아이들이 지나다니는 등하굣길도 아니라서 관할서가 제 신고를 받고 출동할 때까지 아무도 안 왔습니다. 쭉 저 혼자 서 있었어요.”

가미야마는 눈살을 찌푸리며 대답했다. 그 악취와 참상 속에서 홀로 수사관들을 기다렸을 그를 생각하니 안타까운 마음이 들었다.

“그런데 이게 도대체 무슨 일일까요? 저 같은 시골 순경이 다루는 사건이라고 해봤자 싸움이나 절도가 전부라서 도시에서 일어나는 범죄는 신문이나 뉴스에서나 보거든요. 요즘 일어나는 극장형 범죄니 엽기 살인이니 하는 건 어디 외국에서나 일어나는 사건인 줄로만 알았는데. 그런데 아까 본 그 광경은……, 마치 귀신이나 악마가 저지른 짓 같더군요.”

분노와 혼란스러운 감정을 감추지 못하는 가미야마 옆에서 마키하타도 고개를 깊이 끄덕였다. 이 사건이 몹시 끔찍하다는 데는 마키하타도 동의한다. 하지만 그것이 귀신이나 악마의 짓인가 하면 마키하타의 생각은 달랐다. 이것은 엄연히 피가 흐르는 인간의 소행이었다. 게다가 그 범인은 아마도 평소 이웃에게 꼬박꼬박 인사하고, 보통 사람들과 같은 음식을 먹고, 예능 프로그램을 보며 웃고, 좋아하는 야구팀을 응원하는 평범한 사람이리라. 그렇게 평범해 보이는 사람이 잔혹한 범행을 저지른 사건은 올해만 해도 여섯 건이나 됐다.

“그 피해자……, 기류 다카시라는 사람을 본 적이 있습니까?”

“저도 피해자의 사진을 봤지만 이 주변에서는 못 본 얼굴이었습니다. 그런데 스턴버그라는 회사의 연구소라면 이 근처에 있을 겁니다. 두 달 전에 문을 닫기는 했지만.”

“어떤 연구소입니까?”

“독일 제약회사예요. 기왕 말이 나온 김에 지금 가 보시겠습니까?”

한동안 걷자 세 갈래 길이 나왔다. 한쪽은 마을로 향하는 길이었고 다른 한쪽은 양치식물이 무성하게 자라고 수풀이 우거진 숲속으로 이어지는 길이었다. 슬쩍 들여다봤지만 나무와 풀에 가려 안쪽이 전혀 보이지 않았다.

“이 길을 따라가면 그 연구소밖에 안 나옵니다. 그래도 직원들이 출퇴근하던 시절에는 도로가 잘 닦여 있었는데 연구소가 폐쇄된 뒤로는 수풀을 베는 사람도, 관리하는 사람도 없어서 이 지경이 됐죠.”

마키하타는 숲속에 발을 들여놓자마자 자연의 힘을 뼈저리게 깨달으며 후회했다.

사람의 발길이 끊긴 지 두 달이 지났다는 말은 이곳이 방치된 지 고작 두 달밖에 지나지 않았다는 뜻이다. 하지만 자연이 인간의 손길을 지우기에는 충분한 시간이었던 듯하다. 포장도로는 양쪽에서 자라난 잡초에 뒤덮여 보이지 않았고

나뭇가지들과 덩굴식물들이 사방으로 뻗어나 자라고 있었
다. 발치에는 양치식물이 엉켜 자라고, 나뭇가지와 잎사귀
들은 가슴 높이까지 자랐으며, 고개를 들어 올려다보니 우
거진 나뭇가지에 가려져 하늘은 겨우 손끝만 한 틈으로만
보였다. 마치 사람의 침입을 거부하는 듯한 모습이었다.

자연은 인간을 사랑하지 않는다. 인간이 사랑하는 자연은
사실 인간이 정원처럼 가꾼 존재일 뿐이다.

잎끝이 뺨을 스쳤고 아직 채 마르지 않은 아침이슬에 옷이
젖는 것을 느끼며 앞으로 나아가기를 몇 분, 마침내 출구로
보이는 곳이 눈앞에 나타났다.

"이야, 다 왔네요. 도착했어요. 이겁니다, 이거."

가미야마가 가장 먼저 가리킨 것은 높이가 3미터는 되어
보이는 철창 정문이었다. 문과 문이 맞닿은 곳을 검은 쇠사
슬로 다섯 번 겹겹이 감아 놓았고, 그 쇠사슬의 양 끝이 만
나는 부분은 손바닥만 한 자물쇠로 단단히 잠가 놓았다. 주
위를 둘러보니 정문과 높이가 같은 하얀 담이 좌우로 펼쳐
졌고 내부 모습은 철창 정문의 격자 틈새로만 들여다볼 수
있었다.

문기둥에는 '스턴버그 제약 일본 지사'라고 새겨진 명판이
남아 있었다. 회사명 위에는 필기체 'S'와 'B'를 겹쳐 놓은 로
고도 있었다.

"보안이 굉장히 철저하군요. 제약회사들은 원래 다 이럼

니까?”

“글쎄요. 연구소와 마을 주민들 사이에 접점이 없어서 자세한 사정을 아는 사람은 없어요.”

“벽이 더러워진 정도만 봐도 연구소가 상당히 오래전부터 이곳에 있었던 것 같은데요. 그런데도 전혀 교류가 없었다는 건…….”

“아뇨, 정말로 아무런 교류가 없었습니다. 주민 자치 조직에도 가입하지 않았고 직원들도 출근하고 퇴근할 때까지 연구소 부지를 벗어나지 않았죠. 주변에 식당도 없는데 도시락을 주문하지도 않았고요. 아무튼 외부와 단절된 분위기였습니다. 길가에서 마주치면 인사 정도는 나눴을지도 모르지만요.”

마키하타는 가미야마의 말을 확인하듯 문기둥에 시선을 던졌다. 회사명이 새겨진 명판 옆에 우편함, 그 옆에 전기 계량기 같은 함들이 설치되어 있었다. 이러면 우체부와 검침원이 부지 안으로 들어갈 필요가 없었으리라.

“쓰레기 같은 것들은 어떻게 했답니까? 연구소 규모가 이 정도였다면 서류 같은 쓰레기도 제법 됐을 텐데요.”

“부지 안에서 소각한 것 같습니다. 자체 소각로가 있었거든요.”

“하긴 기업 비밀을 지키는 데는 문서 절단기보다 소각로가 확실하긴 하죠.”

정문의 격자무늬 창살 틈으로 내부를 들여다봤다. 연구소 건물 자체는 2층이지만 부지가 넓어서 그런지 그다지 커 보이지 않았다. 벽은 담과 마찬가지로 하얀색이었다. 밖에서 봤을 때 1층 창문은 크기도 작고 수도 적었다. 어른 얼굴만 한 크기로 보였다. 그러나 2층 창문은 유난히 컸는데 벽 전체를 거의 다 덮을 정도였다. 정원도 넓었지만 화단을 장식했을 꽃들이 지금은 거친 잡초에 자리를 빼앗겨 흔적조차 찾아볼 수 없었다. 사람의 발길이 끊긴 것은 차치하더라도 그 풍경이 몹시 살풍경해서 사람을 거부하는 듯한 느낌을 자아냈다.

연구소 건물을 본 순간 마키하타의 등줄기를 따라 차가운 한기가 흘렀다. 그것은 피로 얼룩진 살해 현장이나 시신이 묻혀 있던 자리에 서 있을 때 느끼는 섬뜩한 감각과 비슷했다. 나이 든 사람이라면 그 감각을 분명 '불길함'이라고 표현했으리라. 평소 영혼이나 영적인 기운 같은 초자연적인 현상을 믿지 않는 마키하타였지만 오랜 세월 경험을 쌓으며 몸에 밴 육감만은 부정할 수 없었다.

"여기서 보면 건물 뒤쪽 공간도 제법 넓은 것 같네요. 다른 건물이 있는 걸까요?"

"실은 딱 한 번 이 부지 안에 들어가 본 적이 있습니다만……."

"그게 언제죠?"

"6년도 더 전에 제가 이곳에 부임했을 때였습니다. 건물 주변만 둘러보긴 했지만 세대 조사를 할 때 안내받은 적 있죠. 연구소 뒤에는 수영장 같은 구덩이가 파여 있었는데…… 의료 폐기물이라고 하나요, 이미 사용한 주사기나 약품 병이 가득 버려져 있었습니다."

"태울 수 있는 쓰레기는 연구소 안에서 소각하고, 태울 수 없는 쓰레기는 연구소 안에 묻은 건가요. 그렇게까지 철저하다니."

"태우지 못하는 쓰레기뿐이겠습니까. 그 인간들은 연구소 폐쇄 직전에 실험용으로 기르던 작은 동물들까지 버리고 갔습니다. 당연히 사체였죠. 그 때문에 폐쇄 후 보름 동안 이 일대에 사체 썩는 냄새가 진동해서 가까이 갈 수도 없었습니다."

잠금장치를 확인했다. 사슬을 묶어 놓은 자물쇠는 크기만 크고 시중에서 흔히 판매되는 평범한 제품이었다. 사방을 성벽 같은 담으로 둘러싸고 철저하게 보안을 지켰던 것에 비해 너무 허술해서 당황스러웠다. 연구소가 문을 닫았으니 이해가 안 가는 조치는 아니지만 마키하타의 눈에는 마치 성주와 모든 병사가 허둥지둥 도망친 뒤 남은 텅 빈 성처럼 보였다.

"자물쇠로 잠가 놓은 걸 보니 일단 출입 금지겠군요."

"굳이 자물쇠를 걸어 놓지 않아도 이런 으스스한 곳에 오는 사람은 아무도 없을 거예요. 동네 질 나쁜 녀석들조차 이 근처에는 얼씬도 하지 않거든요."

그렇다면 이 부지가 발산하는 삿된 기운을 자신만 느끼는 것이 아니라는 뜻인가. 마키하타는 왜인지 모르게 납득했다.

"안에 들어가 볼 수는 없을까요?"

"땅 주인의 허락을 받으면 당연히 들어갈 수 있겠죠, 그런데……."

"그런데?"

"이웃 어르신 말로는 땅과 연구소 모두 독일인 소유라고 하더군요. 바로 확인이 안 되는 것 같아요."

"그럼 외국인이 이곳을 샀다는 말입니까?"

"아뇨, 제가 이곳에 부임하기 훨씬 전부터 외국인 소유였다고 들었습니다. 전쟁 전부터 그랬다던가."

마키하타는 어쨌든 한시라도 빨리 안으로 들어가 봐야겠다고 생각했다. 기류 다카시와 가미시마초 사이에 접점이 이 연구소밖에 없다면 지금은 비록 폐쇄되었어도 그의 목적지가 이 연구소였을 가능성이 컸다.

문을 걸어 잠갔다고는 하나 연구동 자체를 철거한 것은 아니다. 건물 안에 비품 몇 개나 서류 몇 장이 남아 있을 가능성도 충분했다. 기류 다카시는 남은 물건을 찾으러 연구소로 향하던 중에 어떤 재앙과 맞닥뜨린 것 아닐까. 혹은 연구소 관계자를 만나러 오던 중일 수도 있었다.

거기까지 생각했을 때였다.

깍.

어디선가 쇠가 서로 마찰하는 듯한 날카로운 소리가 들렸다.

무심코 가미야마를 바라보자 노순경의 시선은 마키하타의 머리 위를 향해 있었다. 마키하타는 그 시선 끝을 따라 천천히 뒤를 돌아봤다.

까마귀였다.

까마귀 한 마리가 담장 위에 앉아 마키하타 일행을 빤히 주시하고 있었다.

까악.

방금 낸 소리가 제 목소리라는 듯 까마귀는 다시 한번 울어 보였다.

까마귀는 고개를 이리저리 흔들었지만 날아오르려는 기색은 없어 보였고, 두 사람을 관찰하듯 그 자리에 가만히 앉아 있었다. 옅게 구름이 낀 흐린 하늘 아래서 하얀 성채를 지키는 검은 까마귀 한 마리. 그 모습은 마치 아무것도 그리지 않은 하얀 도화지 위에 떨어진 검은 잉크 한 방울을 떠올리게 했다.

"훠이, 훠이, 저리 가."

가미야마 순경이 손을 홰홰 저으며 쫓았지만 까마귀는 신경도 쓰지 않고 계속 두 사람을 뚫어지게 쳐다봤다. 쉬지 않고 깜빡이는 눈이 카메라 셔터처럼 느껴지기도 했다. 저 까마귀만의 특징인지, 자세히 보니 정수리의 털이 삐죽 솟아서 마치 닭 볏 같아 보였다.

저 까마귀도 기류 다카시의 살점을 쪼아먹었을까?

마키하타는 문득 이 까마귀와 검은 코트를 입은 기류 다카시가 겹쳐 보였다.

사건 현장이 사람이 살지 않는 늪지였던 탓에 가장 가까운 민가도 거의 1킬로미터나 떨어져 있었다. 그래서 수상한 사람을 보거나 의심스러운 비명을 들은 사람은 없었다. 결국 마키하타와 가미야마는 이렇다 할 정보를 얻지 못한 채 마을을 떠났다.

마키하타는 다시 현장으로 돌아갔다. 그런데 현장이 아까와는 달리 소란스러웠다.

상황을 살피니 늪지 입구에 모인 대여섯 사람의 중심에서 와타세가 한 여성과 실랑이를 벌이고 있었다.

여성이 와타세에게 바싹 다가서며 말했다.

"보여주세요! 딱 한 번만 봐도 확인할 수 있어요. 부탁합니다. 제발요!"

"그러니까, 확인할 수 있는 상태가 아니라고 몇 번을 말합니까."

덩치가 큰 편에 속하는 와타세가 몸을 숙이며 여성을 노려봤다. 그러나 여성은 눈 하나 깜짝하지 않았다.

여성이 마키하타가 있는 쪽을 흘긋 쳐다봤다. 순간 마키하타는 그 시선에 사로잡혔다.

경찰관, 특히 현장을 돌아다니는 형사로 일하다 보면 한 번 본 얼굴은 좀처럼 잊지 않는다. 하지만 이 여성만큼은 그런 특별한 능력이 없어도 잊을 수 없을 것 같았다.

타탄체크 셔츠에 두꺼운 조끼, 몸에 딱 달라붙는 청바지 차림에 어깨까지 내려오는 머리를 아무렇게나 묶은 모습은 마치 사냥꾼 같아서 눈길을 끌었는데 무엇보다 인상적인 것은 눈빛이었다. 상대를 볼 때 조금도 흔들리지 않는 시선. 서늘한 인상 속에 오로지 그 눈만이 마주한 이를 태울 듯한 열기를 품고 있었다.

"도대체 무슨 일입니까?"

"아, 마키하타. 이 아가씨가 본인이 피해자와 아는 사이이니 시신을 보여달라는군."

"이런 경우 보통 가족이나 지인에게 확인하지 않나요?"

여자는 여전히 물러서지 않았다.

"상황에 따라 다릅니다. 이번 같은 경우는 여자나 아이가 볼 만한 상태도 아니고. 십 년 넘게 온갖 시신을 보아 온 경찰도 속이 불편해져 토할 뻔했습니다. 이제 좀 상상이 됩니까?"

'들켰구나.'

마키하타는 얼굴이 화끈거릴 정도로 창피하면서도 와타

세의 날카로운 관찰력에 새삼 혀를 내둘렀다. 와타세는 외모만 보면 성격이 거칠어 보이지만 현장에 들어서는 순간 주변은 물론 부하들의 사소한 움직임까지 놓치지 않았다. 형사로서의 본능인지 관리직에 있는 사람으로서의 능력인지 모르지만 어쨌든 이 방심할 수 없는 관찰력이 와타세의 진정한 능력이었다.

"실물을 직접 보는 것만이 유일한 확인 방법은 아니지. 마키하타, 이 아가씨에게 아까 그 유류품을 보여줘."

여자의 눈이 다시 마키하타에게 향했다. 정면에서 쏟아지는 시선은 역시 날카롭고 뜨거웠다. 그 열기에 저도 모르게 뒷걸음질 칠 뻔했다. 이 사람은 상대가 누구든 이런 눈빛으로 바라볼까 하는 별 의미 없는 생각이 문득 머리를 스쳤다.

"사이타마현경의 마키하타입니다. 피해자의 지인이십니까? 실례지만 우선 성함을 말씀해주세요."

"마리무라 미사토. 대학교 3학년이에요."

그렇게 말하며 내민 학생증을 보니 현에서도 유명한 약학대학의 학생이었다. 약학대 여대생과 제약회사의 남자 직원. 둘 사이에 어떤 접점이 있을지도 대략 짐작이 갔다. 하지만 사원증 사진 속에서 온화한 시선을 보내던 청년과 학생증 사진 속에서 마키하타를 쏘아보는 기가 센 젊은 여성을 한 프레임에 나란히 놓으려니 쉽게 상상이 가지 않았다.

피해자가 기류 다카시라고 아직 확정되지 않은 시점에서

보여줘도 괜찮을 만한 것은 사용자의 이름이 들어간 버스 정기권 정도였다.

정기권을 넣어 둔 비닐 봉투를 꺼냈을 때 손바닥에 땀이 흥건했다. 마키하타는 잠시 망설이다가 그것을 여성의 앞에 내밀었다.

그 순간 마리무라 미사토는 온몸이 묶인 사람처럼 꼼짝하지 못했다. 표정은 순식간에 얼어붙었고 백열등이 꺼지듯 눈에서 빛이 사라졌다.

"아는 분 맞습니까?"

"네……."

"기류 씨와는 어떤 사이십니까?"

"대학 선후배에…… 사귀던 사이에요."

"기류 씨는 이 근처에 있는 스턴버그 제약에 근무하셨죠?"

"네. 주임 연구원이었어요. 연구소는 올해 가을에 문을 닫았지만."

마키하타는 담담하게 대답하는 여성의 얼굴을 바라보며 다소 의아했다. 마리무라 미사토는 남자친구의 죽음과 맞닥뜨린 사람답지 않게 그저 입술만 깨물었다. 정말 연인 사이였다면 자제력이 보통 아닌 사람이었다.

"미사토 씨는 왜 이곳에 왔습니까?"

"오늘 아침에 만나기로 약속했는데 남자친구가 약속 장소에 오지 않아서……. 지금까지 한 번도 그런 적이 없었거든요.

그래서 기류 씨의 집에도 찾아가고, 짚이는 곳은 다 찾아봤는데 아무 데도 없었어요. 짐작 가는 곳이 전 직장이었던 이곳 뿐이기도 했고요."

"휴대폰으로 연락해 보지는 않았습니까?"

"기류 씨는 휴대폰이 없었어요. 필요 없는 물건은 사지도 않고 갖지도 않는다는 주의라……. 출퇴근도 버스로 하니 차도 사지 않았죠. ……저기, 형사님."

"왜 그러시죠?"

"이것 말고도 그 사람이라는 것을 증명할 물건이 있었죠?"

"네……. 사원증과 치과 진료 카드 등이 있었습니다."

"더는 보여달라고 부탁하지 않을게요. 그러니까 알려주세요. 그 사람, 도대체 어떤 상태였어요?"

마키하타는 곧바로 대답하지 못한 채 와타세의 얼굴을 살폈다. 와타세는 고개를 살짝 끄덕여 보였다. 말해도 된다는 의미였지만, 무엇을 어떻게 설명할지 막막했다. 무언가에 치여 깔려 죽은 것 같은 시신, 토막 난 시신, 갈기갈기 찢어져 저며진 시신. 다양한 표현이 떠올랐지만 하나같이 입에 담기 꺼려지는 말뿐이었다. 애초에 그 처참한 현장을 점잖게 표현할 만한 적절한 말은 없을 것 같았다.

"제가 말이 서툴러 기분을 상하게 했다면 죄송합니다. 우선 기류 씨의 시신은 수십 조각이 나 있었습니다."

마키하타는 고심 끝에 입을 열었다.

“게다가 그 조각들을 까마귀 떼가 쪼아먹었는지 심각하게 훼손된 상태였습니다. 사원증 등 유류품이 없었다면 피해자의 신원을 알아내는 데 상당히 오래 걸렸을 겁니다.”

최대한 조심스럽게 돌려 말했지만 결과는 좋지 않았다.

그 참혹한 광경을 떠올렸는지 미사토는 “그럴 수가……”라고 중얼거리며 눈을 질끈 감고 두 손으로 얼굴을 감쌌다. 하지만 얼굴을 가린다고 해서 북받쳐 오르는 감정까지 감출 수는 없었다. 방금까지 긴장한 듯 굳어 있던 어깨가 지금은 잘게 떨리고 있었다. 사람들 앞에서 무너지는 모습을 어지간히 보여주기 싫은 듯했다. 마키하타는 내면의 감정과 싸우고 있는 여자에게 연민을 느꼈다.

이런 상황에서 남겨진 이에게 무슨 말을 어떻게 하면 좋을까. 마키하타는 그 방법을 알지 못했다. 담당 수사관의 입에서 형식적인 위로나 애도의 말이 나오는 순간 공허하게 들릴 뿐이었다. 그렇게 미사토를 지켜보는 사이에 떨리던 어깨도 조금씩 가라앉았다. 그러나 천천히 고개를 든 미사토의 얼굴은 여전히 굳어 있었다.

“제가 방해했네요.”

미사토는 그 말만 남기고는 뒤돌아서 자리를 떠나려고 했다.

“아, 잠시만요.”

마키하타가 조심스레 어깨에 손을 얹자 돌아본 미사토의

눈에는 노골적인 적의가 담겨 있었다.

"뭐죠?"

"여쭤보고 싶은 게 몇 가지 있습니다. 괜찮으시면 경찰서까지 함께 가주실 수 있을까요?"

"강제인가요?"

"아뇨. 임의동행입니다. 하지만 기류 씨를 살해한 범인을 하루라도 빨리 검거하려면……."

"제 말은 별로 도움이 되지 않을 것 같은데요."

"그건 미사토 씨만의 생각일지도 모릅니다."

그러자 미사토가 학생증을 다시 꺼내 마키하타의 손에 쥐여 줬다.

"거기에 아파트 주소와 휴대폰 번호, 본가 연락처까지 적혀 있어요. 용건이 있으면 그쪽으로 전화하세요. 집에 없는 척 안 할 테니."

미사토는 말을 쏟아내더니 이번에는 뒤도 돌아보지 않고 걸어갔다.

"어디 갑니까?"

"경찰들 수사와는 무관한 곳이요."

마키하타는 아무 말도 못 한 채 그저 뒷모습만 바라봤고 미사토는 농로 저편으로 사라졌다. 경찰서 동행을 강요할 수는 없었다지만 남겨진 마키하타의 꼴이 우스워졌다. 손에 남은 학생증을 자세히 살펴보니 확실히 집 주소와 휴대폰

번호, 본가 연락처가 적힌 메모가 들어 있었다. 본인 말마따나 도망칠 생각은 없어 보였다. 그러나 적극적으로 협조할 것 같지도 않았다.

하지만 마키하타는 그런 생각이 들었다. 미사토가 남들에게 보이지 않으려고 애썼던 그 절망. 그것은 가장 사랑하는 사람을 억울하게 빼앗긴 유족이 느끼는 감정이었다.

그러한 유족의 격렬한 감정이 범인이 아닌 현장의 수사관들에게 향하는 일은 드물지 않았다. 그들은 보통 갑작스러운 사망 소식에 감정을 주체하지 못하고 당장 눈앞에 있는 제삼자를 분풀이 대상으로 삼아 무너지려는 스스로를 다잡으려고 했다. 일종의 방어 본능이었다. 그렇기에 현장 수사관은 유족의 감정에 어느 정도 둔감할 줄 아는 태도도 필요했다. 매일같이 범죄 사건이 발생하는 가운데 모든 유족의 슬픔과 분노를 받아들이려면 몸이 몇 개라도 부족할 테고, 무엇보다 그것은 경찰의 일이 아니었다.

그에 관해서 지금까지 상사가 몇 번이나 충고했고, 마키하타도 스스로 되뇌어 왔다. 알고 있다. 알고 있기는 하지만……

"마키하타. 네 나쁜 버릇, 또 나왔네."

돌아보자 와타세가 못난 자식을 바라보는 아버지 같은 표정으로 서 있었다.

"지력과 체력, 나무랄 데 없고. 성실하고 청렴하면서 착하지만 범죄에는 엄격하지. 그런데 1과에서도 손꼽히는 인재에게 유일한 약점이 있다니."

"반장님……."

"물론 유족들의 슬픔을 범인 검거를 향한 열정으로 승화할 필요도 있지만 정도를 지켜야지. 너는 도가 너무 지나쳐."

"제 단점은 잘 알고 있습니다."

"아니, 네가 생각하는 것보다 훨씬 심해. 아까도 그 아가씨에게 정기권을 보여줄 때 식은땀을 흘렸잖아. 발령받은 지 하루이틀 된 신입도 아니면서 질문 하나 하는데 그렇게 쩔쩔매다니, 완전히 긴장했다는 증거야. 그건 남겨진 자에 대한 연민이나 미안한 마음 때문이 아니야. 두려워서지."

"두려워서……."

"그래. 너는 피해자 유족들이 무서운 거야."

현장 검증이 끝난 뒤 부검을 위해 시신을 의대 법의학교실로 옮겼다.

"오늘 담당한 부검의는 누구지?"

와타세가 묻자 감식관 한 명이 "미쓰자키 교수입니다"라고 대답했다.

"미쓰자키 교수? 흐음, 얼굴에 철판 깐 그 영감도 이번 시신을 보면 당황하겠지. 어쨌든 이미 해부된 상태잖아. 어떤 게 어느 부위인지부터 확인해야 할 거야. 직소 퍼즐이나 다름없겠군."

유족이 들으면 졸도할 말이었지만 주변에 그를 지적하는 사람은 없었다. 와타세가 이런 농담을 할 때는 태연해 보이는 말과 달리 사실은 불안할 때라는 것을 모두가 알기 때문이었다.

"마키하타. 감식관 몇 명을 데리고 피해자 집에 다녀와. 지문이나 모발 외에 남아 있는 게 또 있을지 모르니."

"알겠습니다."

"치아 감식용 구개 부위 사진이 나오면 팩스로 보낼게. 단골 치과라면 아마 집에서 멀지 않을 테니 집 주변을 탐문 수사하는 김에 치과에도 들르도록 해."

"조회 요청 서류는 어떻게 할까요?"

"그쪽에서 요구하면 나중에 제출하면 돼. 너라면 경찰수첩을 보여주는 것만으로 충분하겠지."

즉 정식 자료 제출을 요구하기 전에 피해자 신원 특정부터 서두르라는 뜻이었다. 원칙에는 벗어나는 수사였지만 현장에서 뛰는 마키하타도 그 순서에 이견은 없었다.

"아, 그리고."

와타세가 현장을 떠나려던 마키하타를 붙잡았다.

"미안한데, 저 햇병아리 녀석도 좀 데리고 가."

와타세가 턱짓으로 가리킨 쪽에 그 햇병아리가 어쩔 줄 몰라 하며 서 있었다.

고테가와 가즈야. 올해 막 수사1과로 발령받은, 옆모습에 풋내가 가시지 않은 스물다섯 살 신입이었다. 두리번거리며 안절부절못하는 모습은 형사라기보다 처음 들어간 교실에서 자신의 자리를 찾는 신입생처럼 보였다.

"원래는 관할서 쪽 수사관과 한 팀으로 움직이는 것이 원칙이지만 저렇게 아무것도 모르는 녀석을 붙였다가는 오히려 그쪽에 짐만 될 거야. 신입 교육도 해야 하니까. 좀 부탁해."

내키지는 않았지만 거절할 명분도 없었다. 마키하타는 손을 들어 알겠다는 뜻을 전한 뒤 고테가와를 손짓해 불렀다.

차에 타자마자 기류의 집이 있는 시와키초를 내비게이션에 검색했다. 문제의 시와키초 2—21는 이곳에서 남쪽으로 30킬로미터 떨어진 곳으로, 지금 시간대의 간선도로 혼잡도를 생각하면 30분이면 도착할 거리였다.

고테가와가 운전대를 잡은 차가 남쪽을 향해 급히 출발했다.

이곳까지 오는 길에는 알아차리지 못했지만 새삼 주의 깊게 살펴보니 차창 밖으로 흘러가는 모습이 전형적인 교외 풍경이었다. 패밀리 레스토랑, 패스트푸드 가게, 대여점이 딸린 서점, 남성복 할인 매장, 주유소, 편의점, 대형 드럭스토어, 사채업 무인 점포, 휴대폰 매장 등. 현란한 간판과 멋들어진 건물들이 늘어서 있어서 번화했지만 주택은 드문드문 흩어져 있었다.

가미야마 순경이 했던 말이 떠올랐다. 확실히 이렇게나 많은 대형 매장들이 늘어서 있으면 하루에 배출되는 쓰레기양도 어마어마하리라. 그 방대한 쓰레기가 한데 버려지는 곳이 까마귀의 서식지가 된 것도 수긍이 갔다. 쓰레기 투기는 조례로 금지되어 있다지만 아마 지금도 어두운 밤을 틈타 늪지 주변에 쓰레기를 버리는 업자가 있어서 까마귀가 살아갈 수 있는 환경이 유지되고 있을 것이다.

대형 매장들의 모습이 사라지고 어느새 전원 풍경이 펼쳐졌다. 구름이 무겁고 낮게 깔린 하늘 아래, 농작물에 해로운 새들을 쫓기 위해 큰 눈알을 그려서 묶어 놓은 풍선과 허수아비 대용으로 세워 놓은 마네킹이 바람에 흔들리며 본격적으로 찾아올 겨울을 기다리고 있었다. 상점이 늘어서 있던 거리도 몇 년 전에는 이곳처럼 논밭이었을 것이다. 이 허수아비도 미래에 대형 상점의 네온사인에게 잡아먹힐까. 아니면 오히려 사람들의 발길이 끊기면서 그 번화한 거리도 결국 원래 모습인 들판으로 돌아갈까.

"마키하타 형사님. 이 사건, 어떻게 생각하십니까?"

"뭐가?"

"정말 소름 끼치는 사건이죠. 극단적인 토막 살인이라고 해야 할까요. 이런 사건은 현청 역사상, 아니 본청에서도 오랫동안 찾아볼 수 없던 이상 범죄 아닙니까. 솔직히 엄청 흥분됩니다."

마치 애타게 기다리던 순간이 왔다는 듯한 말투였다.

창밖으로 보이는 도로변에 다시 상점들이 나타났다. 시가지였다. 내비게이션의 안내음이 목적지 도착을 알렸고, 고테가와는 갓길에 차를 세웠다.

'그린힐스'라는 이름보다 '초록언덕빌라'라는 이름이 더 어울릴 법한 2층짜리 낡은 아파트였다. 2층으로 올라가는 계단은 요즘 보기 드문 철판제 간이 계단이었고 외벽 여기저기에 세로로 긴 금이 가 있었다. 유일하게 세련되어 보였던 갈색 창틀도 가까이서 보니 그저 녹슨 철이었다.

제약회사의 주임 연구원이라는 젊은 관리직 직원이 살 법한 집을 막연히 상상했던 마키하타는 큰 괴리감에 건물을 잘못 찾아왔나 싶었지만 정문 기둥에는 역시나 그린힐스라고 적혀 있었다. 만약을 위해 공동 우편함을 확인했지만 201호 우편함에는 분명하게 'KIRYU'라는 명패가 붙어 있었다. 불황을 모른다던 제약업계도 이제는 그 신화가 통하지 않는 걸까, 아니면 기류 다카시의 회사 내 평가가 이 아파트처럼 형편없는 수준이었을까, 아니면 남들보다 많이 벌고 남들보다 많이 써서 이런 허름한 집에 살게 됐을까.

마키하타는 의문을 마음속에 잠시 접어둔 채 '101호 관리인실 야마자키'라고 적힌 문패에 시선을 고정했다. 건물에서 풍기는 분위기로 짐작건대 은퇴한 노인이 전 재산이나 다름없는 땅에 아파트를 짓고 자신도 그중 한 세대에 거주하는 것 아닐까 하는 생각이 들었다.

101호의 문을 열고 나타난 야마자키는 예상한 생김새와 같았다. 작은 체구에 성실하고 정직한 것 외에는 특별한 점 없는 인자한 할아버지. 노인은 감식관들을 수상쩍게 쳐다보다가 고테가와가 경찰수첩을 내밀자 그제야 눈을 휘둥그레 뜨며 놀랐다.

"기류 다카시라니……, 그 기류 씨 말이죠? 그 사람이 무슨 범죄를 저질렀나요?"

"아뇨, 그분이 무슨 일을 저지른 건 아닙니다."

고테가와가 해명했지만 야마자키는 여전히 의심 가득한 표정이었다.

"기류 씨가 이곳에 산 지 몇 년이나 됐습니까?"

마키하타가 화제를 돌렸다.

"으음. 손자가 태어난 해에 들어왔으니까…… 7년 됐네요."

"7년이요? 꽤 됐군요."

"네. 젊은 사람은 대부분 3년이 지나면 결혼이나 전근 때문에 이사를 가거든요. 그게 아니라면 차를 사거나. 보시다시피 우리 아파트에는 주차장이 없어서 주차장이 있는 아파트로 떠나죠. 그런데 기류 씨는 차가 없었다고 해야 하나, 그보다는 차를 살 생각이 없던 사람이라."

"오래 거주했다는 건 기류 씨에게도 별다른 문제가 없었다는 말씀입니까?"

"아이고, 문제가 다 뭐예요. 요즘 시대에 기류 씨만큼 모범적인 세입자도 흔치 않을 겁니다. 말썽 한번 일으키지 않고, 출퇴근 시간도 정확하고, 마주치면 깍듯하게 인사하고, 분리수거도 정해진 날에 꼬박꼬박 내놓고, 집도 부지런히 청소하고, 이상한 친구를 데려오는 일도 없었어요."

"그렇다면 당연히 집세를 밀린 적도 없겠군요?"

고테가와가 묻자 야마자키가 고개를 크게 끄덕였다.

"조용한 사람이었어요. 그렇다고 음침한 건 아니고, 사람들 앞에서 항상 조용히 미소 짓고 있을 것 같은 사람이었죠."

마키하타는 사원증 사진 속 기류 다카시를 떠올렸다. 과연, 조용히 미소 짓고 있는 모습이 어울리는 청년이었다.

"혹시 여분 열쇠 가지고 계십니까?"

고테가와가 불쑥 물었다.

"있기는 한데……. 기류 씨가 아직 집에 돌아오지 않았고 아무리 그래도 사생활이라는 게 있지 않습니까."

"그 부분은 염려하지 않으셔도 됩니다. 기류 씨는 어떠한 불만이나 항의도 제기하지 못할 테니까요."

"그게 무슨 말씀이신지."

"기류 씨는 살인 사건의 피해자입니다."

그 말을 들은 순간 야마자키의 입이 믿을 수 없는 광경을 목격한 사람처럼 반쯤 벌어졌다.

"그 일로 수사 중이니 열쇠 좀 부탁드립니다."

야마자키는 얼굴을 부르르 떨었다. 그러더니 관리인실로 허겁지겁 돌아가 열쇠 하나를 고테가와에게 떠넘기듯 건넨 뒤 겁을 먹은 듯 곧바로 집 안으로 몸을 숨겼다.

"고테가와. 그 시신이 아직 기류 다카시라고 확정된 건 아니잖아."

"하지만 이미 기정사실이나 마찬가지 아닙니까? 기류 다카시가 살아 있다면 다행스러운 일이지만, 그렇다고 그 집 주인이 나서서 자신이 집 열쇠를 넘겼다고 당사자에게 말하지는 않을 겁니다."

'아무리 공을 세우고 싶어도 그렇지 저런 멍청한 짓을 하다니.'

마키하타는 생각했다. 현장 주도권을 잡고 싶어서 조바심이 나는지, 조금이라도 빨리 수사를 진척시키려는 모습이었지만 안타깝게도 생각이 짧았다. 방금 상황에서 한두 마디 설명만 덧붙였다면 야마자키는 순순히 열쇠를 건넸을 텐데 고테가와가 조급하고 경솔한 마음에 굳이 할 필요가 없는 말을 꺼냈다. 초동수사단계에서 사건 관계자들에게 괜한 두려움이나 선입견을 심어주는 행동은 아무런 도움이 되지 않는데도.

그러나 마키하타는 굳이 지적하지 않았다. 와타세는 동의하지 않겠지만 이 정도 성급한 행동은 간신히 용납할 수 있는 수준이었다.

계단 끝에 올라서자마자 바로 앞에 201호가 있었다. 우편함의 명패와 같은 글씨체로 'KIRYU'라고 적힌 문패가 붙어 있었다.

장갑을 낀 손으로 문손잡이를 천천히 돌렸다.

"……어둡네요."

"커튼을 완전히 쳐놔서 그래."

어스름한 어둠 속에서도 집이 좁게 느껴졌다. 크기가 작아서가 아니라 물건이 많아서 비좁게 느껴지는 것이었다. 이윽고 곰팡내가 코를 찔렀다. 아니, 곰팡이가 아니었다. 하지만 곰팡이와 비슷한 무언가……. 마키하타의 코가 문득 현경 본부 지하에 있는 자료실을 기억해 냈다. 이 냄새는 지하 자료실에서 맡았던 묵은 종이 냄새와 비슷했다. 발 디딜 곳에 주의를 기울이며 집 크기에 비해 큼직한 창문으로 다가가 커튼을 걷었다.

햇빛이 들이치며 방 전체를 비추자 마키하타와 고테가와의 눈이 휘둥그레졌다.

마키하타는 코가 떠올린 그 냄새가 맞았음을 확인했다.

책. 책. 책. 그리고 또 책.

벽 한 면을 차지한 책장에 책이 빈틈없이 꽂혀 있었다. 책장만으로는 부족해서 책장 위에서 천장까지 책을 눕혀서 쌓아 놓아 금방이라도 쏟아질 것 같았다. 이런 광경을 전에도 본 적 있었다. 변두리의 헌책방이었나, 아니면 시립도서관의 폐도서 창고였나. 주위를 둘러보니 벽 세 면이 전부 책으로 가득 차서 문을 제외하면 벽지 무늬조차 보이지 않았다. 책장 외 가구는 컴퓨터가 놓인 책상 하나뿐, TV나 오디오 같은 가전제품은 전혀 찾아볼 수 없었다. 집이라기보다 컴퓨터가 있는 서고 같았다.

다만 책장은 모두 깔끔하게 정돈되어 있어서 지저분하다는 느낌은 들지 않았다. 책등은 높이에 따라 높은 것과 낮은 것으로 구분되어 있었고 시리즈물은 시리즈물끼리 한데 모아두었다. 수북이 쌓여 있기는 하지만 빈틈없이 정리되어 있어서 거주자의 꼼꼼한 성격이 엿보였다.

『머크매뉴얼』

『의료인류학』

『신 면역요법』

『약리학 교과서』

『항산화물질의 모든 것』

『약학 개론』

『의동물학』

『백신 핸드북』

『EB 바이러스』

『인폼드 콘센트』

『약물 중독』

『약물동태와 약효』

『약물 분야의 정보 리터러시』

『행동 독성』

『임상약물동태이론의 응용』

『바이오머티리얼과 생체』

『과량주의약제와 처치』

『과용량 주의 약물과 처치』

『화학물질의 위험성 평가』

"이 사람 취미가 없었나 본데요."

잠시 책등을 훑어보던 고테가와가 황당하다는 듯 말을 이었다.

"전부 일과 관련된 재미없는 책들뿐이지 않습니까."

"세상에는 일이 취미인 사람도 있어."

그때 책등을 훑던 마키하타의 시선이 어떤 지점에서 멈췄다.

다른 칸도 살펴봤지만 역시 신경이 쓰이는 것은 그 지점뿐이었다.

약학 관련 서적이 즐비한 가운데 이질적인 책 세 권.

『멸종종과 멸종위기종』

『야생동물의 보호와 회귀』

『포식동물, 그 본능과 학습』

그 세 권을 꺼내 페이지를 휘리릭 넘겨봤다. 여러 번 읽었는지 책 가장자리 부분에 엄지손가락 자국이 선명했다. 거의 모든 페이지에 필기와 밑줄이 남아 있었고, 무언가를 숨기기 위해 뚫어 놓은 공간은 없었다. 이 세 권은 다른 목적 때문이 아니라 순수하게 읽기 위해 꽂아둔 책이 분명했다. 그렇다면 이 책들이야말로 기류 다카시가 일 외에 관심을 두었던 존재가 아니었을까.

"컴퓨터도 그리 비싸 보이지는 않네요."

고테가와는 관심을 이미 책상 위에 있는 물건들로 돌려 이것저것 살피고 있었다.

"이거 한참 전에 나온 골동품이네요. 몇 년 전에 만든 거지? 생긴 걸로 봐서는 CD롬도 못 쓸 것처럼 생겼는데."

고테가와가 몸을 수그려 책상 밑으로 들어가 모뎀 모델을 확인하더니 불퉁한 얼굴로 말을 이었다.

"이 사람은 도대체 돈을 어디에 쓴 거죠?"

마키하타는 귀를 의심했다. 눈앞에 명백한 증거물이 즐비한데 그것들이 눈에 들어오지 않는 것일까.

"어디에 썼겠냐, 당연히 책을 사는 데 썼겠지. 이 책장을 봐. 아무리 적게 잡아도 천 권은 넘을 거야."

"그래봤자 책이지 않습니까."

마키하타는 책장에서 책 한 권을 꺼내더니 말없이 뒤표지를 손가락으로 가리켰다.

정가 1만 5천 엔.

고테가와는 신기한 것이라도 보듯 그 가격을 뚫어지게 응시했다.

"전문 서적은 아무리 싸도 최소 3천 엔이야. 특히 의학 관련 서적은 수요에 비해 공급이 적은 데다 고정 수요층이 있으니 가격이 그 두 배는 할걸? 그런 책이 여기 천 권이 넘게 있다고. 돈으로 환산하면 벤츠 두 대 값은 될 거다."

고테가와는 짜증스러운 기색으로 책을 다시 책장에 꽂아 놓고는 들으라는 듯 혀를 찼다.

"이해가 안 가네요. 책 같은 건 한 권에 6백 엔짜리 문고본이면 충분하지 않나."

그 말을 들은 마키하타는 고테가와의 부족한 점이 무엇인지 깨달았다. 사람마다 타인이 들여다보지 못하는 내면이 있기 마련인데 고테가와는 그 사실을 인지하지 못한다. 아니, 알려고 하지 않는다.

범죄는 시대를 비추는 거울이며, 그 싹은 일상에서 움트고 자라난다. 그렇기에 범죄 수사란 일상에 숨겨진 증오, 질투, 욕망 같은 부정적인 요소들을 하나씩 더듬어 모아가는 과정이다. 그 과정을 수행하려면 어떤 사람이 무엇을 욕망하고 무엇을 꺼리는지에 대한 정보를 최대한 많이 모아야 한다. 부부의 애증, 회사원의 비애, 정치가의 야심, 오타쿠의 집착, 성도착자의 욕정. 이것들은 모두 동등하며, 따라서 정상인지 비정상인지 섣부르게 판단하면 안 된다. 그런데 고테가와는 그런 인식이 부족했다. 고테가와는 이 사건을 정신이상자의 범행이라고 단정 지은 듯하지만 반드시 비정상적인 사람만 엽기적인 범죄를 저지르는 것은 아니다. 오늘날 발생하는 범죄의 기이한 특징은 오히려 평범한 사람이 비정상적인 사건을 일으킨다는 점인데, 고테가와는 가미야마 순경처럼 상식이라는 안전지대에 서서 사건을 바라봤다.

마키하타는 불현듯 깨달았다. 와타세는 바로 그 점을 고테가와에게 가르치려고 마키하타를 파트너로 붙인 건 아닐까. 하지만 와타세의 의도를 알아차렸어도 자부심이나 책임감을 느끼지는 않았다. 오히려 성가시고 우울했다.

수사의 기본이나 신문 기술이라면 현장에서 배울 수 있다. 그러나 타인에 대해 알고자 하는 욕구나 인간 그 자체에 대한 호기심은 타고나는 것이지 가르친다고 배울 수 있는 것이 아니다. 자신의 기준으로만 타인을 판단하는 사람에게 강요한다고 생기는 것이 아니었다.

일단 고테가와에 관한 일은 신경 쓰지 않기로 했다. 어차피 와타세도 마키하타가 평소처럼 행동하기를 바랄 터다.

약 3평짜리 공간에서 다이닝 키친으로 이동했다. 이곳 역시 탁자에 의자 하나와 의류 보관함 한 상자가 전부일 만큼 지극히 간결한 공간이었다. 식사는 외식으로 해결했는지 주방용품도 손에 꼽을 정도로 적었으며 생활필수품이었을 냉장고마저 보이지 않았다. 아마도 편의점 도시락으로 끼니를 때운 듯했다.

요리한 흔적도 어지럽혀진 쓰레기도 없는 무서울 정도로 생활감이 없는 집. 기류 다카시에게 이 집은 욕실과 화장실이 딸린 서재였을지도 모르겠다.

탁자 위에는 액자가 놓여 있었다. 공원이나 놀이공원에서 찍은 사진 같았다. 자식과 함께 걸어가는 부모를 배경으로 기류 다카시와 마리무라 미사토가 어깨를 맞대고 찍은 사진이었다.

기류 다카시는 사원증 사진 속보다 조금 더 부드럽게 조용히 미소 짓고 있었다. 야마자키가 말했던 미소 그대로였다. 하지만 마키하타의 시선을 빼앗은 것은 미사토의 얼굴이었다. 미사토는 금방이라도 웃음소리가 들릴 정도로 활짝 웃고 있었다. 기류 다카시의 미소가 봄날의 햇살 같다면 미사토의 그것은 한여름의 태양 같았다.

그 여자는 이렇게 웃는구나.

마키하타는 현장에서 만났던 미사토의 싸늘한 얼굴을 떠올렸다. 감정을 저 깊숙한 곳에 봉인한 듯한 얼음장 같은 얼굴. 그녀가 이런 미소를 짓는 날은 이제 다시 오지 않을지도 모른다.

마키하타는 견딜 수 없는 마음에 사진을 원래 있던 곳에 돌려 놓았다.

두 사람은 감식관에게 지문과 모발 채취를 맡기고 밖으로 나왔다. 젊은 감식관 중 한 명은 집 안을 보자마자 책을 옮

겨야 한다는 생각에 질렸는지 노골적으로 싫은 기색을 드러
냈다.

차로 돌아가자 현경 본부에서 팩스로 보낸 사진이 도착해
있었다. B5 크기 용지에 인쇄된 구개 부위 확대 사진이었다.

"제법 빠른데요?"

고테가와는 꽤나 뿌듯한 기색으로 말했지만 시신의 훼손
상태를 생각하면 구개 부위를 촬영하는 것 외에는 달리 할
수 있는 일이 없었으리라는 삐딱한 의미로 해석할 수도 있
었다. 어쨌든 피해자가 기류 다카시라고 확정할 수 있는 명
확한 물증이 이 사진임은 분명했다.

지갑 속 진료 카드에 적혀 있던 병원명은 후지모리치과,
주소는 기류의 거주지와 동일한 시와키초였다. 내비게이션
으로 확인하니 현재 위치에서 북쪽으로 3백 미터 직진하면
갈 수 있는 곳이어서 두 사람은 굳이 차를 타지 않고 걸어가
기로 했다.

올해만큼 경찰에 불미스러운 사건이 연달아 터진 해도 드
물었다. 1월에 일어난 경시정*의 음주운전 은폐, 2월에 일어
난 초동수사 실수로 인한 범인 도주, 5월에 일어난 자백 조
서 위조 발각, 7월에 일어난 일부 형사의 노숙자 집단 폭행

* 한국 경찰 계급 중 총경에 해당하는 일본 경찰 계급.

사건까지. 이처럼 전국 곳곳에서 크나큰 불미스러운 일들이 터졌지만 경찰수첩이 지닌 위세는 여전히 대단해서, 마키하타 일행이 방문 목적을 말하자마자 조용히 접수를 받던 직원의 표정이 돌변했다.

여직원이 잠시 기다리라는 말을 남기고 자리를 비운 지 몇 분, 마키하타가 진료실에서 새어 나오는 아이들의 자지러지는 울음소리의 수를 세고 있을 때 비로소 하얀 가운을 입은 남자가 모습을 드러냈다.

"오래 기다리셨죠. 후지모리입니다."

마키하타보다 서너 살 많아 보였는데, 키가 커서 평균 키인 마키하타가 조금 올려다봐야 했다. 똑똑해 보이는 얼굴과 시원시원한 태도는 치과의사라기보다 패소할 줄 모르는 변호사를 연상케 했다.

"사이타마현경의 마키하타라고 합니다. 상당히 젊으신 분이라 놀랐습니다. 개인병원을 운영하셔서 좀 더 연배가 있는 분일 줄 알았거든요."

"아버지 병원을 물려받았습니다. 아버지는 재작년에 은퇴하셨죠."

"아버님께서 무척 기뻐하셨겠습니다."

"글쎄요. 대를 이었다기보다는 병원을 떠맡은 느낌입니다."

응접실로 자리를 옮기자 후지모리는 마키하타가 말을 꺼내기도 전에 먼저 이야기를 시작했다.

"어떤 분의 진료 기록을 조사하고 계신다고 들었습니다만……. 화재 사건입니까, 아니면 비행기 추락 사고입니까?"

"둘 다 아닙니다. 그런데 어째서 그 두 가지를 콕 집어 언급하셨죠?"

"저도 경찰치과의사회에 소속되어 있거든요. 재해나 사고가 발생할 때마다 현장에 불려가서 시신의 입을 억지로 벌려야 했습니다."

"그렇다면 이 사진을 좀 봐주십시오. 선명하지는 않지만 불에 타지도 않았고 잇몸도 손상되지 않은 깨끗한 사진입니다."

마키하타가 사진을 내밀었다. 후지모리는 몸을 앞으로 숙이며 사진을 집중해서 살폈다.

"……이 사람은 어떤 상태로 발견됐습니까?"

"이곳에서 국도를 타고 북쪽으로 30킬로미터 달리면 늪지가 나오는데 그곳에서 시신으로 발견됐습니다. 토막 시신도 아닌 잘게 저며진 상태로요."

"저며졌다고요?"

후지모리는 한동안 눈살을 찌푸린 채 사진을 자세히 들여다보더니 그것을 마키하타에게 천천히 돌려줬다. 그러고는 깍지 낀 두 손을 이마에 댄 채 마치 기도하는 것처럼 고개를 숙였다.

계속되는 침묵에 고테가와는 더 이상 기다리지 못하고 입을 열었다.

"선생님. 실은 피해자가 선생님 병원의 진료 카드를 소지하고 있었습니다."

"기류 씨 맞죠?"

후지모리가 그 자세를 유지한 채 대답했다.

"한눈에 봐도 아시겠습니까?"

"모든 환자의 치형을 기억하는 건 아닙니다. 다만 기류 씨는 사흘 전에 꽤 까다로운 치료를 받은 환자라 아직도 기억하죠. 위쪽 앞니를 포함해 치아 세 개를 나란히 치료했는데 사실 가장 오른쪽 이는 인공치아인 세라믹 크라운이었습니다. 옆 치아 색과 맞추려고 일부러 내부에서부터 누르스름하게 처리한 매우 까다로운 작업이었죠. 게다가 기류 씨는 오른쪽 아래 어금니 뒤쪽이 유독 높게 솟아 있었습니다. 그 점 때문에 은을 씌울 때 교합면이 맞지 않았죠. 이 사진을 보시면 그런 상태가 보이실 겁니다."

마키하타는 설명을 들으며 사진을 확인했다. 과연, 후지모리가 설명한 대로 오른쪽 어금니가 다소 비뚤어졌다. 후지모리가 고개를 들어 마키하타를 바라봤다.

"기류 씨는 살해당했습니까?"

"아직 아무것도 결론이 나지 않았지만 사고나 자살일 가능성은 희박하다고 판단됩니다."

"기류 씨의 엑스레이 사진을 즉시 준비하도록 하겠습니다. 그 밖에도 필요한 것이 있다면 편하게 말씀하세요."

　마키하타는 후지모리의 어조에서 직업의식을 넘어선 개인적인 감정을 읽었다.

　"선생님은 기류 씨와 절친한 사이셨습니까?"

　"기류 씨가 저를 어떻게 생각했는지는 몰라도 저는 그 사람을 동생처럼 여겼습니다."

　후지모리는 말을 끊고는 한숨을 한 번 토했다.

　"2년 전에 기류 씨를 처음 진료했습니다. 진료 시간은 항상 토요일 오전 11시였죠. 지난 2년 동안 시간이 바뀐 적은 한 번도 없습니다. 기류 씨는 늘 치과 진료 의자에 앉아 입을 벌리고 있었기 때문에 깊은 대화를 나눌 수는 없었지만 그래도 주기적으로 만나다 보니 서로에 대해 조금씩 알게 됐습니다. 직업, 성격, 좋아하는 음식, 일상생활. 이러한 요인들은 직간접적으로 치통의 원인이 되기 때문에 환자의 이야기에 귀를 기울이다 보면 그 사람의 생활을 대충 짐작할 수 있죠. 물론 일방적으로 묻기만 하면 환자가 경계심을 느끼니 저도 제 이야기를 했습니다."

　그런 점은 경찰과 같구나, 하고 생각했다. 조사실에서 피의자와 일대일로 대면할 때 자신의 정보를 공개하는 것은 기본 중의 기본인 신문 기법이었다.

　"대화 내용보다는 기류 씨라는 사람 자체가 매력적이었기 때문에 이야기를 나눌 때 즐거웠습니다. 유머러스하지도 않고 사람을 매료시키는 달변가도 아니었지만 남의 말을 정말 잘 들어줬거든요. 마치 신부님과 이야기를 나누는 기분이었습니다.”

“기류 다카시 씨는 어떤 사람이었습니까?”

“어떤 사람이었냐니, 무얼 말씀하시는 겁니까?”

“선량하지만 오해를 사기 쉬워서 남에게 미움을 받는 사람이었다거나.”

“그렇지는 않았을 겁니다. 생긴 대로 순한 사람이었거든요. 다만…….”

“다만, 뭐죠?”

“기류 씨는 의학, 특히 약학에 대해 다소 특이한 견해를 가지고 있었습니다. 아, 하지만 이건 별로 관계없는 이야기겠네요.”

“아뇨, 그걸 판단하는 건 저…….”

“계속 말씀해주세요.”

마키하타가 고테가와의 말을 끊으며 부탁했다.

“저희는 지금 사원증에 적힌 내용 외에는 기류 다카시라는 사람에 대한 정보가 전혀 없습니다. 주변 사람들의 평판, 성격, 말투, 가치관, 취향 등 그런 요소가 전부 수사에 필요합니다.”

“알겠습니다.”

후지모리는 한 손을 들며 대답했다. 그러고는 고테가와를 흘긋 본 뒤 말을 이었다.

"우선 기류 씨는 약뿐만 아니라 약학 자체에 독특한 가치 관을 품고 있었습니다. 아니, 가치관이라기보다 숭배에 가 까운 신념이라고나 할까. 그 사람은 약을 인간의 부족한 부 분을 보완하는 신의 선물이자 의학의 근간을 이루는 존재라 고 생각하는 것 같았습니다."

"약이란 게 원래 그런 것 아닌가요?"

"임상의 관점에서 보면 지나치게 극단적인 견해입니다. 마키하타 형사님, 메가비타민 이론을 아십니까?"

"아뇨, 처음 들어 봅니다."

"메가비타민 이론은 1970년대 후반, 미국의 라이너스 폴 링이라는 생화학자가 자신의 저서에서 처음 주장한 이론입 니다. 예를 들어 '감기에 걸리는 이유는 비타민C가 부족하 기 때문이고, 각기병에 걸리는 이유는 비타민B가 부족하기 때문이다. 그렇다면 건강 유지에 필요한 최소한의 비타민 을 섭취하자'라는 것이 기존의 비타민 이론입니다. 반면 폴 링 박사의 메가비타민 이론은 필요 최소량으로 제한한 비타 민을 오히려 다량 섭취해서 질병 치료나 예방에 활용하자는 주장입니다. 기류 씨의 생각이 바로 이 메가비타민 이론과 매우 비슷합니다. 즉 의료기술보다 약물을 활용하는 것이 차세대 의학이 나아갈 바람직한 길이라 주장했죠."

후지모리는 미간을 찌푸렸다.

"그건 기류 씨가 의학자가 아니라 제약회사 직원이었기

때문 아닐까요?”

“물론 그럴 수도 있죠. 하지만 그 사실을 차치하더라도 기류 씨가 메가비타민 이론을 바탕으로 문명론까지 펼치는 걸 듣고 그의 생각이 극단적이라고 느꼈습니다.”

“문명론이요?”

“기류 씨는 이렇게 말했습니다. ‘인간이라는 종족은 다른 생물보다 월등한 속도와 규모로 진화했다. 그 요인은 무엇일까? 정답 중 하나는 기계다. 구텐베르크의 인쇄 기술, 와트의 증기기관, 벨의 전화, 원자력, 컴퓨터……. 인류의 역사는 곧 기계문명의 역사라고 해도 과언이 아니다. 그렇다면 우리를 다음 단계로 이끌 존재는 과연 무엇일까?’”

마키하타는 마치 대학 강의를 듣는 기분이었다. 옆에 앉아 있는 고테가와는 자세가 불편한지 엉덩이를 꼼지락거리고 있었다.

“기류 씨는 그것이 약물을 이용한 육체와 정신 개조라고 생각한 것 같습니다. 지금보다 더 진화하려면 이제 인간이라는 개체 자체가 변해야 한다, 그러려면 약의 힘을 이용해야 한다고……. 이 이야기, 어떻게 생각하십니까?”

“저기, 뭐랄까 헐크나 스파이더맨에 나올 법한 세상이네요.”

고테가와가 당황스럽다는 듯 대답했다.

“그래요. 확실히 극단적인 주장이죠. 그런데 완전히 공상

과학 같은 이야기는 아닙니다."

마키하타가 저도 모르게 의아하다는 표정을 짓자 후지모리는 곤란하다는 얼굴로 말을 이었다.

"예를 들면 올림픽에서 도핑 문제가 제기되지 않습니까. 도핑은 약물의 힘으로 인간의 체력과 정신력을 극한으로 끌어올리는 행위죠. 기류 씨는 도핑이 메가비타민 이론을 적극적으로 활용한 사례라고 주장했습니다."

"기류 씨가 그렇게 열변을 토했습니까? 선생님에게?"

"아뇨, 조심스럽게 한마디 한마디 끊어 말했습니다. 심지어 그 꾸밈없는 미소를 띤 채 말하는 통에 반론할 의욕도 꺾이고 말았죠."

마키하타는 사진 속에서 유순하게 웃고 있던 기류 다카시의 얼굴을 떠올렸다. 그야말로 꾸밈없는 미소였다. 그러나 표정이란 문자 그대로 겉모습에 불과하다. 사람이 품고 있는 증오는 언제나 내면에 들러붙어 있다가 범죄라는 무대에서 구체적인 형태로 표출되는 법이다.

"마지막으로 기류 씨와 만난 건 사흘 전이셨죠. 뭔가 이상한 점은 없었습니까?"

"이상한 점이요?"

"아니면 기류 씨답지 않은 언행을 했다거나."

"그날은 세라믹 크라운을 씌우는 날이었는데 크라운을 장착한 뒤에도 어금니 치료가 남아 있었습니다. 평소처럼 30분이 걸렸고 대화도 평소 같았는데……. 그러고 보니 마지막에 진료실을 나갈 때 기류 씨가 묘한 말을 했습니다.”

“묘한 말이요?”

“기류 씨답지 않게 비꼬는 말투라 깜짝 놀랐죠. 그때 기류 씨 전에 초등학생 남자아이가 이를 하나 뽑는 치료를 받았는데 병원이 떠나가라 울었거든요. 대기실에 있던 기류 씨가 그 소리를 반쯤 감탄하며 듣고 있었습니다. 그러더니 바로 앞에서 저렇게 악을 쓰고 울어대는데 어떻게 침착하게 치료에 집중할 수 있느냐고 제게 묻더군요. 그래서 저는 ‘나는 전생에 나치의 고문자였을 거예요’라고 농담조로 대답했습니다. 그랬더니 기류 씨가 문손잡이를 잡은 채로 이렇게 말했습니다. ‘그렇다면 저도 마녀의 후예입니다’라고.”

무언가 석연치 않은 느낌이 뒤통수에 들러붙었다. 장기 수사로 이어질 때마다 어김없이 전조 증상처럼 나타나는 그 감각이었다.

“고테가와, 어떻게 생각해?”

“그 의사의 증언 말입니까?”

“기류 다카시가 마지막에 남긴 말 말이야. 자신은 마녀의 후예라던.”

“밤이 되면 빗자루를 타고 하늘을 날아다녔을 거예요, 분명.”

"진지하게 대답해."

"의사의 농담에 적당히 받아친 말이었겠죠. 그렇다면 그 말 역시 농담이었을 거예요."

과연 그럴까. 농담에 농담으로 응수했다고 보는 것이 타당할지도 모른다. 그러나 한편으로는 관리인실의 야마자키와 치과의 후지모리에게 전해 들은 기류 다카시의 인상과 다소 어긋나는 말이라는 생각이 들었다. 마키하타가 생각하기에 기류 다카시는 순발력을 발휘해 재치 있는 말을 던지는 사람이 아니었다. 설령 그 말이 농담이었다고 해도 고테가와의 의견처럼 단순하고 별 의미 없는 가벼운 농담이 아니라 훨씬 음울한 기운이 서린 블랙 유머였으리라는 생각이 들었다.

수사본부가 설치된 도코로자와 경찰서에 도착하자 첫 번째 수사 회의가 기다리고 있었다.

대회의실로 들어서자 단상 한가운데에 사토나카 현경본부장이 있었고 그를 사이에 두고 오른쪽에는 구리스 수사 1과장, 왼쪽에는 니토베 도코로자와 경찰서장이 앉아 있었다. 그러나 이 자리에서 실질적으로 진행을 맡은 사람은 구리스 옆에 있는 수사1과 가도와키 관리관이었다. 단상의 맨 뒷줄에는 와타세를 비롯한 주임 다섯 명이 간격을 두고 앉아 있었다.

　가도와키의 간단한 인사말이 끝나자 곧바로 전면 대형 화면에 사건 현장이 나타났다. 아직 현장을 직접 보지 못한 사람들이 소리 없는 신음을 흘렸다. 그럴 만했다. 현장을 직접 본 마키하타조차 새삼 등골이 서늘해질 정도로 처참한 장면이었다. 화면을 바로 앞에서 본 가도와키 또한 노골적으로 인상을 찌푸렸다.

　"전철에 치여 죽은 시신도 이렇게 참혹하지는 않을 것 같군. 프로파일링할 것도 없이 범인은 정신이상자일 거야…….
그래서 피해자 신원은 알아냈나?"

　마키하타가 자리에서 일어나 보고했다.

　"피해자가 소지하고 있던 건강보험증과 사원증을 확인했습니다. 피해자는 현장 인근의 스턴버그 제약 연구소에서 근무하던 기류 다카시로 밝혀졌습니다. 현장에 남아 있던 구개 부위와 치과 진료 기록도 일치했습니다. 현재, 채취한 지문과 모발을 피해자 집에서 채취한 것과 대조하고 있습니다."

　"부검 결과는?"

　이번에는 다른 수사관이 일어나 보고했다.

　"현시점에서 밝혀진 사실만 보고하겠습니다. 위에 남아 있던 내용물의 소화 상태로 확인한 사망 추정 시각은 어제 오후 4시부터 밤 10시 사이입니다. 범인은 시신의 사지만 절단했고, 잘게 조각낸 것은 육식 동물의 짓일 수도 있습니다. 또한 시신의 훼손 상태가 심각해서 살해 방법을 알아내기 어렵다고 합니다."

마키하타는 그럴 만하다며 이해했다. 프라이드치킨의 뼈만 보고 닭을 어떻게 잡았는지는 알 수 없지 않은가.

"현장에서 피해자 외 다른 인물의 혈액, 체액, 모발, 피부는 전혀 발견되지 않았습니다. 그리고 시신 주변에 흩어져 있던 깃털은 학명 '코르부스 코로니', 우리말로는 송장까마귀의 깃털이라고 합니다."

마키하타는 연구소 담장 위에 앉아 있던 까마귀를 떠올렸다. 까마귀를 가까이서 관찰하거나 서로 다른 까마귀를 비교해 본 적은 없지만 부리가 유독 날카로웠던 것 같았다.

"사지를 절단하는 데 사용한 도구는?"

"절단면이 상당히 손상돼서 판단할 수 없다고 합니다."

"피해자 신변 조사는?"

그때 와타세가 손을 들었다.

"그건 내가 보고하죠."

가도와키의 표정이 살짝 일그러졌다. 물론 계급은 가도와키가 위지만 현장주의를 고수하는 노련한 베테랑인 데다 검거율도 현경 본부에서 최고로 꼽히는 와타세를 함부로 대할 수 없었다. 와타세 또한 친근함과 무례함의 경계를 알고 선을 잘 지키는 편이기에 그의 말투가 다소 거칠더라도 가도와키는 그냥 넘어가는 수밖에 없었다.

"피해자가 근무하던 제약회사 연구소가 두 달 전에 문을 닫은 탓에 직장 관련 정보는 이제 막 수집하기 시작한 단계입니다. 이건 류자키 반 담당이고요. 지금까지 파악한 인간관계는 여자친구인 마리무라 미사토라는 학생뿐이고, 이쪽도 조사 중입니다."

"가족 관계는 확인됐습니까?"

"확인할 필요 없습니다. 기류 다카시는 가족이 없거든요."

그렇게 대답한 와타세는 B5 크기 서류를 모두에게 배부하도록 지시했다. 가족 전원의 호적 등본이었다.

할아버지인 가스케가 호주로 기재된 기류 가족의 구성원은 모두 일곱 명이었다.

가스케(조부). 1912년 3월 1일 도야마현 히가시토나미군 요시노무라 출생. 1935년 10월 6일 사사히라 야에와 혼인 신고. 1980년 8월 10일 사망.

야에(조모). 1916년 5월 24일 히가시토나미군 다카세무라 출생. 1935년 10월 6일 기류 가스케와 혼인 신고 후, 같은 달 9일 히가시토나미군 다카세무라 1051번지 사사히라 도키오의 호적에서 이전. 1980년 8월 10일 사망.

도시로(부). 1937년 9월 4일 히가시토나미군 요시노무라 출생. 1963년 7월 7일 이소가이 기미에와 혼인 신고. 1980년 8월 10일 사망.

기미에(모). 1940년 6월 5일 도야마현 네이군 고사카마치 출생. 1963년 7월 7일 기류 도시로와 혼인 신고 후, 같은 달 11일 네이군 고사카마치 411번지 이소가이 고타로의 호적에서 이전. 1980년 8월 10일 사망.

소이치(장남). 1965년 5월 6일 히가시토나미군 요시노무라 출생. 1980년 8월 10일 사망.

미야(장녀). 1968년 12월 30일 히가시토나미군 요시노무라 출생. 1980년 8월 10일 사망.

다카시(차남). 1971년 11월 5일 히가시토나미군 요시노무라 출생. 1980년 9월 21일 사기야마 다쓰에게 입양. 히가시토나미군 요시노무라 1251번지 기류 도시로의 호적에서 이전.

와타세의 보고대로 기류 다카시를 제외한 사망자 여섯 명의 기록은 'X' 표시가 기재되어 있었다.

"가족 여섯 명이 전부 같은 날 사망했군요. 무슨 사고라도 당했습니까?"

"관할서인 도야마현경에 요청해 조회했더니 재해를 당했더군요. 1980년 8월 10일, 호쿠리쿠 지역에 상륙해 북상한 제15호 태풍 때문에 요시노무라 일대에 시간당 80밀리미터를 기록한 국지성 호우가 쏟아지면서 절벽을 따라 지어진 가옥 세 채에 살던 주민들이 토사에 매몰됐다고 합니다. 그 중 한 가구가 기류 다카시의 가족이었습니다. 순식간에 산사태가 일어났는데 도로가 끊긴 탓에 사고 발생 여덟 시간 후에야 구조대가 도착했고, 생존자는 한 명도 없이 열다섯 명 전부 숨졌습니다. 당시 여덟 살이었던 기류 다카시는 그 전날부터 야외 체험학습에 참가하던 중이라 홀로 화를 면했습니다."

줄기차게 쏟아지는 폭우. 사방이 잿빛에 갇힌 고립된 산골 마을. 슬로모션처럼 무너져 내리는 절벽. 무슨 일이 일어났는지도 모른 채 가재도구와 함께 토사에 매몰된 주민들. 과거 뉴스나 영화에서 봤을 법한 장면들이 영상이 되어 마키하타의 머릿속에 재생됐다.

"막내만 남은 채 일가족이 모두 사망했다니……. 그런데 호적에는 사고 후에 사기야마 다쓰라는 여성에게 입양됐다고 나와 있군요. 이 여성은 누구죠?"

"사기야마 다쓰는 기류 도시로의 열 살 터울 누나이자 기류 다카시에게는 고모가 되는, 유일한 친척입니다. 사기야마 집안으로 시집갔지만 남편은 일찍이 병사했고 슬하에 자식이 없었기 때문에 기류 다카시를 거두는 데 아무런 문제가 없었습니다. 적어도 입양 후 9년 동안은."

"그러면 사기야마 다쓰도……?"

"사기야마 다쓰는 1989년 3월에 뇌출혈로 사망했습니다. 당시 열일곱 살이던 기류 다카시는 그때 피가 이어진 가족을 모두 잃으며 말 그대로 천애 고아 신세가 됐죠. 그 후 아

파트를 빌려 홀로 살았던 것 같고, 일 년 재수 끝에 약대에
입학해 현재에 이르렀습니다.”

“혈혈단신에 고학생이라.”

“고학생은 아니었을 겁니다. 경제적인 어려움은 전혀 없
었던 것 같아요. 당장 먹고살려고 아르바이트를 했던 것도
아니고. 하숙비에 수도, 전기 요금도 잘 내고 심지어는 약대
입학금과 등록금을 일시불로 납부했더군요. 적어도 가난한
학생은 아니었습니다.”

“……가족의 생명 보험금을 받았습니까?”

“맞습니다. 기류 다카시의 아버지는 자신과 아내가 사망했
을 때 보험금 수령자를 세 아이로 지정했습니다. 그런데 삼
형제 중 기류 다카시 혼자 살아남았기 때문에 형과 누나가
받아야 했을 몫까지 기류 다카시가 상속했죠. 형과 누나가
피보험자고 부모가 수령자로 지정된 보험의 보험금도 기류
다카시가 받았습니다. 결국 여덟 살 난 소년이 가족 네 명의
보험금을 전부 받은 셈이죠. 그 금액이 당시 2억 4천만 엔이
었습니다. 그런데 1980년대는 버블경제가 한창이던 고금리
시대였기 때문에 2억 4천만 엔이었던 보험금은 가치가 떨어
지기는커녕 복리로 불어났고, 지금은 4억 엔이 넘습니다.”

“4억 엔…….”

“그래서 사실 가장 곤란한 처지에 놓인 사람은 기류 다카
시를 거둔 사기야마 다쓰였습니다. 아무것도 모르는 여덟

살짜리 아이가 혼자 감당할 수 없을 만큼 어마어마한 돈다 발과 함께 찾아온 데다 사기야마 다쓰는 연금으로 생활하는 독거노인이었거든요. 당시 신문을 축소한 축쇄판에서 광고 란에 인쇄되어 있던 잡지를 확인했는데 벼락부자 이야기와 타인의 불행을 밥벌이로 삼는 습성은 예나 지금이나 다르지 않더군요. 여덟 살짜리 억만장자와 연금생활자 노인을 조롱 하는 글을 멋대로 썼습니다."

"그래서, 실제로는 어땠습니까?"

"실제고 뭐고, 그냥 검소했습니다. 애초에 보험금에 손댈 생각이 없었던 건지, 아니면 사람들 시선이 신경 쓰여 손댈 수 없었던 건지는 모르겠지만, 기류 다카시를 맡아 기르기 전과 후의 다쓰의 삶이 크게 다르지 않았던 것 같습니다. 지 은 지 30년 된 목조 단층집을 허물고 다시 짓지도 않았고, 사치스러운 쇼핑을 하지도 않았죠. 두 사람은 지극히 평범 하게 살았습니다. 기류 다카시는 부자였지만 정작 그 돈을 쓰는 데는 관심이 없었던 것 같습니다. 마키하타, 기류 다카 시가 살던 아파트 보고 왔지?"

"네."

"어떤 집이었지?"

"바닥부터 천장까지 의학 관련 서적으로 가득했습니다. 그것 말고는 구형 컴퓨터, 책상 하나, 탁자와 의자 하나, 낡 은 의류 보관함에 헌 옷 몇 벌뿐이었습니다."

“가난한 학생이 살 법한 집이었지?”

“그런데 그 집은 이상할 정도로 생활감이 없었습니다.”

“생활감?”

이번에는 가도와키가 물었다.

“물욕도 금전욕도 느껴지지 않았습니다. 생활감이 없었다는 건 그런 뜻입니다.”

“자산 상태는?”

가도와키의 물음에 이번에는 다른 주임이 손을 든 뒤 대답했다.

“거래 은행의 계좌를 조사했는데 막대한 예금은 둘째치고 상당히 높은 급여를 받는 고액연봉자였습니다. 실직하기 전까지 매달 25일에 60만 엔이 넘는 급여가 입금됐습니다. 그런데도 월 지출액은 많아야 30만 엔 정도였습니다. 요즘 같은 초저금리 시대에 억대 자금을 전부 이율 1퍼센트 미만의 정기 예금에 넣어두고 있었을 정도니 정말 돈에 관심이 없는 사람이었을지도 모릅니다.”

“흠······.”

가도와키를 비롯한 모두가 침묵에 잠겼을 때 불현듯 와타세가 상대를 특정하지 않은 채 입을 열었다.

“자산이나 차, 의식주 등에 전혀 관심이 없었고, 오로지 자신의 전문 분야 서적만을 수집하던, 사람들에게 호감을 주던 유순한 청년. 그 청년이 어느 날 밤, 참혹하게 살해된 채 발견됐습니다. 강도에게 당했을 가능성은 거의 없습니다. 인적이 없다시피 한 늪지에 숨어 먹잇감을 노리는 인간은 없을 테니. 그럼 재산이 목적이었을까? 아닐 겁니다. 기류 다카시에게는 상속인이 한 명도 없었죠. 여자친구가 있지만 그녀에게 재산을 남기겠다는 유언은 없었습니다. 그렇다면 원한? 아무리 성격 좋은 사람이라고 해도 원한을 사면 적이 생길 수 있죠. 그리고 그런 이유라면 훼손된 시신 상태도 이해가 갑니다. 머리카락, 치아, 건강보험증, 사원증. 시신의 신원을 확인할 수 있는 물건을 전부 남긴 채 시신을 훼손했다는 건 오로지 증오에서 비롯된 행동이라고밖에 볼 수 없어요."

"폐쇄된 연구소에 대해서는 어디까지 파악했나?"

그 질문에 류자키 주임이 대답했다.

"스턴버그 제약. 과거 동독이었던 지역에 본사를 둔 기업으로 그 분야에서는 꽤 유명하다고 합니다. 폐쇄된 연구소는 일본에 있는 유일한 파견 기관이자 일본 지사였으나 올해 9월에 문을 닫았습니다. 당시 소장과 지사장은 모두 독일인이었고 이들은 연구소가 폐쇄되자마자 독일로 돌아갔습니다. 연구소 직원들은 기류 다카시를 포함해 총 스물네 명이었고 일본 현지에서 채용된 사람들이었는데, 연구소 폐쇄와 동시에 전원 해고됐습니다. 입수한 상호등기부에서 파악한 사실은 이 정도입니다. 본국으로 귀국한 독일인 두 명은 전혀 연락이 안 됩니다. 스턴버그 본사에 문의는 했지만 이미 문을 닫은 동아시아의 지사에 쏟을 관심은 없다는 태도라 답변을 기다리는 중입니다. 나머지 직원 스물세 명의 소재도 파악 중인데 상호등기부에는 소장과 지사장의 정보만 기재되어 있어 추적하는 데 시간이 걸립니다.”

그때 사토나카 본부장의 책상에 놓인 전화가 울렸다.

“무슨 일이야. 지금 수사회의 중이잖아. 뭐라고? 구조 씨? 설마 경찰청의 그 구조 씨를 말하는 건가? ……아니, 이야기는 들었지만 그건……. 오호, 본인의 입으로 직접……, 알겠어.”

불쾌감과 미심쩍은 기운이 공존하는 분위기를 풍기며 수화기를 내려놓은 사토나카는 가도와키를 흘긋 쳐다봤다.

“무슨 일 있으십니까?”

“흠. 오늘 경찰청에서 손님이 오기로 되어 있었는데 타이밍이 참……. 이번 사건과 관련해서 오는 건데 설마 그 사람이 올 줄은 몰랐군.”

“기류 다카시 사건 말입니까? 도대체 무슨 관련이 있습니까?”

“그 내용을 담당자인 구조 과장 보좌가……, 거 왜 있잖아 그 유명한……, 그 사람이 직접 설명하러 온다고 하는군. 도대체 무슨 영문인지 모르겠어.”

이윽고 그 인물이 구리스 과장의 안내를 받으며 회의실에 나타났다.

그는 회의실에 모인 수사관들을 둘러본 후 가볍게 고개를 숙였다.

"안녕하십니까. 경찰청 생활안전국에서 나온 구조 고헤이입니다."

나이는 40대 초반, 키는 마키하타와 비슷했다. 호리호리하게 마른 몸에 얼굴은 길쭉하면서 작았다. 가느다란 눈썹과 작은 무테안경 때문에 신경질적인 사람처럼 보였다.

옆에서 불만스러운 표정을 짓고 있던 사토나카가 못마땅한 심기를 감추지 못하며 입을 열었다.

"경찰청에서 지시가 내려왔습니다. 앞으로 수사 중 얻은 모든 정보는 경찰청에 보고할 겁니다."

아마 사토나카도 자세한 설명은 듣지 못한 듯했다. 그가 당혹스러워하는 기색이 수사관들에게까지 전해졌다.

"그 말은 합동수사를 한다는 뜻입니까?"

와타세의 도발적인 질문에 사토나카가 대답하려던 순간, 구조가 한 손을 들어 사토나카를 저지했다.

"제가 설명하죠. 제가 수사에 합류하는 건 어디까지나 비공식입니다. 합동수사 형태는 아닙니다. 저를 투명 인간 취급하시면 됩니다. 다만 수사를 진행하는 과정에서 스턴버그 제약과 그 직원들에 관한 사안에 대해서만 제가 관여할 수 있게 양해해주셨으면 좋겠군요."

말끝만 정중하고 어조는 명령형인 말을 듣고 마키하타는

'아, 이놈도 똑같군' 하고 생각했다. 자주는 아니지만 합동수사를 하면서 겪은 경찰청 소속 수사관들은 두 부류밖에 없었다. 하나는 처음부터 관할서 형사를 심부름꾼 취급하며 당연하다는 듯 모욕적인 말을 퍼붓는 자. 나머지 하나는 지나치게 정중해서 오히려 무례하게 느껴질 정도로 자세를 낮추는 자. 결국 두 부류 모두 가득하다 못해 터질 것 같은 우월감을 각각 다른 방식으로 드러내는 것일 뿐 본질은 같다. 구조는 후자 같은 부류라고 마키하타는 판단했다.

그러나 다음에 이어진 한마디가 그의 첫인상을 크게 뒤흔들었다.

"현재까지 생활안전국이 입수한 스턴버그 제약의 정보는 당연히 전부 수사본부 여러분과 공유하겠습니다."

마키하타는 자신도 모르게 구조의 얼굴을 재차 확인했다. 다른 사람들도 놀라기는 마찬가지였다. 심지어 가도와키는 입을 떡 벌린 채 굳어 있었다.

압도된 분위기 속에서 먼저 입을 연 사람은 와타세였다.

"생활안전국이라면……, 그러니까 이번 사건이 마약과 관련된 살인 사건이라는 겁니까?"

"단언할 수는 없습니다. 그러나 살해된 사람이 스턴버그 제약 직원이라면 그럴 가능성이 큽니다."

"이미 폐쇄된 연구소의 고작 주임이지 않습니까."

"그 연구소에서는 직급에 큰 차이를 두지 않았습니다. 책임자와 연구원이라고 직책상 구분만 했을 뿐이죠."

"……아무래도 우리가 한참 뒤처진 것 같군요."

와타세가 불퉁하게 말하자 구조가 표정 없는 얼굴로 대꾸했다.

"하지만 금방 따라잡을 자신이 있지 않습니까?"

"스턴버그 제약에 뭔가 비밀이 있나 보군요."

"스턴버그 제약에 대한 조사는 얼마나 진행됐습니까?"

"진행이고 뭐고, 아는 게 거의 없습니다."

"그렇다면 잘됐네요. 제가 아는 것을 최대한 설명해 드리겠습니다."

모두가 말없이 동의하자 구조는 마치 초청받은 강사처럼 단상 앞에 섰다.

"사건의 발단은 올해 초, 관할서 생활안전과에서 제출한 보고서였습니다. 최근 시부야와 신주쿠를 중심으로 젊은 층 사이에서 새로운 약이 유통되고 있다는 내용이었죠. 이 약의 홍보 문구는 '각성제보다 효과가 좋고 마리화나보다 쉽게 깬다'였습니다. 방금 웃으신 분도 있는데 이 홍보 문구는 허위가 아닙니다. 사실 이 약은 즉각적인 효과를 보이면서도 중독성이 거의 없습니다. 흡입 방법은 다른 약처럼 정맥주사, 경구 투여, 비강 흡인 모두 가능합니다. 분류상으로는 흥분제 계열이며 체내에 흡수되자마자 각성제와 비슷하면서도 다른 효과를 보입니다. 보통 각성제는 활동 욕구나 집중력을 높이지만 이 약은 오로지 공격 본능만 증폭시키죠."

"공격 본능?"

"공포심과 이성은 사라지고 싸우려는 본능과 파괴 충동이 솟구칩니다. 즉 평소에는 양처럼 순한 사람이 이 약을 접하는 순간 순식간에 제어할 수 없는 야수로 돌변해 타인을 공격합니다. 자신보다 덩치가 두 배는 큰 상대에게도 주저 없이 덤벼드는 무모함, 맞고 또 맞아도 다시 일어서는 집요함. '히트', 시부야의 젊은이들은 이 약에 딱 어울리는 이름을 붙였습니다. 아시다시피 시부야 일대는 불량 청소년 그룹을 비롯한 젊은 녀석들의 싸움이 끊이지 않는 곳입니다. 그런 약은 언제나 수요가 있죠. 게다가 히트는 아주 편리하게도 중독성이 거의 없습니다. 약효가 다해도 몸이 다시 히트를 원하거나 금단 증상이 나타나지 않죠. 사용 횟수는 본인의 의지에 달렸고, 여러 번 투여해도 내성이 생기지 않기 때문에 자주 투여해도 투여량이 늘지도 않습니다."

"최종 유통가가 얼마입니까?"

"1그램당 3천 엔입니다."

"3천 엔? 하지만 그 가격으로는……."

거기까지 말한 와타세는 입을 다물었다.

"그 가격으로 팔면 돈이 안 되죠. 맞습니다. 그런데 고객 입장에서 보면 이만큼 안전한 약도 없습니다. 효과는 확실하고 후유증은 없는, 말 그대로 몸에 해를 끼치지 않는 이상적인 약. 히트를 손에 넣은 뒤 그들의 싸움은 더욱 심해졌습니다. 하지만 솔직히 말하면 그때는 아직 저희도 히트의 존재와 싸움의 격화를 연결 짓지 못했습니다. 관할서의 생활안전과도 그 소년들을 폭력조직의 예비 조직원 정도로만 인식했고, 솔직히 예비 조직원들끼리 서로 싸워 자멸해주기를 바란 마음도 있었습니다. 그런데 올해 형사국에서 넘긴 정보를 보고 깨달았습니다. 하나, 세이조 일가 다섯 명 살해 사건. 둘, 신주쿠니시구치역 묻지 마 살인 사건. 셋, 도립 고등학생 교내 난사 사건."

사건명이 언급되자 회의실 분위기에 짙은 긴장감이 감돌았다. 세 사건은 올해 6월부터 7월까지 두 달 동안 도쿄에서 연달아 발생했으며 끔찍한 내용으로 세간의 이목을 끈 강력 사건이었다.

첫 번째 사건. 6월 22일 저녁 7시, 세이조에 사는 한 주부로부터 "이웃집에서 사람들의 비명이 들린다"라는 신고를 받고 현장에 출동한 경찰이, 기업을 운영하는 구시모토 쇼조 사장의 집 현관에서 피투성이가 된 소년 A(17세)를 발견해 구조한다. 그런데 저택 안으로 들어간 경찰들은 그 자리에 못 박힌 듯 굳고 말았다. 거실이 피바다였기 때문이다. 그 붉은 바다 가운데 구시모토의 아내와 장녀(14세)가 흉기에 찔려 숨져 있었다. 그리고 욕실에서 차녀(8세), 서재에서 구시모토, 마지막으로 방에서 장남(9세)의 시신을 발견했

다. 다섯 명은 이미 사망한 상태였으며 시신에서는 최소 일
곱 차례, 많게는 스물네 차례 흉기로 찌른 흔적이 발견됐다.
발견 당시 A는 피에 물든 맥가이버 칼을 들고 있었는데 그
칼이 바로 범행 도구였다. A는 그 자리에서 체포됐고 같은
날 범행 사실을 자백했다. A는 구시모토가 운영하는 운송회
사의 직원이었는데, 잦은 근무 태만으로 사건 전날 해고된
상태였다. 그때 A는 구시모토에게 심한 질책을 받아 원한을
품고 범행을 저지른 것이다.

두 번째 사건. 7월 15일 오후 2시, 콘서트를 관람하고 돌
아가는 젊은이들과 쇼핑객들로 붐비던 신주쿠니시구치역
에 소년 B(17세)가 승합차를 몰고 왔다. 그러다 갑자기 일
본도를 휘두르며 인파 속으로 뛰어들어 눈 깜짝할 사이에
노부인 두 명과 어린 여자아이 한 명을 베었다. 이상한 낌새
를 눈치챈 사람들이 공포에 질려 우왕좌왕하는 가운데 B는
고함을 내지르며 남성 회사원 한 명과 여고생 두 명을 뒤에
서 공격했고 길가에 누워 있던 남성 노숙자 한 명을 향해 세
차례나 칼을 내리꽂았다. 출동한 경찰 여덟 명이 B를 제압
했는데, 체포하는 과정에서 경찰 세 명이 중상을 입었다. 그
흉악한 범죄는 40분 동안 일어났으며 일곱 명이 숨지고 세
명이 다쳤다. B는 경찰학교에서 검도 사범을 맡고 있는 현
역 경찰관의 장남이었고 범행에 사용된 일본도는 아버지의
수집품 중 하나였다. B는 기관지염을 앓아 고등학교를 휴학

한 상태였으며, 복학할지 경찰로 취직할지 정하라고 매일같이 재촉하는 아버지와 그런 아들의 앞날을 걱정하던 어머니 사이에서 심리적인 압박을 받았던 것으로 알려졌다. 그래서 아버지의 일본도를 훔친 후 승합차를 몰고 거리를 배회했다. 그러던 중 한 손에 팸플릿을 든 젊은이를 발견했고, '매일 아무 걱정 없이 지내는 것 같은 저들이 갑자기 미워져서' 흉악한 범죄를 저질렀다고 진술했다. 사건 후, B의 아버지는 자택에서 할복자살했다.

세 번째 사건. 7월 21일 오전 11시, 도쿄 세타가야의 도립고등학교 2학년 A반 교실에 같은 반 학생 C(17세)가 난입. 소지하고 있던 개조 모델건으로 수업 중이던 교사 쓰즈키(45세)를 쐈다. C는 교실 입구를 막아선 뒤 총을 난사했고 피할 데가 없던 학생들은 아무 저항도 하지 못한 채 총탄에 맞아 쓰러졌다. 쓰즈키를 비롯한 학생 세 명이 C가 발사한 여섯 발에 맞아 사망했고 세 명이 중태에 빠졌으며, 아수라장에서 탈출하기 위해 3층 교실 창문에서 뛰어내린 여덟 명 중 뇌타박상으로 사망한 학생이 한 명, 나머지 일곱 명은 골절과 내장 파열로 중태에 빠졌다. C는 총을 난사한 후에도 맨몸으로 학생들을 공격했으나 교사 다섯 명에게 제압당했다. C는 예전부터 반에서 따돌림을 당했으며, 괴롭힘에 가담한 학생과 이를 못 본 척한 학생을 비롯해 학급 전체에 앙심을 품고 범행을 저지른 것으로 밝혀졌다.

"세 사건에서 전부 다수의 피해자가 발생했으며 범인은 도쿄에 거주하는 열일곱 살 소년들이었습니다. 잡지에서 '병든 열일곱 살'이라고 얼마나 떠들어댔습니까. 그런데 언론에 공개하지 않은 또 다른 공통점이 알려졌다면 소란은 이 정도로 끝나지 않았을 겁니다. 체포 직후 소변 검사를 시행한 결과 세 소년 모두에게서 히트 성분이 검출됐습니다."

수사관들 사이에서 조용한 술렁임이 일었다. 구리스도 금시초문이라는 듯 놀란 표정을 감추지 못했다. 와타세는 언짢은 표정으로 미간을 찌푸리며 구조를 노려봤다.

"그래서 히트와 스턴버그 제약이 어디서 어떻게 연결되어 있다는 말입니까?"

"히트를 구매하던 자들은 각 그룹의 조달책인데, 보호 조치한 소년들의 증언을 모아 보니 판매책은 한 명이었습니다. 그 판매책은 거래할 때마다 항상 선글라스를 쓰고 있어 얼굴을 보지 못했는데, 어느 날 조달책 소년에게 물건을 건네려고 가방을 열었는데 마침 그 속에 있던 회사 로고가 박힌 메모지가 살짝 보였다고 합니다. 눈썰미가 좋은 소년은 메모지 구석에 인쇄되어 있던 로고를 또렷하게 기억했죠. 필기체 S와 B를 겹쳐 놓은 마크. 소년에게 확인했더니 스턴버그 제약이 사내에서 사용하는 메모지가 맞았습니다."

"판매책이 스턴버그 제약의 직원이었다는 말입니까?"

"형사국에서는 그 직원의 단독 범행이라고 보는 견해가

다수였습니다. 회사에서 보관하던 약물을 이용해 용돈벌이를 했다고 봤죠. 그런데 형사국에서 스턴버그 제약에 약물 관련 조회를 요청했을 때, 이 사건이 단순히 직원 한 사람의 단독 범행이 아니라 회사 전체가 연루된 범죄일지도 모른다는 의혹이 생겼습니다. 약물 범죄를 수사하는 사람들에게 스턴버그 제약은 바로 그런 기업이었습니다. 혹시 이 자리에 스턴버그 제약의 어두운 이야기를 아시는 분 계십니까?"

아무도 손을 들지 않았다.

"스턴버그 제약은 1910년에 막스 폰 스턴버그라는 남자가 세운 회사입니다. 창립 초기에는 베를린 변두리에서 생활 잡화를 판매하던 소매업체였는데 1914년을 기점으로 제약업에 진출해 판매량과 경로를 급속히 확대해 나갔습니다. 그리고 4년 후, 제약 전문 기업이 된 스턴버그 제약은 업계 최초로 대규모 공장에서 약물을 제조하기 시작하며 성공을 거둡니다."

"1914년이라면 분명……."

"맞습니다. 제1차 세계대전이 일어난 해입니다. 독일은 이 전쟁에서 패전국이 됐죠. 스턴버그 제약은 독일의 패색이 짙어지자마자 자체적으로 회사를 해체했는데, 대략 스무 개 회사로 쪼개 러시아, 오스트리아, 프랑스 등으로 자산을 옮겨 재산 몰수를 모면했습니다. 그렇게 유럽 각국으로 흩어졌던 그들은 10년 동안 현지에서 새 약물 제조 노하우와 돈을 축적한 뒤 본국으로 돌아와 다시 창립자 막스 폰 스턴버그 밑으로 모였습니다.”

“그 무렵이면 패전의 여파도 잠잠해지고 경기도 회복됐을 테니 돌아왔나 보군요.”

“아뇨, 상황은 오히려 더 안 좋았습니다. 오랫동안 지속된 불황이 국수주의자와 군국주의자 같은 우익 세력을 키우는 원인이 되면서 결국 나치당이 정권을 장악하게 됩니다. 그리고 스턴버그 제약은 나치당과 보조를 맞추듯 스턴버그 제국이라고 부를 만한 거대 기업을 다시 구축합니다.”

와타세가 여전히 언짢은 얼굴로 고개를 들며 말했다.

“아, 이해했습니다. 그러니까 스턴버그 제약은 전쟁이 일어날 때마다 막대한 돈을 벌어들이는 ‘죽음의 상인’이라는 말이군요.”

“맞습니다. 다만 그들이 판매하는 상품은 흰색 가루죠. 스턴버그 제약의 특이점은 전장과 군 시설을 그대로 신약 개발 공장으로 바꿨다는 것입니다. 이쯤에서 눈치채셨을 겁니다. 스턴버그 제약은 나치군의 과학조직에 자사 연구원들을 파견했습니다.”

구조는 사람들의 반응을 살피려는 듯 잠시 말을 멈췄다. 회의실에 모인 사람들은 하나같이 구조의 말에 집중하며 기침 소리 하나 내지 않았다.

“나치라는 집단은 인간의 모든 악을 실행한 조직이었는

데 그중에서도 가장 끔찍했던 행위는 과학이라는 이름 아래
자행된 수많은 인체 실험이었습니다. 사람이 견딜 수 있는
소음의 크기는 어느 정도일까. 고통은 어디까지 견딜 수 있
을까. 출혈은 몇백 리터까지 견딜 수 있을까. 각종 독극물의
치사량은 몇 그램일까. 그것은 성별, 나이, 체중에 따라 차이
가 있을까. 이런 것들을 실험했죠. 그 과정에서 스턴버그 제
약의 과학자들은 인체에 효과가 있는 성분을 추출하는 데
성공했고, 그렇게 개발한 신약 중 일부는 현재도 시장에 유
통되고 있습니다. 엄연히 스턴버그 제약의 상품으로, 당연
히 독일에서도 판매되고 있죠."

"믿을 수 없는 이야기군요. 그런 전쟁 범죄의 상징 같은
회사가 아직도 존재한다니. 재판에 회부되거나 규탄을 받지
는 않았습니까?"

"뉘른베르크 재판은 전쟁 지도자들을 심판하는 자리였습
니다. 검사 측은 끝내 스턴버그 제약의 전범 행위를 입증하
지 못했죠. 유대인에게 직접 가해 행위를 한 스턴버그 제약
출신 의사들이 한 명도 빠짐없이 실종됐기 때문입니다. 그
러나 나치 붕괴와 종전이라는 상황을 겪으면서도 이 기업의
근본적인 성격은 조금도 변하지 않았습니다. 독일이 분단된
뒤 스턴버그 제약은 나치 시절에 얻은 인체와 약물에 관한
지식 및 기술을 동독에 제공했습니다. 그리고 이때부터 스
턴버그 제약의 약이 거의 전 세계로 퍼져나갔죠. 한국, 베트

남, 팔레스타인, 아프가니스탄……. 냉전 시대의 대리전쟁에 휘말린 국가들은 전부 스턴버그 제약 약물의 영향을 받았습니다.”

“잠시만요.”

와타세가 손을 들며 말을 끊었다.

“지금까지 구구절절 설명하셨는데 경찰청, 아니 후생노동성을 중심으로 한 관계자들은 그 사실을 알면서도 스턴버그 제약 일본 지사를 내버려둔 겁니까? 전범 혐의가 명확했음에도 50년이나 되는 긴 세월 동안 이 나라에서 그 악귀 같은 놈들이 계속 연구하는 걸 묵인했다는 말입니까?”

“와타세!”

구리스 과장이 비명처럼 소리를 질렀지만 구조는 전혀 개의치 않는다는 태도로 대답했다.

“스턴버그 제약이 일본에서 무슨 일을 한 적이 없었기 때문입니다. 그래서 그저 동독에 본사를 둔 외국 기업이라고만 생각했습니다. 우리가 이 기업을 처음 주목한 시기는 1988년 서울올림픽 때였습니다. 백 미터 달리기에서 금메달을 땄지만 도핑에 적발되어 메달이 박탈되고 출전 정지 처분까지 받은 벤 존슨 선수를 다들 기억하십니까?”

마키하타는 곧바로 검은 피부에 눈만 하얗게 빛나던 단거리 육상선수를 떠올렸다. 메달을 따기 전까지만 해도 예리하고 사나운 야수의 눈처럼 보였지만 도핑 적발 후에는 각성제 상습 사용자 특유의 그것으로 인상이 달리 보였던 기억이 났다.

"그런데 소련을 비롯한 공산주의 국가들은 서방보다 훨씬 더 철저하게, 심지어 국가 차원에서 조직적으로 도핑을 자행하고 있었습니다. 트레이닝 룸과 가까운 연구동에서 부지런히 약물을 제조하며 투여량과 시간을 체계적으로 관리하던 곳이 바로 스턴버그 제약의 파견 기관이었습니다. 그들의 실력이 얼마나 뛰어났는지는 과거 올림픽이나 세계선수권에서 동독이 획득한 많은 메달이 이미 입증했습니다. 국가 간의 경쟁 뒤에서 끊임없이 암약한 검은 약사들. 저희는 그들의 동향에 주목하기 시작했습니다. 유럽과 미국의 기관들보다 5년 늦었지만 말입니다."

"독일이 통일된 후에는 어떻게 됐습니까? 동독은 사라졌고, 러시아는 자국의 잠수함마저 녹슬 때까지 방치할 수밖에 없는 상황에서 약물 분야를 계속 유지할 여력이 없었을 텐데요."

"맞습니다. 독일 통일 후에도 스턴버그 제약의 본사는 여전히 베를린에 있었지만 활동 거점은 진작에 유럽을 떠났습니다."

"어디로 말입니까?"

"중동, 동남아시아. 그리고 북한."

와타세의 표정이 놀라움과 불쾌감을 드러낸 채 얼어붙었

다. 그 모습은 쥐 죽은 듯 조용해진 수사관 모두의 심정을 대변하는 듯했다.

"그래서 공안도 스턴버그 제약의 동향을 주시하고 있던 모양입니다. 그런데 스턴버그 제약 일본 지사가 두 달 전에 아무런 예고도 없이 문을 닫았고, 거의 같은 시기에 같은 약물을 사용한 소년들이 흉악 범죄를 저질렀습니다. 그리고 이번에는 연구소에서 근무하던 주임 연구원이 동기와 수단 모두 불분명한 채로 살해당했죠. 어떻습니까. 거만한 경찰청 수사관들이 혼비백산해서 현경으로 달려올 만하지 않습니까?"

2

차가운 비가 내리고 있다.

시야를 가릴 정도로 따갑게 쏟아붓는데도 땅을 두드리는 소리는 들리지 않았다.

낮은 산맥을 가로지르듯 강이 흐르고 그 강을 따라 국도가 나 있었다. 도로변에는 우비를 입은 경찰관들이 가로수처럼 일렬로 늘어서 있었다.

마키하타는 그 속에 있었다.

속옷까지 적시는 비 때문에 마키하타는 자신만 우비를 입지 않았다는 사실을 서서히 깨달았다. 우산도 쓰지 않았다. 그저 젖는 대로 내버려둔 채 빗속에 가만히 서 있었다.

쏟아지는 비에 자욱해진 시야 속에서 끝없이 늘어선 대열은 중요 인물을 경호하는 모습 같았으며, 유일하게 사복 차림인 마키하타는 그들을 통솔하는 역할을 맡고 있었다.

몇 분, 몇십 분, 혹은 몇 시간이 지났을까. 경찰 대열이 등지고 선 강변에서 중년 여성이 모습을 드러냈다.

강에서 방금 나와서인지 얇은 블라우스와 치마가 몸에 달라붙었고 헝클어진 앞머리가 이마를 가렸다.

여성은 마키하타를 보자마자 망설이지 않고 달려왔다. 그녀가 가까워질수록 몸에서 떨어지는 물방울이 아스팔트에 떨어져 튀는 소리도 점점 더 커졌다.

"도와주세요!"

여성이 갑자기 소리쳤다.

"아이가 저 강물에 휩쓸렸어요. 도와주세요!"

필사적으로 매달리는 두 눈에 책망의 빛이 어렸다. 그 시선에서 도망치듯 절벽 아래 강으로 눈을 돌렸더니 강물은 벌써 물살이 거세져 마치 수많은 용들이 뒤엉켜 몸부림치듯 빠르게 하류로 흘러갔다.

"안 됩니다. 저는 이 자리를 비울 수 없습니다."

여성은 시선을 떼지 않고 마키하타를 응시했다.

"제발요. 제발 좀 살려주세요."

여성은 무릎을 꿇고 엎드려 애원했다. 그러나 마키하타는 그녀의 눈이 여전히 자신을 옭아매고 놓아주지 않는 것처럼 느꼈다.

도움을 청하려고 주위에 있는 경찰관들을 둘러봤지만, 옆에서 상황을 전부 들었을 경찰들은 곁눈질도 하지 않은 채 조각상처럼 빗속에 서 있을 뿐이었다.

이윽고 하류에서 목소리가 울려 퍼졌다.

"여기 떠올랐다!"

그 소리를 들은 여성은 튀어 오르듯 일어나 강 하류로 뛰어갔다. 마키하타도 그 뒤를 따라갔고, 대열을 이탈한 경찰들도 두 사람을 따라갔다.

포장도로에서 절벽 아래로 이어지는 좁은 돌계단을 뛰어내리다시피 급히 내려가니, 불어난 물에 침식되어 생긴 좁은 강가에서 여성이 무언가를 안고 서 있었다.

마키하타는 불길한 예감에 휩싸였다. 그러나 멈출 수 없었다. 머리가 거부하는데도 자신의 의지와는 무관하게 다리가 앞으로 나아갔다.

그녀가 품에 안고 있는 것은 아이였다. 치마, 한쪽 발에만 남은 빨간 구두. 유치원생으로 보이는 여자아이였다.

서서히 고개를 든 여성의 혼탁한 눈빛이 마키하타를 사로잡았다.

"내 딸의 얼굴을 봐. 그게 당신 의무야."

고개를 돌리려고 해도 목이 말을 듣지 않았다. 눈도 감을 수 없었다. 가슴까지 치밀어 오르는 절규를 억누르며 여성이 내민 소녀를 들여다봤다.

"나는……. 나는……."

후회일까, 사죄일까. 아니면 자기변명일까. 어떤 말을 해야 할지 스스로도 알지 못한 채 망연자실하던 그 순간.

소녀가 갑자기 눈을 번쩍 떴다. 크게 뜨인 어둡고 공허한 눈동자가 마키하타를 똑바로 쳐다보았다.

"비겁한 인간."

마키하타는 소리 없는 비명을 지르며 벌떡 일어났다. 희미한 어둠 속에서 한참 동안 눈을 부릅뜨자 익숙한 방이 어렴풋이 보였다.

머리맡에 놓인 시계의 녹색 디지털 표시가 번져 보였다. 새벽 2시 30분.

"또 그 꿈인가……."

이마부터 목덜미까지 땀이 흘러 축축했다. 바닥에서는 발을 타고 냉기가 올라오는데.

머리를 한 번 털고 부엌으로 향했다. 그러고는 수도꼭지를 돌린 뒤 물에 그대로 머리를 처박았다. 두개골까지 얼릴 것 같은 냉기가 피부를 파고들었다. 머리를 말리고 냉장고에서 페트병에 든 생수를 꺼내 단숨에 들이켜자 비로소 살 것 같았다.

그 순간 꿈의 잔재가 가슴속에 내려앉았다. 꿈에서만 존재하는 장소, 등장인물이 바뀌어도 몇 번이고 반복되는 상황, 그립지만 불편한 또 다른 현실.

마키하타는 어둠에 익숙해진 눈으로 집을 둘러봤다. 약 3

평짜리 방 두 개에 부엌이 딸린, 세대마다 똑같이 배정된 관사였는데 장롱 하나와 TV 한 대만 놓아서 그런지 넓어 보였다. 부엌에 조리 기구가 없는 이유는 아침 식사는 거르고 나머지 두 끼는 밖에서 해결하기 때문이었다. 필요 없는 물건이 집에서 사라진 것은 당연한 현상이었다. 기류 다카시의 집을 비웃을 처지가 아니었다.

2년 전까지만 해도 이 집에는 가재도구가 가득해서 살림집 냄새가 났다. 아내 요리코 덕분이었다. 그런 그녀를 보며 가정을 꾸리는 것은 살림살이가 늘어나는 일이구나 하는 색다른 감상에 빠졌던 기억이 난다. 요리코와 함께 그 많은 살림살이도 사라졌고 그 후로 집은 줄곧 텅 빈 상태로 남겨졌다. 이혼 후 독신자 숙소로 옮길까도 생각했지만 복잡한 절차가 싫어서 결국 포기했다. 집에는 잠만 자러 오기 때문에 이전까지는 신경 쓰지 않았는데 새삼 둘러보니 혼자 살기에는 너무 넓었다. 하지만 두 사람이 살기에는 너무 좁은 집이었다. 요리코도 자주 그렇게 투덜거렸다.

필요 없는 물건은 서서히 사라진다. 그렇다면 살림살이처럼 요리코도 그런 존재였을까.

아니, 아니다. 마키하타는 생각을 떨쳐냈다. 필요 없어진 자신을 요리코가 버린 것이다.

그것이 맞다. 그게 당연하다. 지금 생각해도 나는 좋은 남편이 아니었다. 요리코의 아버지도 경찰이었기 때문에 결혼

하기 전에 이미 경찰의 아내로 지내는 삶에 대해 요리코가 각오했으리라 지레짐작했고, 자신은 신혼부터 일에 몰두했다. 수사에 쫓기면서 새벽에 퇴근하는 날은 그나마 다행인 편이었고 거의 보름 동안 경찰서에서 먹고 잔 적도 있었다. 비번인 날은 집에서 잠만 잤고, 가끔 식탁에 둘러앉아도 제대로 된 대화도 하지 않았으며 요리코의 말에 귀 기울인 적은 한 번도 없었다. 물론 신혼 초기에는 대화할 기회도 있었다. 하지만 대화 소재가 전부 동네 소문, TV 와이드 쇼에 나오는 이야기, 유행하는 옷이나 영화 등 자신과는 접점이 없는 것이다 보니 귀찮아서 이야기를 들을 때마다 싫은 내색을 했다. 그러자 어느새 아내는 입을 닫고 말았다. 마키하타의 머릿속은 오로지 사건 해결과 유족의 구제뿐이었다. 하지만 정작 그의 귀를, 손을, 팔을 가장 필요로 했던 사람은 바로 곁에 있던 사람이었다. 그 사실을 깨닫지 못하고, 깨달으려는 노력도 하지 않은 자신은 형사 자격을 운운하기 전에 가정을 꾸릴 자격이 없었다.

파경의 결정적인 계기는 요리코의 유산이었다. 결혼 2년째 되던 해 여름, 임신 8개월이던 요리코는 슈퍼마켓에 장을 보러 가던 중 역 계단에서 발을 헛디뎌 굴러떨어졌고 그대로 병원으로 이송됐다. 요리코의 친정 가족들이 병원으로 급히 달려간 와중에 마키하타는 당시 발생한 연쇄 강도 사건 때문에 본부와 현장을 오가느라 병원에 들를 틈조차 없었다. 결국 요리코의 몸에는 큰 이상이 없었지만 아이는 유산되고 말았다. 그러나 사라진 것은 아이뿐만이 아니었다. 병실에 들어갔을 때 마키하타를 올려다보던 요리코의 눈빛을 보고 그 사실을 깨달았다. 그렇기에 요리코가 일방적으로 이혼 서류를 들이밀었을 때 마키하타는 아무런 변명도 할 수 없었다.

2년 전, 아내의 얼굴을 마지막으로 본 곳도 바로 이 집이었다. 그런데 마지막 순간 요리코의 얼굴에 어떤 감정이 새겨져 있었는지, 또 어떤 말을 나눴는지 곧바로 떠올릴 수 없었다.

이윽고 기억 속에 떠오른 장면은 헤어질 때 마키하타를 똑바로 응시하던 요리코의 눈이었다.

입을 꾹 다문 채 한 번도 깜빡이지 않고 자신을 바라보던 그 눈은 상대를 책망하는 눈빛을 고스란히 담고 있었다.

당신은 나를 이해하려고 하지 않았어.

당신은 자신을 지키는 데만 급급했고 나를 지켜주지 않았어.

비겁한 인간.

마키하타는 마리무라 미사토를 떠올렸다. 기류 다카시의 살해 현장에서 마키하타를 정면에서 바라보던 날카로우면서도 뜨거운 눈빛.

그것은 그때 마키하타의 비겁함을 나무라던 요리코의 눈

빛과 비슷했다.

　현경 본부로 출근했더니 마키하타의 자리에 구조가 앉아 있었다. 당황하며 경례하자 경찰청에서 온 엘리트 수사관은 "안녕하십니까" 하고 평온하게 인사하며 고개를 숙였다.
　그 모습을 본 마키하타는 구조가 자신을 기다리고 있었다는 사실을 알아차렸다.
　'왜 왔지?'라고 생각한 순간, 형사부실에 와타세가 보이지 않는다는 것을 깨달았다.
　"와타세 반장님은 다른 건으로 현장에 가셨습니다."
　"다른 건이요? 하지만 우리 반은 기류 다카시 사건만 맡고 있는데요."
　"다른 건이기는 하지만 현장은 기류 다카시 사건과 같은 가미시마초거든요. 연관성이 있다고 판단해 급히 출동했죠."
　"같은 현장이요? 이번에는 누가 살해당했습니까?"
　"유괴됐습니다. 아직 젖먹이인 아이가 납치됐다더군요."
　"유괴라니……."
　"저도 거기까지밖에 모릅니다. 현장에서 와타세 반장님과 합류할 테니 자세한 내용은 그때 듣도록 합시다. 그리고 반장님이 전해달라고 했습니다. 마키하타 형사님, 파트너가 변경됐습니다. 오늘부터 저와 함께 수사할 겁니다."
　"역시 합동수사를 하는 겁니까?"

"아뇨, 저는 어디까지나 마키하타 형사님을 따라다닐 뿐입니다. 마키하타 형사님은 평소처럼 움직이라고 했습니다."

순간 질문 세 가지 정도 떠올랐지만 "그럼 잘 부탁드립니다"라며 매우 자연스럽게 고개를 숙이는 구조의 기세에 눌려 "알겠습니다"라고 대답할 수밖에 없었다.

실제로 마키하타는 구조 때문에 혼란스러웠다. 경찰청 수사관 중에 이토록 겸손한 사람은 한 번도 본 적이 없었기 때문이다. 지금은 그에게 약간의 호감마저 느꼈다.

형사의 일이란 결국 사람을 꿰뚫어 보는 것이다. 그래서 이 일을 오래 하다 보면 한 시간만 대화해도 그 사람의 인성을 대략 파악하게 된다. 마키하타의 관점에서 보면 구조는 엘리트라고 불리는 부류 중에서도 유난히 온화해 보였다. 손이 닿는 범위의 것에 만족하고 그 이상의 것에는 욕심내지 않는, 적당한 야심과 깔끔한 결단력으로 세상을 살아온 사람 같았다.

그에 더해 친근감을 느낀 이유는 어제 질의응답을 주고받는 과정에서 구조가 약물 범죄를 진심으로 증오한다는 사실을 알았기 때문이다. 마키하타가 아는 경찰 조직의 엘리트 그룹은 대부분 범죄보다 승진한 동기를 미워하는 사람들뿐이며, 상사나 부하, 외부에 떠드는 말만큼 가슴이 뜨거운 사람들이 아니었다. 그들은 대중이 주목하는 곳이나 평가받는 상황에서만 뜨겁게 불타오르는 척했다. 하지만 구조의 분노에서는 조용하지만 진실된 열기가 느껴졌다.

함께 차에 탄 뒤 목적지가 스턴버그 제약이라고 알리자 구조는 당연하다는 듯 고개를 끄덕였다.

"그런데 제가 뭐라고 부르면 될까요?"

누가 뭐라고 해도 경찰 조직은 상하관계가 엄격한 수직 사회다. 호칭부터 정리하지 않으면 다른 이야기는 시작할 수도 없기에 마키하타가 먼저 말을 꺼냈다.

"계급장을 안 달고 계셔서 어떻게 불러야 할지 조금 난감합니다."

"구조라고 불러주세요. 솔직히 말하면 직함이랄 게 없거든요."

어제 와타세에게 들은 정보에 따르면 구조의 계급은 경시장*이었다. 그런데 경찰청 조직이 개편되면서 과장 자리가 감소했고 원래라면 과장이었어야 할 구조는 진급이 막혀 과장보좌에 머물러 있었다. 다만 이는 표면적인 이야기일 뿐이며 사실은 구조의 본래 경력과 나이라면 충분히 동료들을 제치고 승진할 수 있었음에도 본인이 그것을 원하지 않는다는 소문이 돌았다. 경찰 조직에서 엘리트 코스를 밟는 경찰 관료들은 각 부서의 과장직을 수년 단위로 거치며 자동으로 승진하는 구조인데 구조는 마약 수사 현장에 집착한 나머지 상

---

* 한국 경찰 계급 중 경무관에 해당하는 일본 경찰 계급.

부의 인사 발령 의사를 모조리 거부하고 있다고 했다. 물론 그런 행동이 수직 사회인 경찰 조직에서 통할 리 없지만 구조가 마약 수사를 하면서 쌓은 검거 실적과 오랜 세월 구축한 후생노동성과의 끈끈한 인맥을 생각하면 상부도 그의 고집을 마지못해 묵인할 수밖에 없다는 그럴듯한 소문이었다.

"저희 반장님과는 예전부터 아시는 사이입니까?

"반장님이 말씀 안 하시던가요?"

"딱히 전해 들은 이야기는 없습니다."

"그럼 왜 그런 걸 물으시죠?"

"회의실에 들어오셨을 때 구조 씨는 맨 먼저 와타세 반장님께 눈짓했습니다. 그때 반장님은 가장 멀리 떨어진 곳에 서 있었는데도."

그 대답을 들은 구조는 흡족한 듯 입가에 미소를 지었다.

"역시 마키하타 형사님과 함께 움직이기를 잘했네요. 사실 가장 우수한 분과 움직이고 싶다고 요청했거든요."

아마 와타세가 추천했으리라.

"제가 처음 형사가 됐을 때 발령받았던 곳이 이 경찰서였습니다. 1년 동안 와타세 반장님 밑에서 근무했죠."

구조를 바라보는 와타세의 눈빛에 복잡한 감정이 서려 있던 이유가 이제야 이해가 갔다. 그 눈빛은 평소처럼 엘리트들을 깔보는 것이 아니라 업어 키운 자식에게 오히려 한 수 배운 부모처럼 흐뭇하면서도 씁쓸했다.

"파출소 근무를 마치자마자 바로 강력반으로 발령받았습니다. 와타세 반장님은 요즘도 신입들에게 무뚝뚝하죠?"

"요즘은 예전만큼 그러지는 않습니다."

"열을 설명해야 열을 이해하는 사람은 제대로 된 형사가 될 수 없다고 생각해서인지 겨우 한두 마디 가르쳐주시고는 했죠. 그러다가 실수하거나 막히기라도 하면 말도 안 걸어주셨고요. 저라고 자존심이 없었겠습니까? 어떻게든 와타세 반장님께 인정받으려고 1년 동안 정말 죽도록 고생했습니다. 그 덕분에 경찰청으로 간 뒤에는 고생이 고생 같지 않았죠."

"요즘은 반장님도 유해지셔서 그런 교육은 남에게 떠넘기세요."

"어제도 본인 입으로 그러시더군요. '나는 남을 가르치는 게 체질에 맞지 않아, 내가 가르친 놈 중에 제대로 된 형사가 된 사람은 아직 두 명뿐이야'라고."

구조는 그렇게 말하며 장난스럽게 웃었지만 마키하타는 오히려 마음이 불편했다. 구조는 칭찬할 의도로 한 말이겠지만 와타세가 인정한 두 사람 중 한 명은 오래전에 극복했어야 할 약점에 사로잡혀 아직도 경부보*에 머물러 있기 때문이다.

"피해자에 관한 보고서는 확인하셨습니까?"

---

* 한국 경찰 계급 중 경위에 해당하는 일본 경찰 계급.

"어제 봤습니다. 자산은 많지만 상속인은 없으며 딱히 적을 만들 만한 성격도 아니었던 사람이 왜 그렇게 살해당했을까……. 와타세 반장님은 분명하게 말하지 않았지만 역시 금품과 원한, 두 가지 동기를 전부 염두에 두고 있는 것 같았습니다."

"그건 모순되지 않습니까."

"기류 다카시가 자산가라는 사실을 알던 사람은 적었습니다. 하지만 정말로 세상을 등지고 살던 사람이 아닌 이상에야 동료나 이웃은 몰라도 가장 가까운 사이였던 사람에게는 자신의 자산 규모를 알려줬으리라고 추측하는 게 당연할 겁니다. 예를 들면 애인 말이에요. 게다가 상속과 무관한 사람이어도 돈을 강탈할 방법은 얼마든지 있죠."

"마리무라 미사토 말입니까?"

"게다가 사람 좋기로 소문난 청년이었다고 하는데, 만약 그런 남자에게 뼈아픈 배신을 당했다면 그 증오는 상상을 초월할 겁니다."

"하지만 여자 힘으로 그런 엄청난 작업을 할 수 있었을까요?"

"비정상적인 살인이라면 비정상적인 도구가 사용됐을 가능성도 있죠. 아무튼 와타세 반장님은 동기라는 관점에서 마리무라 미사토를 주시하는 것 같습니다. 그런데 마키하타 형사님은 생각이 다른 모양이군요."

"마리무라 미사토는 범인이 아니라고 생각합니다."

"이유는?"

"구조 씨의 이야기를 들은 지금, 기업과 관련된 계획 살인이라는 설이 가장 설득력 있다고 생각합니다."

"그런데 스턴버그 건은 어젯밤 와타세 반장님도 지적했지만 미심쩍은 부분이 있기는 합니다. 이 사건과의 접점은 히트 조달책인 소년이 스턴버그 제약의 메모지를 목격했다는 것뿐이니까요."

"그렇다면 기류 다카시는 왜 연구소 근처에서 살해당했을까요? 그것도 두 달 전에 폐쇄된 곳 근처에서."

"그게 다입니까?"

무엇보다 마키하타의 감이 마리무라 미사토는 범인이 아니라고 말했다. 하지만 그 말은 입에 담기에 설득력이 너무 부족했다.

대답하기 곤란해 보이는 마키하타를 흘끗 본 구조가 입을 열었다.

"기류 다카시에 대한 탐문 조사는 마키하타 형사님이 하지 않았습니까. 혹시 보고서에 다 적지 못한 내용이 있다면 제게 알려주시겠습니까?"

확실히 보고서에서 누락된 사소한 사항이 있기는 했다. 가미야마 순경과 연구소에 찾아간 사실, 기류 다카시의 책장에 의학·약학 서적과 무관한 책이 세 권 있었던 사실, 그가 메가비타민 이론을 찬성하는 사람이었다는 사실. 처음에는 그런 사소한 사실들을 외부 수사관에게 말하는 것이 꺼려졌지만 구조의 반응을 살피는 사이에 그러한 마음이 사라졌다. 기류 다카시 집의 모습, 메가비타민 이론에 대한 후지모리 의사의 의견 등 아무리 관계없어 보이는 이야기라도 구조는 한결같이 크게 관심을 보였기 때문이다.

그리고 그런 관심이 특히 두드러졌던 순간은 기류 다카시가 후지모리에게 마지막으로 남긴 말을 들었을 때였다.

"마녀의 후예라고요?"

구조는 중얼거리며 미간에 주름을 잡은 채 한동안 생각에 잠겼다.

"형사님은 어떻게 생각하십니까? 그 사람의 마지막 말에 뭔가 의미가 있다고 봅니까?"

"글쎄요, 아직 뭐라고 해야 할지……. 다만 대화의 흐름을 보면 마녀라는 표현은 다소 뜬금없긴 합니다."

"형사님. 마녀가 실존했다는 이야기, 아십니까?"

"마녀가 실존했다고요?"

순간 빗자루를 타고 하늘을 나는 노파의 모습이 머릿속에 떠올랐는데 이래서는 고테가와와 다를 바 없다는 사실을 깨닫고는 쓴웃음을 짓고 말았다.

"약초를 배합해 약을 조제하고 재앙을 막기 위해 기도하며 하늘의 계시를 받던, 그런 것들을 최첨단 기술로 여기던 시대에 마녀라고 불린 사람들은 그 분야의 전문가였습니다. 그들은 마을 의원이자 기상 예보관이었으며 위정자의 조언자, 종교의 사제였죠. 다시 말해 현대까지 이어지는 여러 전문직의 시초였던 셈이고, 약사도 그중 하나일 겁니다.”

“아, 그랬죠. 기류 다카시는 제약회사 연구원이었죠.”

“기류 다카시는 어떠한 계기로 자신이 다니는 회사가 ‘죽음의 상인’이라는 사실을 알게 된 것 아닐까요? 항암제나 항우울제를 만드는 동시에 사람을 살인 기계로 탈바꿈시키는 마약을 암시장에 유통하고 있다는 사실을. 그래서 그는 자조 섞인 어조로 말한 겁니다. 자신은 마녀의 후예라고.”

“만약 기류 다카시가 그 사실을 최근에 알았다면……, 찾아갔겠네요. 폐쇄됐다고는 해도 그 증거가 여전히 남아 있을 것으로 짐작되는 연구소로.”

“그곳에서 누군가와 마주쳐 살해당했겠죠. 원한 때문인지 입막음 때문인지는 모르지만 그는 형체조차 알아볼 수 없을 만큼 갈기갈기 찢겼습니다. 형사님, 아까 말한 마녀 이야기는 끝이 아닙니다. 15세기 초, 이른바 마녀사냥이 시작됐죠. 대못을 빽빽하게 박은 사람 크기의 관 안에 사람을 밀어 넣었습니다. 또 강제로 입을 벌려 물을 마구 들이붓기도 했죠. 천장에 매단 채 발에 돌을 묶고 그 무게를 서서히 늘렸습니다. 하지만 심문관들이 좋아했던 가장 대중적인 건 요란하고 구경거리를 제공하는 처형 방식이었습니다. 교수형, 책형,

화형, 그리고 온몸을 갈기갈기 찢는 형벌."

"온몸을 갈기갈기 찢는……."

"네. 17세기 잉글랜드에 매튜 홉킨스라는 악명 높은 마녀 사냥꾼이 있었는데 이 사람은 희생자들의 시신을 갈기갈기 찢은 후 여러 사람이 달라붙어 약 여든 조각으로 잘게 토막 내게 한 뒤 들개나 새가 먹도록 처형장에 며칠 동안 버려뒀다고 합니다. 그런 사례를 생각하면 마녀의 후예를 자처하던 기류 다카시가 그와 비슷한 최후를 맞았다는 사실이 몹시 상징적으로 느껴지는군요."

늪으로 이어지는 현도*로 들어서자 방송국의 중계차와 완장을 찬 리포터들이 보였다. 어제 사건이 발생했으니 다음 날인 오늘이 가장 소란스러울 테지만 그 점을 감안해도 차량과 인파가 평소보다 두 배는 많았다. 아마 엽기적인 사건이기 때문이리라. 귀를 기울여 보니 마이크를 든 리포터들 역시 온갖 표정을 사용해 사건의 엽기성을 강조했다.

"이 평화로운 교외를 무대로 그야말로 참혹하기 이를 데 없는 토막 살인 사건이 발생했습니다. 제 뒤로 백 미터 앞 늪지가 바로 그 끔찍한 사건의 현장입니다. 시신 발견 당시 현장은 차마 입에 담기도 어려운 상태였으며, 수십 년 경력을

* 현에서 운영하는 도로.

지닌 베테랑 경찰들도 일제히 얼굴이 창백해질 정도였다고 합니다."

"과거에 유행했던 스플래터 영화를 기억하십니까? 이번 토막 살인 사건은 바로 그런 영화를 연상시키는, 아니 그보다 훨씬 끔찍한 현실로 우리 앞에 개봉했습니다."

"우리 사회를 위협하는 사건을 보도한 지 십여 년, 저는 수없이 많은 참혹한 현장을 목격했지만 이번만큼은 말 그대로 온몸에 소름이 돋았습니다. 솔직히 말씀드리면 방금 식사를 마치셨을 시청자분들께 이 사건을 보도해야 하는 제 마음이 편치 않습니다."

"대본이라도 있는 건가, 아무리 입으로 벌어먹고 산다지만 참 대단한 말솜씨네요."

구조가 어이없다는 듯 말했지만 마키하타는 굳이 대답하지 않았다. 언론인들에게 호감을 느끼지는 않지만 의사, 스님, 변호사, 그리고 형사와 기자는 모두 타인의 불행으로 밥 벌어먹는 직업이었다. 최소한 피해자와 유족의 한을 풀어주지 못한다면 경찰도 언론인과 다를 바 없는 부류에 속할 뿐이다. 게다가 자극적인 것을 선호하는 시청자들을 유혹하는 듯한 보도 방식을 전혀 이해하지 못하는 것은 아니었다. 이는 오늘 아침 조간을 보다가 어렴풋이 깨달은 사실이었다.

유력지에 실린 칼럼은 표현을 절제하면서도 십수 년 전 이 지역에서 발생한 여자아이 연쇄 유괴 살인 사건과의 관련성을 지적했다. '범행의 잔인한 양상이 그 사건과 매우 비슷하며 원한 범죄일 가능성은 작아서 앞으로 연쇄 범행으로 이어질 우려가 있다'라고.

현장에 도착해 노란 통제선 안으로 들어가자 허리까지 잠기는 늪에 들어가 있는 수사관 몇 명이 보였다. 가장 앞에 있던 남자가 두 사람의 기척을 느끼고 뒤를 돌아봤다. 고테가와였다.

"마키하타 형사님."

고테가와는 화장실 청소를 명령받은 아이 같은 모습으로 마키하타를 맞이했다. 고테가와는 마키하타의 몸에 가려진 구조를 보지 못한 듯했다. 가슴까지 올라오는 방수복으로 몸을 보호하고는 있지만 추운 날씨에 늪에 들어가 수색하는 작업이 결코 편할 리 없었다. 게다가 동료에게 이런 모습을 보이는 것이 기꺼울 리도 없었다. 고테가와의 떨떠름한 표정이 그의 심정을 대변했다.

"고테가와. 기류 다카시의 동창들을 조사하고 있던 거 아니었어?"

"그쪽은 인원이 충분하니 일단 늪부터 뒤져보라고 하셨어요. 어차피 사건 두 개를 수사해야 하는데 늪 수색이 그 두 건과 연관이 있다고요."

"두 사건?"

"기류 다카시 사건에 사용된 흉기를 찾는 건 물론이고 어젯밤에 발생한 다른 사건의 수색도 함께 하고 있어요. 아이의 시신이 늪에 가라앉았는지 확인하라고 하셔서.”

“영아 유괴 사건이라고 들었어.”

고테가와는 영차 소리와 함께 묵직해 보이는 하반신을 늪에서 빼내 올라왔다. 도대체 눈이 어디에 달렸는지 아직도 구조의 존재를 눈치채지 못했다. 구조도 현장을 살피는 중이라 고테가와를 등지고 서 있었다.

“여기서 5백 미터쯤 떨어진 마을에 다미야라는 가족이 사는데 그 집 셋째 아들이 어제저녁에 실종됐어요.”

“부유한 집인가?”

“이 지역에서 흔한 겸업농가예요. 연 수입은 20대 회사원과 비슷하죠. 재산이라고 해봤자 집과 약 3백 평이 안 되는 논 정도라 돈을 노리고 유괴했다면 지나치게 욕심이 없다고 해야 하나, 계산을 완전히 잘못한 거죠.”

마키하타의 뒤에서 구조가 고개를 내밀며 입을 열었다.

“당시 상황을 조금 더 자세히 설명해주세요.”

그제서야 그의 존재를 겨우 알아차린 고테가와는 ‘아’ 하고 작은 탄성을 내뱉은 뒤 마치 스프링 인형처럼 자세를 벌떡 세우고는 품에서 허겁지겁 수첩을 꺼냈다.

“죄, 죄송합니다. 저기, 그러니까 실종된 아이는 다미야 료조의 셋째 아들 미쓰구, 생후 사 개월 된 남자 아기입니다. 어머니인 유키코의 증언에 따르면 어제 오후 4시 30분경,

툇마루에서 미쓰구를 돌보던 유키코가 잠시 부엌일을 하러 자리를 비운 지 불과 십몇 분 사이에 미쓰구가 사라졌다고 합니다. 당시 집에는 엄마와 아들만 있었습니다. 해당 툇마루는 길가에서 훤히 보이는 위치였고 정문도 잠겨 있지 않았던 점으로 보아 외부에서 침입한 누군가가 아기를 유괴했을 가능성이 큽니다.”

“목격자는?”

“없습니다. 가뜩이나 인적이 드문 마을 외곽인데다 주부들이 집 안으로 들어가는 시간대를 노렸습니다. 인근 주민 중 누구도 아기 울음소리를 듣지 못했습니다. 또 아기가 자고 있던 툇마루에서 현관까지 징검돌이 깔려 있어서 범인의 것으로 추정되는 족흔은 아직 찾지 못했습니다.”

“있는 게 없군. 수사 지휘는 누가 하고 있죠?”

“조금 전에 와타세 반장님이 가셨습니다.”

“언론 통제는 어떻게 되고 있습니까?”

“지침대로 진행하고 있습니다. 무엇보다 늪지에서 마이크를 들고 있는 사람들 대부분은 앞서 발생한 살인 사건에 정신이 팔린 것 같지만요.”

“다미야 료조, 혹은 가족 중에 스턴버그 제약과 관련 있는 사람이 있습니까?”

“아뇨……. 아버지인 료조는 교외 슈퍼마켓에서 근무하고 어머니인 유키코는 전업주부, 할머니인 누이는 오로지 밭일만 합니다. 스턴버그 제약과 관련 있는 사람이 있을 것 같지 않습니다."

"그렇습니까……. 수고 많았습니다. 그럼 이만 갈까요, 마키하타 형사님?"

그렇게 말하며 구조가 발길을 돌리자 고테가와가 당황한 기색으로 "잠시만요" 하고 불렀다.

"왜 스턴버그 제약과 연관이 있는지 물어보셨습니까?"

구조는 학생의 질문을 받은 선생님처럼 미소 지었다.

"아뇨, 혹시나 해서. 고테가와 형사님은 어떻게 생각합니까? 기류 다카시의 사건과 유괴 사건의 연관성에 대해."

"관련 없다고 생각합니다."

고테가와는 의기양양하게 단언하며 말을 이었다.

"엽기 살인과 돈을 노린 유괴. 사건의 성격이 다른 데다 두 사건에 서로 공통된 관계자도 없습니다. 사건 현장이 가깝다는 사실은 단순한 우연일 뿐입니다."

"지극히 상식적인 판단이군요."

구조는 미소를 잃지 않은 채 말을 이었다.

"고테가와 형사님은 현장 형사로 남기에는 아까운 인재군요. 앞으로도 열심히 해주세요."

"네! 감사합니다!"

고테가와는 만면에 웃음을 띠며 더할 나위 없이 완벽하게 경례한 뒤 다시 자세를 곧게 세웠다.

“자, 마키하타 형사님. 여기는 고테가와 형사님에게 맡깁
시다.”

아마도 여전히 마키하타와 구조를 뜨거운 시선으로 바라
보고 있을 고테가와를 남겨둔 채 두 사람은 늪지를 떠났다.

“괜찮으시겠습니까? 현장을 직접 확인하지 않아도.”

“어차피 어제 와타세 반장님과 마키하타 형사님이 철저하
게 조사하셨지 않습니까. 제가 찾을 만한 단서는 남아 있지
않을 테고, 현장 상황은 보고서만 봐도 파악할 수 있습니다.
그리고 제 관심은 다른 데 있습니다.”

“구조 씨. 방금 고테가와에게 하신 말씀 말입니다만.”

“아아, 그거요? 진심으로 한 말입니다. 그 형사님은 현장
형사로 두기에는 아까워요.”

“그런가요…….”

“경찰청 홍보 담당이나 의사도 없는 깡촌의 파출소 근무
가 어울립니다. 그 형사님에게 일선 수사관은 맞지 않아요.
분명 와타세 반장님도 그 친구를 어떻게 해야 할지 난감해
서 마키하타 형사님에게 떠맡겼겠죠. 두 사건은 분명 성격
이 다르고 언뜻 공통점도 없어 보입니다. 하지만 아기가 사
라진 시간은 어제 오후 4시 30분이었죠. 어제 오후 4시 전후
는 기류 다카시 사건 때문에 이 일대에 형사들과 제복 경찰
들이 대거 깔린 시점입니다. 그런데 기류 다카시 사건과 전
혀 관계없는 범인이 굳이 상황이 가장 안 좋을 때와 장소를

선택했다고요? 심지어 재산도 별로 없는 집안의 아기를 돈 때문에? 말도 안 되죠. 이 두 사건은 밀접하게 연결되어 있습니다. 단지 그 둘을 잇는 고리가 우리 눈에 보이지 않을 뿐이죠.”

한동안 걷자 마을이 보였다. 기와지붕과 슬레이트 지붕이 섞여 있지만 집들이 서로 떨어져 있어서 그다지 어수선해 보이지 않았다. 어디선가 통제하고 있는지 취재진이나 언론사 차량은 보이지 않았다.

가슴 주머니에 넣어둔 휴대폰이 울렸다.

“네, 마키하타입니다.”

—나야.

와타세였다.

—연락이 늦었네. 이야기는 들었지? 지금 어디야?

“마을 입구입니다.”

—난 감식관과 함께 피해자 집에 있어. 앞에 흰개미 퇴치 차량이 세워져 있는 집이야.

그 말을 듣고 주변을 둘러보니 50미터쯤 앞에 짙은 갈색 슬레이트 지붕을 얹은 집이 있었고, 그 앞에 남색 밴이 서 있었다. 차 문에는 하얀색 글씨로 ‘다카하시 흰개미 퇴치’라고 써 있었다.

—어젯밤 11시에 신고가 들어왔어. 신고를 받은 녀석이 지리를 잘 모르는 탓에 나한테 보고가 올라온 건 오늘 아침

6시가 되어서였지.

"앞선 사건과의 관련성은 어떻습니까? 고테가와는 공통점이 전혀 없다고 하던데요."

―그런 멍청한 소리나 지껄이니까 늪이나 뒤지게 했지. 반경 5백 미터 안에서 이틀 연속 발생한 두 사건이 서로 아무런 연관이 없다고? 옆에서 누가 듣기라도 했으면 실컷 비웃었을 거다.

수화기에서 작게 새어 나오는 우렁찬 목소리에 구조가 소리 죽여 웃었다.

"반장님, 당분간은 계속 거기 계시겠네요. 인력은 충분합니까?"

―일단 지금은 괜찮아. 하긴, 오늘 종일 지켜봐도 아무 움직임이 없다면 돈을 노린 유괴 말고 다른 방향으로 수사 노선을 변경해야 해. 갓난아기 한 명이 사라졌으니 유괴는 분명하겠지만 단순한 유괴는 아니야. 기류 다카시 사건이 단순 엽기 살인이 아닌 것처럼 뭔가 다른 의미가 있는 유괴 사건이라고 본다.

"구체적인 근거가 있습니까?"

―아니. 있다고 해도 본부 사무실의 컴퓨터 하나 능숙하게 사용하지 못하는 구닥다리 형사의 직감뿐인데, 이 두 사건을 판에 박힌 틀에 끼워 맞춰 수사하다가는 크게 실수할 것 같은 예감이 들어.

마키하타도 같은 생각이었다.

—남에게 원한을 살 이유가 없는 남자가 참혹한 모습으로 살해당했어. 그 후 부유하지도 않은 집안의 아이가 유괴됐고 아직 몸값을 요구하지도 않고 별다른 움직임도 없어. 두 사건에는 '이해되지 않는 점이 존재'한다는 공통점이 있어. 넌 이걸 어떻게 생각해?

"지금 제가 할 수 있는 유일한 분석은 말입니다."

마키하타는 옆에 있는 구조를 약간 의식하며 대답했다.

"기류 다카시는 원한이 아닌 다른 이유로 끔찍하게 살해당했고, 아기는 몸값이 아닌 다른 목적으로 유괴됐다는 겁니다."

—무슨 뜻이야?

"반장님이 방금 말씀하신 의미와 같아요. 끔찍하게 살해됐으니 원한에 의한 범행, 유괴됐으니 몸값을 노린 범행이라는 식의 뻔한 틀에서 벗어나서 모순이 있든 없든 사실을 있는 그대로 받아들이는 거죠. 그리고 그걸 기반으로 수사하면 머지않아 모순이 모순이 아니게 되는 순간이 올 겁니다."

와타세는 잠시 대답이 없었다. 슬슬 불안해질 때가 되어서야 수화기에서 목소리가 들렸다.

—이게 세상이 말하는 새로운 유형의 범죄인가.

"돈, 원한, 광기 같은 기존의 범행 동기가 적용되지 않을 수도 있습니다.”

─저기, 수사1과에 처음 컴퓨터를 놓았을 때, 쓸 줄도 모르면서 가장 먼저 건드려 본 놈이 누구였는지 기억해?

“……반장님이죠.”

─그래. 난 어릴 때부터 새로운 것이라면 환장했어. TV든 휴대폰이든 신제품이 나올 때마다 바꿨지. 그 성미가 오죽 심했으면 내가 마누라까지 두 번 바꿨겠어. 하지만 이번 사건 같은 신상은 딱 질색이야. 어쨌든 기류 다카시 살인 사건은 네게 맡길게. 나중에 보고해줘.

“알겠습니다.”

전화를 끊었을 때 마침 두 사람은 다미야 가족의 집 대문 앞에 도착했다. 앞마당을 보니 역시 다카하시 흰개미 퇴치 로고가 새겨진 작업복을 입은 감식관들이 허리를 굽히고 유류품을 찾는 데 몰두하고 있었다.

“역시 흰개미 퇴치 작업자들이라면 마당에서 어슬렁거려도 이상해 보이지 않겠네요.”

“이런 아이디어는 대부분 와타세 반장님이 내세요.”

“대장은 여전히 그런 세심한 부분까지 신경 쓰시네요. 얼굴만 보면 남을 때릴 생각만 할 것처럼 생겼는데.”

구조는 그렇게 말하고는 킥킥 웃었다. 이 사람은 분명 와타세와 한 팀으로 일할 때도 이렇게 웃었을 것이다. 그런 생각을 하니 마키하타는 두 사람이 조금 부러웠다.

“그런데 스턴버그의 연구소에서는 뭘 하실 생각입니까? 정문은 잠겨 있고 아직 소유주와 연락도 되지 않는 데다 영장도 없잖아요.”

“보통 현장에 가 보면 어떻게든 길이 열리기 마련입니다.”

“낙관주의자입니까?”

“뭐, 경험으로 아는 거죠. 옛날에 와타세 반장님과 저는 경찰서에서 제일가는 콤비로 유명했거든요. 용의자가 의원의 가족이거나 입증이 어려워 영장이 나오지 않을 때도 한 명은 액셀을 밟아 밀고 나가고 한 명은 브레이크를 밟아 제어하는 조합으로 꽤 무모하게 행동했지만 그래도 결국에는 어떻게든 해결됐죠.”

그 말에 마키하타는 수사 방침을 무시하고 돌진하던 과거의 와타세와, 식은땀을 흘리며 그 뒤를 쫓아가는 구조의 모습을 상상했다. 그것 또한 조금 부러운 장면이었다.

두 사람은 삼거리에서 왼쪽으로 꺾어 스턴버그 제약으로 향했다. 포장도로가 점점 잡초에 뒤덮이며 발을 내디딜 때마다 덩굴이 감겨들었다.

“이렇게 외진 곳에 건물을 짓다니 다시 봐도 놀랍네요. 독일 본국에서는 대외적으로 번듯한 제약회사라면서요. 아무리 동아시아라고 해도 일본 지사라면 도쿄 오테마치 근처에 사무실을 차려도 이상하지 않을 텐데 말입니다.”

“뒤가 구린 짓은 대부분 이렇게 눈에 띄지 않는 곳에서 벌이는 법입니다. 도쿄 가스미가세키나 오테마치에서 벌어지는 일이라고 해봤자 말단 공무원들이 용돈 버는 정도죠. 그런 건 악행 축에도 못 낍니다. 아, 이것참 굉장하군요."

지난번과 마찬가지로 울창한 숲이 두 사람 앞을 가로막았고 길은 그 속에 완전히 잠겨 있었다. 이미 눈에 익은 광경이지만 얼굴에 덩굴과 잔가지가 휘감기는 감각을 떠올리니 도저히 기세 좋게 앞으로 나아갈 수 없었다. 하지만 지금은 길을 안내하는 것이 자신의 임무였다.

"여기서부터는 사람이 드나들 수 있는 상태가 아니니까 저를 따라오세요."

마키하타는 두 손을 앞으로 뻗어 나뭇잎과 가지를 헤치듯 나아갔다. 구조도 똑같이 앞을 헤치며 조용히 마키하타의 뒤를 따랐다.

마침내 나뭇잎과 가지 사이로 철문이 나타났고 두 사람은 숲에서 빠져나왔다.

"꽤 걸은 것 같은데 실제로는 50미터도 안 될 겁니다."

마키하타는 그렇게 말하고는 힘이 빠진 듯 어깨를 축 늘어뜨렸다. 구조는 눈앞에 있는 연구소를 미심쩍은 눈으로 살폈다.

"……불온한 건물이네요."

"구조 씨도 그렇게 생각하십니까?"

"네. 전에 스턴버그 독일 본사 연구소를 본 적 있는데 건물의 구조나 크기와 관계없이 그곳에서 봤던 것과 똑같은 악취가 풀풀 풍기는군요. 입구는 정문뿐입니까?”

“네, 동네 순경 말로는 그렇습니다.”

“하지만 그 순경도 6년 전에나 봤다고 했죠. 어쨌든 부지 주변을 둘러볼까요? 뭔가 있을 수도 있으니.”

구조는 대답을 듣지도 않고 걸음을 옮겼다.

“저는 독일 본사뿐 아니라 유럽 각국에 있는 스턴버그 지사까지 보고 왔습니다. 대부분 연구소에는 뒷문이 있더군요. 은밀히 처리해야 할 자재나 제품을 들이고 내보내는 건 물론이고 유사시에 퇴로로 쓸 다른 출구가 필요하니까 말입니다.”

“유사시 말입니까?”

“국가 권력이 개입하거나 돌발 사고로 세균 오염이 발생하거나 전쟁이 일어나거나. 그런 사태가 발생하면 직원들은 모든 연구 성과를 온라인으로 독일 본사에 전송한 뒤 서류를 파기하고 시설을 파괴한 후 연구소를 포기하도록 되어 있습니다. 게다가 포기한 연구소에 외부인이 침입했을 때 작동할 함정도 설치하는 것도 거의 의무고요.”

“함정이요?”

“네. 시설의 전원을 일단 차단한 뒤 안전장치를 풀지 않은 채 다시 켜면 실내에 유독 가스가 나오게 되어 있습니다. 이 함정에 당한 유럽 수사관이 몇 명이나 된다고 합니다.”

“일본 지사는 방금 말씀하신 예시 중 첫 번째에 해당합니까?”

“아뇨. 경찰청 차원에서는 저희도 수사1과도 회사 관계자와 직접 접촉한 적 없습니다.”

“세균 오염이 발생했다면 진작에 주변 주민들이 피해를 입었을 겁니다. 전쟁은 언급할 필요도 없고요. 일본 지사를 폐쇄한 이유에 대해 스턴버그 제약은 뭐라고 설명하던가요?”

“실적 부진 때문에 일본 시장에서 철수했다고 하더군요. 이전까지 줄곧 일본 판매 실적이 부진하기는 했어도 새삼 이제 와 철수하다니 부자연스럽습니다. 그리고 철수 시점이 수사 회의 때 언급한 세 사건 이후라는 점을 감안하면 더더욱 수상하네요.”

두 사람은 담장을 따라 걸었지만 그곳이라고 길이 나 있는 것은 아니었다. 허리 높이까지 자란 잡초를 헤치며 담을 짚고 걸을 수밖에 없었다. 도중에는 군데군데 진흙탕도 있어서 연구소를 한 바퀴 도는 일도 쉽지 않다는 사실을 뒤늦게 깨달았다.

연구소 뒤편, 정확히 정문의 정반대에 해당하는 지점에 간신히 도달했을 때였다. 뒷문은 찾지 못했지만 그 대신 이상한 무언가가 두 사람 앞에 모습을 드러냈다.

동굴이었다. 부지 뒤를 가로막은 거대한 바위에 뚫린, 높이 2미터, 폭 1.5미터 정도 되는 어두운 굴의 입구. 그 주변은 빽빽하게 자란 풀과 나무들에 가려져 있었고 안에서는 습기를 머금은 눅눅한 공기가 느껴졌다. 코를 가까이 대자 진흙인지 식물인지 알 수 없는 것이 부패하는 냄새가 희미하게 났다.

"흠. 아주 깔끔한 모양이네요. 인공적으로 만든 게 분명해요. 형사님, 이건 아무래도 석탄 시굴을 했던 흔적이거나 다른 목적 때문에 만든 입구 같습니다."

"시굴이요?"

"연구소 뒤에 이렇게 거대한 구멍이 있다니. 의료 폐기물을 불법 투기하기에 딱 좋아 보이지 않습니까?"

"스턴버그 제약은 가연성 쓰레기는 부지 내에서 모아 자체 소각하고 불연성 쓰레기는 연구소 뒤쪽에 커다란 구멍을 파서 묻었다는 것 같습니다."

"환경보호에 놀라울 만큼 선견지명이 있던 기업이거나 폐기물을 외부인이 절대 보지 못하도록 숨기고 싶었거나, 둘 중 하나겠군요."

찬 바람이 부는 와중에도 길이 아닌 길을 헤치며 걷느라 씨름했더니 땀이 났다. 이마와 목덜미가 축축해질 즈음 두 사람은 마침내 담장 주변을 한 바퀴 돌았지만 뒷문은 끝내 발견하지 못했다.

"역시 안으로 들어가는 통로는 이 문뿐인 건가."

구조는 자물쇠를 덜그럭거리며 말했다.

"들어간다니, 구조 씨, 설마……."

"하하하. 건물 규모가 큰 데 비해 보안은 허술하군요."

구조는 코트 주머니에서 손가락 길이만 한 핀을 꺼냈다.

"이걸로 잠가놨다는 건 틀림없이 뭔가 함정이 있다는 뜻이겠죠."

구조가 열쇠 구멍에 핀을 꽂고 몇 번 좌우로 비틀자 자물쇠가 가벼운 소리를 내며 풀렸다.

"예전에 검거한 마약 상습범 중에 빈집털이 전문가를 자처하는 놈이 있었거든요. 그 남자에게 직접 배운 기술입니다. 단순한 자물쇠는 핀 하나로 다 딸 수 있게 됐죠."

반쯤 농담이리라 생각했다.

"그런데 이 자물쇠를 딴다고 해도 연구소 건물 입구와 내부 시설에 설치한 잠금장치가 이렇게 허술할 리 없지 않습니까. 그렇다면 어차피 안으로 들어가는 건 불가능하겠군요."

"그런 걱정은 안 해도 됩니다."

구조는 태연하게 말하며 주머니에서 더 기묘한 물건을 꺼냈다. 권총처럼 손잡이와 방아쇠가 달린 금속제 물건이었다.

"이게 뭐죠?"

"픽건이라는 물건이에요. 빈집털이 전문가에게서 압수한 만능열쇠입니다. 일부러 독일에서 들여온 물건이라던데 생긴 건 이렇게 작아도 경찰청에서 지급하는 만능열쇠보다 성능이 훨씬 좋아서 최신 보안 기술로 잠겨 있는 문도 몇 분이면 열 수 있죠."

자신만만한 말투에 마키하타는 구조가 진심이라는 사실을 깨닫고는 당황했다.

"아무리 그래도 이건 불법 침입 아닙니까!"

"뭐, 그렇겠죠."

"'그렇겠죠'라니요……. 우리는 경찰이라고요!"

"그래서 조사해야 할 것도 조사하지 말자는 뜻입니까? 기류 다카시 살인에 스턴버그 제약이 관여했다는 명백한 증거를 잡을 때까지 몇 날 며칠을 기다리자고요? 대사관이나 외국 기업 앞에서는 꼼짝 못 하는 상부를 완벽하게 설득할 때까지 가만히 기다리자는 말입니까?"

차분하지만 더 이상 반박을 허용하지 않는 말투에 마키하타는 자신도 모르게 입을 열다가 다물었다.

"형사님. 저는 마약 범죄를 진심으로 증오합니다. 죄는 미워하되 인간은 미워하지 말라고들 하지만 저는 마약을 만드는 놈도 파는 놈도 모두 증오합니다. 인간을 인간이 아닌 존재로 만드는 도구. 그것이 마약이죠. 그래서 제조자도 판매자도 이미 인간으로서 자격을 잃었다고 생각합니다. 그런 놈들을 상대로 뭘 망설입니까? 무슨 규칙이 필요하단 말입니까? 규칙 따져 가며 일했다가는 놈들에게 비웃음만 당할 겁니다."

─한 명은 액셀을 밟아 밀고 나가고 한 명은 브레이크를

밟아 제어하는 조합으로 꽤 막무가내로 행동했습니다.

문득 아까 구조가 했던 말이 떠올랐다.

'이런, 착각했구나. 액셀을 밟은 사람은 와타세 반장님이 아니라 구조 씨였구나.'

마키하타는 그 사실을 알아차리자마자 픽건을 쥔 구조의 손목을 붙잡았다.

"뭡니까. 형사님도 시시한 명분이나 내세우는 상부와 같은 부류입니까?"

"아닙니다. 그건 아니지만."

"그렇게 당황하며 말리는 모습이 과거 와타세 반장님과 똑같군요."

"누구라도 말릴 겁니다! 갑자기 이렇게 나오면."

"예전에는 와타세 반장님에게 자주 폐를 끼쳤지만 형사님에게까지 똑같은 피해를 끼치고 싶지는 않습니다. 그냥 가만히 지켜보기만 해주면 좋겠는데요."

"그럴 수는 없습니다."

"여기서부터는 내 판단 영역이라고 말하면 이해해줄래요?"

또다시 반론을 허용하지 않는 말투에 마키하타는 기가 꺾였다. 그저 점잖은 남자인 줄로만 알았던 구조의 완력이 의외로 센 탓에 오히려 마키하타의 손목이 꺾일 것 같았다.

바로 그 순간이었다.

"여기서 지금 뭐 하세요?"

뒤에서 들린 목소리에 두 사람이 놀라 돌아보자 여자가 서 있었다.

"마리무라…… 미사토 씨."

이름을 부른 순간 구조의 손에서 힘이 빠졌다. 마키하타는 그 기회를 놓치지 않고 구조의 손에서 픽건을 재빨리 빼앗았다.

"뭘 하긴요. 당연히 수사 중이었죠. 형사님, 이 여자분이 기류 씨의?"

마키하타는 조용히 고개만 끄덕였다. 방금까지 작은 실랑이를 벌여 놓고 구조처럼 능청스럽게 아무 일도 없던 척하는 재주는 자신에게 없었다.

"수사요? 이 연구소를 조사할 생각이에요?"

"몇 안 되는 단서 중 하나니까요. 하지만 영장이 없습니다. 지금 당장은 이렇게 담 너머로 들여다볼 수밖에 없군요."

마리무라 미사토는 미심쩍은 눈빛으로 두 남자를 번갈아 봤다. 하지만 마키하타는 몰라도 구조는 조금도 당황하지 않았다.

"그런데 미사토 씨는 왜 여기로 돌아온 겁니까? 설마 수사가 얼마나 진행됐는지 확인하러 온 건 아니겠죠?"

"그럴 리가. 제가 왜요?"

"그러면 무슨 일로 오셨습니까?"

미사토의 눈썹이 꿈틀하며 치켜 올라갔다.

‘도발하려는 속셈이구나.’

마키하타는 생각했다.

“저를 용의자 취급하시네요.”

“말도 안 됩니다. 미사토 씨가 용의자라면 지금쯤 얼굴이 새파랗게 질려 떨고 있을 테니까요. 경찰 조사는 이런 점잖은 대화가 아니거든요.”

“말투가 너무 거치네요. 무슨 야쿠자도 아니고.”

그 말을 들은 구조의 입에 비웃음이 떠오르는 것을 본 순간 마키하타는 불길한 예감을 느꼈다. 그러나 예상과 달리 구조는 입가에 웃음을 머금은 채 아무 말도 없이 미사토를 관찰했다. 마키하타는 구조에게 빼앗은 픽건을 주머니에 넣고는 재빨리 구조에게 속삭였다.

“이건 제가 잠시 맡아두겠습니다. 하지만 들어갈 때는 같이 가셔야 합니다.”

구조는 마지못해 고개를 끄덕였다.

“죄송합니다, 미사토 씨. 이분은 경찰청에서 나오신 구조 씨입니다.”

“경찰청도 사이타마현경도 다 같은 경찰 아니에요? 뭐가 다르죠?”

“당사자 앞에서 할 말은 아니지만 고교야구와 프로야구 정도의 차이라고 생각하시면 됩니다. 그건 그렇고 도대체 여기는 왜 왔습니까?”

“남자친구가 죽은 곳에 와 보는 건 당연한 거 아닌가요?”

미하토는 공격적으로 대꾸했다. 마키하타는 거의 강박 수준인 나약한 마음이 또다시 고개를 드는 것을 느꼈지만 구조 앞에서 내색할 수는 없었다.

“미사토 씨. 기류 씨가 습격당한 날, 그러니까 그저께 오후 4시부터 밤 10시 사이에 무엇을 하셨는지 말씀해주시겠습니까?”

“그날 4시부터 12시까지 도쿄에서 아르바이트했어요.”

미사토의 아파트 주소는 이미 확인했다. 마키하타는 머릿속으로 대략적인 지도를 그리고 기류 다카시의 아파트, 미사토의 아파트, 시신 발견 현장 세 지점을 표시한 뒤 각각 이동하는 데 걸리는 시간을 계산했다. 미사토의 아파트는 시내 중심 쪽에 있어서 가미시마초까지 가려면 차로 한 시간 이상 걸린다. 만약 아파트에서 현장으로 바로 이동해서 범행을 저지른 뒤 도쿄로 향했다면 시간은 더 걸렸을 것이다. 아르바이트 가게에 4시까지 도착하는 것은 불가능하다. 미사토의 말을 그대로 믿는다면 기류 다카시의 사망 추정 시각에 대한 알리바이가 성립한다.

“아르바이트하는 곳에 확인해도 괜찮죠?”

“마음대로 하세요. 이케부쿠로에 있는 ‘사랑의 행성’이라는 가게예요.”

“무슨 일을 하는 가게입니까?”

"캬바클럽*이요."

마키하타는 순간 귀를 의심했다.

"캬바클럽……?"

"3시 40분에 가게에 들어가서 영업이 끝날 때까지 있었어요. 출퇴근 기록 카드는 없지만 점장이나 웨이터가 증언해 줄 거예요."

마키하타는 전혀 주눅 들지 않은 모습으로 당당하게 말하는 미사토를 보면서 자산가 청년과 캬바클럽 여종업원이라는 조합에 당황했다.

"놀라신 얼굴이네요. 직업 선택은 자유 아닌가요?"

"미사토 씨는…… 기류 씨의 재산 상황에 대해 아십니까? 기류 씨에게 들은 적 없습니까?"

"재산이요? 아아, 가족 사망 보험금이요? 알죠. 사귀자마자 알려줬으니까요. 그런데 그건 내 돈이 아니잖아요."

미사토는 말로 표현하지 않았지만 마키하타를 향한 경멸을 감추지 않았다.

상황이 좋지 않았다. 이대로 가다가는 미사토에게 주도권을 빼앗긴다.

"미사토 씨, 죄송하지만 이렇게 추운 데 서서 이야기하는

<hr>

* 여성 종업원이 손님의 옆자리에 앉아 술을 따라주고 대화를 나누는 일본식 유흥주점.

것도 좀 그렇군요. 일단 따뜻한 곳으로 자리를 옮기는 건 어떻습니까?”

자신에게 익숙한 장소인 경찰차 안에서는 주도권을 쥘 수 있겠다는 순간적인 판단에 자리를 옮겼지만, 훈훈한 온도에 긴장과 표정을 푼 미사토를 보니 마키하타는 왠지 모르게 마음이 놓였다.

“기류 씨와는 언제 만나셨습니까?”

“1년 전에요. 기업에 취업한 졸업생 선배를 방문하는 프로그램이 다시 운영되면서 지도교수님이 꼭 만나 보라고 추천하셨어요. 우리 대학 출신 중에 가장 잘나가는 선배라고요.”

“주임 연구원이면 출세한 건가요?”

“일반인들 사이에서는 어떤지 몰라도 제약업계 종사자들 사이에서 스턴버그 제약은 컴퓨터로 치면 마이크로소프트만큼이나 유명해요.”

“이 연구소 안에서 졸업생을 만난 겁니까?”

“아뇨, 회사에서 지정한 근처 찻집에서 만났어요. 바로 그 자리에서 스턴버그 제약은 신규 채용을 하지 않는다는 설명을 들었지만 난 그 사람을 만난 것만으로 충분하다고 생각했어요. 그래서 면담이 끝나고 헤어질 때 내가 우겨서 억지로 다음 약속을 잡았죠. 그렇게 사귀게 됐어요.”

“그 후 1년 정도 된 거군요. 혹시…… 약혼 이야기는 없었습니까?"

"그런 이야기는 전혀 없었어요."

"전혀요?"

"제가 밀어붙여 시작한 관계였으니까요. 제가 먼저 그런 이야기를 꺼내지 않는 한 약혼이나 결혼을 하지는 않았을 거예요."

"미사토 씨는 결혼 생각이 전혀 없었습니까?"

"저 아직 스물한 살인데요? 아니면 부자 남자친구를 잡아서 팔자 고칠 생각을 안 했다는 게 이상하다는 뜻인가요?"

"살인 사건을 수사하는 경찰로서 간과할 수 없는 점이긴 합니다."

"하긴, 그것도 그러네요. 하지만 사실이에요. 그리고 만약 그 사람과 저 사이에 그런 약속이 있었다면 그 사실을 숨기는 게 더 이상하잖아요."

"그럼 그런 약속이 없었다고 해도 기류 다카시라는 사람을 가장 잘 아는 사람은 미사토 씨였다는 점에는 확신하십니까?"

"지난 이틀 동안 그 사람에 대한 평판을 여러 사람에게 들으셨죠? 다들 뭐라고 하던가요?"

"온화한 성격에 언제나 조용히 미소 짓고 있는 호감 가는 청년이라고 했습니다."

"그것 말고 또 뭐가 있다고 생각하세요?"

“미소는 표정일 뿐이니까요.”

“겉과 속이 같은 사람이었다고는 생각 안 하세요?”

“겨우 여덟 살에 2억 4천만 엔을 받는 대가로 부모 형제를 모두 잃은 남자가 항상 진심으로 웃었으리라 생각하지 않습니다. 가족도 없고 집으로 초대할 친구도 한 명 없던 기류 씨가 유일하게 집에 장식해 놓은 사진이 바로 미사토 씨와 찍은 스냅 사진입니다. 미사토 씨라면 그 미소 속에 숨겨진 기류 다카시의 진짜 모습을 알지 않겠습니까.”

그 순간, 마키하타를 똑바로 응시하던 시선이 갑자기 다른 곳을 향했다.

“그 사람의 무엇이 알고 싶어요?”

“취미요. 아니면 독서 취향.”

“그게 무슨 소리예요?”

“며칠 전에 기류 씨의 아파트에 갔었는데 수많은 책 중 세 권만 분야가 달랐습니다.『멸종종과 멸종위기종』,『야생동물의 보호와 회귀』,『포식동물, 그 본능과 학습』. 별것 아닐 수도 있지만 전공 서적들 속에 이 세 권만 다른 분야의 책이라는 건 책 주인에게 중요한 의미일 수 있죠. 기류 씨는 도대체 무엇을 알아내려고 했을까요?”

“저는 몰라요. 책장은 몇 번 봤지만 책 제목을 일일이 다 기억하진 않아요. 그리고 매번 자기가 어떤 책을 읽고 어떤 감명을 받았는지 말하는 건 자기 현시욕이 강한 사람이나 하는 행동이잖아요."

미사토는 고개를 돌린 채 대답했다.

"책 가장자리가 엄지손가락 자국으로 지저분해질 정도로 책장을 넘긴 열의가 단순히 지적 호기심 때문이라고 생각하지 않습니다. 역시 기류 씨는 그 세 권의 책에 유달리 관심이 많았어요."

"확실히 관심이 있긴 했어요. 다만 동물에게 보인 관심만큼 사람에게는 관심이 없었을 뿐이죠."

"사람에게는 관심이 없었다고요?"

"그 사람의 동료나 학창 시절 친구 중 누구라도 만나신 적 있나요?"

"아뇨, 아직."

"만나서 확인해 보세요. 품행이 바르고 다정하고 착한 청년. 열이면 열 다 그렇게 말할 테니까. 깊게, 혹은 오래 알고 지낸 사람이라면 반드시 한두 가지는 알 법한 단점이나 내면의 분노가 그 사람에게는 하나도 없었어요."

"사람 좋은 가면을 쓴 인간 혐오자였다는 말입니까?"

"인간 혐오가 아니라 그냥 관심 자체가 없었어요."

미사토는 눈썹을 살짝 찌푸렸다. 고인의 비밀을 밝히는 셈이라서 그럴까.

"그 사람을 처음 만났을 때, 회사를 소개하고 신규 채용을 하지 않는다는 내용을 설명할 때도 그 사람은 내내 웃고 있었어요. 마치 봄 햇살처럼 따뜻하고 부드러운 미소였죠. 하지만 얼마 지나지 않아 저는 소름이 돋았어요.”

“왜죠?”

“지금까지 살아오면서 그렇게 공허하게 웃는 사람은 처음 봤거든요. 눈썹이나 뺨이나 입은 웃고 있지만 눈만은 웃지 않았어요. 눈동자 가운데에 구멍이 뻥 뚫린 사람처럼 저를 보고 있는데도 빛을 느낄 수 없었죠. 마치……, 마치 마네킹과 마주 보고 있는 기분이었어요.”

미사토는 한기를 느낀 듯 스스로 어깨를 감싸 안았다.

“그만하자. 면담을 끝내고 빨리 돌아가자. 그렇게 생각했을 때 연구소에서 키우는 실험동물에 관한 이야기가 나왔어요. 바로 그 순간 그 사람의 눈빛이 바뀌었어요. 영혼이 없던 눈이 빛나기 시작했죠. 쥐가 몇 마리, 개가 몇 마리 있고 이름은 어떻게 지었다거나 동물들이 연구소에서 자신만 따른다는 이야기들을 정말 순수한 얼굴로 말하더라고요. 마치 아이가 자신의 보물을 자랑하는 것 같은 얼굴이었어요. 그 얼굴을 지켜보는데 왜인지 갑자기 안심이 된 거예요. 그래서 알게 됐죠. 그 사람이 평소에 짓는 미소는 갑옷과 같은 것이라고.”

“그런데 그만큼 동물을 좋아했다면 왜 반려동물을 키우지 않았죠? 기류 씨의 자산이라면 개 한 마리를 키우기 위해 맨션을 한두 채 사는 건 일도 아니었을 텐데요.”

“질렸다고 했어요. 어렸을 때 엄청 예뻐하며 기르던 개가 죽어서 너무 괴로웠대요. 그래서 다시는 반려동물을 키우지 않기로 했대요. 그리고 기류 씨는 그런 쓸데없는 일에 돈을 낭비하지 않는 사람이었거든요.”

“맨션을 사는 게 돈 낭비입니까?”

“자신에게 필요 없는 소비는 다 낭비죠. 그 사람이 입버릇처럼 하던 말이에요. 그 사람이 살던 집 봤죠? TV도 차도 오디오도 냉장고도 주방용품도 그 사람에게는 필요 없는 것들이었어요. 그래서 관심도 없었고 살 생각도 하지 않았죠. 그중 맨션은 가장 쓸데없는 소비였겠네요.”

“돈을 모으고 있었습니까?”

“모은 게 아니라 모인 거예요.”

다음 질문을 던지려던 바로 그때였다.

“기류 씨는 도대체 무슨 연구를 하고 있었나요?”

조수석에 앉아 있던 구조가 뒤를 돌아보며 물었다.

“신약 연구라고만……. 자세한 건 못 들었어요.”

“아뇨, 자세한 건 아마 기류 씨 본인도 몰랐을 겁니다. 그런 전체적인 이야기가 아니더라도 예를 들어 어떤 성분을 사용했다거나 시약은 무엇이었다거나 하는 단편적인 정보도 괜찮습니다. 혹시 아시는 거 없습니까? 미사토 씨는 기류 씨처럼 그 분야 전문가잖아요.”

“몰라요. 아무리 여자친구라지만 연구 내용을 제게 함부로 누설할 만큼 경솔하지 않았어요, 그 사람은."

미사토는 발끈한 듯 대답했다.

"그럼 마녀의 후예라는 말은요?"

마키하타는 찰나의 순간을 놓치지 않았다. 내내 여유로운 태도를 고수하던 미사토의 빈틈을 파고들어 쐐기를 박았다. 불의의 일격을 당한 미사토의 얼굴이 당황으로 물들었다.

"기류 씨가 사망하기 사흘 전에 담당 치과의사에게 했던 말입니다. 나는 마녀의 후예다……. 대화의 맥락으로 미루어 볼 때 본인의 직업에 관한 말 같은데 미사토 씨는 짐작 가는 것 없습니까?"

"몰라요."

미사토의 목소리는 원래대로 되돌아가 다시 강경해졌다.

"연구 이야기는 연구소 동료에게 물어보세요. 저는 그 사람이 실험복을 벗었을 때만 함께했으니까요."

"그 동료들이 어디 사는 누구인지 저희는 모릅니다. 주소록과 연락처를 적어 놓았을 텐데 기류 씨의 집에서는 찾지 못했습니다. 아마 컴퓨터에 저장해 두었겠죠. 미사토 씨, 기류 씨가 비밀번호를 알려준 적 없습니까?"

"전혀요. 이제 됐나요? 제가 대답할 수 있는 건 다 대답한 것 같은데요."

미사토는 경찰차에서 내린 뒤 그대로 자리를 떠났다. 말을 거는 일조차 거부하는 듯한 뒷모습에 마키하타는 이번에는 그저 바라볼 수밖에 없었다.

"제법 세상 물정에 밝은 아가씨 같지만 거짓말은 서툴군요. 저래서는 '안다'라고 실토하는 거나 다름없죠."

"구조 씨도 그렇게 보셨습니까?"

"생각이 얼굴에 다 티가 나더군요. 천성은 솔직한 사람인 것 같은데 저래서는 캬바클럽 아르바이트도 오래 하지 못할 겁니다. 그런데 형사님."

"네."

"혹시 여성 공포증이 있습니까?"

이미 각오하고 있던 말이었다. 마키하타는 뒤따라올 추궁을 예상하며 약간 긴장했다.

그 순간 휴대폰이 울렸다.

―마키하타? 나다.

와타세의 탁한 목소리가 귀에 꽂혔다.

―방금 창문 밖으로 마리무라 미사토를 봤는데 혹시 그쪽으로 가지 않았어?

"여기 왔어요. 남자친구가 죽은 장소라서 들렀다고 하더라고요."

―쓸 만한 이야기는 건졌어?

"쓸 만한 이야기라고 해야 할지……. 피해자가 내향적인 성격이었다는 증언 말고는 딱히 건질 만한 정보는 없었습니다. 정작 중요한 것은 모르쇠로 일관했어요."

마키하타가 미사토의 알리바이와 아르바이트에 대해 말하자 와타세도 적지 않게 놀란 듯했다.

―뭐라고? 캬바클럽에서 일한다고? 기류 다카시도 그 사실을 알고 있었나?

"지금 와서 확인해 볼 수는 없죠."

수화기 너머에서 잠시 침묵이 흘렀다.

―너 '귀여운 여인'이라는 영화 본 적 있어?

"줄리아 로버츠가 나온 영화잖아요. 네, 봤죠. 옛날에요."

―로맨틱 코미디 영화였지.

"네."

―줄거리가 그런데 어떻게 로맨틱 코미디가 된다고 생각해?

"그건……, 줄리아 로버츠가 연기한 매춘부가 착한 사람이었기 때문일까요?"

―그래. 여주 주인공인 매춘부가 조금이라도 남자 주인공의 돈을 욕심낸 순간 그 영화는 범죄영화로 장르가 바뀌는 거야. 이번 사건이 바로 그런 경우야. 마리무라 미사토의 알리바이는 차치하고 금전적인 동기가 하나 등장했어. 그녀가 유흥주점에서 일할 수밖에 없는 이유를 당장 조사해야 해.

자신이 맡을 일이겠구나 하고 마키하타는 체념하듯 받아들였다.

"그쪽은 뭔가 진전이 있나요?"

─아니. 몸값 요구는커녕 전화 한 통도 오지 않았어. 그런데 이웃 주민에게 기묘한 이야기를 들었어.

"기묘한 이야기요?"

─다미야 가족의 유괴 사건 이전에도 이 근처에서 납치 사건이 있었다는군. 심지어 한두 건이 아닌 것 같아.

"뭐라고요! 그럼 이건 연쇄 유괴 사건……."

─진정해. 사라진 건 고양이야.

"고양이요?"

─그래. 집에서 키우던 고양이가 밖에 나갔다가 돌아오지 않는 일이 9월부터 동네에 잇따라 발생했다던데.

"그러면 유괴는 너무 과장된 표현 아닙니까? 집고양이가 돌아오지 않는 건 딱히 특별한 일도 아니잖아요."

─그렇긴 해. 하지만 그게 아홉 마리나 되면 상황이 다르지.

"아홉 마리나요?"

─발정기도 아닌데 아홉 마리는 좀 이상하지? 파출소는 의아해하던데. 그래도 일단 아홉 마리의 실종 신고를 접수하고 순경에게 확인하라고 지시했어. 고테가와 녀석이 들으면 전혀 상관없는 사건이라며 비웃겠지.

즉 와타세 본인은 그 사건들이 무관하지 않다고 생각한다는 의미였다.

─작업이 끝났으니 두 사람만 남기고 감식관들은 본부로 복귀시킬 거야. 너희는 어떡할 거야?

"저희는 여기에 좀 더 있겠습니다."

─그래? 쓸 만한 이야기를 물어오기를 기다릴게.

마키하타는 휴대폰을 끊은 뒤 통화 내용을 구조에게 설명했다.

"고양이 아홉 마리가요?"

설명을 들은 구조는 불쾌한 듯 미간을 찌푸렸다. 마치 차에 치여 죽은 뒤 도로 위에 방치된 작은 동물의 사체를 발견한 듯한 표정이었다.

"기분 나쁜 이야기네요. 사라진 고양이는 전부 집고양이죠?"

"네,"

"영아 유괴범과 고양이 납치범이 동일 인물이라고 가정해 봅시다. 그러면 유괴범이 과연 사람인 아기와 짐승인 고양이 사이에 경계선을 긋고 있으리라 봅니까?"

"경계선이요?"

"예컨대 바로 아기를 유괴하지 않고 고양이를 연습 대상으로 삼았다는 매우 낙관적인 가설을 세워도 연습 횟수가 아홉 번이라니 지나치죠. 게다가 아기를 유괴했는데도 몸값을 요구하지도 않아요. 고양이 아홉 마리 사건 때도 그랬을 테죠. 범인에게는 아기든 고양이든 모두 똑같은 존재일 뿐이에요."

"구조 씨. 설마……."

구조의 말뜻을 알아차린 마키하타는 소름이 돋았다.

"이런 시골에서 키우는 고양이 아홉 마리가 모두 혈통 있는 고양이는 아니겠죠. 굳이 잡종 고양이를 아홉 마리나 모아서 집에서 키우는 특이한 사람은 없을 겁니다. 유괴된 아기도 돈이 많은 집안의 아이가 아닙니다. 아기와 고양이를 똑같이 보는 범인이라면 그 아기마저도 고양이와 똑같이 처리했을 가능성이 커요."

지나치게 비관적인 추측에 반박하려고 했지만 할 수 없었다. 사실은 마키하타도 구조와 같은 생각을 하고 있었기 때문이다.

"하지만 한편으로는 고양이 납치와 연결하면 범인의 정체를 분석할 수 있습니다. 아홉 마리나 되는 고양이를 납치하는 건 하루 이틀 만에 끝낼 수 있는 일이 아니죠. 최소한 몇 주 동안 이 부근에 머물러야 합니다. 외지인이 그런 짓을 했다면 분명 동네 주민들 눈에 띄었겠죠. 그런데 그런 수상한 사람을 목격했다는 사람은 없어요."

"그러면 범인은 현지인……."

"그리고 또 하나. 납치된 고양이의 사체가 아직 발견되지 않은 듯하니 범인이 고양이를 보자마자 죽인 건 아닌 것 같습니다. 납치해서 잠시 가둬 둘 장소가 있다는 뜻이죠."

"공동주택은 사람들의 시선 때문에 들킬 위험이 있지만 단독주택이라면 비교적 안전하죠."

“그렇습니다. 게다가 가족 없이 혼자 사는 편이 더 유리하겠죠. 수사 대상의 범위를 상당히 좁힐 수 있을 겁니다.”

하지만 구조의 표정은 말과 달리 불쾌감이 가득했다. 프로파일링 같은 추론을 내놓았지만 그것을 믿지 않는 것이 분명했다.

그렇다면 당신이 진짜로 생각하는 것은 무엇입니까?

그렇게 물으려던 순간, 생소한 벨소리가 들렸다. 엘가의 ‘위풍당당 행진곡’이었다.

구조가 가슴팍에서 휴대폰을 꺼냈다.

“네, 구조입니다. 아, 과장님.”

목소리가 돌연 속삭이듯 작아졌다. 마키하타는 배려하는 의미에서 등을 돌렸지만 얼마 지나지 않아 통화 내용이 심상치 않다는 것을 느꼈다.

“……확실히 갑작스러운 전개이긴 하네요. 그럼 기간을 연장하는 게 좋겠습니다.”

전화를 끊은 구조는 미간을 찌푸렸다.

“경찰청 생활안전국에서 온 연락이에요. 도쿄에서 일어난 세 사건의 범인인 소년들에 관한 정보입니다.”

“그 세 사람이요? 무슨 일 있습니까?”

“조금 전에 사진을 본 세 사람이 모두 같은 증언을 했다고 합니다. 자신에게 히트를 판 사람은 기류 다카시가 틀림없다고.”

2

마녀를 사냥하는 자

1

현경 본부로 돌아가는 차에서 구조는 내내 침묵했다. 마키하타도 구조가 내뿜는 무거운 분위기에 짓눌려 쉽게 입을 열지 못했다.

그가 입을 다문 이유가 경찰청의 연락 때문이라는 것은 알았다. 그러나 구조의 경직된 분위기는 납득하기 어려운 점이 있었다.

불편한 침묵 속에 앉아 있는 사이에 흐린 하늘이 마침내 울음을 터뜨렸다. 보기만 해도 차가운 빗방울이 앞 유리를 두드렸고 유리 안쪽이 서서히 뿌예졌다. 바로 그때 구조가 입을 열었다.

"사람의 마음을 지배하는 마법, 사람을 짐승으로 변하게 하는 마법."

"네?"

"동화 속 마녀는 수상한 약초를 배합해 그런 마법을 겁니다. 그렇다면 히트를 제조해 젊은이들에게 팔던 기류 다카시는 확실히 마녀의 후예라 할 만하죠. 그리고 그 후예답게 역시 온몸이 갈기갈기 찢기는 형벌을 받았습니다."

"그게 처형이었다는 말입니까?"

"스턴버그 제약이 입막음했다고 보는 건 어떻습니까? 재산이나 원한보다는 훨씬 설득력 있는 동기일 겁니다. 기류 씨가 히트를 판 게 회사의 지시 때문이었는지 스스로의 의지였는지는 차치하고 히트를 복용한 세 소년이 충격적인 사건을 일으켰고 이 사실이 발각될까 봐 우려한 스턴버그 제약이 그를 제거한 것 아닐까요. 뭐, 뻔한 스토리이긴 합니다만."

구조의 추리에 반론을 제시하고 싶었지만 마키하타는 현재 어떠한 실마리도 잡을 수 없었다.

"형사님, 제 말에 반박하고 싶은 것 같네요."

정곡을 찔리자 순간 숨이 멎었다. 구조를 흘긋 살피니 태연한 모습으로 비 내리는 창밖 풍경을 바라보고 있었다.

"기류 다카시가 착한 사람이 아니라는 사실이 그렇게 충격적입니까? 하지만 그가 항상 진심으로 웃지 않았을 것이라고 꼬집은 사람은 형사님이에요. 그런데 왜 그를 변호하려고 하죠?"

그 말을 듣고 비로소 깨달았다. 확실히 자신은 무의식중에 변호해야 하는 사람 쪽 입장에 서고 만다는 사실을. 하지만 알고 있다. 나는 기류 다카시를 변호하려는 것이 아니다. 그를 지키려는 미사토를 변호하려는 것이다.

"기류 다카시를 변호할 마음은 없습니다. 아마 기류 다카시에 대한 구조 씨의 평가가 갑자기 바뀌어서 저항감을 느낀 듯합니다."

"그건 아니죠. 처음부터 저는 기류 다카시가 혈혈단신이지만 작은 동물에게는 다정한 사람이든 뭐든 신경 쓰지 않았습니다. 스턴버그 제약의 주임 연구원으로만 봤죠. 기류 다카시에 대한 제 평가가 바뀐 게 아니라 저에 대한 형사님의 평가가 바뀐 겁니다."

"……그게 무슨 말씀입니까?"

"형사님은 제가 마약 범죄를 증오한다는 걸 압니다. 그래서 기류 다카시가 마약 판매자라는 사실이 밝혀진 시점에서 그 사람 역시 제게 증오의 대상이 됐다고 판단하고 저와 거리를 두려는 겁니다."

"제가 왜 구조 씨와 거리를 둡니까?"

"형사님은 죄는 미워하되 사람은 미워하지 않는 유형의 경찰이기 때문이죠. 저와는 달리 말입니다."

나는 마약을 만드는 놈도 파는 놈도 모두 증오한다. 아까 실랑이할 때 단호하게 말하던 구조의 얼굴이 떠올랐다.

"그러면 구조 씨는 기류 다카시가 스턴버그 제약의 직원이었다는 사실 하나만으로 그를 의심한 겁니까?"

“의심이 아니라 증오한 겁니다. 에둘러 말할 필요 없어요. 전에도 말했듯이 저는 그런 놈들을 인간이라고 생각하지 않습니다. 법이 허락한다면 제조와 매매에 연루된 모든 사람을 죄다 말살해도 괜찮다고까지 생각하거든요.”

구조의 표정은 한 치의 흔들림도 없이 단호했다. 그러나 그 얼굴은 사명감으로 가득 찬 공무원의 그것이 아니었다. 더 어둡고 깊은 열망으로 불타오르는 얼굴이었다.

“사적인 질문 좀 해도 됩니까?”

“하세요.”

“마약 수사에 특히 집착하신다는 소문이 사실입니까?”

“……와타세 반장님이 자세한 이야기를 해주시지 않던가요?”

“제가 들은 이야기는 경찰청 내 구조 씨의 위치와 그것에 얽힌 소문뿐이었습니다.”

대답을 들은 구조의 표정이 문득 누그러졌다.

“경찰청 사람이라면 다 아는 이야기인데, 그 정도는 미리 알려주지. 정말 세심한 양반이라니까. 생활안전국 근무는 저보다 반장님이 훨씬 더 잘 맞을 거예요.”

“괜한 이야기라면 저는…….”

“아뇨, 파트너가 음산한 놈이라는 생각이 자꾸 들면 형사님도 불안하겠죠. 괜찮다면 한번 들어 볼래요?”

흔쾌히 “좋다”라고 대답할 수도 없는 노릇이라 마키하타는 말없이 고개만 끄덕였다.

"저에게는 여동생이 하나 있었습니다. 둘뿐인 남매였죠."

구조가 히터 스위치를 눌렀다. 그러자 디지털로 표시된 온도가 3도 넘게 올라가며 차량 앞 유리에 서린 김이 서서히 사라졌다.

"제가 경찰청 발령을 받은 해에 동생도 도쿄에 있는 명문 고등학교에 합격했어요. 그래서 마침 잘 됐다며 부모님을 떠나 동생과 저는 함께 살게 됐습니다. 동생은 식비와 집세를 아낄 수 있어서 좋다고 했지만 사실은 가족 모두 알았어요. 어렸을 때부터 동생이 저를 무척 좋아해서 저한테서 떨어지지 않으려고 했거든요. 저도 퇴근하고 집에 가면 따뜻한 밥이 기다리고 있는 것이 나쁘지 않아서 동생이 원하는 대로 하게 두었습니다. 애초에 음식이 따뜻할 때 퇴근할 수 있는 날이라고는 손에 꼽을 정도였지만. 자정 즈음에 집으로 돌아가면 랩을 씌운 음식과 쪽지가 남아 있었어요. 귀를 기울이면 잠든 숨소리만 들렸죠. 그래서 소리가 나지 않도록 조심스럽게 전자레인지에 음식을 데워 먹었습니다. 대부분 그런 날들이었지만 동생은 꽤 즐거웠던 것 같았습니다. 동네 사람들에게는 은근슬쩍 주부인 척하고 다녔죠. 저도 불만은 없었고요. 둘 중 한 명이 결혼할 때까지 이런 생활이 이어지겠거니 막연하게 생각했습니다. 네, 그날이 오기 전까지는."

구조는 잠시 말이 없었다. 담배라도 한 대 피우려나 싶어서 흘긋 봤지만 구조는 담배를 꺼내기는커녕 뒤로 살짝 젖힌 좌석에 몸을 기댔다.

"1991년 즈음에 형사과와 합동으로 폭력단의 자금줄을 철저하게 소탕한 적이 있습니다. 당시 광역지정폭력단*은 대외적으로는 각성제 거래를 금지했어요. 그래서 버블경제가 한창이던 시절, 많은 야쿠자가 번듯하게 위장한 기업을 내세워 부동산 투기에 매진했지만, 시대의 흐름에 뒤처진 조직은 과거의 방식을 답습하며 각성제에 대한 의존도를 높였죠. 게다가 그 전 해에 젊은 층의 마약 중독자 수가 급증하면서 사회 문제가 된 것도 또 다른 원인이었습니다.

저는 그때 마약 단속의 최전선에서 매일 잠복하고 압수수색을 지휘했습니다. 문제시되던 함정수사도 거리낌 없이 했고 잔챙이 마약상 하나까지도 잡아들여서 놈들에게 저는 증오의 대상이었죠. 압수한 각성제 150킬로그램, 체포한 판매상이 마흔 명에 달했을 때 폭력단이 제 앞으로 경고를 보냈습니다. '너 이 새끼, 해보자는 거냐'라고 말이죠. 경찰과 야쿠자는 적대적인 관계이면서도 서로 이용하는 면도 있지 않습니까. '그 불문율을 네 놈이 깨버리고 전쟁을 하겠다는 거냐'라는 뜻이었죠. 그래서 저는 마약상을 추가로 여덟 명 더

---

* 광범위한 세력을 가진, 경찰청에서 지정한 폭력단 조직.

검거하는 방식으로 그들의 질문에 답을 줬습니다. '진심이
다'라고.

　그로부터 며칠 후 동생이 집에서 사라졌습니다. 이웃 말
로는 경찰을 사칭한 남자가 찾아와서 제가 다쳤다는 소식
을 전하며 동생을 데리고 갔다고 했습니다. 누가 봐도 그들
이 보복에 나선 것이었습니다. 제 선전포고에 그들 역시 진
심으로 응수한 겁니다. 원래라면 그날 바로 상사에게 보고
해야 했지만 이 일로 수사관들의 사기가 꺾일까 봐 걱정됐
던 저는 좀처럼 입을 열 수 없었습니다. 의미 없는 짓이라는
걸 알면서도 짚이는 곳이라면 모조리 찾아다녔죠. 할 수 있
는 방법은 다 동원하고 닷새가 지나서야 비로소 실종신고를
했습니다.

　보고를 받은 상사는 질책하는 것도 잊고 당황했습니다.
설마 놈들이 수사관의 가족까지 건드릴 줄은 미처 예상하지
못했겠죠. 곧바로 특수반이 설치됐고 동생의 행방을 쫓았습
니다. 동생의 실종을 폭력단의 납치와 연결 짓는 것은 성급
하지 않냐고 말하는 수사관도 일부 있었지만 그 의견은 곧
이어 도착한 소포 하나로 묵살됐습니다. 경찰청 수사4과 앞
으로 도착한 소포, 그 속에는 비디오테이프 한 개가 들어 있
었습니다. 모두 자리를 잡고 앉은 회의실에서 테이프를 재
생한 저는 숨을 삼켰습니다. 화면에 나타난 장면은 실 한 오
라기 걸치지 않은 동생이 네 발로 엎드린 모습이었습니다.”

빗줄기가 점점 거세졌다. 와이퍼 속도를 늦추려고 했지만 마치 몸이 굳은 사람처럼 손가락이 움직이지 않았다.

"제가 놀란 이유는 동생이 알몸이었기 때문이 아닙니다. 동생의 눈이 기이할 정도로 번뜩였기 때문이었어요. 그런 눈을 매일같이 봐온 저는 금방 알아차렸습니다. 동생의 눈은 금단 증상에 빠진 각성제 중독자의 눈이었습니다.

고작 일주일. 그 짧은 기간에 순도 높은 각성제를 연이어 주입당한 동생은 급성 중독자가 됐습니다. 동생은 그 상태로 남자들이 죽 늘어앉아 있는 곳으로 기어갔습니다. 마치 길들여진 개처럼. 카메라는 줄곧 동생의 눈높이에 맞춰져 있었고 남자들은 가슴 아래만 찍혔습니다. 남자 중 한 명에게 다가간 동생은 애가 타는 듯 바지를 내리고 아무런 저항 없이 그자의 성기를 입에 물었습니다. 마치 목마른 사람이 수도꼭지로 달려드는 듯한 모습이었죠. 남자의 것이 발기하자 동생은 그자에게 빨리 달라고 애원했습니다. 몸을 떨며 눈물을 흘리며 몇 번이나 빌었죠. 그리고 거칠게 자세를 강요당한 뒤, 네 발로 엎드린 자세 그대로 성폭행당했습니다. 남자가 삽입한 순간 동생의 얼굴은 희열로 물들었고 안도의 한숨마저 내쉬었습니다.

그것을 보고 저는 깨달았습니다. 각성제 중독자들은 보통 약을 처음 접한 방식 그대로 계속 약을 복용하게 되는데, 동생이 약을 처음 접한 방식은 각성제 용액이 발린 페니스로

범해지는 것이었습니다. 약이 질 내 점막으로 흡수되면 코로 마시거나 입으로 먹는 것보다 훨씬 효과가 강력하기도 하죠. 그렇게 지속적인 폭행을 당하는 동안 동생은 약이 발린 성기로 삽입 당하지 않으면 정상적으로 살 수 없도록 길들여진 겁니다. 남자는 당연히 콘돔을 끼우고 약을 발랐죠. 마침내 그자가 일을 끝내자 다음 남자가 차례를 기다리고 있었습니다. 얼굴이 눈물과 침으로 얼룩진 동생은 쉴 틈도 없이 다음 남자의 바지도 벗기고 같은 일을 반복했습니다. 그렇게 또 한 명, 그리고 또 한 명……. 그리고 다섯 번째 남자가 사정했을 때 마침내 동생은 의식을 잃은 듯 그대로 바닥에 쓰러졌습니다. 영상은 거기서 끝났습니다.

시계를 보니 두 시간이 지나 있었고, 처음 저와 동석했던 상사와 동료들은 어느새 사라지고 없었습니다. 어느 순간, 턱이 마취약이라도 맞은 듯 굳어 있다는 사실을 깨달았습니다. 비디오를 보는 내내 이를 악물고 있었던 탓이었죠. 곧바로 테이프를 감식반에 넘겼고 감식관들은 안쓰러울 정도로 저를 신경 쓰면서도 철저하게 분석했습니다.

그 결과 주변에서 들리는 소리로 그곳이 철도 근처에 있는 공업지대라는 사실을 알아냈고, 남자 한 명의 몸에서 발견한 문신이 매우 희귀한 것이었던 덕분에 그놈의 집 주소까지 알아낼 수 있었습니다. 그렇게 점차 촬영 현장 후보지를 좁혀갔습니다.

확실한 단서를 확보하고 폐공장으로 들어가 보니 그 사무실 안에 동생이 버려져 있었습니다. 살아는 있었지만 약과 남자들에게 시달려 완전히 망가진 상태였어요. 싫증 난 장난감처럼 그렇게 오물과 개 사료 속에 버려져 있었습니다.

동생은 곧바로 경찰병원으로 이송돼 입원했습니다. 비교적 빨리 발견해 목숨은 건졌지만 의식을 되찾은 후 나타난 금단 증상이 정말 심각했어요. 침대 위에서 막 몸부림치더군요. 손과 발을 휘두르다 침대 파이프에 부딪혀도 아픈 줄도 몰랐어요. 약을 달라, 괴롭다, 어떻게든 해달라고 소리치며 의료기기를 부수려고 했죠. 진정제를 놓는 데도 한계가 있어서 결국 가죽 벨트로 사지를 묶었지만 몸을 비틀며 저항했습니다. 내 동생이지만 거의 짐승 같았죠. 몸부림치다가 잠들고, 깨어나서 몸부림치고, 그리고 또 잠들고. 그러다가 점점 몸부림칠 체력도 고갈되자 동생은 곁을 지키던 제게 울면서 이렇게 애원했습니다. '오빠라면 범인들 체포하면서 압수한 약이 많지? 1그램이라도 좋으니까 나 좀 줘. 그러면 내가 오빠 거 빨아줄게, 나한테 무슨 짓을 해도 괜찮아'라고. 그건 제가 알던 동생의 목소리가 아니라 동생을 잡아먹은 악마의 목소리였습니다. 저는 귀를 틀어막고 병실에서 뛰쳐나왔어요. 계속 그곳에 있다가는 동생의 목을 조를 것 같았거든요.

그 후 저는 일단 병원 쪽으로는 발길을 끊고 다시 남자들을 추적했습니다. 그 일에 몰두할 수밖에 없었습니다. 그리고 마침내 그자들의 아지트가 드러날 즈음 동생의 상태도 안정되어 개인실에서 다인실로 옮겼습니다. 이제는 링거를 맞지 않아도 됐고 제대로 된 식사로 체력도 회복해서 미소도 보여줬죠. '악몽을 꿨어……'. 동생의 입에서 그 말이 나온 순간 저는 안심했습니다. 이제 괜찮다고. 남자들을 잡아 법의 심판을 받게 하기만 하면 된다고. 하지만…… 너무나 성급한 판단이었습니다.

어느 날 밤 누군가의 전화를 받은 동생은, 몸이 회복되면서 허술해진 경비를 틈타 홀로 병원을 빠져나갔어요. 외부 침입만 경계한 경비는 안에서 누가 도망치리라고는 생각하지 못했습니다. 전화를 한 놈들은 그 사실을 이미 예상했죠. 그리고 동생이 여전히 각성제의 저주에서 벗어나지 못했다는 사실도요. 완패였습니다. 우리는 이중으로 설치된 덫에 걸린 겁니다.

다시 설치된 특수반이 동생의 행방을 쫓았지만 이번에는 끝내 찾지 못했습니다. 아니, 애초에 첫 번째 아지트를 발견한 것도 실은 놈들이 우리에게 두 번의 치욕을 안겨주려고 짜놓은 함정이었는지도 모르죠. 그런 생각이 들 정도로 수사는 아무런 진전이 없었습니다.

결국 제가 동생을 다시 만난 것은 그로부터 반년 후……. 그래요, 딱 지금처럼 이런 차가운 비가 내리던 날이었습니다. 후쿠오카공항 국제선 항공편에서 내려 세관을 통과하던 중 갑자기 고통에 몸부림치다가 사망한 여성 승객. 바로 제 동생이었습니다.

부검 결과 봉지에 담긴 각성제 백 그램이 질 안에서 발견됐습니다. 사인은 그 봉지가 터지면서 새어 나온 각성제가 한꺼번에 몸으로 흡수되면서 일어난 쇼크사였죠. 몸 안에 약을 숨겨 국경을 넘나든다……, 웃기지 않습니까? 요즘은 삼류 형사 드라마에서도 안 쓰는 수법이잖아요.

외국에서 일본으로 약을 들여오면 그대로 고객이 있는 곳으로 직행하고, 고객은 물건을 받는 즉시 운반 역할을 한 여성의 수수료를 포함한 금액을 조직에 송금했습니다. 매춘과 각성제를 세트로 묶은 패키지 판매인 셈이죠. 물론 고객 입장에서 여자는 그저 덤일 뿐입니다. 여자로서, 아니 마약상으로서도 바닥 취급을 당했죠. 결국 동생은 마지막까지 놈들에게 농락당했습니다. 언제 체포되든 언제 죽든 상관없는 마약 거래의 부속품으로.

영안실에서 오랜만에 동생의 얼굴을 봤습니다. 눈 밑과 뺨이 홀쭉하게 푹 꺼져 있었어요. 피부와 입술도 푸석푸석하게 말라 있었고요. 화장을 제대로 하지 않은 중년 여자처럼 보였습니다. 그런데…… 그런데 말입니다. 동생은 그때 겨우 열일곱 살이었어요. 고작 열일곱 살이었다고요.

그날부터 15년, 마약 범죄와 저는 끊으려야 끊을 수 없는 악연이 됐습니다. 도쿄에서 벌어진 세 사건도 그랬지만 그동안 마약 범죄 피해자나 그 가족들을 볼 때마다 죽은 동생의 얼굴이 겹쳐 보였습니다.

……후우, 밖이 상당히 추운 것 같네요. 당장은 날이 안 풀릴 것 같아요."

솔직히 마키하타는 차 안의 온도 따위는 느껴지지도 않았다. 손끝이 떨렸지만 추위 때문이 아니었다. 겨드랑이에서 땀이 흘러내리는 것도 더워서가 아니었다.

"경찰관의 사명은 국민의 생명과 재산을 지키는 일입니다. 이것은 우리 조직이 공유하는 최소한의 약속이죠. 하지만 그와 별개로 경찰관 개개인은 누구나 자신만의 정의를 가슴에 품고 삽니다. 제 정의가 마약 범죄를 뿌리 뽑는 일인 것처럼 말입니다. 마키하타 형사님, 형사님의 정의가 무엇인지는 모르지만 그것이 만약 제 정의와 상충하는 것이라면 이 자리에서 말해주세요. 형사님의 대답에 따라 제 태도를 바꿔야 하니까요."

"돈도 많은 사람이 도대체 왜 마약 장사를 했단 말이야?"

마키하타와 구조의 얼굴을 보자마자 와타세가 소리쳤다.

"현금으로 빌딩 한 채를 살 수 있는 인간이 왜 푼돈밖에 안 되는 수수료 아르바이트에 목숨을 거냐고."

"당연히 돈 문제가 아니었겠죠. 아마도 순수한 지적 호기심이나 회사의 지시 때문이었을 겁니다.”

구조가 아무렇지 않은 목소리로 대답했다.

“지적 호기심?”

“히트가 인체에 어떻게 작용하는지 데이터를 수집한 겁니다. 히트는 후생노동성이 승인하는 신약 종류가 아니라서 아르바이트를 모집해 실험할 수는 없어요. 그러니 당연히 암거래로 매매하면서 비밀리에 피험자의 증상과 행동을 지켜볼 수밖에 없었겠죠. 그래서 판매 수익을 고려하지 않고 젊은 층도 손쉽게 구할 수 있는 가격대로 책정한 겁니다.”

“그럼 결국 뭐야? 스턴버그 제약이나 기류 다카시가 아직 개발 단계인 마약으로 인체 실험을 하기 위해 신주쿠와 시부야의 꼬맹이들에게 약을 뿌려댔다는 말이야?”

“네.”

“구조, 하지만 그러면 도쿄에서 발생한 세 사건. 그건 어쩌다가 인체 실험 대상이 된 녀석이 폭주해서 일으킨 우발적인 사고였다는 말이 돼.”

“그렇겠네요.”

“그렇겠네요, 라니. 너…….”

“고작 신약 하나를 개발하겠다고요. 반장님 마음은 이해하지만 동독 시절 스턴버그 제약 본사의 약리연구동은 그 악명 높은 비밀경찰과 같은 부지 안에 있었어요. 그 나라에서는 사람 한 명의 목숨이 술 한 병 값보다 쌌죠. 인도주의는 전혀 통하지 않는 곳이었어요."

"……흠, 기분이 정말 더럽군."

"기류 다카시의 행위가 회사의 지시 때문이었든 본인의 판단 때문이었든 그가 살해당한 이유에는 분명 스턴버그 제약의 계획 살인이라는 요소가 얽혀 있어요. 원한이나 재산을 노린 단순한 동기보다는 훨씬 그럴싸할 겁니다."

"그래, 앞뒤가 맞는 주장이기는 해. 그런데 아까 내가 한 질문에 아직 대답하지 않았어. 기류 다카시가 마약 거래에 관여했다면 그게 어떤 약인지 어느 정도는 알고 있었을 거야. 피험자의 이성을 무너뜨리고 공격 본능을 극대화하는 약. 기류 다카시는 왜 그 사실을 알면서도 젊은이들에게 히트를 팔았을까? 본인의 지적 호기심을 채우려는 목적이었다면 그야말로 사람 목숨을 파리 목숨처럼 여기는 미치광이 과학자인 셈이잖아?"

"거기까지는 생각하지 않았습니다."

"하지만 그렇게 가정하지 않으면 기류 다카시의 행동을 설명할 수 없어."

"저는 기류 다카시의 내면에는 아무 관심 없습니다. 마약 판매상이 살해됐다는 단순한 사실만으로 충분해요."

잠시 와타세와 구조 사이에 오간 미묘한 적의를 마키하타는 놓치지 않았다. 아마 두 사람이 함께 일하던 시절에는 자주 있었던 일일지도 몰랐지만 마키하타는 중재하듯 끼어들었다.

"반장님. 영아 유괴 사건의 현장 검증에서 무슨 결과라도
나왔어요?"

와타세가 대답하려던 그때였다.

"다녀왔습니다!"

문을 열고 들어온 사람은 피곤에 찌든 얼굴로 허리를 굽
힌 고테가와였다. 고테가와는 형사부실의 분위기를 살피지
도 않고 그저 자신이 맡은 일이 얼마나 헛되고 성과가 없었
는지만 호소했다. 그러나 주변에 전달된 것은 그의 몸에서
풍겨 나오는 썩은 진흙 냄새, 단 하나뿐이었다.

"수고했어. 그래서 성과는?"

"완전히 꽝입니다. 열 시간을 뒤졌지만 나온 건 동물 사체
와 불법 투기한 가전제품뿐이었습니다. 피해자의 소지품이
나 흉기로 보이는 건 없었습니다. 그쪽은 어떻게 됐습니까?"

수사에 진전이 없어 불만이라는 듯한 짜증 섞인 말투에
와타세가 눈썹을 삐죽 치켜세웠다.

"일단 결과는 나왔어. 들어 볼래?"

"당연하죠."

"유괴 현장인 다미야 가족의 집 툇마루. 셋째 아들인 미쓰
구를 그 툇마루에 누여 놓은 지 불과 십여 분 사이에 아이가
유괴됐어. 그 툇마루에서 현관까지는 자갈이 깔려 있는데
감식관이 거기서 이것저것 채취했어. 우리 1과의 희망이 늪

에서 찾아낸 것만은 못하지만 말이야. 잣, 마른 풀, 말린 표고버섯 조각, 밀짚, 머리카락, 개털, 까마귀 깃털, 날벌레 사체, 비둘기 똥, 섬유, 부엽토, 제초제……. 그리고 기류 다카시 살해 현장에 있던 것과 같은 진흙, 쌀알 크기의 살점이 나왔어.”

“살점이요?”

“DNA 감정 결과, 기류 다카시 신체의 일부로 밝혀졌어.”

“네!?”

“즉 기류 다카시의 살해 현장에 있었고 시신 해체 작업에 관여한 인간이 이튿날 다미야 미쓰구 유괴 현장에도 있었다는 뜻이지. 이제 알겠어? 이 두 사건은 물증이 완벽하게 연결되어 있어. 그런데 너는 첫 단계부터 잘못 예측했어. 그리고 그런 선입견을 따라 수사를 진행하니 원래라면 보였어야 할 것들마저 놓치고 있는 거야.”

할 말을 잃은 채 신음만 하던 고테가와의 얼굴이 순식간에 발개졌다.

“살인과 유괴, 확실히 성격이 다른 사건이지만 사건 현장의 거리와 발생 시각에 큰 차이가 없다면 일단 관련지어 생각해 보는 것이 수사의 기본이야. 사건을 단순화하는 것도 수사 방법 중 하나지만 너는 충분한 물증도 없이 두 사건을 분리했지. 성급하고 경솔했어.”

고테가와는 입술을 한일자로 꾹 다물고 고개를 숙였다.

지식과 경험이 없어서 무시당하는 상황이었다. 그 심정을 눈치챈 마키하타는 자신이 처음 실수했던 때가 떠올라 마음이 무거워졌다. 이럴 때 질책은 짧은 편이 좋았다. 집요하게 몰아붙이면 약이 아니라 독이 된다.

와타세는 역시 정도를 아는 사람이었다.

"다음부터는 실수하지 마. 마리무라 미사토가 유흥주점에서 근무하고 있다는 사실을 마키하타가 알아냈어. 사귀던 남자는 대단한 부자지만 미사토 본인은 금전적으로 어려운 상황이었던 게 분명해. 마리무라 미사토의 재정 상태를 알아봐. 빚의 유무, 예금 계좌의 입출금 내역, 아르바이트 급여, 매달 지출 상황을 철저하게 파헤치도록 해."

"……알겠습니다."

"내일 아침 일찍 시작해. 그전에 목욕부터 하고."

"……알겠습니다."

형사부실에는 마키하타와 구조 외에도 수사관 몇 명이 있었지만 고테가와는 누구와도 눈을 마주치지 않은 채 밖으로 나갔다. 그 뒤에는 독기가 사라진 썰렁한 분위기가 남았다.

"이봐, 구조 양반. 내가 말을 심하게 했나?"

"지나치셨어요."

"그래?"

"말이 너무 많으셨다는 뜻입니다. 제가 실수했을 때는 때려치우라는 한마디밖에 안 하셨잖아요."

"자네는 그만두란다고 그만둘 종자가 아니었잖아! 요즘 젊은 놈들은 그런 말을 들으면 홀라당 그만둬 버린다고. 1과는 맨날 인력이 부족해서 그렇게 허무하게 사람을 놓칠 수 없어."

"하지만 저 친구 정도 능력 되는 사람이라면 파출소 근무 경찰 중에도 얼마든지 있을 겁니다."

"본부장님 말로는 가진 인력으로 최대한 성과를 내는 게 관리직의 역할이라더군. 자네도 알아주는 경찰청 관리직이잖아."

"전 그런 마음가짐이 없으니 한직으로 밀려나 있는 거겠죠."

"쯧쯧, 그럴듯하게 행동하면 좀 좋아? 아까 이야기나 마저 하지. 기류 다카시의 죽음이 스턴버그 제약이 꾸민 살인이라면 다미야 미쓰구 유괴 사건도 스턴버그 제약이 얽혀 있다는 뜻이 돼. 유괴 사건의 동기는 뭘까? 다미야 일가는 스턴버그 제약과 관계가 없잖아."

"그 일대에서 영아, 그러니까 생후 1년 미만인 갓난아기는 다미야 미쓰구 한 명뿐이죠?"

"응."

"어떤 분야의 연구자에게 유아만큼 이용 가치가 높은 연구 재료는 없습니다. 유아의 지방은 질 좋은 콜라겐을 생성하고 장기들은 암시장에서 이식용으로 고가에 거래되죠. 스턴버그 제약이 히트 개발을 목적으로 아기를 실험에 쓰고 있다고 해도 저는 새삼 놀랍지 않아요.”

“……진심으로 역겨운 이야기로군. 아무튼 스턴버그 제약에 대해서는 기류 다카시 외에 남은 놈들을 조사해 보자고.”

“그건 제가 하겠습니다. 생활안전국에 어느 정도 자료가 있을 거예요.”

“부탁할게. 그리고 마키하타. 원래는 네게 마리무라 미사토의 신변 조사를 지시할 생각이었지만 계획이 바뀌었다. 넌 기류 다카시의 동창을 만나 이야기를 캐내 봐.”

“고향이 도야마현이었죠?”

“아니, 시골에 남아 있는 동창들의 이야기는 이미 한 번 들었어. 초중고 졸업생 명부를 뒤져서 닥치는 대로 말이야. 마흔다섯 명과 연락이 닿았을 거야. 하지만 친하지 않았다, 존재감이 없었다, 잘 모른다 등 틀에 찍어낸 듯 같은 대답뿐이었지. 다들 속내를 숨긴 듯 에두른 말투였어.”

“무언가 숨기는 게 있는 걸까요?”

“아. 같은 반이었던 동창들 말로는 초중고 내내 같은 반이었던 사람이 한 명 있대. 이름은 가야 히데히코, 현재 시청 세무과에서 근무한다더군. 이 사람에게는 아직 아무것도 묻지 않았어. 십 년 넘게 한 교실에서 지냈으니 친하지 않았다거나 잘 모른다고 하지는 않겠지.”

“그 가야라는 사람을 만나고 오라는 말씀이군요. 어느 시청에서 근무합니까?"

"사이타마시청."

와타세는 입꼬리를 올리며 말을 이었다.

"현경 본부에서 차로 5분 거리야. 젊은 녀석들을 일부러 도야마까지 출장 보냈는데 결국 중요한 증인은 등잔 밑에 있었어. 이런 걸 진짜 우연이라고 하는 거야, 알겠어?"

차가운 비가 내리고 있다.

눈보다 더 시리고 뼛속까지 얼어붙는 듯한 빗줄기였다.

"여기 떠올랐다!"

익숙한 목소리가 멀리서 소리쳤다. 가미야마 순경의 목소리였다.

줄기차게 내리는 빗줄기는 두꺼운 커튼이 되어 주위의 색과 소리를 모두 삼켰다.

그 속에서 우산도 쓰지 않은 머리 긴 여자 한 명이 등을 보인 채 서 있었다.

아아, 또다.

마키하타는 생각했다.

또 이 장면이다.

여자가 누구인지 어렴풋이 짐작이 갔다. 그러나 인정하고 싶지 않은 마음이 공연히 결론을 미뤘다.

꿈인 줄 알면서도, 같은 내용인 줄 알면서도 저항할 도리가 없는 마키하타에게는 그것이 마치 무대극처럼 느껴지기도 했다.

다리가 자신의 의지와 상관없이 여자에게 다가갔다.

멈춰.

여자와 눈을 마주치고 싶지 않다고.

그러나 말은 소리가 되지 못했고 여자는 점점 더 가까워졌다. 젖은 머리, 셔츠가 달라붙은 가녀린 등만 봐도 그녀가 누구인지 바로 알 수 있었다.

다리가 멈추지 않았다.

고개를 돌릴 수 없었다.

눈을 감을 수 없었다.

"두려워서야."

등 뒤에서 와타세의 목소리가 들렸다.

"너는 피해자 유족들이 무서운 거야."

그리고 여자가 뒤를 돌아봤다.

마리무라 미사토가 갓난아기를 품에 안고 있었다. 그 시선에 사로잡힌 마키하타는 뒤로 물러설 수도 없었다. 뱀과 눈이 마주친 개구리처럼.

이 순간을 위해 준비해 둔 말이 있었다. 꿈속에서도, 꿈에서 깨어나고서도 줄곧 생각하던, 거의 신조처럼 자리 잡은 결의의 말. 그러나 그 말은 끝내 목소리가 되지 못했다. 추위 때문인지 겁이 나서인지, 잘게 떨리는 입술은 뜻대로 움직이지 않았다.

마리무라 미사토가 마키하타를 향해 서서히 몸을 돌렸다. 아기의 모습도 점점 또렷해졌다.

등줄기를 타고 전율이 흘렀다. 아기의 얼굴이 누구일지 짐작이 갔다. 다미야 미쓰구, 아니면 아기의 몸에 기류 다카시의 머리가 붙어 있을 것이 분명했다.

미사토의 시선은 한 치도 어긋나지 않고 마키하타를 꿰뚫었다. 그 꿰뚫린 틈으로 미사토의 비탄과 증오가 마키하타의 몸속으로 흘러들어와 똬리를 틀고 몸을 부풀렸다.

목이 바싹 말랐다.

가슴이 조여들었다.

그리고 미사토의 입술이 열렸다.

그 순간 눈을 떴다.

머리를 흔들며 시계를 확인했다. 새벽 2시 40분. 귀를 기울이니 빗소리에 에어컨 작동음이 섞여 들려왔다. 타이머 설정을 잊은 모양이었다. 그래서 공기가 더 건조해진 탓인지 꿈에서처럼 목이 바싹 말랐다.

거의 습관처럼 페트병을 꺼내 물을 들이켠 뒤 숨을 토해 냈다.

오늘 꿈은 평소보다 심했다며 자조했다. 지금까지 같은 꿈을 여러 번 꿨지만 현재 맡은 사건과 관련된 사람이 등장한 것은 처음이었다. 프로이트에 심취한 정신과 의사에게 들려주면 손뼉을 치며 좋아할 만한 이야기였다.

하필이면 비까지 내리고 있었다.

어제 낮부터 내리기 시작한 비는 좀처럼 기세를 꺾지 않은 채 여전히 창문을 두드리고 있었다. 오늘 밤중에 그칠 예정이라더니 일기예보가 빗나간 모양이다.

언론에서는 비가 한 시간에 30밀리미터 내릴 것이라고 보도했지만 지금도 계속 내리는 비를 생각하면 강우량은 그보다 훨씬 많을 것이다. 날씨가 개면 빌딩과 아스팔트에 들러붙은 매연과 분진, 공기 중의 먼지가 깨끗이 씻겨 내려가 세상은 다시 맑고 깨끗해지겠지.

그러나 세차게 내리는 비도 마음속까지 씻겨주지는 못한다. 게다가 비는 그 사건을 떠올리게 했다.

트라우마라는 단어가 떠올랐다. 피해자 유족 앞에서 느꼈던 숨 막히는 기분도 트라우마 때문일까? 그래, 아마추어 심리치료사가 자기 자신을 진단하기에는 가장 납득할 만한 분석이었다.

그러나 과거의 사건에서 비롯된 마음의 고통이라면 마키하타보다 구조가 더 심할 것이다. 구조는 여동생을 그토록 비참하게 잃었으니까. 만약 마키하타가 구조에게 자신의 과거를 털어놓는다면 어리광 부린다는 소리나 듣기 십상이었다. 동생의 사건에 대해 말할 때 구조는 눈 하나 까딱하지 않았다. 그리고 그와 나눈 대화를 보고하자 와타세는 우울한 얼굴로 눈을 내리깔았다.

"그건 말이지, 그 녀석에게는 울분을 푸는 행위 같은 거야."

"울분 해소요?"

"가슴이 찢어질 것 같은 이야기는 남에게 털어놓으면 고통이 조금 희석되거든. 듣는 사람은 견디기 힘들겠지만. 그리고 고통이 희석되는 대신 분노는 배가 돼. 말로 내뱉으면서 분노의 형태와 대상이 명확해지기 때문이야. 구조는 새 사건을 맡을 때마다 파트너에게 그 이야기를 해. 이젠 거의 의식이나 마찬가지야. 그렇게 스스로를 현장으로 몰아붙이고 있어."

그러고 보니 그때 구조는 신경 쓰이는 말을 했다.

'정의'. 경찰 조직으로서의 정의, 그리고 경찰 개개인으로서의 정의.

이상하게도 귀에 맴도는 말이었다. 동서고금을 막론하고 모든 전쟁에서 대의명분으로 내세웠던 말. 국가나 권력자가 입에 올리면 이보다 더 의심스러울 수 없는 말. 범죄 수사를 맡게 된 후로 어떤 때는 관리직의 입에서, 또 어떤 때는 경찰청 공문서에서 수없이 보고 들은 말. 아니, 어떤 때는 엽기살인범이나 사이비 종교 신자들에게 들었던 말이기도 했다. 그렇기에 그 말이 본래 지닌 의미는 한없이 퇴색되고 이제는 녹이 슬었을지언정 결국 타인을 해치기에는 충분한 흉기처럼 이용됐다. 수치를 아는 사람이라면 진작에 자신의 사전에서 지워버렸을, 사실상 죽은 말이었다.

그러나 구조는 그 말을 조금의 거리낌도 없이 꺼내 보였다. 그 사람의 입으로 들으니 묘하게 신선하게 느껴졌다.

구조는 마키하타에게 당신이 믿는 정의는 무엇이냐고 간접적으로 물었다. 마키하타는 대답을 피했지만 애초에 명쾌하게 대답할 수 있었을지조차 의문이다.

Do the right thing. 올바른 일을 하라. 결국 요즘 세상에서 정의란 자신의 신념을 관철하기 위한 구호일 뿐이다. 그렇다면 나에게 정의란, 신념이란 도대체 무엇일까.

상처의 딱지를 억지로 떼어내는 듯 자학적인 느낌과 함께 결코 지울 수 없는 과거가 봇물 터지듯 되살아났다. 생생한 꿈을 계속 꾸는 바람에 현실감이 다소 흐려졌지만 그 기억이야말로 분명한 사실이었다.

그 무렵 마키하타는 기후현경 주노 경찰서로 발령받았다. 갓 순사부장*이 됐을 때였는데 사명감과 공명심이 불타오르던 신출내기 시절이었다.

주노 경찰서에는 2년에 한 번씩 주어지는, 행사 같은 특별 임무가 있었다. 바로 당시의 황태자비 행차 경호였다. 황

* 한국 경찰 계급 중 경사에 해당하는 일본 경찰의 계급.

태자비는 시내에 거주하는 동창들을 만나러 2년에 한 번씩 다카야마를 방문했다.

도쿄에서 나고야까지는 신칸센, 나고야에서 다카야마까지는 특급열차의 특실을 타고 이동했는데, 다카야마혼센 열차는 주노 지역에 들어서면 기후현을 남북으로 가로지르는 히다가와강을 따라 달리며 히다 지방을 세로로 가로질렀다. 모든 정차역은 강을 따라 자리했으며 경호대는 역을 중심으로 백 미터 길이의 대형을 세웠다. 2미터마다 한 명씩 배치하려면 인력이 역마다 50명 필요했다. 당연히 경비과 인원만으로는 부족해서 교통과는 물론 마키하타를 비롯한 형사과 사람들도 동원될 수밖에 없었다. 위로는 부서장부터 아래로는 파출소 순경까지, 주노 경찰서 관할 내 인원이 총출동한 대규모 경호였는데, 이를 두고 궁내청에서 다소 지나친 경호라는 의견이 나왔다.

그러나 경찰청 경비국 경비과는 계획을 수정하기는커녕 오히려 인접한 관할서에까지 추가 지원을 요청했다. 그럴 만한 이유가 있었는데, 1981년 3월에 일어난 레이건 대통령 암살 미수 사건을 시작으로 세계 곳곳에서 주요 인사를 노린 테러가 잇따랐던 것이다. 일본 경찰청 역시 경호 체계를 전반적으로 재검토할 필요가 있었다. 하지만 상부는 말로만 그렇게 떠들고 실제로는 테러는 바다 건너 남의 나라 일이라고 여기며 고작 머릿수로 밀어붙이는 인해 전술을 내놓았다.

잊을 수 없는 7월 15일. 두 시간 전부터 내리는 비가 피부에 미지근하게 달라붙었다. 소나기일 것이라고 생각한 사람은 마키하타뿐이었다. 제복 경찰의 비옷을 빌릴 수도 없어서 혼자서 비를 맞는 신세가 됐다. 무슨 일이 있어도 자리를 비우지 말라는 서장의 엄명은 곧 경찰청의 엄명이기도 했다. 젖은 머리가 달라붙는 것도, 속옷까지 비가 스며드는 것도 의식하지 않으려고 애쓰며 마키하타는 다른 이들과 함께 길가에 놓인 조각상처럼 서 있었다.

손목시계를 힐긋 확인하니 열차 도착까지 남은 시간 5분. 그때 누군가 마키하타의 손목을 붙잡았다. 경찰인가 싶어 고개를 들었더니 눈앞에는 낯선 남자가 서 있었다.

마키하타가 반응하기도 전에 남자가 도움을 요청했다.

"아, 아이가 강 한가운데 모래톱에 갇혔어요!"

숨이 넘어갈 듯한 목소리 속에서 간사이 사투리를 알아들은 마키하타는 상황을 파악했다. 전근이나 여행, 혹은 고향 방문으로 타지에서 온 아이가 신기한 마음에 강 한가운데 모래톱에서 놀다가 불어난 강물에 갇혔을 것이다. 강폭이 좁고 경사가 가파른 히다가와강은 상류에 비가 오면 눈 깜짝할 사이에 물이 불어나고 물살이 세졌다. 게다가 최근 골프장을 미친 듯이 개발하면서 산이 물을 저장하는 기능을 잃는 바람에 물이 더욱 빨리 불어났다. 집중 호우가 내리면 한 시간 만에 잔잔하던 강이 급류로 확 바뀌었다. 그 변화를 늘 봐온 지역 주민이라면 몰라도 타지에서 온 아이가 강물의 급격한 변화에 당황한 것은 당연했다.

"역 바로 아래예요. 아직 늦지 않았습니다. 도와주세요!"

남자는 추위 때문인지 공포 때문인지 떨리는 목소리로 소리쳤다. 목 아래로 온몸이 흠뻑 젖은 모습을 보니 방금까지 강에 들어갔다 나온 것이 분명했다. 나이는 마흔 전후, 순해 보이는 얼굴이었지만 지금은 궁지에 몰린 자의 공포와 절박한 심정만이 떠올라 있었다. 마키하타의 손목을 붙잡은 손가락이 깊게 파고들어 뿌리칠 수도 떼어낼 수도 없었다.

"제발! 부탁드립니다!"

"자, 잠시만요. 저희는 지금 황태자비를 경호하는 중이라 자리를 비울 수 없습니다."

옆에 있던 경찰이 제지하고 나섰다.

"그럼 제 아들을 저대로 죽게 내버려두라는 말입니까!"

인명 구조와 황족 경호라는 말이 번갈아 떠올랐다. 경호진은 50명. 몇 명 빠져도 큰 영향은 없으리라 생각하면서도 그 몇 명 때문에 경호에 구멍이 생긴다는 판단이 머리를 스쳤다. 실제로 한 달 전에 이탈리아에서 발생한 외무장관 암살 사건은 도시 한복판에서 일어난 폭파 사건으로 경호진을 유인한 다음 실행됐다. 잠시도 자리를 벗어나지 말라는 명령은 바로 그 사건을 근거로 한 것이었고, 도움을 요청하는 아버지가 테러 조직의 일원이 아니라는 보장은 어디에도 없었다.

‘거짓말하지 마. 그냥 도망치려고 핑계를 대는 거잖아.’

또 다른 자신이 그렇게 속삭였다.

‘사실은 두렵지?’

마키하타도 강변 마을에서 나고 자라서 강은 삶의 일부였고 수영은 숨 쉬는 것만큼 쉬웠다. 고등학교 때는 전국대회 선수로도 선발됐을 정도니 20대인 지금도 수영은 자신 있었다. 경호를 서고 있는 사람들을 둘러봐도 불어난 강을 건널 수 있는 사람은 자신밖에 없어 보였다.

그러나 한편으로는 강이 얼마나 무서운지도 잘 알았다. 호우 직후에 밀어닥치는 물살은 말 그대로 벼랑을 깎고 바위를 뚫을 기세로 덮쳐온다. 강 밖에서는 유속이 느려 보여도 물속은 전혀 달랐다. 게다가 온갖 것들을 싣고 흘렀다. 부유목, 돌, 토사. 그것들은 강을 헤쳐 나가려는 사람의 손을 방해하고 수면에 떠 있는 머리를 직격한다. 수영 실력을 과신해 강에 뛰어들었다가 그 함정에 빠져 목숨을 잃은 사람들을 고향에서 몇 명이나 봤다.

절벽 위에 서 있는 마키하타의 귀에 강의 포효가 선명하게 들려왔다.

정신을 차리고 보니 다리가 굳어 있었다. 그 다리에 필사적으로 매달리는 남자를 경찰 세 명이 제압했다.

“진정하세요! 방금 지역 소방단에 신고했으니까⋯⋯.”

"왜 당신들은 도와주지 않는 거야? 사람의 생명을 지키는 게 경찰의 임무 아냐?"

마키하타를 바라보던 간절한 눈빛이 적의로 바뀌었다. 남자의 말에 마치 작살에 맞은 듯 얼어붙은 경찰들도 마키하타의 얼굴을 살폈다.

그때 목구멍까지 치밀어 올랐던 한마디를 그대로 내뱉었다면 결과는 달라졌을 터다. 비록 아이를 구하지 못했더라도 마키하타 자신은 구할 수 있었을 것이다.

하지만 바로 그 순간 저 멀리서 울려 퍼진 경적이 모든 것을 결정지었다. 선로 저편으로 시선을 돌리자 힘차게 달려오는 특급열차가 모습을 드러냈다.

끝났다. 시간이 다 됐다. 모든 것으로부터 밀려난 듯하면서도 면죄부를 얻은 듯한 해방감에 휩싸인 순간 입에서 튀어나온 목소리는 마치 타인의 목소리 같았다.

"저희는 자리를 비울 수 없습니다."

경악한 남자의 얼굴이 굳었다. 세 경찰은 실망인지 안도인지 알 수 없는 한숨을 흘렸다.

"죄송하지만……."

손목을 잡았던 남자의 손이 이제는 멱살로 옮겨갔다. 경악은 분노로 바뀌었다. 떨리는 입술이 무언가 말하려고 했다. 그때였다.

"큰일이다!"

얼굴이 새파랗게 질린 역무원이 역사에서 뛰쳐나오며 소
리쳤다.

"떠내려갔습니다!"

남자가 튀어 오르듯 일어선 순간 열차가 플랫폼으로 미끄
러져 들어왔다. 경찰들은 지시가 없었음에도 일제히 허리를
세우고 줄을 섰다. 남자는 석상처럼 꼼짝도 하지 않는 경찰
들을 흘겨보며 하류로 달려갔다.

그 찰나의 순간, 남자가 나직이 중얼거린 말이 마키하타
의 귀에 날카롭게 꽂혔다.

"비겁한 인간."

그 말이 가슴 깊숙이 박혔다. 그러나 그때만 해도 그 고통
이 평생 이어지리라고는 생각도 못 했다.

열차가 멈춰서고 황태자비가 군중의 환호와 일장기에 화
답해 고개를 끄덕이며 창밖으로 가볍게 인사를 건넸다. 그
리고 3분 후, 조용히 움직이는 열차는 플랫폼에서 점점 멀어
졌다.

완벽한 의전이었다. 단 3분간의 질서와 순간의 인사. 그
러나 그 대가로 잃은 것은 몹시 크고도 무거웠다. 지금 와서
구조에 나선다 한들 거센 물살보다 빨리 달릴 수 있는 사람
은 없었다.

열차가 떠난 뒤 지역 소방단 대원들이 경찰들 앞을 지나
갔다. 그들은 마키하타와 경찰들을 향해 노골적으로 경멸을

드러냈다.

"아이의 생명보다 황족의 비위 맞추기가 더 중요한가!"

"누구 세금으로 먹고사는데."

경찰들은 그저 침묵할 수밖에 없었다.

그로부터 다섯 시간 후, 기소가와강 하류의 잔잔한 구역에서 소년의 시신이 발견됐다. 물을 많이 마신 데다 떠내려온 나무와 돌에 피부가 훼손된 까닭에 신원확인마저 어려운 상태였다.

마키하타는 상사의 소극적인 제지를 뿌리치고 조문을 갔지만 장례식장 접수대에서 문전박대를 당했고 유족은 마키하타의 얼굴에 조의금을 내던졌다. 마키하타는 맥없이 발길을 돌릴 수밖에 없었다. 아이의 부모는 그를 만나려고 하지도 않았다.

이 사건의 전말을 보도한 주간지는 단 한 곳뿐이었다. 황태자비의 외출처럼 잡지 기사로는 잘 다루지 않는 소재를 맡고 있던 기자가 마키하타에게 매달리는 소년의 아버지를 우연히 카메라에 담았던 것이다. 두 페이지에 걸쳐 실린 부하의 모습을 확인한 서장 이하 간부들의 얼굴은 새파랗게 질렸지만, 황실과 얽힌 사건인 탓인지 이를 취재하는 언론사는 없었고 해당 주간지도 후속 보도는 하지 않았다. 풍문으로는 소년의 부모도 연말을 넘기지 않고 어디론가 이사했다고 한다.

이렇게 한 사람의 생명이 희생되었음에도 사건은 허무하게 끝났다. 그 누구도 책임을 묻지 않았고, 책임을 지는 사람도 없었다. 하지만 마키하타만은 확신했다.

소년을 죽인 사람은 나다.

그날 이후 마키하타는 자신의 정의를 잃었다.

자신을 비난하는 목소리가 들리는 것만 같아 도저히 기후현경에 머물 수 없었던 마키하타는 다른 현으로 전근을 신청했다. 때마침 그 무렵 경찰 인력이 증가해서 각 지역 경찰들의 인력 재편이 이루어지고 있었는데, 사이타마현경에 기후현으로 전근을 희망하는 직원이 있어서 맞교환 형태로 전근 신청이 수리됐다.

그러나 잃어버린 것은 되돌아오지 않았다. 가슴에 새겨진 고통도 사라지지 않았다.

2

그대로 밤을 지새우고는 세수만 하고 집을 나섰다. 이른 아침 문을 여는 단골 찻집에서 모닝 세트를 주문해 허겁지겁 위장에 담아 넣은 뒤 경찰서로 향했다. 몸과 마음을 단련하면 육체와 정신을 분리할 수 있다. 정신이 지쳐 있어도 음식을 충분히 챙겨 먹으면 적어도 길 위에 쓰러지는 일은 없다. 오랫동안 형사 생활을 하며 익힌 지혜였지만 오늘 아침은 달랐다. 머릿속에 안개가 낀 듯 몽롱하고 다리도 무거웠다. 이제는 젊지 않다고 몸이 보내는 경고일까, 아니면 꿈의 무게가 숙취처럼 남은 탓일까.

문득 요리코가 떠올랐다.

마키하타가 구하지 못한 또 한 사람. 만약 아내가 지금도 곁에 있었더라면 그런 꿈을 꿔도 조금은 안도감이 들었을지도 모른다. 하지만 그런 바람도 결국 허망한 욕심일 뿐이다.

놓치고 나서 그 가치를 깨닫는 것은 하루이틀 일이 아니었다. 천 근 같은 다리가 어리석은 자신을 가차 없이 일깨웠다.

오늘도 구조가 먼저 경찰서에서 기다리고 있어서 마키하타는 당황했다.

"안녕하십니까" 하고 인사하는 얼굴은 어제 동생의 이야기를 할 때와 다르지 않아서 이 남자는 정신과 육체가 아니라 감정과 표정을 분리하고 있구나, 하는 생각이 들었다. 구조는 책상 위에 도면을 쌓아 놓고 그중 하나를 살펴보고 있었다.

"그건 뭡니까?

"스턴버그 제약 일본 지사의 건물도면이요."

"오. 전쟁 때 지은 건물인데 그런 게 용케도 남아 있군요."

"1950년에 개축했거든요. 아무리 옛날이라도 그 시대면 신고도 없이 개축 공사를 할 수는 없었을 테니까요. 그런데 1950년이라는 연도를 듣고 뭔가 생각나는 거 없습니까?"

"1950년이라……. 아아, 한국전쟁 말이군요."

"네. 전쟁이 일어날 때마다 회사 규모가 커진다는 스턴버그 제약의 공식은 이 동아시아 땅에서도 적용됐던 겁니다. 우리가 특히 주목해야 할 건 이 부분입니다."

구조가 손가락으로 가리킨 부분에는 지하실에 대한 기록이 적혀 있었다.

"바닥 면적 약 120평. 1층보다 넓어요. 개축보다는 사실이 공간을 증축하는 게 목적이었다고 보는 편이 더 정확할 겁니다. 상당히 넓은 공간인데도 가장자리를 그은 테두리 선 외에는 새하얗게 비어 있는 점이 눈길을 끌어요. 도대체 이 공간에서 어떤 나쁜 짓을 벌였을까요.”

“공사를 맡았던 업자에게 자세한 내용을 확인할 수는 없을까요? 50년도 더 지난 일이라 당시 작업자를 찾기는 어렵겠지만 관련 기록 정도는 남아 있을 것 같은데요.”

“시공은 그 지역 영세업체에서 맡았는데 연구소 개축 다음 해에 도산했습니다. 아니, 도산했다기보다 사장이 실종되면서 모든 기록도 함께 사라졌습니다.”

“무언가 숨겨야만 하는 것이 있었을까요?”

“당연한 이야기죠. 부지에 남는 공간이 그렇게 많은데도 지하실을 만들었으니까 공개할 수 없는 목적이었을 겁니다. 어쨌든 연구소에 들어가야 할 이유가 점점 더 커지는데, 가져간 제 물건은 언제쯤 돌려주실 건가요?”

“영장은 아직입니까?”

“검찰이 유독 신중하게 굴어서요. 연구소가 독일 기업의 소유인 이유도 있겠지만 기류 다카시가 마약 판매책이었다는 사실이 밝혀진 지금도 영장을 내주지 않는군요.”

‘어차피 돌려주지 않아도 상관없으면서.’

마키하타는 속으로 투덜댔다. 마음만 먹으면 질 나쁜 지인에게 또 다른 만능열쇠를 구해 올 것이 뻔했다. 핵심은 픽

건이 아니었다. 구조는 마키하타에게 함께 움직이자고 은근
슬쩍 제안하는 것이다. 그러나 성가신 일이 될지 명예로운
일이 될지 모를 제안을 선뜻 받아들이기에는 아직 조금 망
설여졌다.

"그러니까 영장을 받으려면 이런 논리가 필요하잖아요?
기류 다카시 본인에게는 마약을 팔 동기가 전혀 없었으니
스턴버그 제약의 지시에 의한 행동이었을 것이다, 라는."

"그러려면 그 청년을 청렴결백한 사람으로 만들어야겠군
요."

"그런 사람으로 꾸며낼 필요가 있는지 없는지는 지금 가
서 확인해 보죠."

가야 히데히코가 지정한 찻집에서 기다리자 낮 12시 정
각에 그가 나타났다. 가야는 찻집에 자신을 아는 사람이 있
는지 없는지 살피는 눈빛으로 조심스럽게 고개를 두리번거
렸다.

마키하타가 손을 들어 신호를 보내자마자 가야가 알아차
리고 다가왔지만 자리에 앉을 때까지도 여전히 경계를 늦추
지 않았다. 시청에서 2백 미터 떨어진 이 찻집은 자리마다
칸막이가 설치된 덕분에 거의 개인실 같아서 가야가 요구한
사생활 보호에 제격이었다. 애초에 집과 직장에 찾아오지
말라는 가야를 끈질기게 설득해 본인이 원하는 장소에서 만

나기로 한 상황이었다. 그러고도 마음이 놓이지 않는 모양이었다. 마키하타는 그런 가야를 보고 다락을 기어 다니는 겁 많은 쥐를 떠올렸다.

"오래 기다리셨죠."

인사도 대충 하며 자리에 앉는 가야를 지켜보는데 와타세의 말이 머리를 스쳤다. 인간 관찰 경력이 삼십 년 되는 와타세는 오랫동안 같은 일을 하다 보면 경력과 함께 그 직업 특유의 분위기가 몸에 밴다고 말했다. 개중에는 변호사처럼 보이는 치과의사나 학자처럼 보이는 경찰관처럼 예외도 있지만. 지나친 비약이라고 치부했지만 가야라는 남자를 마주하니 그것도 틀린 말은 아니라는 생각이 들었다. 겁이 많은 것과 다르지 않은 신중한 행동, 처음 만나는 사람을 대하는 딱딱한 태도를 보면 전형적인 시청 공무원 같았다.

"최대한 빨리 끝내주시겠습니까? 무엇보다 저는 딱히 할 말도 없고요."

"기류 씨와는 고등학교 졸업할 때까지 계속 같은 반이셨죠?"

"초등학교부터 고등학교까지 3급 벽지*로 지정된 시골 학교에 다녔습니다. 한 학년에 반이 몇 개 있지도 않았죠. 초

---

* 교통이 불편하고 문화, 경제적으로 도심과 동떨어진 도서 산간 지역을 벽지 교육 진흥법에 따라 등급으로 분류한 것.

등학교 3학년 때부터 같은 반이었다고 해도 확률상 그리 특별한 일은 아니었습니다.”

“딱히 친한 사이는 아니었다는 말씀입니까?”

“기류와 친했던 녀석은 아무도 없습니다.”

“하지만 십 년이나 같은 반에서 지냈다면 기류 씨가 어떤 사람이었는지 정도는 아시지 않습니까? 바쁘신 것 같으니 본론부터 말씀드리겠습니다. 저는 가야 씨를 의심하고 있습니다.”

“저를요? 저를 왜요?”

“가야 씨는 딱히 할 말이 없다고 하셨는데 사실은 그게 아니라 말하고 싶지 않은 비밀이 있는 것 같아서요. 주변 사람들은 기류 씨가 어려서부터 늘 밝았다고 증언했고, 과거 같은 반이었던 동창들도 그렇게 말했습니다. 그런데 기류 씨의 여자친구가 한 증언에 따르면 기류 씨가 평소에 짓던 미소는 마음의 갑옷과 같은 것이었다더군요.”

“마음의…… 갑옷이요?”

“타인을 자신의 영역에 들이지 않기 위한 방어기제였다는 말이죠. 그리고 가야 씨는 기류 씨에게 친구가 없었다고 말했는데 기류 씨가 부모, 형제, 조부모, 태어난 고향을 한꺼번에 잃었을 때 그는 고작 여덟 살이었습니다. 죽마고우와도 헤어질 수밖에 없었던 외로운 소년이 친구 사귀는 것을 스스로 거부했다니 도저히 이해가 가지 않는군요. 이 두 가지를 생각하면 답은 하나, 기류 씨는 따돌림의 대상이었다는 겁니다. 그리고 자세하게 증언하는 걸 거부한 같은 반 동창들은 모두 가해자였습니다. 아닙니까?"

'당신도 그중 한 명이었다'라는 말을 굳이 덧붙이지 않았다. 그것이 마키하타가 가야에게 내 준 도망갈 구멍이었다. 사람은 선택을 강요당할 때 대부분 빠져나갈 구멍이 있는 쪽을 선택한다. 특히 집단이 얽힌 사건이라면 더더욱. 제삼자가 되어 친구들이 저지른 죄를 비판하는 것은 스스로를 깨끗하게 만드는 행위이자 면죄부가 될 수 있다. 그렇기에 입을 열기 쉬웠다.

이번에는 어떨까.

짐작만으로 던진 카드였는데 효과는 예상보다 훨씬 컸다. 가야는 고개를 숙이는가 싶더니 어깨를 잘게 떨었고 표정은 궁지에 몰린 쥐 같았다.

"기류는 살해당했죠?"

"그렇습니다."

"죽은 사람의 과거를 파헤쳐서 뭘 어쩌겠다는 겁니까? 그런 건 용의자에게나 할 짓 아닙니까?"

"그런 단순한 사건이 아닌 것 같습니다."

마키하타는 일부러 냉정한 목소리로 말을 이었다.

"자세한 내용을 말씀드릴 수 없지만 기류 씨 본인이 범죄에 가담했을 가능성도 있거든요. 저희의 가장 큰 관심사는

기류 다카시라는 청년이 도대체 어떤 인물이었는가 하는 겁
니다. 겉으로 보이는 모습이 아니라 조금 과장해서 말하면
그 사람의 본질 말입니다. 본질적인 기질은 대부분 어른이
되기 전에 형성되니까요. 저희가 기류 씨의 과거에 관심을
보이는 이유를 이제 이해하시겠습니까?"

"만약 기류가 범죄자였다면 같은 반이었던 저희도 일부
책임이 있다는 뜻입니까?"

"그런 뜻은 아닙니다. 하지만 진부하게 들릴지 몰라도 조
사해서 밝혀지기 전에 먼저 털어놓는 편이 훗날 곤란한 일
을 피하는 길일 수도 있죠."

가야는 잠시 망설이더니 머뭇거리며 입을 열었다.

"제 이름이 언론이나 사건 관계자들 사이에 오르내릴 일
은 없습니까?"

역시 그게 본심이군.

"염려 마세요. 저희는 비밀 유지 의무가 변호사보다 더 엄
격합니다. 가야 씨가 직접 발설하지 않는 한 정보 제공자의
이름이 외부로 유출되는 일은 없습니다."

확답을 받은 가야는 잠시 후 조심스레 이야기를 풀어놓
았다.

2학기가 시작되고 얼마 지나지 않았을 무렵, 그 소년이
후와초등학교 3학년 교실에 전학 왔다. 소년은 마르고 덩치

가 작았으며 처음에는 고개도 제대로 들지 않았다. 마치 필사적으로 몸을 웅크려 숨고 싶어 하는 사람 같았다. 선생님의 재촉에 소년은 기어들어 가는 목소리로 기류 다카시라고 자신을 소개했지만, 그 재촉이 아니었다면 소년은 영원히 말없이 서 있었을 것 같았다. 선생님은 겨우 여덟 살 난 아이들이 보기에도 유난스러울 정도로 소년을 배려했다. 그런 특별 대우는 반 아이들이 없는 자리에서나 할 법한 행동이었음에도. 선생님은 그 소년이 특별한 존재라고 인정한 셈이었고, 아이들에게 특별한 존재란 으레 동경하거나 멸시해야 할 대상이었다.

함께 지낸 지 몇 주가 지나자 반 아이들은 기류 다카시가 어떤 소년인지 파악하게 됐다. 공부만 놓고 보면 그는 분명 우등생이었다. 선생님이 언제 어느 질문을 하더라도 전부 대답했고 예습 복습도 거르지 않았으며 수업 시간에는 놀랍도록 집중했다. 운동은 공부만큼 뛰어나지는 않았지만 그렇다고 다른 학생들보다 뒤떨어지지는 않는 평범한 수준이었다. 굳이 단점을 꼽자면 말수가 적고 내성적이라는 점이었지만 이 또한 시끌벅적한 아이들 사이에서는 오히려 장점이면 장점이지 마이너스 요소는 아니었다. 그래서 별다른 일이 없었다면 기류 다카시는 반에서 인기인까지는 아니더라도 아이들이 의지할 수 있는 든든한 존재가 되었을 것이다.

그런데 상황은 그리 평탄하게 흘러가지 않았다. 사건은

한 남학생이 들고 온 주간지에서 시작됐다. 부모가 사왔다던 그 주간지에는 요시노무라를 덮친 산사태의 생존자인 기류 다카시에 대한 기사가 자세하게 실려 있었고 반 아이들은 그때 처음으로 기류 다카시의 사연을 알게 됐다. 그가 부모 형제를 잃고 생명 보험금 2억 4천만 엔을 받았다는 사실도. 심지어 기사에는 그의 얼굴 사진까지 친절하게 실려 있었다.

기류가 지금 일본에서 가장 큰 동정과 관심을 받는 소년이라는 사실을 알자마자 아이들은 오히려 그를 미워했다. 그 이유에는 후와초 마을이 지닌 독특한 배경이 존재했다. 재해가 발생하고 한 달 후, 열다섯 명의 생명을 앗아간 산사태는 천재지변이 아니라 무분별한 벌채를 일삼고 붕괴 직전이었던 절벽을 방치한 지자체 때문에 발생한 인재라는 의견이 우세해졌다. 전국적으로 비난을 받은 도야마현 의회는 서둘러 예산을 재검토했고 예정되었던 공공사업비 대부분을 호우 피해를 입은 농민의 보상금으로 대체했다. 그런데 이 조치로 피해를 본 사람이 바로 후와초의 임업 종사자, 특히 건축 자재를 거래하는 업자들이었다. 사방이 산으로 둘러싸인 후와초의 기간산업은 임업이었고, 주민의 70퍼센트가 목재 관련 일로 먹고살았기 때문에 건축 자재업이 침체되면 마을의 존립도 위태로웠다. 바로 그런 상황에서 기류 다카시의 신상이 알려진 것이다.

여덟 살이면 어린 나이지만 어려워진 집안 사정을 알 만
한 나이기도 했다. 그리고 그 원인이 기류 다카시라는 이야
기가 부모의 대화 속에 종종 언급되었겠지. 그런데 본인은
정작 보험금 2억 4천만 엔을 독차지했다. 선생님의 보살핌
과 사회의 동정이라는 보호를 받으며. 그렇게 이해한 순간
아이들은 기류 다카시를 괴롭혀야 할 대상으로 인식했다.
기류의 우수한 성적과 조용한 성격, 그리고 가족이 없는 처
지까지도 모두 부정적인 요소로 작용했다.

시작은 언어폭력이었다. 땅꼬마, 고아, 공붓벌레……. 속
삭이듯 시작된 험담이 주변을 의식하지 않는 욕설로 바뀌기
까지 그리 오래 걸리지 않았다. 개중에는 부모에게 들은 말
인지 남의 목숨 팔아서 잘사는 놈이라고 욕하는 여자아이도
있었다. 하지만 정작 기류 다카시는 무슨 말을 들어도 불안
에 떨기만 할 뿐, 되받아치거나 선생님에게 이르지 않았다.
이러한 태도가 소년들의 가학적인 욕구에 기름을 부었다.

결국 언어폭력은 물리적인 폭력으로 변했다. 학용품 숨기
기, 책상 속에 동물 사체 넣어 놓기, 급식에 침 뱉기 등은 시
작에 불과했고 급기야 손톱으로 기류의 몸에 상처를 입히기
시작했다. 꼬집거나 찌르는 것은 일상이었고 샤프 끝으로
몸을 찌르는 아이도 있었다.

그중에서도 가장 적극적으로 주도한 사람은 반에서 대장
노릇을 하던 가쓰미 요시히로라는 아이였다. 요시히로의 아

버지가 갑작스러운 수주 연기로 도산하게 된 건축 자재 업체의 사장이었기 때문에 그는 기류를 유난히 집요하게 괴롭혔다. 아무 이유도 없이 때리는 것은 물론 담뱃불로 지지거나 등을 벨트로 때리는 등 불량 중학생이나 할 법한 폭력을 가했다. 요시히로는 교활하게도 옷에 가려 보이지 않는 부위에만 상처를 냈기 때문에 기류 다카시의 몸은 겉으로 보기에는 아무렇지도 않았다. 그러나 셔츠를 벗기면 크고 작은 수많은 흉터가 얼룩덜룩하게 남아 학대 기록을 고스란히 담고 있었다.

이러한 괴롭힘이 일상이 된 상황에서 교사는 무엇을 했을까? 바로 모르는 척하며 아무것도 하지 않았다. 처음에는 기류의 보호자 역할을 자처했던 담임교사도 모든 학생과 그들의 부모, 나아가 마을 전체가 기류 다카시를 적으로 간주하는 현실을 알게 되면서 태도를 완전히 바꿨다. 생각해 보면 담임교사야말로 그 무렵부터 늘어난 직업의식 없는 교사의 원조 격이었다.

그렇다면 실제 보호자이자 유일한 혈육이었던 고모 사기야마 다쓰는 어땠을까. 주변의 적의로부터 기류를 보호했을까? 혹은 어떤 형태로든 항의했을까? 가야의 기억에 따르면 사기야마 다쓰 역시 아무런 조치도 취하지 않았다. 가쓰미의 집에 찾아가 소리치지도, 학교에 항의하지도 않은 채 기류가 날마다 상처투성이가 되는 모습을 그저 방관했다. 아이들도 이 사실을 이상하게 생각했는데 부모가 나누는 대화를 옆에서 듣고는 의문이 풀렸다. 다쓰가 기류를 거둔 이유도 사실 정 때문이 아니라 보험금이 탐났기 때문이었다. 하지만 세간의 시선이 기류를 주목하는 상황에서는 다쓰는 가전제품 하나도 마음대로 살 수 없었다. 만약 뭐라도 샀다가는 위선자라는 비난을 감수해야 했기 때문이다. 그리고 마을 사람들의 적의가 다쓰 본인에게도 향했는데 그렇다고 고아가 된 조카를 내칠 수도 없었다. 결국 기류는 집에서조차 눈엣가시 같은 존재가 됐다.

아무도 손 내밀어주지 않는 외로운 상황에서 기류는 매일같이 굴욕과 고통에 시달렸지만 그래도 참고 견뎠다. 사람들에게 멸시당할 때마다 눈물을 흘리고 폭행당한 날에는 고통스러워했지만 그래도 학교는 하루도 빠지지 않았다.

그런데 기류가 이 상황을 도대체 어떻게 견뎌내는지가 의문이었던 요시히로는 어느 날 친구들을 데리고 기류의 뒤를 밟았다.

기류는 그날도 괴롭힘을 당해 눈물을 훔치며 집으로 돌아갔다. 그런데 기류가 집에 도착하자마자 개 한 마리가 뛰어나오더니 품에 안겼다. 기류는 개를 보고 밝고 환하게 웃었고 그대로 풀밭에 쓰러져 개와 마치 형제처럼 함께 뒹굴며 놀았다. 학교에서는 결코 느낄 수 없던 순수한 행복이었다. 소년은 더없이 행복한 표정으로 개와 즐거운 시간을 보내더니 저주에서 풀려난 사람처럼 기쁜 얼굴로 집으로 들어갔다. 그 모습을 숨어서 지켜보던 요시히로 무리는 예상치 못한 광경에 서로의 얼굴만 쳐다봤다. 저 개는 도대체 뭐야?

요시히로 일당은 부모들의 대화와 잡지에서 읽은 정보를 종합해 개의 정체를 금방 알아냈다. 개의 이름은 칼. 셰퍼드의 피가 섞인 잡종으로 기류가 어려서부터 식구들과 키우던 개였다. 신문에는 요시노무라 재해의 생존자는 기류 한 명이라고 보도됐지만 사실은 집 밖에 묶어 놓았던 칼도 화를 면했던 것이다. 비록 개였지만 가족을 모두 잃은 기류에게 칼은 분명 운명 공동체와 같은 친구이자 이 세상에서 유일하게 마음을 의지할 수 있는 존재였다.

일반적으로 아이에게 개는 반려동물 이상의 존재지만 생사를 함께한 칼은 기류에게 더욱 각별한 존재였다. 요시히로는 그 마음을 아주 잘 알았다. 그토록 소중한 개를 잃으면 슬픔과 절망이 얼마나 깊은지도.

요시히로 일당은 다쓰가 집을 비운 틈을 타 기류를 학교에 붙잡아 두고 칼을 납치했다. 칼은 당연히 저항했지만 시멘트 포대 속에 갇히자 아무 힘도 쓸 수 없었다. 그렇게 아이들이 향한 곳은 마을 경계에 있는 산속 골짜기였다. 이 골짜기는 급류를 사이에 두고 양옆에 남북으로 우뚝 솟은 절벽이 있어서 절구처럼 움푹 파인 지형이었는데, 한번 미끄러지면 현지 주민도 기어오르기 힘들었다. 요시히로 일당은 칼을 넣은 포대를 그 골짜기 아래로 던져 버렸다. 떨어질 때 몇 번 큰 바위에 부딪히며 둔탁한 소리를 냈지만 바닥까지 떨어진 포대가 꿈틀거리는 모습을 보고는 개가 죽을 만큼 다치지는 않았다고 생각했다. 요시히로는 그냥 장난 좀 친 것뿐이라고 친구 한 명에게 말했다고 한다.

사랑하는 개가 납치된 사실을 안 기류는 거의 미쳐 날뛰었다. 개집에 칼이 보이지 않고 다쓰도 개가 어디 갔는지 모른다고 하자 기류는 새파랗게 질려 비명을 지르며 집을 뛰쳐나갔다. 그런 그의 모습을 목격한 사람은 다쓰뿐이었다. 가족의 장례를 치를 때도, 어떤 모욕을 당할 때도 꿋꿋이 견디던 기류의 감정이 결국 폭발한 것이다. 생각지 못한 기류의 돌발 행동에 다쓰는 소년을 붙잡지 못했지만, 어린아이니까 두 시간 정도 돌아다니다가 울면서 돌아올 것이라고 대수롭지 않게 생각했다. 그러나 날이 저물고 어두워져도 기류는 돌아오지 않았다. 다쓰가 문도 잠그지 않고 잠자리에 들었지만 다음 날 아침에 눈을 떴을 때도 기류는 여전히 집에 없었다.

그때야 비로소 사태의 심각성을 깨달은 다쓰는 학교에 연락했지만 기류가 밖에서 밤을 보내고 등교했을 리 만무했다. 곧바로 지역 청년단에 교사 두 명이 합류한 수색대 스무 명을 꾸려 집 주변과 통학로 인근을 수색했고 산까지 샅샅이 뒤졌다. 하지만 기류의 행방은 묘연했다.

그렇게 이틀째 밤이 되고 이제는 경찰에 실종 신고를 해야겠다고 판단했을 때 마침내 기류가 돌아왔다. 기류의 옷은 진흙으로 더러웠고 드러난 몸 곳곳에는 무수한 찰과상이 있었지만 수색대 사람들이 아연해 할 말을 잃은 이유는 따로 있었다. 기류가 가슴에 품고 있던 누더기 같은 것, 바로 칼의 사체 때문이었다. 놀랍게도 기류는 홀로 산길을 헤매며 칼의 사체를 찾아낸 뒤 건장한 남성도 오르기 힘든 골짜기 밑에서 그것을 끌어안고 올라온 것이다.

칼은 앞다리가 부러졌지만 골절이 직접 사인은 아니었다. 파여나간 살점, 쪼아 먹힌 듯 벗겨진 피부. 사체의 상태를 보니 대략 짐작이 갔다. 탈출할 수 없는 골짜기 밑에서 다리를 다쳐 추위와 굶주림에 떠는 작은 동물이 약해진 틈을 타 들새들이 공격한 것이었다.

사체에서는 악취가 났지만 기류는 칼을 애틋하게 끌어안은 채 놓지 않으려고 했다. 그래서 사람들이 달라붙어 칼을 억지로 떼어놓았고, 소년의 집착을 끊으려는 의도로 칼을 눈앞에서 화장했다. 그러나 텅 빈 기류의 눈은 아무것도 보고 있지 않았다.

사건이 발생한 것은 그로부터 사흘 뒤였다. 기류도 다시 학교에 나가고 평온한 일상이 돌아온 줄 알았던 그때, 급식 시간에 요시히로가 갑자기 고통을 호소했다. 처음에는 장난인 줄 알고 웃던 아이들도 곧 요시히로의 얼굴이 보라색으로 변하며 심하게 구토하자 놀라 소리를 질렀다. 황급히 달려온 보건 교사가 곧바로 위세척을 한 뒤 인근 병원으로 이송했는데 검사 결과를 본 학교 관계자들을 큰 충격에 빠졌다. 토사물 속에서 농약이 검출된 것이다.

보건소보다 경찰이 먼저 출동했고, 손대지 않은 급식까지 모두 검사했지만 이상하게도 농약은 검출되지 않았다. 요시히로가 받은 돼지고기 된장국에서만 유일하게 농약이 검출됐다. 이때부터 수사는 미궁에 빠졌다.

일반적으로 국물 요리는 큰 솥에 끓인 뒤 알루미늄 국그릇에 나눠 담아 개개인에게 순서대로 배식했다. 농약은 요시히로의 국에서만 검출됐으니 된장국을 국그릇에 나눠 담은 후 농약을 넣었다는 뜻인데 요시히로와 반 아이들 모두 그때 국그릇에 다가간 사람은 아무도 없었다고 증언했다. 그렇다면 국그릇 자체에 농약을 넣어 놓았던 걸까? 하지만 아이들이 국그릇을 직접 선택하는 시스템이기 때문에 농약이 든 국그릇을 누가 가져갈지 미리 알 수 없었다. 만약 이 방법을 썼다면 묻지 마 범죄일 가능성도 있지만, 애초에 무차별적으로 공격할 생각이었다면 처음부터 국을 끓인 솥에 농약을 탔을 것이다. 무엇보다 빈 국그릇에 농약이 들어 있었다면 누구라도 눈치챘을 것이다.

그렇다면 국을 그릇에 담을 때 농약을 넣었을 가능성은 없을까? 곧바로 배식 당번이었던 여자아이를 의심했지만 요시히로 본인의 증언으로 그 가능성도 배제됐다. 배식 당번이 국그릇에 접근한 적은 한 번도 없었으며, 배식에 사용된 국자는 손잡이 길이가 50센티미터나 돼서 배식 당번이 요시히로의 눈을 피해 마술처럼 농약을 넣기란 불가능했다.

경찰은 농약에 대해서도 수사했지만 이 역시 성과는 없었다. 마을 사람 대부분이 임업과 농업을 겸해서 어느 집에나 농약이 있었기 때문이다. 게다가 대부분 지나치게 허술하게 관리한 나머지 누구라도 훔쳐 갈 수 있는 상태였기 때문에 농약의 출처를 알아내서 범인을 찾는 것은 불가능했다.

결국 수사는 난항에 빠졌고, 유일한 피해자였던 요시히로도 무사했기 때문에 사건은 범인이 밝혀지지 않은 채로 종결됐다. 하지만 사건 당시 그 자리에 있었던 반 아이들은 범인이 누군지 알았다. 요시히로에게 이상이 생겨 모두 패닉에 빠졌던 그때, 혼자 태연히 그 모습을 지켜보던 소년, 바로 기류 다카시였다. 물론 증거는 없었다. 기류가 요시히로의 국그릇에 어떻게 농약을 넣었는지도 알 수 없었다. 하지만 그 사건은 분명 기류 다카시의 짓이었다.

요시히로는 사건이 마무리된 후에도 학교에 나오지 않았다. 신체적인 후유증은 없었지만 본인이 학교에 가는 것을 극도로 두려워했다고 한다. 그렇게 해가 바뀌고 3학기*가 시

---

* 일본 학교는 3학기제로 운영된다.

작되자 요시히로는 전학을 갔다. 담임은 요시히로가 아버지의 회사 일 때문에 전학 갔다고 설명했지만 그 말을 곧이곧대로 믿는 아이는 아무도 없었다.

그리고 바로 그 시기부터 기류는 곧잘 웃기 시작했다. 봄햇살과 닮은 온화한 미소. 기류가 학교폭력의 주동자가 사라져서 웃는다고 담임은 생각했지만 아이들의 생각은 전혀 달랐다. 그것은 그들이 살면서 처음으로 마주한 ‘선을 긋는 미소’였다.

다가오지 마.

나를 건드리지 마.

기류는 무언의 메시지를 보냈고 아이들은 잠자코 그 뜻을 따랐다. 그것이 자신을 보호할 유일한 방법이었기 때문이다. 어느새 잔잔한 공포가 교실을 지배했다. 그 후 전학과 졸업을 거치며 교실에 새 얼굴이 늘고 분위기도 조금씩 바뀌었지만 기류가 처음 전학 왔을 때부터 그를 지켜본 아이들은 결국 고등학교를 졸업하는 날까지 서늘한 공포에서 벗어나지 못했다.

이야기를 끝낸 가야는 기나긴 한숨을 내뱉었다.

“끔찍한 이야기로군요.”

“전적으로 동의합니다.”

마키하타가 중얼거린 말에 가야가 맞장구쳤다. 그러면서

도 내심 '이 이야기에 나도 포함된다는 걸 잊은 건가?' 하고 불편하고 냉소적인 마음으로 생각했다.

기류 다카시가 범죄자였다면 그를 괴롭힌 아이들에게도 일부 책임이 있다는 뜻인가? 아까는 그 질문에 부정하는 대답을 했지만 지금 다시 묻는다면 마키하타는 아마 다르게 대답할 것이다.

"한 가지 이해가 안 되는 점이 있습니다. 기류 씨는 개를 데리고 간 사람이 가쓰미 요시히로라는 사실을 어떻게 알았습니까?"

"시멘트 포대 때문입니다."

"시멘트 포대요? 아, 개를 담았던 자루 말이군요. 그런데 그게 왜요?"

"그 시멘트 포대가 요시히로의 아버지가 운영하던 회사의 비품이었거든요. 그래서 포대마다 '가쓰미건재'라고 도장이 찍혀 있었어요."

"그렇군요. 집에 사람이 없는 틈을 노리거나 먼 골짜기까지 가서 일을 저지르는 등 치밀하게 행동하면서도 결국 아이답게 실수를 했네요."

"그런 게 아닙니다! 요시히로도 도장은 눈치채지 못했어요. 마모되고 얼룩져서 시커멓게 변한 상태라 알아볼 수 없었으니까요."

"그럼 기류 씨는 어떻게 알았습니까?"

"제가 봤어요. 기류가 개를 찾아서 집으로 돌아왔을 때, 요시히로가 저한테 상황을 살피고 오라고 했거든요. 전 그때 반장이었기 때문에 핑계를 대기도 쉬워서 제가 대표로 기류의 집에 찾아갔습니다. 그런데 기류는 집에 없었어요. 그래서 기류의 고모가 안에서 기다리라며 그의 방으로 안내했죠. 거기서 시멘트 포대 조각들을 본 거예요. 10센티미터 크기로 잘린 수많은 조각을요. 그중 가쓰미건재의 도장이 찍힌 조각이 있었습니다. 아무리 작은 조각이라도 정성껏, 아주 조심스럽게 진흙을 닦아냈더라고요. 분명 여러 번 닦았을 겁니다. 보풀이 일어나고 당장이라도 찢어질 것 같은 상태였지만 글자는 알아볼 수 있을 정도로 닦여 있었어요. 그렇게 한 조각 한 조각 공을 들여 작업한 겁니다. 몇 시간이고 몇십 시간이고. 그 조각을 발견했을 때 제가 얼마나 무서웠을지 상상이 가십니까?"

"그 사실을 누군가에게 말씀하셨습니까?"

가야는 천천히 고개를 저었다.

"그렇게 방에서 멍하니 있는데 갑자기 문이 열렸고…… 거기에 기류가 서 있었습니다. 그때 저를 내려다보던 그 눈빛을 아직도 잊을 수 없습니다. 기류는 아무 말도 하지 않았지만 내가 누군가에게 이 사실을 알리면 무사하지 못할 것이라는 걸 본능적으로 깨달았죠."

"요시히로 씨에게 말하거나 경찰에 신고하지 않았습니까?"

“아뇨, 무서워서……. 특히나 요시히로가 그런 일까지 당하고 나니 분명 다음 차례는 나일 것 같다는 생각에 너무 겁이 났습니다.”

“여덟 살짜리 아이라면 그럴 만도 하죠. 하지만 가야 씨가 그 사실을 경찰에 알렸다면 사건은 곧바로 해결됐을 겁니다.”

가야가 믿을 수 없다는 표정으로 고개를 들었다.

“뭐라고요?”

“가야 씨의 말을 들어 보니 수사가 난항을 겪은 이유는 요시히로 씨를 겨냥한 범행이었는지 묻지 마 범행이었는지 판단할 수 없었기 때문인 것 같은데요. 그때 요시히로 씨가 기류 씨를 괴롭혔다는 사실을 알렸다면 경찰은 지체하지 않고 기류 씨를 조사했을 테고, 어떻게 음식에 농약을 넣었는지도 금방 밝혀냈을 겁니다.”

“금방이라고요……? 그럼 형사님은 제 이야기만 듣고 기류가 어떻게 농약을 넣었는지 설명할 수 있다는 말입니까!?”

“가야 씨. 사건이 일어났을 때 요시히로 씨와 기류 씨의 자리가 각각 어디였는지 기억하십니까?”

“으음. 기류의 자리는 요시히로의 오른쪽 대각선으로 두 줄 뒤였습니다.”

“오, 그런 세세한 것까지 잘도 기억하고 계시는군요.”

“요시히로는 기류가 바로 옆자리나 뒷자리에 있으면 늘 괴롭혔거든요. 그래서 담임선생님이 자리를 아예 그렇게 고정해주셨어요."

"그렇다면 두 사람의 간격은 1미터가 조금 넘었겠군요. 그렇다면 충분히 가능합니다."

"뭐가 가능하다는 거죠? 가르쳐 주세요."

"말 그대로 아이들 눈속임 같은 방법이에요. 다만……."

"다만?"

"국그릇에 농약을 어떻게 넣었는데 밝혀낸다고 해도 이제와 무슨 소용인가 싶군요. 20년도 더 지난 사건이고 물증도 없지 않습니까. 그야말로 짐작과 추측뿐인 이야기인데 그런 걸 들어 봤자 가야 씨에게 무슨 이득이 있겠습니까?"

"적어도 마음은 편안해지겠죠. 기류가 마녀가 아니었다는 근거를 알 테니까."

"마녀요?"

그 말에 마키하타는 허를 찔린 기분이었지만 가야는 눈치 채지 못한 채 말했다.

"네. 그때 영화 『서스페리아 1977』이 유행하고 오컬트 붐이 일었잖아요? 그 영향 때문인지 저는 그 사건을 계기로 기류를 거의 사람이 아니라고 생각했어요. 저를 내려다보던 그 눈빛과 경찰도 밝혀내지 못한 농약 사건 때문에 저는 기류가 사람보다는 마녀 같은 존재라고 생각했죠. 고등학생 때는 어이없는 발상이라고 생각했지만. 그래도 정체를 알 수 없는 기묘한 느낌이 저를 계속 따라다녔어요. 부끄러운 이야기지만 지금도 여전히……."

말은 휘발되듯 사라졌다.

가야는 자신의 앞에 놓인 커피에 아직 손도 대지 않은 상태였다.

"가야 씨. 초등학생 때 좋아하던 여자아이가 있었습니까?"

"네?"

"없었나요? 좋아하는 타입이나 관심이 가지만 먼저 말을 걸 수 없던 여자아이요."

"그야 한 명 정도는……."

"있었죠? 그러면 그 아이가 수업 시간에 가야 씨 앞자리에 앉아 있다고 합시다. 선생님은 판서에 열중하며 뒤를 돌아보지 않고요. 잠깐이라도 좋으니 얼굴을 보고 싶은데 그 아이도 노트 필기에 집중하느라 뒤를 돌아보지 않죠. 그때 가야 씨는 문득 장난기가 동합니다. 쓰던 지우개 조각, 노트 끝을 잘라낸 조각, 뭐든 상관없어요. 구슬 크기로 둥글게 말아서 조준한 뒤 숨을 멈추고 손가락 끝으로 튕깁니다. 구슬은 정확하게 그 아이의 머리에 명중합니다. 아이는 놀라서 뒤를 돌아보지만 그것이 어디서 날아왔는지 몰라 주위를 두리번거리기만 할 뿐이죠. 그 나이 또래 남자아이라면 누구든 한 번쯤 겪어 봤을 겁니다."

"앗."

가야는 작게 소리쳤다.

"기류 씨가 한 일도 그것과 똑같습니다. 뒤에서 가만히 타이밍을 노리다가 요시히로 씨가 옆이나 다른 곳을 바라보는 사이에 구슬 크기로 뭉친 농약 덩어리를 손가락으로 튕긴 겁니다. 거리는 1미터 남짓. 미리 연습했다면 쉽게 성공할 수 있는 거리죠. 농약 덩어리는 정확하게 된장국으로 떨어졌습니다. 아주 작은 소리가 났겠지만 사각지대에서 날아와 자취를 감춘 물체를 알아채기란 어려웠습니다. 게다가 국그릇에 빠진 농약 덩어리는 눈 깜빡할 사이에 따뜻한 국물에 녹아 없어졌겠죠."

"그럴 수가! 그건…… 그야말로 어린아이 눈속임이잖아요."

"그러니까 제가 처음에 말씀드리지 않았습니까. 기류 씨에게 동기가 있다는 사실을 담당 수사관이 알았다면 충분히 떠올릴 수 있었습니다. 아이의 소행이라는 전제 조건이 있었으니까요."

"아무리 그랬다고 해도! 무엇보다 조준이 빗나갔다면 어쩌려고."

"실패했을 때의 일은 별로 생각하지 않았을 겁니다."

"뭐라고요?"

"아이들이 다 그렇지 않습니까? 심지어 아마 자신의 범행이라는 사실을 숨길 생각도 없었을 겁니다. 그로서는 칼의 복수만 하면 됐을 테니까……. 자, 오늘 이야기는 많은 도움이 됐습니다. 정말 감사합니다."

마키하타가 계산서를 들고 일어날 때까지도 가야는 분한 얼굴로 움직이지 않았다.

'열을 조금 식혀줘야겠군.'

"그건 그렇고, 가야 씨. 기류 씨는 마지막에 만난 지인에게 이런 말을 남겼다고 합니다. 자신은 마녀의 후예라고."

"마녀의, 후예……."

"가야 씨의 생각이 영 터무니없는 건 아니었어요. 기류 씨는 자신이 마녀의 후예라는 걸 알고 있었습니다. 가야 씨가 그때 그의 방에서 목격한 것을 경찰에 알리기만 했어도 분명 그의 범죄가 밝혀졌을 것이고 그 시점에 악의 싹은 잘려 나갔을 겁니다. 그러니 어떤 의미에서는 기류 다카시를 마녀로 만든 사람은 가야 씨, 바로 당신일지도 모르겠네요."

빈말이 아니라 가야의 증언은 정말로 도움이 됐다. 선량한 청년과 마약 범죄라는 상반되는 두 가지 요소를 이어주는 고리를 발견했기 때문이었다. 그뿐 아니라 지금까지 남아 있던 퍼즐 조각이 마침내 제 자리를 찾았다.

『멸종종과 멸종위기종』, 『야생동물의 보호와 회귀』, 『포식동물, 그 본능과 학습』. 기류 다카시와 그의 반려견에 관한 이야기를 듣고 나자, 이 책들의 제목이 지닌 또 다른 의미를 알게 됐다. 칼은 굶주린 상태로 체력이 고갈돼 외부의 공격을 받아 죽었다. 들에 버려진 반려동물이 야생 환경에 적응하지 못한 채 죽는 일은 흔하다. 그러나 만약 칼에게 들개 같은 포식 능력이 있었다면 기류가 발견했을 때 아직 살아 있지 않았을까? 어린 기류가 그렇게 생각했어도 이상하지 않다. 그리고 그 생각, 그 분한 마음을 청년이 된 지금까지도 품고 있었다면…….

더욱이 기류 다카시가 농약을 이용해 반려견의 복수를 시도했다는 추측은 그가 히트의 판매책이었다는 사실을 뒷받침하는 소재가 된다. 기류는 자신이 근무하는 스턴버그 제약이 암시장에서 마약을 유통하고 있다는 사실을 알았어도 크게 거부감을 느끼지 않았으리라. 이미 여덟 살 때 사람에게 독을 먹인 전적이 있으니까.

그렇다면 기류 다카시는 왜 굳이 폐쇄된 연구소에 가려고 했을까? 스턴버그 제약의 어두운 이면을 알고 있었고 그들의 앞잡이 노릇을 하던 기류가 폐허가 된 연구시설에 도대체 무슨 용건이 있어서?

이런저런 생각에 잠겨 현경 본부에 도착했을 때 1층 로비에서 고테가와와 마주쳤다. 어제 그렇게 녹초가 되었던 모습은 온데간데없고 표정에는 생기가 넘쳐흘러서 역시 젊은 게 좋다는 약간의 부러움마저 들었다.

"마키하타 형사님, 지금 들어오세요?"

"응. 너도 지금 들어오나 보네."

"네, 방금 도착했어요. 아, 와타세 반장님 지금 보고 못 받으세요. 바쁘시거든요.”

“왜?”

“경찰청에서 사람이 몇 명 나와서 응대하느라 정신이 하나도 없어요. 제가 듣기로는 세 시간째 회의실에 갇혀 계신다고 하더라고요.”

도쿄에서 일어난 세 사건이 기류 다카시와 관련 있다는 사실이 밝혀졌기 때문일 것이다. 고테가와의 설명을 들은 마키하타는 곧바로 상황을 이해했다. 이제 수사관 한 명을 비공식 파견하는 느긋한 행동은 집어치우고 합동수사로 주도권을 잡으려 할 것이다. 오늘은 그 일을 논의하려고 방문했겠지. 아마 지금쯤 서장이나 과장을 불러놓고 한바탕 의견을 쏟아내고 있으리라.

“그럼 구조 씨도 회의실에 갇혀 있겠네. 마리무라 미사토는 어떻게 됐어?”

“그 사람이 돈에 쪼들린 건 사실인데…….”

마키하타는 ‘어라?’ 하며 걸음을 멈췄다. 평소 고테가와의 말투와 달랐다.

“보고해.”

“마리무라 미사토가 아르바이트하는 가게에 다녀왔습니다. 알리바이는 완벽했어요. 사건 당일 오후 4시부터 영업이 끝난 밤 12시까지 근무했더라고요. 출근은 오후 3시 40분에 했다고 웨이터가 증언했습니다. 퇴근은 밤 12시 30분, 이건 심야 뉴스 프로그램을 곁눈으로 보던 점장이 증언했고요. 즉 사망 추정 시각인 오후 4시부터 밤 10시까지는 줄곧 가게에 있었다는 뜻입니다. 그리고 마리무라 미사토는 주 4일, 오후 4시부터 밤 12시까지 근무한대요. 아르바이트 수입은……, 지명 손님이 많은데, 지명료를 포함하면 그녀가 받는 돈은 3만 엔 남짓이라고 합니다. 그러니까 일주일에 12만 엔, 한 달에 50만 엔 정도 버는 셈일까요? 가게에서는 수입이 낮은 편에 속한다던데 우리보다 훨씬 많이 버네요."

고테가와의 보고를 듣다 보니 이유를 알 수 없는 불쾌감이 일었다.

"조사한 바로는 마리무라 미사토의 수입원은 이게 다입니다. 그런데 아르바이트 비용이 반년 주기로 2백만 엔씩 인출됐습니다."

"돈을 흥청망청 쓴 걸까? 아니면 빚을 갚았을까?"

"이건 답이 명확해요. 아마 한 학기 등록금이었을 거예요."

"등록금?"

"한 학기에 2백만 엔, 1년에 4백만 엔. 약대는 돈이 많이 들잖아요. 저는 학비와 생활비는 당연히 부모님이 주시는 거라고 생각했는데 마리무라 미사토는 스스로 벌어서 냈대요. 아파트 집세는 한 달에 7만 엔. 식비와 기타 생활비를 빼면 남는 게 거의 없을 거예요. 캬바클럽에서 일하는 여성치고는 엄청 검소하게 사는 셈이에요."

"부모님은 뭐 하시는데?"

"시마네에서 레스토랑을 운영하다가 2년 전에 큰 빚을 지고 가게 문을 닫았어요. 아마 그때부터 돈을 지원받지 못해서 캬바클럽 아르바이트를 시작한 것 같습니다. 시기도 일치하고요. 현재 아버지는 요리사로 취직했고, 어머니는 서빙 일을 하고, 남동생들은 중학생과 고등학생이라고 합니다. 네 식구가 겨우 먹고사는 것 같아요. 그런 처지에 1년에 4백만 엔이라니 정말 어마어마한 돈이죠."

"기류 다카시에게 도움을 받은 정황은 정말 없었어?"

"그런 정황은 보이지 않습니다. 씀씀이가 커지지도 않았고 아르바이트도 계속하고 있어요. 원한다면 남자친구에게 맨션 한두 채 정도는 쉽게 받을 수 있었을 것 같은데요. 남자친구는 남자친구대로 돈방석에 앉아 있으면서도 자린고비 생활을 했고. 도무지 이해할 수 없는 커플이네요."

"하지만 그래서 오히려 마리무라 미사토가 기류 다카시의 재산을 노렸다고 추측할 수 있지 않을까?"

"보통은 그렇겠죠. 하지만 마리무라 미사토는 아르바이트 가게 사람들에게 무슨 일이 있어도 내후년 3월 전에는 일을 그만두겠다고 말했대요. 내후년 3월, 즉 대학을 졸업할 때까지는 계속 일할 계획이라는 거죠. 학비를 벌려고 캬바클럽에서 일하는 여자가 돈이 욕심나서 남자친구를 죽일까요?"

어제까지만 해도 단세포 같던 모습이 거짓말처럼 느껴질

정도로 논리적이었다. 그때 등 뒤에서 "오호" 하고 마키하타의 마음을 대변하는 목소리가 들렸다. 돌아보니 구조가 계단 중간쯤에서 두 사람을 내려다보고 있었다.

"이로써 마리무라 미사토를 범인이라고 의심하는 사람은 와타세 반장님뿐인가요. 그런데 고테가와 형사님, 그 여성에게 상당히 호의적이네요."

구조의 지적에 고테가와는 시치미를 떼듯 시선을 돌리며 말했다.

"구조 씨, 회의 끝나셨어요?"

"아직입니다."

구조가 그렇게 대답하며 휴대폰을 꺼내자마자 '위풍당당 행진곡'이 들려왔다.

"이렇게 휴대폰 벨소리를 울리게 해서 도망쳐 나왔습니다."

고테가와가 황당해하는 사이 구조가 유유히 계단을 내려왔다.

"도망쳐 나왔다니……. 그래도 됩니까?"

"회의라기보다 그냥 의례적인 행사에 가깝잖아요. 저 한 사람 없다고 문제 되지 않습니다. 게다가 저는 회의가 싫어요. 회의는 생각하는 자리가 아니라 이미 합의된 의견을 확인하는 자리니까."

최근 며칠 동안 구조의 본모습을 조금 알게 된 마키하타는 역시 그답다는 생각에 쓴웃음을 지었다.

"그건 그렇고, 마키하타 형사님. 기류 다카시의 동창을 만난 건 어떻게 됐습니까? 새로운 정보 좀 얻었습니까?"

마키하타는 그 일화를 구조에게 말해도 될지 잠시 고민했지만 결국은 알게 되리라는 생각에 구조와 고테가와에게 조사 결과를 이야기했다.

가족을 잃은 전학생, 마을 사람들의 괴롭힘, 고립, 반려견과의 깊은 유대, 그리고 복수……

두 사람은 애써 침착하게 듣다가 농약 사건으로 넘어가자 결국 표정이 변했다.

"여덟 살 꼬마가 급식에 농약을 섞다니."

"와타세 반장님의 예상이 맞았네요. 기류 다카시는 십 년 동안, 아니 그 이후에도 재앙의 신처럼 반을 지배하고 있었어요. 그래서 아무도 그와 친해지려고 하지 않았고 아무도 그에 대해 말하려 하지 않았죠."

그래서……, 그래서 기류 다카시는 사람이 아니라 동물과 마음을 나눈 것이다. 자신을 멸시하지도 두려워하지도 않는 동물에게만 마음을 줬다. 마키하타는 기류 다카시가 실험동물 이야기를 할 때만 눈을 빛냈다는 미사토의 증언을 떠올렸다.

"그런데 기류 다카시와 사귀던 마리무라 미사토는 남자친구의 본모습을 알고 있었을까요?"

고테가와의 물음에 두 사람은 침묵했다. 그러나 마키하타는 확신했다. 마리무라 미사토는 기류 다카시의 숨겨진 면을 분명 알고 있었으리라. 아니, 알고 있기에 그를 떠나지 않았던 것이다.

"아무튼. 경찰청의 의도가 어떠하든 이로써 저도 정식으로 수사에 참여하게 됐습니다. 앞으로도 협조를 부탁드립니다. 그럼."

그렇게 인사한 구조가 두 사람 사이를 빠져나가 현관으로 향했다.

"어디 가십니까?"

"잠깐 가스미가세키* 쪽에 갑니다. 후생노동성에 스턴버그 제약에 관해 무서울 정도로 빠삭한 마약수사관이 있거든요."

필요한 설명만 마치고 떠나는 그의 뒷모습에 '폭주'라는 두 글자가 겹쳐 보였다. 마키하타가 급히 소리쳤다.

"구조 씨, 잠시만요!"

"같이 가자는 이야기라면 이번에는 사양할게요. 우리가 아무리 비슷한 일을 하는 사람들이라고 해도 형사님은 결국 외부인이니까요. 낯선 사람이 함께 가면 상대가 쉽게 입을 열지 않을 겁니다."

"그러면 휴대폰 번호라도 알려주세요. 긴급 상황이 생기면 바로 달려가겠습니다."

---

* 도쿄에 있는 일본 중앙 행정 관청들이 밀집한 지역.

뒤돌아본 얼굴에는 못마땅한 쓴웃음이 맺혀 있었다. 마키하타는 과거 와타세가 겪었을 고충을 실감하며 탄식했다.

"형사님이 언젠가 그렇게 말할 줄 알았습니다."

그렇게 서둘러 전화번호를 교환하자마자 구조는 밖으로 뛰쳐나갔다.

그런데 구조는 알았을까? 혈혈단신으로 유일하게 마음을 나눴던 존재를 빼앗기고 복수에 집착한 기류 다카시의 처지가 구조와 놀라울 만큼 닮았다는 사실을.

"첫인상과 많이 다른 분이네요. 그런데 마키하타 형사님, 마리무라 미사토 말인데요."

"그 사람이 왜?"

"연락이 안 됩니다."

"뭐라고?"

"어제부터 학교도 아르바이트도 안 갔어요. 아파트도 비운 것 같고 휴대폰은 계속 꺼져 있습니다."

"연락해서 뭘 물어보려고 했는데?"

"뭐 이런저런 조사를……."

"흠. 그 정도는 괜찮아. 걱정할 만한 단계는 아니야."

마리무라 미사토가 어디로 갔을지 짚이는 곳이 있었다.

겨우 4시가 지났을 뿐인데 벌써 어슴푸레했다. 가미야마 순경의 말대로 오후가 되면 풍향이 바뀌는 듯 늪지와 가까운 곳이라 해도 썩은 냄새가 나지 않았다. 날카로운 냉기만 코를 찌를 뿐이었다.

바람을 헤치고 나아가던 마키하타는 농로가 끝나는 지점에서 찾고 있던 사람을 발견했다.

그러고는 깜짝 놀랐다.

풀숲이 바스락거리는 가운데, 마리무라 미사토는 거세게 부는 찬바람에도 아랑곳하지 않고 서 있었다. 몸을 움츠러들게 만드는 바람조차 그녀의 긴 머리카락을 살짝 흔드는 것이 전부인 듯했다. 가냘프지만 강단 있게 서 있는 모습은 마치 유연한 육식 동물처럼 당당했다.

아름답다. 마키하타는 순수하게 그렇게 느꼈다.

풀을 헤치는 소리를 들었는지 마키하타가 말을 걸기 전에 미사토가 돌아봤다. 누가 올지 예상이라도 했는지 놀라는 기색은 없었다.

"역시 여기 있었군요."

"역시라니요?"

"항상 여기서 미사토 씨와 마주쳤으니까요."

"그게 뭐 잘못됐나요? 여기 오는 건 분명한 이유가 있어서예요."

"남자친구의 죽음을 애도하기 위해서……라고 했죠. 하지만 실례를 무릅쓰고 말하자면 미사토 씨는 지금 전혀 슬픔에 잠긴 사람 같지 않습니다. 그게 아니라 오히려……."

"오히려?"

"뭔가에 맞서는 것처럼 보입니다."

되받아치는 시선은 여전히 꿰뚫을 듯 예리했다. 미사토는 입을 다문 채 어깨에 걸린 가방을 고쳐 메더니 뒤돌아 걷기 시작했다.

"어제도, 그리고 처음 만났을 때도 그랬습니다. 미사토 씨는 목적 없이 현장을 돌아다니는 게 아닙니다. 무언가를 찾으려고, 혹은 무언가를 알아내기 위해 이곳에 있죠. 그게 도대체 뭡니까?"

그녀의 등에 대고 물었지만 돌아오는 대답은 없었다. 걸음을 멈출 기미도 보이지 않았다. 마키하타는 단단히 결심한 뒤 그 말을 입 밖으로 꺼냈다.

"당신은 알고 있었죠? 기류 다카시가 히트를 팔았다는 사실을."

멀어져가던 그녀가 마침내 멈춰 섰다. 돌아본 시선은 어쩐지 아까처럼 날카롭지 않았다.

"알고 있었어요."

"그 사실을 왜 우리에게 말하지 않았습니까?"

"분명 금방 알아낼 줄 알았으니까요. 실제로 이틀 만에 알아냈잖아요."

"그렇다면 미사토 씨가 지금 찾고 있는 건 뭡니까? 그것도 우리가 곧 알 수 있는 겁니까?"

"……말해봤자 어차피 믿지도 않을 거잖아요."

"왜 그런 말을 하죠?"

"경찰에게 할 말은 아니니까요."

미사토가 다시 등을 돌렸다.

"히트와 관련된 이야기는 기류 씨가 스스로 말한 겁니까?"

"아뇨. 신문에 그 사건이 보도됐을 때 그 사람의 안색이 변하는 걸 봤어요. 그때 내가 추궁했죠. 그 사람은 모든 걸 털어놓지는 않았지만 관련이 있다는 사실은 인정했어요."

"현재 연구하는 내용 같은 건 안 물었습니까?"

"어제 구조라는 사람도 같은 질문을 하던데, 이 분야 업무는 군수 산업만큼이나 기밀이 중요해요. 가족에게도 말할 수 없죠."

"당신도 기류 씨가 입막음 때문에 살해당했다고 생각합니까? 스턴버그 제약이 꾸민 짓이라고?"

"'당신도'? 그렇다는 말은 경찰에서도 그런 의견이 있나 보네요."

"질문은 제가 합니다."

"내 생각에는 아니라고 봐요. 그 사람은 유능했어요. 그리고 회사의 비밀도 예전부터 알고 있었고요. 그런 사람을 굳이 없앨 이유가 있겠어요?"

"그럼 동기가 뭡니까?"

"그런 걸 용의자 후보에게 묻나요? 어차피 말해도 안 믿을 거면서.”

대화가 다시 원점으로 돌아갔다. 마키하타는 다른 각도에서 질문을 시도했다.

“재산을 노린 범행 가능성도 완전히 배제한 건 아닙니다. 무려 4억 엔이나 하는 큰돈이니까 사람 한 명 죽이기에는 충분한 이유죠.”

“그것 때문에 저는 용의자 명단에서 좀처럼 벗어나지 못한다는 말이네요. 어려운 형편에 공부하는 학생이니까. 내 통장 사정과 본가의 재정 상태까지 이미 다 조사했겠죠?”

“네. 그런데 기류 씨는 당신이 그런 아르바이트를 하는 걸 알았습니까?”

“몰랐어요. 몰랐을 거예요. 편의점 야간 근무라고 거짓말했거든요. 부모님이 보내주는 돈과 합쳐서 그럭저럭 생활한다고 알아서 생각한 것 같아요. 이상하죠? 경찰한테는 아무렇지 않게 말할 수 있는데 그 사람에게는 결국 말하지 못했어요.”

“기류 씨에게 도움을 받고 싶다는 생각은 안 했습니까? 그 일을 계속하는 것이 남자친구를 배신하는 것이라고는 생각하지 않았어요?”

“그 사람이 그저 세상 물정 모르는 단순한 사람이었다면 그랬겠죠. 사실 그동안 나쁜 여자에게 걸리지 않은 게 용해요.”

“세상 물정 모르는 사람이 아니었습니까?”

"돈의 가치를 몰랐던 게 아니에요. 갖고 싶은 것이 없었던 것도 아니고요. 하지만 그 사람은 4억 엔에 손을 대는 걸 꺼리는 것 같았어요. 예전에 그 이유를 물어본 적 있는데 이렇게 대답했죠. '부모님과 할머니, 할아버지, 그리고 형제자매 모두의 목숨과 맞바꾼 돈이야. 그 돈을 쓸 때마다 가족의 살을 깎아 먹는 기분이 들어서 도저히 쓰고 싶지 않아. 그렇다고 어디 기부할 마음이 드는 것도 아니고'."

"그게 바로 세상 물정 모르는 사람 아닙니까?"

"다르게 말하면 감상적인 거죠. 됐어요. 적어도 나는 그가 어떤 심정으로 돈을 안 쓰는지 이해했기 때문에 그 사람에게 금전적으로 의지하는 것만은 하지 않기로 마음먹었으니까. 어때요? 이제 이해가 가요?"

"실은 오늘 기류 씨의 동창을 만나 어렸을 때 이야기를 들었습니다. 기류 씨가 후와초에서 지낼 때 이야기였죠. 괴롭힘과 개와 복수. 그 이야기를 듣지 않았다면 방금 당신이 한 말도 단순히 웃어넘겼을 겁니다. 당신은 어디까지 압니까?"

"……전부 다요."

"역시 그랬군요. 온화한 표정을 짓고 있지만 사람에게 상처받고 절망한 남자, 야생동물 보호에 관심이 많으면서도 동물 실험을 반복하던 남자. 도대체 어느 쪽이 진짜 기류 다카시입니까?"

"둘 다 그의 진짜 모습이에요. 기류 씨가 자주 말하고는 했죠. 사람은 왜 이렇게 잔인해질 수 있을까, 라고. 천재지변으로 고아가 된 그에게 향한 것은 결국 질투와 증오뿐이었어요. 그때부터 그 사람은 인간의 잔인한 면을 저주했죠. 그거 아세요? 인간이 멸종시킨 동식물이 2만 종이 넘는대요. 미약한 인간과 연약한 동물, 이 두 가지는 그 사람의 오랜 숙제였어요. 그리고 그 숙제를 풀기 위해 선택한 길이 약학자가 되는 것과 스턴버그 제약에 취직하는 것이었죠. 혹시 메가비타민 이론이라고 아세요?"

"라이너스…… 폴링의 주장이었나요?"

어렴풋이 기억나는 이름을 꺼내자 미사토는 눈을 동그랗게 뜨고 마키하타를 올려다봤다.

"어떻게 그 이름을 아세요?"

"피해자와 관련된 일이라면 보정 속옷의 브랜드 이름까지 기억해야 합니다. 형사라는 게 그런 직업이에요."

"흐음……. 제법 흥미로운 직업이네요."

"그래서 메가비타민 이론이 어쨌다는 겁니까?"

"학생 때 과학잡지에 실린 그 논문을 읽고 충격을 받았대요. 이 이론이야말로 자신의 오랜 숙제를 풀 수 있는 열쇠라고. 인간은 약물을 통해 육체적으로도 정신적으로도 크게 바뀔 수 있다, 동물도 마찬가지다, 그러면 나는 그 연구에 평생을 바치겠다고. 그렇게 그 사람은 스턴버그 제약을 선택했죠. 당시 라이너스 폴링의 이론을 지지하며 자금을 지원하던 곳이 스턴버그 제약이었거든요.”

“잠시만요. 육체적, 정신적으로 변한다. 그 결과가 히트라는 말입니까? 인간의 공격 본능을 극대화해 잔인하고 폭력적인 살인자로 만드는 게 기류 다카시가 찾은 결론이란 말입니까?”

정면에 대고 따져 물으려던 그때 미사토가 가방에서 꺼낸 물건을 보고 마키하타는 자신도 모르게 숨을 삼켰다. 단단하고 광택이 나는, 여자의 작은 손에는 어울리지 않는 물체…….

‘어째서 이런 것을’이라는 의문보다 손이 먼저 나갔다. 마키하타는 가슴 높이까지 들어 올려진 총구를 치우듯 미사토의 팔을 휘어잡았다.

“아파요!”

“지금 뭐 하는 겁니까!”

“형사님이야말로 뭐 하는 거예요! 보면 모르겠어요? 이건 장난감이에요, 모델 건이라고요!”

“네……?”

그 말을 들은 순간 총구가 이상하게 작다는 사실을 깨달았다. 크기를 보니 BB탄 총이었다. 손잡이를 살펴보니 역시 장난감 회사의 로고가 새겨져 있었다. 생각해 보면 아무리 불법 소지한다고 해도 젊은 여자가 데저트 이글 같은 총을 가지고 있는 것 자체가 이상했다. 마키하타는 민망해하며 손에서 힘을 풀었다.

"오해했습니다. 미안해요. 그런데 왜 그런 걸 들고 다닙
니까?"

"저것 때문에요."

총구를 따라 시선을 옮기자 10미터쯤 앞에 삼나무가 있
었고, 그 나뭇가지에 검은 새 한 마리가 가만히 앉아 있었다.

"까마귀?"

"저놈을 쏘려고요."

"……설마 당신이 이 주변을 맴도는 이유가 그것 때문입
니까?"

"맞아요."

"그런데 왜 까마귀를……."

그 말에는 대답하지 않은 채 미사토는 한 손으로 표적을
겨냥했다. 그러나 저격수라기에는 자세가 몹시 허술했다.

"진짜 총을 쏴 본 적 있습니까?"

"있겠어요?"

"하긴. 그러면 힘들 겁니다."

"에어건으로는 빈 깡통도 뚫지 못한다면서요. 사실 아는
총 마니아에게 부탁해서 손 좀 봤어요. 가스는 시중에서 파
는 것보다 압력이 높고 총알도 플라스틱이 아니라 철로 만
들었죠. 그러니까 새 한 마리 정도는 충분히 잡을 수 있다고
그 사람이 말했어요."

"못 맞힐 거라는 뜻입니다. 내기해도 좋습니다. 총을 한 손

으로 잡은 데다 팔꿈치는 굽혀 있지 않습니까. 턱은 치켜 올라가 있고 양다리를 벌려 지탱하고 있지도 않고요. 서바이벌 게임을 하는 초등학생도 이것보다는 자세가 나을 겁니다.”

마키하타의 쓴웃음이 거슬렸는지 미사토는 분한 얼굴로 총을 내렸다.

“그러고 보니 형사님은 사격 전문가시죠.”

“자위관만큼은 아니지만요. 한 달에 몇 번은 사격 훈련을 받습니다.”

“그럼 저 대신 쏘세요.”

“제가 말입니까?”

말이 끝나기가 무섭게 미사토가 총구를 들이밀었다.

“미사토 씨, 잠깐만요.”

“어쩔 수 없잖아요. 아무도 안 해주니까.”

“사냥 모임에 아는 사람 없습니까?”

“사냥꾼은 까마귀 안 쏴요. 까마귀를 쏘면 총이 휜다는 미신이 있거든요.”

“그렇다고 제가 쏠 이유는 없죠.”

“아마추어에게 훈수를 뒀으면 시범을 보여야죠.”

단호한 말투에 움찔하며 손바닥에 놓인 데저트 이글을 확인했다. 진짜 데저트 이글을 쥐어 본 적은 없지만 아마 무게는 비슷하리라. 굳이 개조할 필요도 없이 최근 에어건은 펌프 압력이 높게 설정되어 있어서 BB탄으로도 충분히 캔을 뚫을 수 있을 정도로 살상 능력이 있다. 마키하타의 사격 실력도 나쁘지 않았다. 정기 훈련에서 지도 교관에게 자주 칭찬을 받았고 실제로 현경 안에서 다섯 손가락 안에 드는 실력이었다. 이 거리라면 표적을 빗나가지는 않을 것이다.

그런데 표적을 확인한 마키하타는 깜짝 놀랐다.

닭 볏처럼 삐죽 솟아 있는 정수리의 털. 시신을 발견한 날 연구소 담장에 앉아 있던 그 까마귀가 분명했다.

까악.

한 번 울더니 이쪽을 주시했다. 감정 없는 동굴 같은 눈이 마키하타를 끝까지 놓지 않았다.

불길한 서늘함에 등골이 오싹했다. 평소라면 장난감 총을 거부했을 자제심도, 사건 현장에서 까마귀를 쏘는 행위는 비상식적이라고 판단할 이성도 그 순간 모두 사라졌다.

"지금 당장은 아니더라도 언젠가는 이유를 설명해주겠죠?"

"약속할게요."

총 손잡이를 오른손으로 감싸 쥐고 왼손으로 아래를 받쳤다. 방아쇠에 닿은 손가락은 힘을 빼고 살짝 닿을 정도로만 뒀다. 팔은 곧게 펴고 조준은 단번에. 숨을 들이마시고 멈춘 채 총신이 흔들리지 않도록 조용히, 그리고 빠르게 방아쇠를 당겼다.

22구경급 총의 반동과 함께 메마른 발사음이 들렸고 표적에 명중하는 소리가 또렷하게 귀에 닿았다.

사냥감은 "까악" 하고 비명을 지르며 순간 날개를 활짝 펼쳤다. 마치 죽기 직전의 몸부림 같았다.

'맞혔다.'

동물을 쏜 것은 처음이었지만 상당한 반동이 온몸으로 느껴진 순간 전혀 예상하지 못한 일이 펼쳐졌다.

까마귀는 추락하지 않았다. 자세가 무너져 반쯤 웅크리고 있었지만 나뭇가지 위에 버티고 서 있었다. 그리고 고개를 쳐들더니 눈도 깜빡이지 않고 마키하타를 노려봤다. 아니, 노려보는 것처럼 느껴졌다.

왼쪽 눈이 짓뭉개졌다. 급소가 아닌 눈에 맞힌 것이다. 서둘러 두 번째 발사를 준비했을 때는 이미 늦었다. 까마귀는 단 한 번의 날갯짓으로 하늘로 도망쳤다.

땅거미 진 어둠 속으로 순식간에 사라지는 검은 점을 바라보는 마키하타에게 미사토는 비웃음인지 동정인지 모를 어투로 말했다.

"저놈, 분명히 형사님을 기억할 거예요."

미사토는 시내에서 이곳까지 버스를 타고 왔다고 했다. 암행 순찰차로 데려다주겠다고 권하자 미사토는 망설임 없이 조수석에 탔다.

"기사님, 목적지는 안 물어봐요?"

"아파트로 갈 거죠?"

"그런데 아파트가 어딘지 안 물어보네요. 제가 집에 없는 사이 몇 번이나 찾아왔으니 이제 내비게이션 없이도 갈 수 있다 이건가요?"

"영장 없이는 집에 들어갈 수 없습니다. 아파트 주소는 미사토 씨의 학생증을 받았을 때 머리에 입력해 뒀고요."

"그건 감사하네요. 그런데 미안하지만 목적지는 따로 있어요. 시와키초로 부탁드려요."

"시와키초라니 설마……."

"기류 씨의 아파트 맞아요. 이제 들어가도 되죠?"

"그건……. 확실히 출입 통제선은 없어졌지만."

"걱정 마요. 저한테 여벌 열쇠가 있어요."

"그런 문제가 아닙니다. 사건 관계자가 함부로 드나들면 안 됩니다."

대화를 이어가던 중 문득 깨달았다. 미사토에게 느끼던 벽이 예전보다 낮아져 있었다. 하지만 그것이 자신의 증상이 나아진 덕분인지, 아니면 미사토라는 사람의 성격 때문인지는 판단할 수 없었다. 어쨌든 마키하타는 미사토가 결백하다고 확신했다.

"그 집에 무슨 용건이 있습니까?"

"형사님을 도와주려고요."

"호의는 감사하지만 그 집은 이미 감식관들이 철저히 조사했습니다. 루미놀 반응도 없었고요. 그곳이 범행 현장일리 없습니다.”

“전문가가 놓친 것을 가족 같은 사람이 발견할 수도 있잖아요. 게다가 증거 인멸이 걱정된다면 오히려 저랑 같이 가야 하는 거 아닌가요?”

미사토는 빈정대는 마음에서 한 말이었겠지만 이상하게도 지금은 그 말이 마음에 와닿았다.

손으로 더듬어 스위치를 누르자 몇 초 뒤 불이 켜졌다. 형광등의 창백한 빛으로 물든 집은 처음 왔을 때보다 더 춥고 쓸쓸해 보였다.

미사토는 집 한가운데, 삼면이 책으로 둘러싸인 공간에 앉아 한동안 꼼짝도 하지 않았다. 그러고는 이렇게 중얼거렸다.

“그 사람 냄새가 나네요.”

그러나 마키하타는 아무리 깊게 들이마셔 봐도 묵은 종이와 먼지 냄새만 느껴질 뿐 체취나 향기 같은 것은 느껴지지 않았다.

“솔직히 말하면 실감이 나지 않았어요. 기류 씨가 죽었다는 사실이.”

“하긴……. 시신 상태가 그랬으니까요.”

선로에 뛰어드는 바람에 원형을 알아볼 수 없을 정도로 훼손된 시신을 마주한 유족들이 보통 이런 말을 하고는 했다.

“아니에요.”

미사토가 짜증 섞인 목소리로 부정했다.

“죽은 얼굴을 봤냐 안 봤냐 하는 문제가 아니에요. 그 사람이 떠난 뒤에도 똑같은 하루가 반복된다는 게 이해가 안 가서 그래요. 그런 일이 생겼는데도 다음 날 아침이 되면 해가 뜨고 신문이 배달돼요. 평소와 같은 시간에 수업을 듣고 아르바이트를 하고 TV는 편성표대로 요란하게 방송하죠. 배가 고프면 밥을 먹고 화장실도 가요. 잠 못 이루는 밤이 계속돼도 결국 눈을 감죠. 그러다 보면 문득 혹시 그 사람이 아직 살아 있는 거 아닐까, 죽었다는 건 농담 아닐까 싶어져요. 그런데…… 이 집에 오니 비로소 실감이 나네요. 집에 남은 건 그 사람의 그림자뿐이고 기류 씨는 다시는 돌아오지 않는다는 걸. 그게…… 현실이라는 걸.”

말이 끊겼다.

눈앞에 몸을 웅크린 미사토의 뒷모습이 보였다. 손을 뻗으면 닿을 수 있을 거리. 하지만 마키하타는 아득하게만 느껴졌다.

언제 울음을 터뜨리려나 생각했지만 미사토는 끝내 눈물을 흘리지도 흐느끼지도 않았다. 그리고 천천히 일어서더니 두 사람의 스냅 사진을 흘긋 보고는 마키하타를 향해 돌아섰다.

“찾죠. 그 사람이 남긴 메시지가 반드시 이 집 어딘가에 있을 거예요."

"근거는요?"

"여자친구의 감."

그 눈빛이 상대를 움찔하게 하는 강렬한 전의로 반짝였다. 예전에는 피하고 싶었던 눈빛이지만 지금은 오히려 안심이 됐다.

"그러면 우선 컴퓨터는 어떻습니까? 노트 같은 건 전혀 없으니 뭔가를 남겼다면 거기겠죠. 스턴버그 제약이나 연구에 대한 내용도 아마."

"안타깝지만 그 컴퓨터는 워드 대용으로만 사용하던 거라 별거 없어요."

"어떻게 장담하죠?"

"제약회사의 보안은 군수산업 수준이라고 했잖아요. 연구실을 나갈 때마다 플로피 디스크를 가지고 나가는지 확인하고, 직원에게 지급된 컴퓨터도 본사 밖으로 데이터를 전송할 수 없게 되어 있어요. 사생활도 철저히 통제돼서 회사 허가 없이는 해외여행도 갈 수 없고 개인용 컴퓨터도 매일 기능이 삭제된 것만 사용해야 해요. 얼마 전에 안티니라는 컴퓨터 바이러스가 유행한 거 기억해요? 위니*를 실행하자마자 데이터가 털린 사건이요. 결국 근본적인 대책은 회사 기

---

* 일본에서 널리 사용된 P2P 방식의 파일 공유 프로그램.

밀을 외부로 가지고 나가지 못하게 철저히 막는 거예요. 게다가 그 사람은 원래 키보드를 좋아하지도 않았고요. 아이디어가 떠올라 적어두려고 컴퓨터 전원을 켜고 기다릴 타입은 아니었죠. 나이답지 않게 아날로그형 인간이라고 자기 입으로 말했을 정도예요."

"그럼 도대체 어디에⋯⋯."

미사토는 대답 대신 집의 한 지점을 손가락으로 가리켰다. 그 방향을 따라가자⋯⋯.

"책?"

"다 조사하셨다고 했죠? 책 한 권 한 권, 페이지 한 장 한 장 다 넘겨봤어요?"

주위를 둘러보니 말문이 막혔다. 적게 잡아도 천 권, 이 책들을 전부 훑어볼 생각을 한 수사관이 과연 있을까. 적어도 현재 인력으로 이 책들을 전부 살펴보는 것은 거의 불가능했다.

"농담이에요. 사실 찾아야 할 책은 정해져 있어요. 기류 씨는 떠오른 생각을 그 자리에서 메모하고는 했지만 그럴 때는 대개 평소 즐겨 읽던 책을 보고 있을 때였죠."

평소 즐겨 있던 책⋯⋯. 그 말을 듣고는 책장을 다시 돌아봤다. 야생동물의 생명력에 관한 책 세 권.

"정답."

문제의 책 세 권으로 손을 뻗을 때, 미사토의 손가락이 먼저 책등에 닿았다.

"안 돼요. 조사는 제가 할게요."

"하지만……."

"그 사람의 메모가 무슨 뜻인지 형사님이 이해할 수 있겠어요?"

무작위로 펼친 페이지. 여백에는 연필로 쓴 글씨와 밑줄이 빼곡했다. 하지만 마키하타가 알아볼 수 있는 것은 거기까지였다. 대부분 화학식과 전문용어인 듯한 내용이 적혀 있었다. 문외한은 의미를 알 수 없는 글자가 가득해서 네 페이지째를 볼 때는 가벼운 현기증마저 났다.

"당신은 알아볼 수 있습니까?"

"물론이죠. 같은 언어를 쓰는 세계의 주민이니까요."

거만하지 않으면서도 자랑스러운 대답이 돌아왔다.

"용어의 뜻을 묻는 게 아니라 그 사람이 사건 직전에 남긴 메시지인지 아닌지 판단할 수 있겠냐는 뜻입니다."

"읽어 봐야 알죠. 무엇보다 그것도 용어의 뜻을 알아야 파악할 수 있는 거 아니겠어요?"

이번에는 듣는 사람이 거슬릴 정도로 우쭐대는 기색이었지만 마키하타에게는 달리 도리가 없었다. 그는 묵묵히 책을 넘겨줬다.

미사토는 책을 받자마자 잡담도 혼잣말도 하지 않은 채 옆에 있는 마키하타를 없는 사람 취급하며 페이지의 여백을 따라갔다. 모르타르 벽으로 둘러싸인 목조 주택에 밤의 냉기가 스며드는 탓에 두 사람의 입에서 하얀 입김이 나왔지만 미사토의 손가락은 규칙적으로 책장을 넘겼다. 마키하타는 배려 차원에서 온풍기를 켰다. 건물만큼이나 낡은 듯한 가동음과 요란한 송풍음이 실내에 울려 퍼졌지만 미사토는 놀라는 기색도 없이 그저 조용히 해독 작업을 이어갔다.

집중력이라는 것을 그림으로 그린다면 이런 모습일 것 같았다.

문득 히터 소리가 너무 시끄러워서 집중하는 데 방해가 될 것 같았다. 주위를 둘러보니 다이닝 키친 한쪽에 석유 팬히터가 있었다. 온풍기를 끄고 석유 팬히터를 가져와 켰다.

"고마워요."

미사토가 책에서 눈을 떼지 않은 채 억양 없는 목소리로 말했다.

검소하게 살았던 기류 다카시의 성향은 난방기구에서도 드러났다. 팬히터는 슈퍼에서 파는 저렴한 물건으로 온풍기만큼은 아니었지만 켜자마자 시끄럽게 자신의 존재감을 드러냈다. 그 커다란 소음과 미사토의 침묵을 비교하니 짜증스러우면서도 이상한 편안함을 느꼈다. 쓸쓸한 형광등 아래 말없이 자신의 일에 집중하는 여자와 그것을 지켜보는 자신. 그 모습은 한때 서로를 잘 알지 못한 채 요리코와 함께 살던 시절의 짧은 기억을 떠올리게 하는 광경이기도 했다.

‘멍청하기는.’

악몽을 쫓기라도 하듯 머리를 흔들었다. 아무리 환상이라 지만 피해자의 집에서 사건 관계자와 마주하고 있는 형사가 느낄 감상은 아니었다.

평소 사건 관계자와 일정한 거리를 두던 자신은 어디로 갔는지. 14년 경력과 스스로의 인격이 의심스러워 혼란을 느끼는 가운데, 마키하타는 미사토가 중얼거리는 소리에 정신을 차렸다.

“이거…… 이상해요.”

“뭔가 발견했습니까?”

등 뒤에서 들여다보니 페이지 상단에 ‘초원의 멸종위기종’ 이라는 제목이 적혀 있었다. 미사토가 그 옆 여백에 그려진 도형을 가리켰다. 고등학교 화학 수업 시간 이후로 오랫동안 볼 일 없었던 화학 구조식이었다. 그 도형은 그저 거북이 등 같아 보였다.

“이게 왜요?”

“이거 진짜 이상하네요. 이런 곳에 이런 화학식이 적혀 있 다니. 한번 자세히 봐봐요.”

도형을 뚫어지게 쳐다봤다. 육각형이 가로로 세 개 이어 져 있고 양쪽 끝 육각형의 꼭짓점에는 흰 점 네 개와 검은 점 네 개가 뻗어 있으며 검은 점에는 Cl라는 기호가 붙어 있 었다. 미사토에게는 익숙할지 몰라도 문외한인 마키하타는

CI가 무슨 의미인지 짐작조차 할 수 없었다.

당황하는 마키하타의 모습에도 아랑곳하지 않은 미사토는 도형을 손가락으로 덧그리며 묻어나는 흑연 가루를 확인하더니 고개를 끄덕였다.

"이거 봐요. 이렇게 문지르면 흔적이 남잖아요. 이건 바로 최근에 쓴 거예요."

"그 의견에는 동의하지만……. 한 가지 확인하고 싶은 게 있습니다."

"뭐죠?"

"그 도형은 무슨 의미입니까?"

의아한 표정을 짓던 미사토가 이내 마키하타와는 다른 이유로 당황했다.

"죄송해요. 라이너스 폴링을 알기에 이것도 알아볼 수 있을 줄 알고……."

"괜찮아요. 미사토 씨도 모델 건은 가지고 있지만 총을 쏘는 방법은 몰랐잖아요. 그런데 이게 도대체 무슨 구조도입니까?"

"2, 3, 7, 8―TCDD."

"네?"

"테트라 클로로 다이벤조 파라 다이옥신. 산이나 알칼리를 첨가해도 잘 분해되지 않고 700도로 가열해야 겨우 분해할 수 있어요. 네 방향에 붙어 있는 CI는 염소 원자를 뜻하는데 이것이 특정 단백질과 결합하면 유전자에 영향을 주면서 유독물질을 만들어 내요. 이것이 바로 우리가 보통 다이옥신이라고 부르는 물질의 핵심 성분이죠."

미사토의 설명을 들어도 그녀가 다이옥신의 구조식에 주목한 이유를 여전히 알 수 없었다. 화학에 문외한인 마키하타도 다이옥신이 유독물질이라는 것 정도는 안다. 하지만 어떤 성질을 지녔든 그것이 화학물질인 이상 약학에 종사하는 사람이 그 구조식을 기록하는 것 자체는 이상하지 않았다. 무엇보다 그것이 기류 다카시의 마지막 메시지였는지도 의심스러웠다.

별다른 소득도 없이 아파트를 나와 미사토를 바래다준 뒤 현경 본부로 돌아오니 시간은 이미 11시를 넘어 있었다. 그러나 예상대로 강력범죄수사계 사무실에는 자신을 기다리는 사람이 있었다.

"왔어? 수고했어."

변함없이 엄하고 날카로운 얼굴과 목소리였지만 찬바람을 맞고 온 마키하타에게는 오히려 적당히 따뜻하게 느껴졌다.

"일부러 기다리신 거예요?"

"나는 그냥 심부름꾼이지."

와타세가 그렇게 말하며 내민 것은 문서 몇 장이었다.

"이게 뭡니까?"

"구조가 경찰청에서 보내온 스턴버그 제약 관련 최신 정보. 네가 들어오면 전해달라더군. 그 자식, 자기 메일로 받은 데이터를 아무 편집도 없이 그대로 출력했어. 후생노동성의 비공개 문서도 섞여 있던데.”

“구조 씨가 말한 스턴버그 제약에 관해 무서울 정도로 빠삭한 수사관 말입니까?”

“그래. 보고서 제공자는 나나오 규이치로. 경찰청과 후생노동성 간에 인사 교류를 하던 시절에 알게 된 사이인데 소문으로는 꽤 예리한 사람이라더군. 그 녀석, 내부보다 외부에 자기 편이 많다는 말이 사실인가 봐.”

“유능한 형사일수록 외부에 정보원이 많다. 그렇게 가르쳐준 사람이 누구신데요?”

“내부에 적을 만들라고 한 기억은 없는데. 정보를 흘려주는 건 고맙지만 이게 그 녀석의 독단이라면 큰일이지.”

“현경에 외부 간섭이 들어온다는 말인가요?”

“그것도 그렇지만 구조의 거취 문제와도 관련 있어. 지금까지 몇 번이나 강등될 뻔했거든. 녀석을 눈엣가시처럼 여기는 간부가 많다는 소문도 들리고. 정보 유출은 그들에게 아주 좋은 빌미가 돼.”

“정보 유출이라니……. 그 정도로 대단한 내용이 들어 있습니까?”

“마음만 먹으면 중요하지 않은 내용도 중요하게 만들 수 있어. 참나, 캐리어*면 캐리어답게 신중할 것이지.”

“……도쿄에서 일어난 세 사건과 관련된 겁니까?”

“정확해. 사건 전에 시부야 꼬맹이들에게 유통하던 히트라는 마약과 세 사건을 일으킨 소년들이 사용한 약물은 성분은 같지만 동일하지는 않다고 판명됐어.”

“같은 성분을 가진 다른 약이라고요?”

“다른 약이라고 하기에는 그렇고……. 보고서에는 체외 배출량에 차이가 있다고 적혀 있어. 알다시피 마약은 순환기나 소화 기관을 거쳐 혈액에 섞이고 체내를 순환한 다음 땀이나 소변으로 배출되잖아. 가령 기존 마약을 ‘히트 A’, 도쿄 세 사건에서 사용된 약을 ‘히트 B’라고 했을 때, 이 두 약은 성분은 같지만 체외 배출량은 완전히 다르다는 거야. B보다 A가 훨씬 많이 배출된다더군.”

“히트의 장점이 마리화나보다 쉽게 깬다는 것이었죠. 체외 배출량이 많다는 건 약효가 빨리 끝난다는 뜻입니까?”

“그래. 하지만 히트 B는 그 양이 고작 히트 A의 12퍼센트밖에 안 돼. 이 숫자가 무얼 의미하는지 알겠어?”

“히트 B는 체외로 배출되지 않는다……. 그렇군요. 체내에 축적되는군요.”

---

* 우리나라의 행정고시에 해당하는 일본 국가공무원시험 1종에 합격한 엘리트 관리직 코스를 밟는 경찰관.

"왜 배출이 안 될까? 의사들도 원인을 찾으려고 했지만 배출된 건 결국 노폐물이라서 그 성분만으로 히트 B가 어떤 물질인지 알아낼 수 없어. 간이라도 부검할 수 있다면 좋을 텐데 그럴 수도 없으니. 경찰병원에서도 그 세 사람을 다루는 데 애를 먹고 있다더군."

"경찰병원이요?"

"금시초문이지? 체포된 이후 계속 거기에 수용했다더군. 마지막 세타가야 사건이 일어난 지 거의 넉 달이 지났는데 아직도 몸에서 약이 안 빠졌다고 해. 그 세 사람이 제정신으로 돌아오는 건 하루에 고작 몇 시간뿐, 나머지 시간에는 날뛰다가 지쳐서 잠든대. 늘 구속복을 입고 밴드로 묶여 있는 상태라더군. 그런데도 계속 자해해서 온몸이 상처투성이고 정신적으로도 크게 손상을 입어서 사실상 폐인에 가까워. 그런데도 의사들은 아직 효과적인 치료법을 찾지 못했어. 그 소년들은 이미 사형보다 더한 형벌을 받고 있는 셈이야. 담당 의사 중 한 명은 '히트 A는 확실히 덜 해로운 각성제였다. 하지만 히트 B는 궁극의 마약, 그야말로 악마가 만든 약이다'라고 말했대."

그때 마키하타의 머릿속에 무언가가 번뜩였다. 아까 미사토가 한 말……. 언뜻 보기에 서로 관련 없어 보이는 사선들을 연결하는 키워드였다. 하지만 그의 생각은 곧 와타세의 한마디에 날아갔다.

“말이 나와서 말인데, 히트 A와 B를 팔던 사람이 서로 다른 사람이었던 것 같아.”

“판매책이…… 다른 사람이라고요?”

“응. 도쿄의 세 사건에는 확실히 기류 다카시가 연루되었다는 증언이 있지만 그 이전, 즉 신주쿠와 시부야에서 히트를 팔던 사람은 기류 다카시가 아니야. 보호 조치된 꼬맹이들이 모두 똑같이 진술했어. 몽타주를 만들었더니 이런 남자더군.”

와타세는 그림 한 장을 내밀었다. 몽타주에는 갸름한 얼굴에 선글라스를 낀, 코가 뾰족하고 입술이 얇은, 냉혹해 보이는 남자가 있었다. 기류 다카시와는 전혀 닮지 않은 얼굴이었다.

“히트 A의 판매책을 특정하지 않는 한 단정할 수 없지만 이제 히트 A와 B 사건의 연관성에 의문이 생긴 셈이야. 성분이 같으니 관련이야 있겠지만 두 사건을 하나로 묶기에는 증거가 부족해.”

와타세는 입꼬리만 끌어올려 웃어 보이며 말을 이었다.

“두 사건의 근원에는 스턴버그 제약이 있어. 두 사건은 같은 부모 아래 태어난 형제나 다름없어. 이건 분명한 사실이야.”

“그런데 핵심인 스턴버그 제약은 어떻게 되고 있습니까?”

“보고서 4쪽을 봐.”

페이지를 넘기자 단정하게 생긴 외국인 남성의 사진이 있었다.

"귄터 리브만, 독일 출신, 55세. 그 남자가 스턴버그 제약 일본 지사의 최고 책임자래. 전 세계에 자랑하는 일본 경찰이 사흘 전부터 조회 요청을 했는데 돌아온 답변이 고작 이것뿐이라더군."

"그럼 이 귄터 리브만에게 연락할 수 있으면……."

"처음 보고받은 대로 귄터 리브만은 9월에 일본 지사가 문을 닫자마자 오스트리아로 출국했어. 이후 행방은 알 수 없고."

"그럼 그 연구소는 어떻습니까? 아무리 외국인 소유라고 해도 일본 국내에 있는 땅 아닙니까. 수사권은 우리에게 있을 텐데요."

"아니나 다를까 외무성에서 간섭이 들어왔어."

"정확히 말하면 스턴버그 제약이 대사관을 통해 외무성에 견제구를 던졌어. 일련의 마약 사건에 대해 스턴버그 제약 일본 지사의 관련성이 입증되지 않는 한, 여전히 회사 소유인 연구소 부지에 들어가는 걸 허락하지 않는다고. 만약 강행한다면 앞으로 일본과 독일의 외교 관계에 악영향을 미칠 것이라고. 고작 약장수 주제에 건방지게 무슨 소리냐고 생각하겠지만 이 협박이 그냥 하는 소리는 아닌 것 같아. 독일의 현 총리를 지지하는 후원 단체 명단에 스턴버그 제약이 있거든. 외무성이 얼마나 납작 엎드렸을지 설명 안 해도 알겠지?”

비꼬는 말투로 장난스럽게 말했지만 사실 가장 화가 난 사람은 바로 와타세일 것이다. 불온한 빛을 띤 그의 눈을 바라보며 마키하타는 생각했다. 와타세는 구조에게 넘겨받을 정보에 기대를 걸었을 테지만 경찰청을 뒤지고 후생노동성을 찔러 본 끝에 입수한 최신 정보는 수사를 진전시키기는커녕 오히려 혼란만 더 키웠다.

최근 불법 입국자와 불법 취업자가 증가하면서 외국인 범죄 비율도 급증했다. 하지만 수사 과정에 타국이 개입한 적은 지금까지 단 한 번도 없었다. 그런데 이번에는 사건의 성격과 상황이 전혀 달랐다. 그동안 기존의 수사 방식으로 사건을 해결해 온 와타세는 당연히 답답하고 초조할 수밖에 없었다.

사방이 꽉 막힌 국면을 타개하려면 평범한 방법으로는 안 된다. 와타세와 마키하타가 할 수 있는 일은 무엇일까. 한동안 고민에 잠겼다가 떠올린 생각은 구조가 시도하려고 했던 연구소 무단 침입이었다. 빈약한 아이디어에 자괴감을 곱씹는데 마키하타의 휴대폰이 울렸다.

이미 자정을 넘은 시간이었다.

통화 버튼을 눌렀다. 바로 그 순간.

콰직.

잡음인지 충돌음인지 모를 소리가 느닷없이 귀에 꽂혔다.

그러더니 갑자기 아무 소리도 들리지 않았다.

"방금 그 소리, 뭐야?"

와타세에게도 들릴 정도로 큰 소리였다. 마키하타는 서둘러 통화기록을 확인하고는 깜짝 놀랐다.

"누구 전화야?"

"……구조 씨요."

"다시 걸어 봐."

곧장 구조의 휴대폰으로 전화를 걸었다. 그러나 몇 번을 걸어도 연결음 뒤에는 '전원이 꺼져 있거나 전파가 닿지 않는 곳에 있어서……'라는 안내 멘트만 흘러나올 뿐이었다.

"그 녀석 의외로 헐렁한 면이 있거든. 전화를 걸었다가 신호가 잡히지 않는 곳에 들어가는 바람에 전화가 끊겼나 봐."

말투는 느긋했지만 미간에 깊게 새겨진 주름이 와타세의 속마음을 보여줬다.

그리고 두 사람의 불안이 현실이 된 듯 구조는 자취를 감췄다.

3

"그러니까 그쪽 식구 아닙니까! 아니, 이게 지금 그쪽, 저쪽 따질 문제입니까? 다 같은 경찰이잖아요!"

와타세의 목소리와 표정만으로도 통화 상대의 반응을 분명히 알 수 있었다.

시곗바늘은 9시를 가리켰다. 결국 구조의 전화가 끊긴 후 두 사람은 밤을 꼬박 새웠다. 초조함을 견디지 못한 와타세가 고위직이 출근하기를 기다렸다가 경찰청 생활안전국에 연락을 넣었고 그 결과가 바로 지금의 통화였다.

"알겠습니다. 사건 수사와 병행해서 저희가 독자적으로 수색을 시작하겠습니다. 그럼 안녕히 계십시오."

상대방이 먼저 전화를 끊었는지 와타세는 수화기를 노려보더니 혀를 차며 쾅 내려놓았다.

"정말 말이 안 통하는군!"

"방금 누구와 통화하셨습니까?"

"생활안전과 과장. 구조는 원래 경찰청에 정시마다 해야 하는 연락도 자주 늦으니 걱정하지 말라고, 당분간 아무것도 할 필요 없다더군. 분명 구조에게 적의를 품은 말투였어. 휴, 정말 별일 아니라면 좋겠지만. 확실히 무언가를 쫓을 때는 연락 따위 신경 쓰지 않은 녀석이지만 한 번 건 전화를 도중에 끊을 놈도 아니거든. 경찰청 놈들은 그런 것도 모르나. 정말 못마땅해 죽겠군."

마키하타도 동의할 수밖에 없었다. 단순히 연락이 끊겼다고 경찰청에 생사 확인을 요청하는 것은 성급한 행동일 수 있다. 그러나 명색이 경시장인 사람의 행방이 묘연해졌는데도 뜨뜻미지근한 반응을 보이다니. 극단적인 수직 사회인 경찰 조직에 익숙해진 마키하타는 이러한 경찰청의 반응이 기묘하다는 생각이 들었다.

그러나 한편으로는 수직 사회이기 때문에 상부의 명령을 무시하고 자신의 방식으로만 움직이는 사람은 배척당하기 쉬웠다. 지금까지 구조의 언행을 보면 상대의 반응 역시 당연한 걸지도 몰랐다.

"요즘은 위성을 이용해서 현재 위치를 알려주는 휴대폰이 있잖아. 구조의 휴대폰에도 그런 기능이 있나?"

"GPS요? 아뇨, 고테가와가 구조 씨의 휴대폰은 구형이라고 했어요."

"그럼 네 휴대폰 통화기록을 조사하자. 어젯밤 전화가 어느 기지국에서 발신됐는지를 추적하면 구조가 있던 장소를 좁힐 수 있을 거야."

와타세는 드물게 당황해서 평소 같으면 금방 생각해냈을 만한 사실을 완전히 잊고 있었다.

"반장님. 그것도 확실한 방법이지만 더 쉽고 빠른 방법이 있어요. 곧바로 현장으로 가서 수색하는 거요."

"현장이라니? 현장이 어디란 말이야. 그걸 몰라서 지금 이렇게……. 아아. 그 녀석, 범행 현장에 갔나보구나."

"거기보다는 연구소요. 다른 단서를 얻었다면 모를까, 구조 씨가 경찰청 정시 연락까지 빼먹으면서 혼자 갈 만한 곳은 거기밖에 떠오르지 않네요. 그 시간에 거기까지 가려면 차를 끌고 가야 하잖아요. 그런데 제가 방금 현경 차량 사용 허가 신청을 확인했을 때 목록에 구조 씨의 이름은 없었습니다. 아마 본인의 차로 운전해서 갔거나 택시를 탔을 겁니다. 어쨌든 일단 현장에 가서 근처에 세워둔 차량이 있나 찾아보고 택시 기사의 증언을 얻을 수 있나 볼게요."

"하지만 다른 단서를 쫓고 있을 수도 있잖아."

"그럴 수도 있죠. 그러니 반장님은 휴대폰 기지국을 조사해주세요. 저는 현장으로 가겠습니다."

"괜찮겠어, 혼자서?"

"혼자니까 무리하지 않겠습니다. 무슨 일 있으면 바로 연락드릴게요."

　마키하타는 차를 몰고 국도를 달렸다. 구조가 무언가 깨닫고 현장으로 향하고 있을 때 자신은 기류 다카시의 집에서 미사토와 태평하게 있었다는 사실이 떠올랐다. 단순한 기우로는 끝나지 않을 것 같은 예감, 시커먼 불안감이 가슴을 바싹바싹 태웠다. 지끈거리는 머릿속에 구조의 목소리가 환청처럼 메아리쳤다.

　마약 범죄를 뿌리 뽑는 것이 나의 정의다.

　우직한 사람을 비웃기란 쉽다. 그러나 우직함을 끝까지 밀고 나가는 것이야말로 어려운 일이다. 자신과 와타세가 구조에게 끌리는 이유는 그가 그 어려운 길 위에서 끊임없이 싸우고 있기 때문이리라.

　그 사람을 잃어서는 안 된다.

　한시라도 빨리 그가 있는 곳으로 가야 한다.

　한눈팔지 않고 운전대만 잡고 있으니 순식간에 도착했다. 마을로 이어지는 늪지 입구, 버스 정류장 부근 갓길에도 구조의 차는 보이지 않았다. 그러면 현장까지 들어갔을까? 마키하타는 주머니 속의 휴대폰을 확인한 뒤 코트도 입지 않은 채 차에서 뛰어내렸다.

　콧속을 훅 파고드는 썩은 진흙 냄새도, 울창한 수풀도 전혀 문제가 되지 않았다. 그는 모든 감각을 오직 구조의 행방을 찾는 데만 집중했다.

늪지에 다다랐다. 이곳에도 사람이나 차는 없었다. 거울처럼 잔잔한 수면은 밑바닥에 뒤엉켜 있는 물풀만 보여줄 뿐 아무 말도 해주지 않았다. 문득 엎드린 채 늪에 떠 있는 구조의 환영이 눈앞에 보이는 기분에 진저리치듯 그 망상을 떨쳐냈다.

다음으로 시신 발견 현장으로 향했다. 차량이 진입할 수 있을 것 같은 풀숲이었지만 차도 바퀴 자국도 없었다. 출입 통제선으로 둘러싸인 현장에 이제 범행 잔류물은 없었지만 눈을 감는 순간 처참하기 짝이 없던 현장이 생생하게 떠올랐다. 역시 이곳은 아니었다. 구조의 관심은 오로지 그곳일 테니.

삼거리에서 숲으로 이어지는 곳으로 향했다. 길이 농로처럼 좁아서 포장도로라고 해도 차량 진입이 어려웠다. 게다가 숲에서 뻗어 나온 크고 작은 나뭇가지들과 나뭇잎이 길을 막고 있었다. 나무와 풀이 꺾이거나 쓰러진 흔적은 없으니 차를 타고 지나가지는 않은 듯했다. 그러면 택시를 타고 온 뒤 늪지에서 연구소까지는 걸어서 이동했을까. 경찰견이라도 데려올 걸 후회했지만 지체하지 않고 몸을 움직였다. 아침 이슬에 얼굴과 옷이 젖었지만 몸에 달라붙는 거미줄은 없었다. 어젯밤에 이 길을 지나간 사람이 있다는 뜻이다.

나무들이 터널처럼 이어진 길을 나오자 비로소 시야가 트였다.

정문 앞에 누워 있는 구조의 시신. 시신이 보이지 않을 정도로 몰려든 수많은 까마귀……. 또다시 끔찍한 광경이 머리를 스쳤지만 실제로 눈 앞에 펼쳐진 장면은 아무 일도 일어나지 않은 황량한 풍경이었다. 허술하게 잠긴 문, 마구잡이로 자란 잡초. 어제 왔을 때와 조금도 다르지 않았다.

그러나 구조는 분명 이곳에 왔을 것이다. 마키하타는 철창 정문으로 다가갔다.

자물쇠는 구조가 열어 놓은 그대로였다. 쇠사슬도 지난번처럼 여전히 감겨 있었고 풀어낸 흔적은 보이지 않았다. 고개를 들어 올려다보니 3미터 높이의 정문 꼭대기에는 뾰족한 방범 장치들이 박혀 있었다. 이 문을 타고 넘어갔을 수도 있지만 그보다는 사슬을 푸는 편이 훨씬 쉽고 더 빨랐을 것이다.

여기가 아니었다.

문득 떠오른 생각에 휴대폰을 꺼내 구조의 번호를 눌렀다. 구조가 전화를 받을 수 없는 상태라도 '위풍당당 행진곡' 벨소리는 울릴 테니까. 주변에 있다면 소리가 들릴 것이라는 생각이 들었다.

귀를 기울였다. 바람 소리. 나무가 바람에 흔들리며 스치는 나뭇잎 소리. 하지만 아무리 기다려도 그 멜로디는 들리지 않았다.

막막해서 눈앞이 캄캄할 때 주머니 속 휴대폰이 울렸다. 움찔하며 반사적으로 통화 버튼을 눌렀다.

"구조 씨?"

—안타깝지만 나야.

귀에 익은 탁한 목소리였다.

"반장님……."

—목소리를 들으니 예상이 빗나갔나 보군.

"네, 지금으로서는요. 그쪽은 어떻게 됐습니까?"

—어젯밤 전화는 다루이라는 기지국에서 발신됐어.

"다루이요? 거기가 어디죠?"

—바로 옆.

"네?"

—다루이는 가미시마초 바로 옆 마을이야. 그 현장에서 기지국까지는 직선거리로 약 20킬로미터고. 20킬로미터면 엎어지면 코 닿을 거리잖아. 그러니까 네 직감이 완전히 틀린 건 아니라는 말이지.

옆 마을 기지국을 중심으로 반경 20킬로미터. 그러나 구조는 연구소에도 범행 현장에도 없었다. 하지만 여기 말고는 갈 만한 곳은 떠오르지 않았다.

여기는 아니지만, 여기에서 멀지 않은 곳.

어디지?

"일단 계속 찾아보겠습니다."

―수고해.

마키하타는 전화를 끊자마자 연구소 담장을 따라 걸었다. 이렇게 된 이상 가능성이 큰 장소부터 찾아보는 수밖에 없었다. 부지를 빙 둘러싼 하얀 담장. 마키하타는 기어가듯 걸었지만 아무리 걸어도 구조는 보이지 않았다. 정신을 차려 보니 바짓단이 이슬을 잔뜩 머금어 축축하고 무거웠다.

온몸을 팽팽하게 옥죄던 긴장이 별안간 탁 풀렸다. 그제부터 제대로 자지도 못한 상태로 머리와 몸을 혹사한 탓에 피로가 한꺼번에 몰려왔다. 축축한 바짓단처럼 몸도 천근만근 무거웠다. 바로 그때 한 줄기 바람이 불어왔다. 자신도 모르는 사이에 흘린 땀이 순식간에 체온을 앗아갔다.

춥다.

춥고 무겁고 졸렸다.

태양은 낮게 드리운 구름에 가려졌다.

두 손으로 어깨를 꽉 감싸 쥐고 몸을 질질 끌며 힘겹게 담을 한 바퀴 돌았을 때 결국 무릎이 꺾였다.

희미해지는 의식 속에서 자신을 비웃는 목소리가 들렸다.

한심하군, 마키하타 게이스케. 마흔도 안 됐는데 꼴이 그게 뭐냐.

이번에는 체력 부족 평계를 댈 셈이냐?

"체력 부족? 웃기지 마."

단지 잠이 부족할 뿐이다. 금방 회복된다. 중요한 것은 기력이라는 이름의 엔진을 켜는 것. 차를 예열하는 것처럼 우선 몸을 움직이자.

"우연이네요."

그때 갑자기 들려온 목소리에 고개를 들자 그녀가 있었다. 새하얀 다운 재킷을 입은 여자는 위로하는 눈빛으로 마키하타를 내려다봤다.

"안녕하세요, 형사님."

"미사토…… 씨."

"오늘 아침은 올해 들어 가장 춥대요. 커피 한 잔 드릴까요?"

미사토는 대답을 기다리지도 않고 가방에서 작은 보온병을 꺼냈다. 뚜껑을 열어 부으니 금세 김이 올라왔다. 미사토가 내민 커피를 받아들자 손바닥에 서서히 열기가 퍼졌다. 얼어붙었던 감각이 순식간에 되살아났다. 커피를 천천히 삼키자 스펀지가 액체를 빨아들이듯 식도에서 몸속으로 따뜻한 기운이 퍼졌다. 듬뿍 넣은 커피 밀크와 설탕의 향이 입안을 가득 채운 순간, 마키하타는 자신이 블랙커피를 선호한다는 사실을 떠올렸다.

"감사합니다. 덕분에 살았습니다. 그런데 아직도 까마귀를 잡으러 다닙니까?"

"아, 일단 목적은 달성했어요."

"그럼 지금은 무슨 일로?"

"그건 나중에 알려드릴게요. 형사님은 무슨 일로 오셨어요?"

"아직 제 질문에 대답하지 않았습니다. 오늘은 뭘 조사하러 왔습니까? 까마귀를 잡는 이유가 뭐죠? 도대체 뭘 의심하는 겁니까? 설마 범인이 누구인지 아는 건 아니죠?"

미사토가 한 걸음 뒤로 물러서자 그를 놓칠세라 마키하타가 오른손으로 여자의 가느다란 팔을 붙잡았다.

"저번부터 자꾸 우리가 안 믿을 거라고 말하는데, 도대체 뭘 안 믿는다는 겁니까? 기류 다카시가 히트를 판 이유는 뭐고요."

"이거 놔요."

여자의 얼굴이 겁에 질려 어두워졌지만 손목을 잡은 손을 놓지 않았다. 마키하타는 자신이 마치 사냥개가 된 것 같다고 생각했다. 피해자 유족에 대한 배려도 미사토에 대한 어렴풋한 감정도 이미 머릿속에서 지워진 지 오래였다. 그 대신 가슴을 태워버릴 듯한 초조함만이 그를 채찍질했다.

"이거 놓으라고요!"

팔을 세게 뿌리친 미사토의 손이 그대로 마키하타의 뺨을 향해 날아왔다. 손이 얼굴에 닿기 직전 마키하타의 손이 다시 여자의 가느다란 팔을 거칠게 붙잡았다.

"무슨 일 있어요?!"

"저한테 말입니까?"

"네! 어제랑 완전 다른 사람이잖아요. 남의 말은 듣지도 않고 계속 윽박지르고. 이상해요. 어젯밤……, 어젯밤에 도대체 무슨 일이 있었던 거예요?”

“경찰이 한 명 사라졌습니다.”

고통스러운 대답과 함께 마키하타의 손에서 힘이 빠졌다. 머리끝까지 치솟았던 열기가 여자의 손목에 든 멍을 보는 순간 썰물처럼 흔적도 없이 사라졌다.

“미사토 씨도 만난 적 있는 사람입니다. 경찰청에서 나온 구조라는 수사관이요. 어젯밤에 제 휴대폰으로 전화를 걸었다가 끊긴 뒤로 행방이 묘연합니다. 어디서 전화를 걸었는지도 모르고요. 짐작 가는 곳이 여기뿐이에요.”

“그래서 여기 왔군요. 그 구조라는 분을 찾으려고.”

“네.”

“오래 알고 지낸 사이에요?”

“아뇨……. 만난 지 사흘 됐습니다.”

“……흠, 그렇군요.”

미사토는 멍이 든 부위를 손으로 문질렀지만 그다지 아파하는 것 같지는 않았다.

“만난 지 사흘 된 사람이 연락이 안 된다고 여자 손목을 그렇게 으스러뜨릴 기세로 움켜쥐어요? 형사님, 혹시 게이예요?”

“그런 거 아닙니다. 그분이 존경할 만한 경찰관이기 때문이에요.”

“흐음. 하긴 경찰들끼리는 유대감이 유난히 강하다고 들었어요. 경찰이 살해당하는 사건이라도 일어나면 수사관들 눈빛부터가 달라진다고. 불미스러운 일이 생겨도 서로 잘못을 감싸주는 것도 공무원 중에서 경찰이 가장 심하다면서요?”

“그런 게 아니라고요! 그 사람은 뼛속까지 진정한 경찰입니다. 범죄를 경멸하고 그 범죄가 불러일으킨 불행을 증오해서, 원래라면 경찰청 책상 앞에 편히 앉아 있을 위치인데도 신발이 닳도록 직접 현장을 뛰며 몸을 사리지 않는 사람이에요. 출세욕과 관료주의가 판치는 이 바닥에서 자신의 정의를 지키려고 고립되는 것도 두려워하지 않는 진짜 형사라고요. 그런 사람이 위험에 빠졌을지도 모르는데 못 본 척한다는 건 저로서 절대로 용납할 수 없습니다.”

“뭐야. 결국 첫눈에 반했다는 말이잖아요. 그게 바로 플라토닉 게이예요. 본인이 깨닫지 못했을 뿐이지.”

미사토가 어른의 거짓말을 간파한 아이 같은 목소리로 말했다.

“당신한테는 경찰의 ‘정의’라는 걸 설명해봤자 소용없겠군요.”

“흐음, 경찰의 정의라.”

미사토는 짓궂은 미소를 지으면서 손목을 팔랑팔랑 흔들었다.

“여자 손목에 멍이나 들게 하는 형사님 입에서 나올 소리는 아닌 것 같은데요.”

“그건…… 정말 미안합니다. 입이 열 개라도 할 말이 없어요.”

마키하타는 정중하게 고개를 숙였다.

“뭐, 됐어요. 그래서 구조 씨는 연구소에는 안 들어간 거죠?”

“네. 그런 흔적은 없습니다. 그런데 이 근처에 있기는 해요. 그건 틀림없어요.”

미사토는 왜냐고 묻지 않았다. 오히려 그 말을 인정하듯 천천히 연구소의 정문을 올려다봤다.

“아직 이 안은 조사하지 않았죠?”

“네.”

“벽이 높네요.”

눈앞에 있는 물리적인 벽을 가리키는 말일까, 눈에 보이지 않는 장벽을 뜻하는 말일까. 어쨌든 드나드는 사람도 없고 자물쇠 하나로 잠겨 있는 연구실은 여전히 외부의 침입을 거부했다. 어쩐지 요새 같다는 생각이 들었다.

“강제수사 같은 건 못 해요?”

“검찰이 허락하지 않으면 못 합니다.”

“그게 아니라. 형사님이 재량껏 판단해서 이 담을 넘으면 안 되냐고요.”

“그러면 불법 침입이에요.”

“어머. 그러면 그저께 둘이 옥신각신하던 건 뭐였어요?

자물쇠를 억지로 열려고 한 거 아니었어요?”

“제가 말렸습니다.”

“오호라. 그렇다면 구조 씨는 재량껏 움직이려고 했던 거
네요. 그런데 형사님은 그걸 왜 막았어요?”

“경찰은 범죄를 저지르면 안 되니까요.”

“상대가 범죄자라도? 형사님이 망설이는 바람에 또 다른
피해자가 생겨도요?”

“그게 일본 경찰입니다.”

“……어이가 없네.”

미사토의 말투가, 그저께 이 자리에서 마키하타의 형식적
인 논리를 비웃던 구조의 말투와 똑같아서 무심코 그녀의
옆모습을 바라봤다.

그리고 문득 깨달았다. 평소라면 진작 눈치챘을 텐데.

“미사토 씨. 설마 기류 다카시의 오명을 벗기려는 겁니까?”

“왜요, 이상해요?”

돌아본 미사토의 얼굴에는 아직도 냉소를 머금은 미소가
걸려 있었다.

“하긴, 캬바클럽에서 일하는 여자가 살해당한 남자친구의
명예를 회복시키겠다니, 우습겠죠. 하지만…… 형사님 말이
맞아요.”

“그렇지만 기류 씨가 히트의 판매책이었다는 사실은 부정
할 수 없습니다.”

"사실과 진실은 달라요. 형사님, 통장에 억대 잔고가 있고 남들보다 물욕도 없던 사람이 왜 그런 구질구질한 마약 판매책 노릇을 했을까요?"

"그건 어제 미사토 씨가 증언하지 않았습니까. 라이너스 폴링의 이론에 공감한 기류 다카시가 오랫동안 마음속에 품고 있던 숙제를 풀기 위해서였다고."

"그래서 히트 개발에 참여하고, 거리의 소년들을 실험 대상으로 삼아 생전 처음 보는 소년한테 마약을 팔았다?"

"신약 개발 과정에서 피험자를 모집하는 건 흔한 일입니다."

"형사님. 그건 그냥 마약이 아니에요. 살인 충동을 극대화하는 약이란 말이에요. 그걸 복용하면 어떻게 되는지 다 알면서도 신나게 팔았다고요?"

"그가 설령 그 모든 걸 알았다고 해도 개의치 않고 약을 팔았으리라고 추측할 수 있는 전력이 있지 않습니까."

"역시 모르시네요. 형사님은 인간에게 독을 투여했다는 공통점 하나만 보고 과거의 농약 사건과 이번 히트 사건을 동일시하지만 두 사건은 본질적으로 완전히 달라요."

"어떻게 다르다는 말입니까?"

"과거 사건은 개인적인 복수였죠. 하지만 히트는 묻지 마 테러 같은 사건이에요."

"인간에게 상처받고 절망한 사람이 결국 묻지 마 범죄에 빠지는 건 시간문제 아닙니까?"

"그 사람은 절망하지 않았어요. 절망하지 않았으니까 약을 이용해 사람을 진화시키려는 꿈을 꾼 거예요."

"그럼 기류 씨는 왜 히트를 판 겁니까? 진화를 위한 과정에 인체 실험은 필요악이었다고 우길 셈입니까?"

"아니요. 그 사람이 말한 진화는 인간의 몸을 완전히 다른 존재로 개조하자는 게 아니라……. 음, 그러니까 기류 씨는 약은 우리 몸에서 나오는 분비액의 대용품에 지나지 않는다고 생각했어요. 인간의 몸은 타고난 치유 능력이 있고, 약물은 그 능력을 보조하기 위한 인공 분비액에 불과하다는 시각이었죠. 그가 주장한 진화는 인공 분비액의 정확도와 효능을 높여서 인체에 잠재된 능력을 최대한 끌어내자는 의미였어요."

"의미'였다'? 과거에 그랬다는 말입니까?"

"약물의 효능을 높여서 인체의 잠재 능력을 끌어낸다니, 상당히 극단적인 생각이죠. 하지만 실은 인공 약물은 결코 자연 물질을 능가할 수 없다는 정반대의 의견도 있어요. 둘 다 아주 극단적인 주장이죠."

"당신은 어떻습니까?"

"저는 약물의 효능을 맹신하는 건 인체를 단순 화학식으로만 보는 것 같아서 오만한 주장이라고 생각해요. 하지만 제가 아직 이 분야의 경험과 지식이 부족해서 그렇게 생각하는 것일 수도 있죠. 저도 나중에 기류 씨처럼 경험을 쌓으면 그 사람처럼 주장할지도 몰라요."

"왜 그렇게 생각하죠?"

"사람은 자기가 지닌 지식 안에서만 인간에 대해 이야기하고 생각하고 판단할 수 있으니까요. 인간을 논하는 건 결국 자기 자신을 논하는 행위잖아요?"

마키하타는 말문이 막혔고 미사토는 들고 있던 종이봉투에서 뭔가가 담긴 비닐봉지를 꺼냈다.

"자요. 좀 이르지만 크리스마스 선물이에요."

"선물이요?"

미사토가 내민 봉지를 열어보니 비닐이 세 겹으로 쌓여 있었다. 그런데 그 속을 들여다보던 마키하타는 하마터면 봉투를 떨어뜨릴 뻔했다.

봉지에는 검은 깃털을 지닌 물체가 담겨 있었다.

"미사토 씨!"

"형사님과 만나기 직전에 한 마리 잡았어요. 방금까지 살아 있었고 날도 추우니 당장 부패하지는 않을 거예요."

"이걸 나보고 어쩌라는 겁니까?"

"경찰에서 감식해주세요. 우리 대학 연구실에서 조사해도 되지만 그게 더 빠를 것 같아서요."

"이 까마귀를 조사하는 게 사건과 연관이 있습니까?"

"연관이 있는지 없는지는 조사해 봐야 알겠죠. 그래서 부탁하는 거잖아요."

"또 그렇게 말을 돌리네요."

"내 말보다 그 까마귀의 검사 결과가 더 확실한 답을 줄 거예요."

"하지만……."

"형사님에게, 그리고 경찰에게 그 까마귀가 더할 나위 없는 선물이 될 수도 있어요. 제발요. 날 믿어요."

미사토는 그 말을 남기고는 발길을 돌려 늪지 쪽으로 사라졌다.

비닐봉지를 든 채 얼빠진 얼굴로 서 있는 마키하타는 홀로 남겨졌다. 지금까지 많은 여자에게 다양한 선물을 받았지만 이렇게 섬뜩한 선물은 처음이었다.

마키하타는 몸을 부르르 떨었다. 주위를 둘러보니 농로와 논밭 너머에 마을이 있었지만, 이곳에서 비명을 질러도 소리가 닿지 않을 만큼 멀어 보였다. 하지만 계속 조사할 수밖에 없다. 물증이 없다면 목격자 증언이라도 찾아야 한다.

마키하타는 숨을 깊게 들이쉬며 마을로 걸음을 옮겼다.

마을에는 약 서른 가구가 살았다. 그중 집에 사람이 있는 집은 스물다섯 가구였다. 예전에 가미야마 순경과 탐문 수사를 다닐 때와 비슷한 수였고 얻은 성과도 그때와 같았다.

아무도 보지 못했다.

아무 소리도 듣지 못했다.

그런 사건이 발생한 후라 불안해 덧문까지 닫아 놓은 탓에 밖에서 어떤 일이 벌어지는지 알 수 없었다.

스물다섯 가구를 모두 탐문하는 데 두 시간이 채 걸리지 않았다. 예상한 일이기는 했지만 계속 허탕을 치자 힘이 빠졌다. 늪지로 돌아가는데 마치 깊은 수렁에 빠진 것처럼 더욱 막막하고 불안해졌다. 저녁부터 심야 사이에 현장을 찾아온 사람. 그러나 목격자는 없다. 그리고 그 인물의 목적은 연구소에 숨겨진 무언가. 기류 다카시 사건과 비슷한 점이 많았다. 다른 점이라고는 아직 구조의 시신이 발견되지 않았다는 사실뿐이었다.

'무슨 생각을 하는 거야, 재수 없게!'

머릿속을 좀먹는 불길한 예감을 억지로 떨쳐냈다. 하지만 마키하타는 경험으로 알고 있다. 불길한 예감은 대체로 틀리지 않는다는 것을.

그때 다시 휴대폰이 울렸다.

—나야. 상황은 좀 어때?

"안 좋습니다. 구조 씨는 못 찾았고 목격자도 없어요."

—흠.

와타세가 언짢은 기색으로 콧바람을 뿜었다.

—일단 알겠어. 그런데 방금 연구소와 관련된 증인에게 연락이 왔어.

"증인이요?"

―연구소에서 일했던 직원이래. 신문에서 기류 다카시 살인 사건을 보고 관할서에 연락한 모양이야. 관할서 직원이 두 시간쯤 후에 본부로 데리고 올 건데……. 어떻게 할래? 계속 그쪽에 있을 거야?

이곳에 버티고 있어봤자 새로운 전개는 기대할 수 없을 것 같았다.

"지금 거기로 가겠습니다."

―그래. 그럼 거기서 잠깐 기다려. 고테가와 녀석을 보낼 테니까 기사로 부려.

"아닙니다. 괜찮습니다."

―바보 같은 놈. 너 그저께부터 못 잤잖아. 졸음운전 하다가 너까지 사고 나면 큰일이야. 조수석에서 코나 실컷 골면서 와. 나도 지금 잠깐 눈 좀 붙일 테니까.

전화를 끊고 왔던 길을 터덜터덜 되돌아갔다. 솔직히 와타세의 배려는 눈물이 날 정도로 고마웠다. 하지만 기분 좋게 흔들리는 따뜻한 자동차에 몸을 실어도 잠들지 못할 것이다. 켜켜이 쌓인 피로가 머리를 짓눌렀지만 졸음은 이미 흔적도 없이 사라진 상태였다.

그때 이마에 차가운 무언가가 나풀나풀 내려앉았다.

고개를 들어 올려다본 하늘은 어두운 회색빛으로 거칠게 찍어 그린 점묘화 같았다.

눈이었다.

차를 세워 둔 늪지 입구에서 기다리자 고테가와가 도착했다. 운전대를 넘겨받은 고테가와는 마키하타를 태우고 곧바로 국도를 탔다.

"첫눈이 내리네요."

"응."

"계속 못 주무셨죠? 좌석 젖히고 눈 좀 붙이세요. 반장님이 꼭 재우라고 하셨어요."

"친절은 고맙지만 잠과 화장실 정도는 내 마음대로 하게 해줘."

"음……. 그렇긴 하죠."

아직 눈송이가 작아서 공중에 흩날리는 가루 수준이었지만 그래도 차량 앞 유리에 쌓여 시야를 가리기에는 충분했다. 고테가와는 와이퍼 속도를 느리게 맞췄다.

"저희는 아침이 되어서야 구조 씨 이야기를 들었어요. 왜 비상 소집하지 않으셨습니까?"

"아직 사건이라고 확정된 건 아니니까. 무엇보다 정작 경찰청에서 손을 놓고 있는데 현경 소속 강력범죄수사계가 총출동해서 사람을 찾을 수도 없는 노릇이고."

"하지만 반장님과 마키하타 형사님은 움직이고 계시잖습니까."

"반장님이 날 재우라고 하셨다며. 조용히 가자."

마지못해 입을 다문 고테가와가 히터로 손을 뻗었다.

"아, 난방은 이만하면 됐어."

"네? 춥지 않으세요?"

"아까 어떤 사람한테 증거물을 받았거든. 너 방금 밥 먹고 왔지?"

"네. 왜요?"

"온도를 높이면……, 아마 냄새가 장난 아닐 거야. 위 속에 들어간 걸 다시 토해내고 싶지 않으면 그냥 가."

응접실에 들어가자 무표정한 와타세와 낯선 사람의 뒷모습이 먼저 시야에 들어왔다.

"스턴버그 제약 일본 지사에서 일하던 마쓰바라 레이코 씨야."

"안녕하십니까. 마키하타 게이스케라고 합니다."

"안녕하세요. 마쓰바라 레이코입니다."

레이코의 맞은편에 앉은 마키하타는 재빨리 그녀를 관찰했다. 나이는 20대 중반쯤 됐을까. 제약회사는 보통 6년제 약학대학 졸업생을 채용하니 합리적인 추측이었다. 그런데 눈망울이 크고 얼굴이 동그래서 세일러 교복을 입으면 고등학생으로 보일 정도로 앳됐다. 실제 나이는 마쓰바라 레이코보다 마리무라 미사토가 더 어릴 테지만 외모만 보면 레이코가 더 어려 보였다.

"신문을 보셨다고요?"

"네. 너무 놀라서 바로 달려왔어요. 그렇지 않아도 최근 몇 달 동안 회사 사람들과 연락이 전혀 안 돼서 걱정했거든요."

"언제부터 연락이 안 됐습니까?"

"올해 7월부터요."

"7월이요? 잠깐만요. 연구소는 9월에 폐쇄됐잖아요."

"저기, 저는 7월부터 질병 휴직으로 쉬고 있었거든요."

"휴직하셨다고요?"

"네. 허리 디스크 때문에 입원했어요. 그래서 그동안은 연락을 주고받지 못했고 퇴원했을 때는 이미 연구소가 폐쇄된 상태였어요."

"회사에서 문을 닫는다는 통보도 하지 않았습니까?"

"아, 통보는 했어요. 9월에 회사 상황을 설명한 공지문과 해고 통보 서류를 우편으로 받았죠. 게다가 휴직 기간 중 발생한 급여와 퇴직금도 정확히 송금했더라고요."

"그렇다고 해도 너무 갑작스럽지 않았습니까? 보통 도산이나 해고 같은 경우 최소 한 달 전에는 직원에게 통보해야 하잖아요. 노동기준감독서 같은 곳에 신고할 생각은 안 했습니까?"

"그건⋯⋯. 아무리 입원했다고 해도 두 달이나 휴직했는데 월급도 꼬박꼬박 받았고⋯⋯. 제가 좀 불리한 입장이었잖아요."

마키하타는 레이코의 이야기를 들으면서 느낀 위화감의 정체를 깨달았다.

전 세계적으로 마약을 생산하는 기업의 말단 직원이라고 하기에 마쓰바라 레이코는 지나치게 평범했다. 연구소에서 느껴지던 삿된 기운과 눈앞의 여성에게서 느껴지는 평범하고 선량한 분위기가 도저히 연결되지 않았다.

"스턴버그 제약에서는, 아니 일본 지사에서는 무엇을 만들고 있었습니까?"

"주로 백신이요."

레이코는 막힘없이 대답을 이어갔다.

"아시겠지만 국내외 제약회사들은 거의 예외 없이 주로 백신을 만들잖아요. 저희도 백신이 메인이었는데……, 다만 일본 지사는 개발 담당이었기 때문에 제조에는 관여하지 않았어요. 일본에는 공장도 없고요. 저희는 계속 신약 개발과 실험만 하면서 그 데이터를 독일 본사에 보내기만 했죠."

"그렇게 백신 개발이나 연구만 해도 회사가 유지됩니까?"

마키히타는 레이코의 속내를 떠보려고 질문을 던졌지만 레이코는 전혀 눈치채지 못한 듯했다.

"저희가 상대하는 바이러스는 그야말로 셀 수 없을 정도로 많아요. 게다가 바이러스는 하나의 생물이기 때문에 당연히 진화하죠. 그래서 새로운 바이러스가 나타날 때마다 백신도 다시 만들어야 해요. 독감이 바로 그런 케이스죠. 백신을 만드는 데는 끝이 없어요. 만약 끝이 있다면 그때는 지구상의 모든 생물이 사라지는 순간일 거예요.”

한마디 한마디에 자부심이 묻어났다.

“그런데 직원 아무와도 연락이 안 된다니 그게 무슨 말입니까? 집 전화나 휴대폰으로 전화하면 되지 않습니까?”

“그게…… 여직원이 저 말고 네 명 더 있었는데 휴대폰 번호를 공유하지 않았어요.”

불길한 예감이 든 마키하타는 와타세와 시선을 교환했다. 와타세도 같은 생각인 듯했다.

“집은요?”

“집에도 가 본 적 없어요. 아마 다들 시내에 살았을 테지만……. 저희는 회사 밖에서는 거의 교류하지 않았다고 해야 하나, 서로 연락하고 만날 수 없는 분위기였어요.”

“그게 무슨 뜻이죠?”

“회사 내 불문율 같은 건데요……. 으음, 우선 서로 집 주소를 공유하지 않았어요. 직원 주소록은 비공개에 소장이 관리했고, 완전히 교대 근무 형태여서 출퇴근 시간이 겹치지도 않았죠. 그리고 현대인이 가장 많이 사용하는 통신 수단은 역시 휴대폰이잖아요. 그것도 연구소 안에는 가지고 들어갈 수 없었어요. 연구실에는 데이터나 기밀 사항이 많으니까요. 출근할 때 휴대폰을 현관에 있는 관리함에 맡겨야 해서 서로 번호나 주소를 주고받을 수 없었어요."

"몹시 철저했군요."

"저도 처음에는 너무 유난스럽다고 생각했는데요……. 소장님이 보안 때문이라고 설명해서 일단 이해는 갔죠. 당시에 산업 스파이 사건이 실제로 일어났으니까요."

"보안이라……."

직원들도 그만큼 철저하게 보호했냐는 비아냥이 목구멍까지 올라왔다. 기류 다카시를 제외한 직원 스물세 명. 하지만 신문 기사를 보고 연락한 사람은 레이코뿐이었다. 그러면 남은 스물두 명은 도대체 어디서 무엇을 하고 있다는 말인가. 스턴버그 제약의 실체를 알게 된 지금, 나머지 스물두 명의 안전을 보장하는 것은 아무것도 없었다.

"입원 중에 회사에서 연락이 왔습니까?"

"아뇨. 그때는 응급으로 입원한 다음에 바로 수술을 받아서요. 제가 계속 혼자 살고 있었기 때문에 회사에 바로 연락하지 못했고, 수술이 끝나고 병실로 옮긴 다음에야 상황을 설명할 수 있었어요. 제 연락을 받기 전까지 회사도 저를 계속 찾았는지, 소장님이 제 목소리를 듣자마자 깜짝 놀라더라고요."

"병문안은 왔습니까?"

"전혀요. 수술 후 경과도 좋고 병실로 옮겼다고 보고했는데 '그래?'라는 한마디 말고는 위로의 말도 없었어요."

“휴대폰은요? 회사는 레이코 씨 번호를 알잖아요.”

“휴대폰을 집에 두고 갔거든요.”

“그럼 퇴원 후에 회사와 연락하거나 만난 적은 없습니까?”

“퇴원하고 본가가 있는 이바라키로 돌아가 지내서…….”

하늘이 도운 셈이었다. 레이코가 혼자 살았던 것, 갑자기 병원에 입원하게 된 일, 연락 수단이 없었던 상황. 그 우연의 우연의 우연이 레이코를 구했다.

그때 갑자기 그것이 떠올랐다. 마키하타는 연구소 건물도면을 서류철에서 꺼내 레이코 앞에 펼쳐 놓았다.

어리둥절하던 그녀의 얼굴에 놀라운 기색이 번졌다.

“이거, 연구소의……. 이거 어디서 나셨어요!?”

“공문서니까 기밀은 아니에요. 그런데 도면상으로는 이 지하실 부분이 비어 있던데, 이 도면이 만들어진 지 벌써 반세기 넘게 지나서 지금은 많이 변했을 것으로 추측합니다. 현재 건물 상태를 기억나는 대로 설명해주시겠어요?”

그러자 잠시 도면을 살펴보던 레이코가 조심스럽게 고개를 들었다.

“저기…….”

“네?”

“왜 연구소에 대해서만 물어보세요? 저는 기류 주임님이 살해당했다고 해서 온 건데……. 이번 사건이 연구소와 관련 있나요?”

마키하타는 와타세와 다시 시선을 교환했다. 레이코는 스턴버그 제약의 실체를 조금도 모르는 눈치였다. 이것이 만약 연기라면 여우주연상감이었지만 모르는 척하는 것처럼 보이지는 않았다.

"관련 여부는 아직 모릅니다. 다만 기류 씨가 공격당한 곳이 연구소 근처인 데다가, 현재로서는 사건 현장과 기류 씨를 연결하는 접점은 연구소뿐입니다. 하지만 연구소는 폐쇄되었고 관계자들도 연락이 되지 않으니 지금은 레이코 씨에게 자세한 상황을 묻는 방법밖에 없죠. 이해가 가십니까?"

시선을 내리고 도면을 응시하던 레이코가 이내 고개를 끄덕였다. 퇴사 후에도 남아 있던 애사심보다 시민의 의무를 더 크게 느낀 듯했다.

"우선 현관은 이중 구조인데, 첫 번째 게이트에서 휴대폰과 카메라를 관리함에 넣지 않으면 게이트를 통과하는 순간 경고음이 울려요. 그 게이트를 지나면 또 문이 나오는데 전자 잠금 방식이라서 등록된 ID카드가 있어야 열 수 있죠. 아, 그리고 각 연구실과 자료실은 모두 전자 잠금 방식이라서 ID카드가 없으면 아무 데도 못 들어가요. 입구에서 북쪽 계단으로 이어지는 복도가 곧게 뻗어 있고, 그 양옆에 소회의실 네 개, 탈의실, 배양실, 조제실과 약제 창고, 전자 현미경실, 의무실, 머신룸이 있어요. 아, 그리고 서쪽에는 엘리베이터가 있고……."

레이코는 설명하면서 도면에 구획을 표시했다. 쉬지 않고 설명하는 모습이 마치 불안을 달래려는 사람처럼 보이기도 했다.

"오호, 전자 현미경까지 있었군요."

"네. 하지만 시설은 지하 1층이 훨씬 더 잘 되어 있었어요. 먼저 동력제어실, 미생물 실험실, 동물 실험실, 그리고 방사선 조사실과 가열처리실, 소독·멸균실과 폐기물 처리실, 심지어는 팀마다 전용 실험실이 하나씩 있었어요."

"팀? 팀이라고요?"

"도모토팀, 다치바나팀, 가시야마팀, 기류팀. 스물네 명의 직원은 이렇게 네 팀으로 나뉘어 각각 다른 연구를 했어요."

"즉 기류 씨는 팀장이었군요. 네 팀의 구성원이 누구누구였는지 기억합니까?"

"……네."

레이코는 잠시 숨을 고른 후 네 팀장을 중심으로 총 여섯 명으로 구성된 각 팀의 구성원을 써 내려갔다.

도모토팀: 도모토 가지오, 나라사키 에이지, 스즈무라 야스오, 마시코 미치히로, 가메야마 사부로, 다테시나 미도리

다치바나팀: 다치바나 후지오, 혼다 고이치, 야마지 데루히코, 가시무라 다이세이, 미쓰오 아야카, 다키나미 나나

가시야마팀: 가시야마 아쓰타네, 니지우라 노부즈미, 아라

이 미치마사, 쓰즈키 쇼헤이, 우메자와 레이키, 고베 미치코

기류팀: 기류 다카시, 스다 다케오, 다쿠미 류타로, 아라시바 다쓰로, 무기시마 야스타카, 마쓰바라 레이코

마지막으로 자신의 이름을 쓴 레이코는 잠시 조직표를 내려다보다가 중얼거렸다.

"다들 어디로 갔을까요?"

사건 발생 후 처음으로 스턴버그 제약 일본 지사 직원 전원의 이름이 밝혀진 순간이었다. 당장이라도 이름을 조회하고 싶었지만 이어지는 레이코의 말이 마키하타를 붙잡았다.

"늘 아야카 씨와 나나와 함께 점심을 먹었어요. 퇴근하고 함께 어울릴 수 없어서 휴식 시간에만 대화를 나눌 수 있었죠. 아야카 씨는 1년 선배고, 어머니가 갑자기 입원하셨다고 걱정했어요. 나나는 연애를 시작한 지 얼마 안 돼서 매일같이 남자친구 자랑을 했고요. 스다 씨는 직원 평균 연령을 혼자 높이는 사람이었고, 아라이 씨는 전형적인 오타쿠였는데 군것질을 사면 들어 있는 피규어를 컴퓨터 옆에 두는 걸 좋아했어요. 다쿠미 씨는 고집이 세서 의견 차이로 언성을 높이기도 했지만 기류 주임님에게 지적받으면 마치 선생님께 혼난 학생처럼 겸연쩍어했죠. 기류 주임님은……."

"기류 씨는 어떤 사람이었습니까?"

"주임님은…… 착한 분이셨어요. 밝지도 않고, 차가운 사

람이라고 말하는 직원도 있었지만 저는 알았어요. 휴식 시간이나 실험 중간에 모습이 보이지 않으면 주임님은 보통 조립식 건물에 있는 동물 사육실에 계셨어요. 실험용 쥐 한 마리 한 마리에게 이름을 붙여주고 말을 걸었죠. 몇 시간 후면 실험 대상이 될 토끼를 안고 쓰다듬어주기도 했고요. 저는 실험이 끝난 동물 사체들을 처리하는 일을 싫어했는데 그 일을 주임님이 도맡아 해주셨어요. 저 예전에 본 적 있어요. 주임님이 마치 자식을 잃은 아빠 같은 얼굴로 소각로 앞에서 몹시 슬퍼하던 모습을요."

"기류 씨에게 원한을 품은 것으로 보이는 직원은 없었습니까?"

"원한이라니……. 기류 주임님은 주임 연구원 중에서도 가장 젊었어요. 그래서 다들 존경하면 존경했지 싫어하지는 않았어요."

"그럼…… 아까 연구소에서 백신 개발을 했다고 말씀하셨는데 기류팀에서는 구체적으로 무슨 연구를 했습니까?"

"그거야말로 기업 비밀이잖아요!"

"기류 씨가 그것 때문에 살해됐을 가능성도 있습니다. 레이코 씨도 산업 스파이 사건을 언급했잖아요. 국내외에서 연구 개발 경쟁이 치열한 분야라면 연구원이 목숨을 위협받는 상황은 얼마든지 생길 수 있어요."

다그쳐 묻자 레이코는 잠시 망설이다가 체념한 채 입을

열었다.

"우리 팀이 맡은 과제는 약물 반감기 조정이었어요."

"약물 반감기요?"

"약은 소화 기관에서 흡수된 뒤 혈액으로 들어가 체내를 순환하다가 간과 신장에서 분해돼 배출해요. 이 과정에서 혈액 내 약효 성분의 농도가 최고치에 도달한 뒤 절반으로 감소하는 데 걸리는 시간을 반감기라고 해요."

"그러니까 그 반감기가 길면 길수록 약효가 오랫동안 지속된다는 뜻이군요."

"맞아요. 물론 사람마다 약물 내성이 다르니 일률적으로 단정할 수는 없지만 최소한 약물이 몸 밖으로 배출되는 시간이 늦춰진다는 건 확실해요. 작년 겨울쯤이었나, 독일 본사에서 신종 독감 백신을 보내왔는데 약효가 어떻든 반감기가 두 시간밖에 안 되니 어떻게든 늘려 달라고 요청했어요."

퍼뜩 떠오른 생각에 순간 와타세를 살피자 그도 생각에 잠겨 있었다.

"그래서 결과는 어땠습니까? 반감기를 늘리는 데 성공했습니까?"

"아뇨. 연구를 시작하고 제가 입원할 때까지 별다른 성과는 없었던 것 같아요. 만약 성과가 있었으면 주임님이 알려 줬을 테니까요."

"흠. 그렇습니까……."

적당한 틈을 노리며 다시 와타세를 바라봤더니 와타세가 검지를 자신의 얼굴 앞에 대고 빙글빙글 돌리고 있었다. 마키하타는 그 행동의 의미를 눈치채고 소년들의 증언을 바탕으로 그린 판매책 몽타주를 서류철에서 꺼냈다.

"그럼 이 사람을 본 적 있습니까? 선글라스를 쓰고 있어서 알아보기 힘들겠지만 이 사람과 비슷하게 생긴 직원이 있었습니까?"

경계하는 것인지 기억을 더듬는 중인지 미간에 주름을 잡고 몽타주를 노려보던 레이코의 얼굴이 환해졌다.

"아아, 이 사람 MR인 센도 씨예요. 센도 히로토. 원래 시력 장애가 있어서 햇빛이 강한 날에는 항상 선글라스를 쓰고 다녔어요."

"MR이 뭡니까?"

"Medical Representatives. '의약정보 담당자'라고 하는데, 병원이나 진료소에서 자사 제품을 사용한 처방전이나 실제 사용 결과 같은 정보를 수집해서 연구개발부서에 전달하는 사람이에요. 반대로 연구개발부서에서 넘긴 신약 정보를 병원에 제공하기도 하고요. 뭐, 의약품 영업사원이죠. 센도 씨는 자신을 영업쟁이라고 부르며 푸념했어요."

"그러니까 연구원은 아니지만 스턴버그 제약 소속 직원이라는 말이군요."

"네. 예전에는 회흐스트라는 제약회사의 MR이었는데 스턴버그 제약이 회흐스트를 흡수 합병하면서 우리 회사 직원이 됐어요. 그런 경우는 드문데 능력 있는 사람이라 그랬나 봐요.”

“아까 연구소 보안이 철저해서 데이터 반출이 어렵다고 하셨죠?”

“네.”

“MR은 어땠습니까? 약물 사용 결과에 관한 피드백이나 정보를 전달하는 것이 그 사람들의 일이라면 병원과 연구소를 오갈 때 데이터, 혹은 시제품 같은 약들을 들고 다닐 수도 있지 않습니까?”

“그야 당연하죠. 영업사원이잖아요. 센도 씨의 가방에 서류와 약이 가득 담겨 있는 걸 여러 번 봤어요.”

그러면 시부야에서 히트를 팔고 다닌 사람은 센도 히로토였을까. 갑자기 낚은 대어에 가슴이 뛰었지만 한편으로는 사소한 의심이 피어올랐다.

“그런데 아까 말씀하신 신종 독감 백신은 레이코 씨도 직접 확인하셨습니까?”

무언가를 말하려던 레이코는 입을 다물고 다시 고개를 떨궜다. 아직도 이 자리가 불편한가 싶어서 고개 숙인 얼굴을 들여다본 찰나 섬뜩한 장면을 목격했다.

선량해 보이던 약간 도톰한 입술의 입꼬리가 약간 비틀린 것이다.

하지만 그것은 눈 깜빡할 사이에 지나갔다. 레이코가 다시 천천히 고개를 들었을 때는 원래의 선량하고 앳된 얼굴만 있었다.

"동물 실험은 전부 주임님이 전담했기 때문에 임상 시험 때 저는 확인하지 않았어요. 하지만 본사에서 캐비닛째로 보내올 때 전표에 백신이라고 적혀 있었고, 그건 본사에 확인해 보시면 알 수 있을 거예요. 어쨌든 저희는 그걸 백신이라고 알고 연구했어요. 그 사실에 대해 의심해 본 적은 없어요."

"저 직원에게는 감사해야겠군."

마쓰바라 레이코가 떠난 뒤 와타세가 기가 막힌 얼굴로 말했다.

"덕분에 조사할 게 많아졌어. 나머지 스물두 명의 출퇴근 시간을 고려하면 모두 시내에 살았을 테니까 주민등록을 조회하면 주소는 곧바로 알 수 있겠지. 문제는 그 이후에 해야 할 추적 조사지만."

와타세는 스물두 명과 연락이 닿지 않을 수도 있다는 염려를 내비쳤다. 마키하타의 생각도 같았다.

"마쓰바라 레이코에게 감시를 붙일까요?"

"감시? 흠……. 네 생각은 어때?"

"스턴버그 제약의 관계자가 접근할 가능성은 있겠죠."

"거짓말하는 것 같아?"

"그건 아닌 것 같지만 아는 걸 전부 털어놓은 것 같지도 않아요."

"첫인상은 선량하고 평범한 시민이었는데. 하긴 나치 장교도 집에 가면 좋은 남편, 좋은 아버지였다는 일화가 있으니까."

"착하기는커녕 말도 안 되게 교활한 여자예요. 그렇게 떠들어대면서도 결국 자신이 마약 제조에 관여한 데 대한 꼬투리 잡힐 만한 이야기는 조금도 하지 않았잖아요. 하지만 그 여자도 분명 알고 있을 거예요. 히트가 어떤 약이고 어디에 쓰이는지를."

"그렇다면 한 번 더 압박해 볼 걸 그랬어."

"임의출두였으니까요. 오늘은 이 정도가 한계겠죠. 더 몰아붙이려면 저희도 증거가 한두 개 더 있어야 해요."

"하지만 돌파구는 찾았어. 센도 히로토를 알아냈잖아. 마약단속법 위반이든 약사법 위반이든, 어떻게든 끌어내야지. 전에 다니던 회사가 있다면 거기를 통해 인적 사항을 파악할 수도 있겠어. 지금 당장은 이놈이 가장 중요한 열쇠야."

와타세는 몽타주를 흘긋 본 뒤 탁자 위에 내던졌다.

"내 추론은 이래. 스턴버그 제약은 예전부터 사람을 살인 병기로 둔갑시키는 마약 '히트'를 개발해 왔어. 그런데 그 신약은 반감기가 고작 두 시간밖에 되지 않아서 군사용으로 쓰기에는 몹시 불안정했지. 그래서 본사는 일본 지사에 신약을 개량하라고 지시했어. 연구소는 즉시 연구를 시작했고 시제품을 여러 번 만들었지. 물론 그때마다 동물 실험도 했겠지만 최종 목표는 인간 병기를 만드는 거였어. 그러니 그 약은 사람에게 효과가 있어야 했어. 그래서 MR이었던 센도가 시부야에서 인체 실험 대상자를 모집했어. 겉으로 보기에는 그럴싸한 임상 시험이었지만 스턴버그 제약 입장에서 시부야 놈들은 실험용 쥐와 다름없었을 거야. 그렇게 개량과 실험을 반복했지만 정작 중요한 반감기는 전혀 늘어나지 않았어. 그렇게 연구가 벽에 부딪혔을 때 상황을 바꾼 사람이 바로 주임 연구원인 기류 다카시였어."

정황 증거로만 이어진 추론이었지만 모순이 없었기 때문에 마키하타는 잠자코 들었다.

"기류는 어떤 기술을 이용해 반감기를 늘릴 방법을 찾아냈어. 하지만 실험으로 성능을 증명해야 했지. 그래서 히트 B를 직접 들고 거리로 나가 세 소년에게 넘겼어. 결과는 대성공, 히트 B를 복용한 세 소년은 처음 목표대로 살인 병기로서 훌륭한 성능을 증명했어. 아니, 지나치게 증명한 게 문제였지. 그렇게 소년들이 일으킨 사건은 세상의 주목을 받았고 그 때문에 비밀리에 마약을 개발하던 본사의 계획은 크게 어그러지고 말았어. 그래서 사태를 수습하느라 일본 지사를 다급히 폐쇄하고 측근인 지사장과 소장을 외국으로 보낸 뒤 직원 스물네 명을 한 명씩 잡아들인 거야. 그런데 상황이 바뀌어서 마지막 표적인 기류 다카시를 죽일 수밖에 없었지. 이 추론, 어때?"

기류 다카시가 왜 그런 형태로 살해당했는지에 대한 추론은 없네요. 그렇게 말하려던 순간이었다.

"대략적으로 동의합니다."

낯선 목소리가 들렸다. 소리가 들린 방향을 쳐다보자 반쯤 열린 문틈으로 한 남자가 고개를 내밀고 들여다보고 있었다.

"당신, 누구야?"

"실례합니다. 추리를 듣다 보니 그만 인사할 타이밍을 놓쳐서……. 와타세 경부*와 마키하타 경부보 맞으시죠? 처음 뵙겠습니다. 간토신에쓰 후생국 마약단속부의 나나오라고 합니다."

"나나오……? 아아, 구조에게 정보를 제공했다던 나나오 규이치로로군!"

마키하타는 나나오를 보고 깜짝 놀랐다. 호리호리한 체구에 얼굴이 갸름하고 커다란 안경을 쓴 모습은 마약수사관이라기보다 학자처럼 보였는데, 마치 지금보다 열 살 젊은 구조를 보는 것 같았기 때문이다.

"구조 씨와 오늘 만나기로 했는데……, 사정은 저쪽 과장

---

* 한국 경찰 계급 중 경감에 해당하는 일본의 경찰 계급.

님에게 들었습니다. 그 후 연락은 없었습니까?"

두 사람은 말없이 고개만 저었다.

"그 녀석은 옛날부터 폭주할 때는 폭주해도 결국 멀쩡하게 돌아왔어. 그러니 이번에도 분명⋯⋯."

"하지만 꼬박 이틀이나 연락을 안 할 사람은 아니에요. 게다가 상대가 너무 거대해서 혼자서 덤비는 건 무모하죠. 상황이 아무리 좋아봤자 감금이고, 최악의 경우는 기류 다카시 같은 꼴을 면치 못할 겁니다."

"⋯⋯참 냉정도 하시군."

"냉정해야 한다고 가르친 사람이 바로 구조 씨니까요. 예전에 같은 사건을 쫓다가 제 동료가 연락이 두절됐을 때 구조 씨가 그랬습니다. '사람 찾는 건 네 일이 아니다, 너는 네 임무를 다해라'라고. 이번에도 같습니다. 제가 할 일은 구조 씨의 생사를 걱정하는 것이 아니라 스턴버그 제약이 남긴 단서를 찾는 겁니다."

나나오는 그렇게 말하며 손가방에서 서류를 꺼냈다.

"그건 뭐지?"

"원래 구조 씨에게 건네려던 서류입니다. 메일로 보낼 생각이었는데 그럴 수 없는 상황이 돼서⋯⋯. 구조 씨가 하던 일은 두 분이 이어서 하시는 거죠?"

대답은 필요 없었다. 두 사람이 동시에 손을 뻗었다. 하지만 넘치던 의욕도 거기까지였다. A4 용지 여덟 장짜리 서류에는 첫 장부터 화학 구조식이 가득했다.

"T대학 약대에서 드디어 성분 추출에 성공했습니다. 여섯 번째 장까지는 대학에서 작성한 보고서 사본이라 이해하기 어렵겠지만 마지막 장에 히트의 정체에 대한 결론이 적혀 있습니다."

"정체?"

"이름은 아젤팔린. 지난해 독일에서 발견된 뇌 내 마약의 일종입니다."

"뇌 내 마약인 아젤팔린이라고요……?"

또 강의를 들어야 할 모양이다. 두 사람은 각오하며 자리에 앉았다. 나나오도 상황을 이해한 듯 두 사람을 마주 보고 앉았다.

"뇌 내 마약은 말하자면 일종의 방어기능입니다. 인간이 강한 긴장 상태에 놓이면 척수에 있는 서브스턴스 P라는 신경 전달 물질이 뇌에 통증이나 불안 같은 긴장 신호를 보내는데 너무 과도한 정보, 예를 들어 생명의 위협을 느끼는 위기 상황이나 큰 사고를 당했을 때는 뇌가 과부하 걸려 정상적으로 기능하지 못합니다. 그래서 그런 과도한 긴장 상황에 놓였을 때는 뇌 내 뉴런막에 있는 수용체라는 부위가 반응해서 서브스턴스 P의 분비를 억제하려고 하죠. 그리고 이 수용체를 반응시키려고 뇌가 분비하는 화학물질이 바로 뇌 내 마약입니다. 일반적으로 알려진 도파민이나 엔도르핀 등이 이에 해당합니다. 우리가 쫓는 마약이라는 건 사실 뇌 내 마약과 화학구조가 매우 비슷해서, 결국 수용체를 인위적으로 자극하도록 만들어진 물질일 뿐입니다.”

“그래서 코카인이나 마리화나를 하면 통증을 덜 느끼게 되거나 기분이 붕 뜨나 보군.”

“맞습니다. 뇌 내 마약의 존재가 처음 밝혀진 건 1965년이었고, 그 후 뇌 내 마약 물질이 차례로 발견돼 현재는 스무 종 이상이 확인됐습니다. 하지만 지금까지 발견된 물질들이 대부분 쾌락을 유발하는 것이었다면 이번에 발견된 건 인간의 내면에 잠든 원초적 본능, 즉 살육과 파괴의 충동을 자극하는 물질입니다.”

“살육과 파괴가 생리적 욕구인가?”

“제 어설픈 의학지식으로는 뭐라고 말씀드릴 수 없네요. 하지만 포식 목적 외에 동족을 죽이는 건 인간뿐이라는 설이 있으니 아마 그럴 겁니다. 다만 평소에는 이성이나 자제심 등으로 살육과 파괴 충동에 제동을 걸어놔서 평온한 일상이 유지되는 거죠. 그런데 아젤팔린이라는 물질은 이 제동 장치를 해제하는 것 같습니다. 이성을 잃는다는 말이 있지 않습니까. 아젤팔린은 사람을 바로 그렇게 만들어요.”

“그러니까 일본도를 휘두르거나 총을 쏴대던 고등학생들이 바로 인간의 원초적인 본능을 드러낸 상태였다는 말인가?”

“인간에게는 그런 면이 있습니다. 약 같은 걸 하지 않아도 쉽게 이성을 잃는 사람들을 저보다 더 많이 보시지 않습니까."

마키하타는 이상한 기시감을 느꼈다. 나나오의 말투가 구조와 똑 닮았기 때문이었다. 마약 수사에 몸담으면 모두 이렇게 냉소적인 사람이 되는 걸까.

"아젤팔린이 독일 어디에서 어떤 경로로 발견됐는지는 알려지지 않았습니다. 어떤 경우는 돌연사한 뇌질환자에게서 발견했고, 또 어떤 경우는 사형당한 연쇄살인범의 시신을 해부하다가 우연히 발견했다고 합니다. 뭐, 출처가 불분명한 물질이니 당연히 공개적으로 떠들 수 없었겠죠. 어쨌든 추출한 아젤팔린을 분석해 인공적으로 만들어 낸 곳이 스턴버그 제약이라는 사실은 분명한 것 같습니다."

"분명한 것 같다는 말은 아직 뒷받침할 증거를 찾지 못했다는 뜻이군."

"네, 안타깝지만. 스턴버그 제약은 아젤팔린의 존재조차 부정하고 있습니다. 이 보고서에 담긴 내용은 아젤팔린과 히트의 구조식이 흡사하다는 정황 증거뿐이죠. 그래서 스턴버그 제약이 히트를 만들었다는 사실을 입증할 물증이 필요합니다. 하지만 연구소에 대한 현장 수사 허가가 아직 나지 않았어요. 저도 상사를 쪼아 봤지만 애초에 기관 간 협조가 엉망이라 가망이 없는 데다 결정적으로 외무성이 너무 소극적이에요."

"그건 우리도 이미 이야기했던 거야. 그래서……."

"네. 그래서 구조 씨가 홀로 뛰어든 겁니다. 쓸데없는 기관 간 힘겨루기나 정치적 거래 때문에 증거가 은폐될까 봐요."

"녀석을 말리지 못한 우리를 돌려 까는 말인가?"

"그럴 리가요. 애초에 말린다고 가만히 있을 사람도 아니잖아요."

하지만 말리지는 못해도 함께 움직일 수는 있었을 것이다. 실제로 마키하타에게 몇 번이나 그럴 기회가 있지 않았던가. 그 생각만 하면 자책감이 온몸을 짓눌렀다.

"하지만 구조 씨는 역시 구조 씨죠. 뜬금없이 움직인 건 아닙니다. 아마 나름대로 짐작한 게 있었던 것 같아요."

"기류 다카시가 텅 빈 폐쇄된 연구소에 찾아가려고 했기 때문인가?"

"아뇨, 그런 이유도 있지만 스턴버그 제약 본사의 대응이 이해가 가지 않았기 때문입니다. 아시겠어요? 어떤 기업이 연구소 하나를 정리할 때는 모든 자료와 데이터를 없애고 나서 폐쇄하는 게 일반적입니다. 그러니 남겨진 건물은 서류 한 장, 디스크 한 장도 안 남아 있는 빈 껍데기죠. 그런데 그런 연구소에 여러분이 드나드는 걸 허락하지 않는 걸까요? 생각할 수 있는 추론은 하나. 여러분에게 알리고 싶지 않은 무언가가 여전히 연구소에 남아 있다는 뜻입니다."

"잠깐. 그 생각은 우리도 했어. 그럼 왜 그렇게 위험한 물건을 회사 관계자들이 회수해 가지 않는 거지? 본인들 땅이니 마음대로 드나들 수 있을 텐데.”

“위험하니까요.”

“뭐가 위험한데?”

“남아 있는 것……. 그들이 위험하다고 판단해 접근할 수 없는 것이 그곳에 존재하는 거예요. 그러니까 그곳에 단서가 남아 있을 겁니다.”

“추측은 할 수 있지만 근거가 없잖아.”

“부정할 근거도 없죠. 기업체라고는 해도 그들은 기본적으로 과학자 집단입니다. 과학자가 관심 있는 대상을 멀리하는 건 대개 위험을 예측했을 때니까 아주 틀린 추측은 아닐 겁니다. 구조 씨는 그것을 실제로 증명하려고 했습니다. 분명 두 분도 이성적인 논리가 아닌 직감으로 그 연구소가 수상하다고 느끼실 테죠.”

와타세의 옆모습이 분노로 벌겋게 달아올랐다.

“……짜증 나는 녀석이군.”

“네?”

“얼굴이 좀 닮았다고 생각은 했는데 눈 감고 들으니 그 녀석과 완전히 똑같잖아! 이복형제 사이인 거 아냐? 그래서, 뭐 어쩌라고? 그 연구소를 강제로 조사하라고? 법원의 허가도 기다리지 않고? 확실한 증거도 없으면서? 책임은 누가 질 건데?”

그 닦달에 나나오는 난처한 미소만 지을 뿐 대답하지 않았다. 잠시 후 와타세가 들으라는 듯이 크게 탄식했다.

"나나오라고 했지? 지금까지 가택 수색 몇 번이나 해 봤어?"

"마흔 번에서 쉰 번 정도 됩니다."

"그 연구소에 쳐들어가서 물건을 확보할 확률은 얼마나 될 것 같아?"

"……80퍼센트요."

"감으로 말하는 거지?"

"물론입니다."

"감으로만 따져도 꽤 높네. 짚이는 장소가 있는 모양이군."

"아마 기류 다카시의 개인 물품이거나 그에 준하는 물건일 겁니다. 사물함이나 책상 서랍에 있겠죠. 연구소 폐쇄가 결정되고서 실제로 건물이 폐쇄되기까지 그리 긴 시간이 걸리지 않았습니다. 주요 데이터나 서류는 다 처리했다고 해도 사소한 것들은 점검 과정에서 그물망을 빠져나갔을 가능성이 있습니다. 만약 그런 것들이 있다면 아마 개인 물품이겠죠. 기류 다카시는 그 사실을 떠올리고 그날 연구소에 가려고 한 겁니다."

"설득력 있어. 구닥다리 형사를 복수전에 끌어들이기에 충분해."

와타세는 잠시 말을 멈추고 나나오를 지그시 바라보며 속으로 평가했다.

"하지만 구실과 고약은 어디에나 갖다 붙일 수 있지."

"복수전이라는 말이 거슬리십니까?"

"구닥다리 형사라고 했잖아. 하지만 그런 시대에 뒤떨어진 형사는 여기에도 단 두 명뿐이야. 게다가 네 가설대로 연구소나 그 주변에 스턴버그 제약 관계자가 위험하다고 판단한 무언가가 숨겨져 있다면 우리도 맨몸으로 들어갈 수는 없지. 최소한 권총이라도 소지하고 화학처리반과 함께 가야 해. 그렇지 않으면 역습을 당할 테니. 그런데 어떤 이유를 대야 할까? 방금 네가 늘어놓은 추측만 듣고 발포를 허가할 만큼 일본 경찰은 깨어 있는 집단이 아니라고."

"시민의 신고는 어떻습니까?"

"그건 또 무슨 소리야."

"수사본부에 신고를 넣는 겁니다. 신고자는 현장 주변 지역에 사는 주민입니다. 연구소에서 총소리가 들려 무슨 일인가 궁금해 근처까지 갔다가 고약한 악취를 맡고는 몇 초도 견디지 못하고 돌아왔다고, 빨리 출동해 달라고 신고하는 거죠. 사람들의 머릿속에 사린가스 테러 사건의 기억이 여전히 생생히 남아 있고, 최근 변태적인 살인, 영아 유괴, 경찰관 실종이 연달아 일어났으니 효과는 바로 나타날 겁니다."

이번에야말로 어안이 벙벙해져 와타세의 입이 반쯤 벌어졌다.

"……현경 본부를 속이자는 말인가?"

"이 자리에 구조 씨가 있었다면 그 정도 제안은 아무렇지 않게 했을 겁니다. 아니, 그 사람이라면 여러 사람의 목소리를 꾸며내 본인이 직접 신고했겠죠. 구조 씨가 경찰청에서 그간 저지른 일탈 행위 몇 가지는 건너 건너 들으셨잖아요?”

“그 녀석이 하도 사고를 쳐대는 바람에 녀석의 상사는 고충 처리반이라는 별명까지 얻었을 지경이잖아.”

“확신범이었으니까요.”

“그래. 마음만 먹으면 얼마든지 자기 편을 만들 수 있는 놈이 마치 세상에 형사는 자기 하나라는 양 돌아다니지. 바보 같은 녀석.”

“그런 점을 좋아하는 사람도 있습니다. 적도 많지만 아군도 아주 많아요.”

“그래봤자 외부인이잖나.”

“네. 상하관계도 아니고 수평적인 이해관계로 얽히지도 않은 데다 책임지지 않아도 되는 입장이니까요. 그렇다면 익명의 신고자 역할은 여기서 목소리가 알려지지 않은 제 몫이겠네요.”

몹시 시원시원한 말투에 와타세는 눈썹을 찡그렸다.

“처음 만난 지 몇십 분 만에 공범으로 만들다니. 행동 한 번 빠르군.”

“제 관할도 아닌 일에 오지랖 부린다고 화를 내시는 것도 당연합니다. 그런데 앞뒤가 안 맞는 말이겠지만, 구조 씨의 뜻을 헤아려 움직이면서도 그 사람처럼 무모하게 행동하지는 않으셨으면 합니다. 불법 수사라도 안전 확보를 우선시했으면 좋겠어요. 다소 무리한 부탁을 드리면서도 두 분이 다치지는 않았으면 하는 마음입니다.”

“확실히 모순되기는 하군. 아무리 무장하고 조심한다고 해도 불법 수사는 경찰 내부에서 자살 행위나 다름없어.”

“실제로 목숨을 잃지는 않잖아요. 하지만 구조 씨는 말 그대로 목숨을 걸고 위험한 수사에 몸을 던진 적이 몇 번이나 있습니다. 저는 구조 씨를 매우 좋아하고 존경하지만……, 그 사람의 수사 방식만은 좋아할 수 없어요. 와타세 반장님의 말마따나 그것이야말로 자살 행위죠. 일본 경찰의 영웅이라고 환호하는 사람도 있지만 제가 보기에 그건 대리만족일 뿐이에요. 반장님은 제 말이 무슨 뜻인지 이해하시죠?”

와타세는 순간 말을 잇지 못하다가 뚱한 표정으로 고개를 돌렸다.

“내가 들은 건 단편적인 소문뿐이야. 녀석이 매번 지뢰밭으로 돌진한다는. 애초에 현경에 있을 때부터 그 녀석은 폭주 기관차였으니까.”

“하지만 그런 식으로 줄곧 레일에서 벗어난 상태로 달리게 된 건 여동생 사건 이후예요. 구조 씨가 마약 수사를 지휘하는 모습을 보고 귀신 씌인 사람 같다고 생각했죠. 예사롭지 않았습니다. 마약 판매책이나 총책을 많이 잡을수록 동생의 한을 풀어줄 수 있다고 생각한 건지, 거의 광적으로 집착했습니다. 하지만 사실 그런 혹독한 수사도 결국 자기 위로에 불과했습니다. 집에 돌아가도 동생이 없으니 현실과 마주했을 때 느끼는 공허한 마음이 무참할 정도였죠. 그래서 그런 공허한 마음을 채우려고.”

“그만.”

와타세가 한층 낮은 목소리로 나나오의 말을 끊었다.

“다 아는 척 떠들지 마. 당사자조차 모르는 속마음을 남이 함부로 지껄이면 안 돼.”

“……죄송합니다. 경솔했습니다.”

나나오는 고개 숙여 사과했다. 그러나 구조가 했던 행동과 나나오의 말을 종합해 보면 구조에 대한 그의 분석이 크게 틀리지는 않을 것이다. 와타세도 굳이 부정하지 않았다.

잠시 어색한 침묵이 흐른 뒤 와타세가 여전히 불쾌한 기색으로 입을 열었다.

“어쩌다 보니 말도 안 되는 불법 수사를 하게 될 것 같은데……. 마키하타, 어떡할래? 이 녀석의 감언이설에 넘어갈 필요는 없어. 거창하게 포장했지만 요점은 나쁜 짓이라는 거야. 멀쩡한 형사라면 안 할 짓이지.”

당연히 저도, 라고 말하려던 순간이었다.

누군가 노크했다.

“이번엔 또 누구야!”

상대방을 후려칠 기세로 문을 연 와타세 앞에 감식과 직원이 주눅 든 모습으로 서 있었다.

"뭐야?"

와타세가 눈을 내리깔고 노려보자 감시과 직원은 더욱 겁에 질려 기어들어 가는 목소리로 소곤소곤 말하기 시작했다. 무언가 보고하는 모습이었는데, 그 말에 귀를 기울이던 와타세의 표정이 점점 놀라움과 당혹감으로 물들었다.

"마키하타. 설명 좀 해 봐."

마키하타를 돌아본 와타세의 얼굴에서 심상치 않은 기색이 느껴졌다. 가슴이 불길하게 두근거렸다.

"너, 본부에 도착하자마자 증거물로 까마귀 사체를 감식반에 넘겼어?"

"네. 왜 그러세요?"

"도대체 무슨 까마귀야? 어디서 잡았어? 총에 맞은 흔적이 있다는데 네가 쏜 거야?"

"그 까마귀에 무슨 문제 있답니까?"

"있다 뿐이야? 부검했더니 히트가…… 그것도 히트 B가 검출됐다잖아!"

'형사님과 경찰에게 더할 나위 없는 선물이 될 것이다'. 미사토의 말을 곧이곧대로 믿지는 않았지만 설마 그런 결과가 나올 줄은 예상도 못 했다. 과연 선물 받은 당사자를 놀라게 했다는 점에서는 지금까지 받은 선물 중 최고이기는 했다. 당연한 수순처럼 와타세와 나나오가 잇따라 추궁했지만 마키하타는 대답할 수 없었다. 서둘러 미사토의 휴대폰으로 전화를 걸었지만 자동 응답 메시지만 흘러나올 뿐 받지 않았다.

본인과 직접 만나야 한다. 마키하타는 붙잡는 와타세를 뿌리치고 홀로 차에 올라탔다. 날은 이미 저물었고 오전부터 계속 내리는 눈은 이제 굵은 눈송이가 되어 거리를 하얗게 뒤덮었다. 이런 날씨에 밖에 나돌아다니는 사람은 정말 할 일 없는 사람일 것이다. 마키하타는 귀갓길을 서두르는 사람들을 지나치며 현장으로 향했다. 미사토가 반드시 그곳에 가야 할 이유도, 그녀가 반드시 그곳에 있으리라는 보장도 없지만 다른 장소는 떠오르지 않았다.

얼어붙은 도로 때문에 바퀴가 이따금 미끄러졌지만 마키하타의 머리는 오로지 한 생각에만 꽂혀 있었다. 몸은 운전대를 잡고 있지만 뇌세포는 운전이 아닌 다른 정보를 맹렬한 속도로 선별하고 연결했다.

현장의 유류품, 고양이와 영아 납치, 연구실 뒤에 버려진 폐기물, 기류 다카시가 남긴 다이옥신의 구조식, 그리고 까마귀의 몸에서 검출된 히트 B.

조금 전까지만 해도 어지럽게 흩어져 있던 퍼즐들이 놀라운 속도로 제자리를 찾으며 한 장의 그림을 완성해 갔다. 추리 같은 거창한 것이 아니라 그저 논리적으로 앞뒤를 맞춰

가는 작업이었다. 완성에 가까워지는 그림은 지금껏 본 적 없는 기괴한 구도였다.

하지만 모든 부분에 정확하게 초점이 맞춰진 또렷한 그림이기도 했다. 구역질 날 정도로 현실감을 동반한.

그렇다면 이것이 사건의 진상일까? 가만히 자문한 마키하타는 좁은 차 안에서 폭소를 터뜨릴 뻔했다. 이것이 진상이라면 우리는 세상에 둘도 없는 멍청이다. 재산, 원한, 치정, 음모 등 다양한 가능성을 추적하고 하나씩 제거했지만 전부 다 헛다리짚기였다. 무엇보다 마키하타 본인도 몇 번이나 범인과 마주쳤지 않은가.

미사토도 이것과 똑같은 그림을 봤을까? 아마도 그럴 것이다. 그래서 마키하타에게 마지막 퍼즐 한 조각을 건넨 것이다.

잠깐만. 그렇다면 이번 사건에서 미사토의 역할은 무엇일까? 그녀는 죽은 남자친구의 오명을 벗기겠다고 단호히 말했다. 만약 그 말이 진심이라면 마키하타에게 까마귀를 넘겨 진상으로 향하는 이정표를 보여준 순간 그녀의 역할은 끝난 셈이다. 새삼스럽게 현장을 찾아갈 이유는 없었다. 하지만 직감이 말했다. 미사토는 지금 사건 현장에 있다고.

의혹을 씻은 뒤 그 끝에 있는 것.

복수다.

그때 휴대폰에 문자 메시지가 들어왔다.

보낸 이가 누구일지 짐작이 갔다. 화면에는 짧은 메시지가 표시되어 있었다.

―가미시마초 버스 정류장에서 기다릴게요.

미사토는 버스 정류장의 작은 벤치에 앉아 낮에 본 다운 재킷 차림으로 몸을 살짝 웅크리고 있었다. 마키하타를 발견하고는 한 손을 흔드는 모습은 누군가를 기다리던 사람치고는 무뚝뚝했다.

"생각보다 빨리 왔네요."

"미사토 씨가 문자를 보냈을 때 이미 이쪽으로 오는 중이었거든요."

"그럼 감식 결과가 나왔나 보네요."

"네. 그 까마귀의 온몸에서 히트가 나왔습니다. 특히 간과 지방 조직에서 눈에 띄게 많이 검출됐는데, 축적된 성분의 농도는 도쿄 세 사건의 범인인 소년들의 배설물에서 검출된 것보다 일곱 배 이상 높았어요. 그런데 별로 놀라는 얼굴이 아닌 걸 보니 처음부터 알고 있었죠?"

"예상은 했어요. 그런데 형사님, 안 추우세요?"

그 말을 듣고서야 깨달았다. 코트를 입는 것조차 잊은 채 여기까지 차를 몰고 달려온 것이다. 히터가 켜진 차에서 막 내린 탓에 냉기가 순식간에 온몸을 덮쳤다.

"자요. 오늘 내가 쏘는 두 잔째 커피예요."

미사토가 내민 것은 낮에 마셨던, 보온병에서 따라준 김이 모락모락 나는 커피였다. 마키하타는 가볍게 인사한 뒤 커피를 양손으로 감싸 쥐고 미사토의 옆자리에 앉았다.

"……꽤 알기 어려운 사람이네요."

"뭐가 말입니까?"

"낮에 봤을 때랑은 또 다른 사람 같아서요. 그 까마귀가 중요한 증거물이라는 걸 알아내고서, 그 증거를 발견한 사람의 연락을 받고 나온 형사치고는 의외로 차분해 보이네요. 막 혈안이 돼서 나타날 줄 알았는데."

"서두를 필요가 없으니까요."

"네?"

"방금 차를 타고 오면서 생각하다가 답을 알았거든요. 아니, 답을 안 것 같아요. 당신이 무슨 생각을 품고 있는지, 그리고 앞으로 뭘 하려는지 말입니다. 그러니 서두를 필요 없죠. 그리고 사실은 그걸 막으러 온 겁니다."

"내가 무슨 생각을 하는지 안다고요? 대단하시네요. 그렇다면 빨리 범인을……."

"당신은 기류 다카시를 죽인 범인을 알고 있습니다. 그것도 꽤 이른 단계에 눈치챘죠. 하지만 기류 다카시가 사건과 어떤 연관이 있는지는 알 수 없었습니다. 그래서 혼자서 조사했던 겁니다. 아닙니까?"

미사토는 침묵했다.

"그리고 마침내 기류 다카시와 사건을 연결하는 단서를 찾아냈습니다. 바로 책에 휘갈겨 쓴 다이옥신의 구조식이었죠. 진상에 도달한 당신은 경찰이 엉뚱한 길로 가지 않도록 까마귀의 사체라는 결정적인 증거를 제공했습니다. 아마 당신이 직접 설명해 봤자 경찰이 쉽게 믿지 않으리라 판단했겠죠. 그리고 그것은 곧 경찰의 손을 빌리기 위한 과정이었습니다. 그렇죠? 그런데 미안하지만 복수는 경찰의 일이 아닙니다. 물론 당신의 일도 아니고."

"……어이가 없네. 형사님은 늘 겉만 번지르르한 소리만 늘어놓네요."

짓씹으며 대꾸한 미사토는 늪지를 향해 걸어갔다. 마키하타의 당황한 시선이 어깨를 움츠린 채 멀어지는 그녀를 뒤쫓았다. 하늘을 올려다보니 쏟아지는 눈이 어둑한 가로등 불빛을 반사하며 눈이 부실 정도로 하얗게 빛났다.

"오늘 두 사람을 만나 중요한 이야기를 들었습니다. 스턴버그 제약에서 퇴사한 직원과 후생노동성 소속 마약단속관이었죠. 약물의 반감기와 아젤팔린이라는 뇌 내 물질에 대해 들었습니다."

멈추지 않는 등에 대고 말을 쏟아내자 미사토가 순간 걸음을 멈췄다.

"스턴버그 제약은 작년에 내 뇌 물질인 아젤팔린을 추출하는 데 성공했습니다. 그러나 반감기가 짧아서 약효가 두 시간밖에 지속되지 않는 게 문제였죠. 하지만 기류 다카시가 방법을 찾았습니다. 바로 아젤팔린에 다이옥신을 결합하는 것이었습니다. 그것이 유전자를 다루는 고도의 작업이었는지, 단순히 섞기만 하면 됐는지 문외한인 나는 모릅니다. 하지만 그가 실험에 성공했다는 건 확실히 압니다. 다이옥신의 특성을 지닌 히트는 산과 알칼리를 넣어도 분해되지 않았고, 동물의 몸에 들어가면 신장과 간에서 분해되지 않은 채 그대로 쌓여 농축됐죠. 그렇게 간에서 농축된 히트를 추출해 다른 개체에게 먹인 뒤 또 농축했습니다. 이렇게 히트의 반감기를 계속 늘려가며 여러 차례 동물 실험을 했습니다. 그리고 마침내 기류 다카시 본인이 판매책이 되어 인체 실험에 착수하게 됩니다. 시행착오 끝에 히트는 기류 다카시의 예측대로 완벽한 마약으로 진화했습니다. 하지만 그런 그도 한 가지 계산하지 못한 것이 있었습니다. 그건……이봐요, 미사토 씨, 왜 그래요?"

미사토가 갑자기 걸음을 멈추는 바람에 뒤따라가던 마키하타는 그녀의 등에 부딪히고 말았다.

"발밑에 뭐가 있어요."

억양 없는 목소리가 조금 떨렸다. 정신을 차려 보니 두 사람은 벌써 그 늪지 근처였다. 마키하타의 머릿속에 섬뜩하고 불길한 예감이 스쳤다.

"잠깐 기다려요. 불을 켤게요."

재킷 오른쪽 주머니에 넣어둔 펜라이트를 꺼내려고 손을 넣었다가, 기억보다 더 큰 원통 모양 물건이 손에 잡히기에 꺼내 봤다.

생각지 못한 물건에 저도 모르게 빤히 응시했다.

만능열쇠였다.

연구소 앞에서 구조에게 빼앗은 픽건. 혼자 사는 몸이라 옷 주머니를 꼼꼼하게 확인하지 않는 탓에 그날 주머니에 픽건을 넣어둔 뒤로 줄곧 잊고 있었다.

'하필 왜 이런 때에.'

이것은 운명일까, 아니면 구조의 집착일까.

갈피를 잡지 못한 채 손전등으로 미사토의 발치를 비추자 걸레짝 같은 물체가 보였다. 아무래도 날개가 달린 작은 동물의 사체 같았다. 하지만 몸은 대부분 사라져 남은 부분이 거의 없었다.

"이게 뭐죠?"

"올빼미요. 부리를 보면 알아요."

"그런데 이건…… 까마귀인가? 검은 깃털도 섞여 있는데."

"사냥당한 거예요. 아마 떼를 지어 공격했겠죠. 상상하니 끔찍하네요."

"까마귀가 떼로 몰려들어 공격한 게요?"

"아뇨, 까마귀가 올빼미를 공격했다는 사실 자체가요. 올빼미는 원래 까마귀의 천적이라고요! 올빼미는 먹이 사슬의 정점에 있는 맹금류의 왕이에요. 그런데 지금은 오히려 까마귀에게 잡아먹혔잖아요.”

“그게 어때서요.”

마키하타는 태연하게 대답하며 천천히 일어나 미사토의 얼굴을 똑바로 쳐다보았다.

“사람을 공격해 죽일 정도인데. 올빼미가 대수입니까?”

미사토의 표정이 얼어붙었다.

“그래요. 기류 다카시를 살해한 범인은 히트에 오염된 까마귀들입니다.”

3

마녀의 심복

1

"기류 다카시의 치명적인 오판은 농축된 히트의 위력이 그의 예측보다 훨씬 강력했다는 사실입니다. 실험 대상이 된 세 소년은 완벽한 인간 병기가 되어 살육을 벌였습니다. 스턴버그 제약 본사는 히트의 출처가 알려지기 전에 증거를 인멸해야 했죠. 부랴부랴 연구소를 폐쇄하고 데이터든 뭐든 모든 걸 폐기했습니다. 하지만 폐기 명령은 너무 갑작스럽고 촉박했기 때문에 직원들은 서류를 소각하고 의료 폐기물을 구덩이에 던져 버리는 것밖에 못 했죠. 실험에 사용된 동물들은 약으로 죽인 뒤 역시 방치했습니다. 사체가 그대로 썩어 사라졌다면 좋았겠지만 이 일대에 무리 지어 서식하는 까마귀 떼가 그 사체들을 먹어 치웠습니다. 그런데 그 먹잇감은 농축된 히트로 오염된 상태였죠. 그 고기를 먹은 까마귀들의 몸에 당연히 히트가 축적됐습니다. 그리고 히트에 오염된 까마귀는 포식 본능에 공격성까지 더해져 동네 주민들이 키우는 반려동물까지 덮치기에 이르렀습니다. 현장 인근의 동네에서 집고양이가 연달아 실종된 이유도 바로 이 때문입니다. 하지만 피해는 여기서 그치지 않았어요. 그런 상황을 전혀 몰랐던 기류 다카시는 그날 연구소로 향하던 길에 놈들의 습격을 받아 변을 당한 겁니다."

기류 다카시의 이름이 나오자 미사토가 다시 걸음을 멈췄다.

"마치 히치콕 감독의 영화 같죠. 그렇게 생각하니 다음에 일어난 영아 유괴 사건도 까마귀들이 연관되어 있다는 사실이 눈에 보였습니다. 유괴 현장에 기류 다카시의 살점이 떨어져 있었거든요. 그것을 단서로 수사본부는 기류 다카시 사건과 영아 유괴 사건을 연관 지었습니다. 그런데 현장에는 까마귀 깃털도 남아 있었죠. 기류 다카시의 시신을 탐했던 놈들이 거기에 내려앉았던 흔적이었습니다."

마키하타는 유괴 사건에 대해 계속 설명하려다가 갑자기 입을 다물었다. 너무나도 터무니없고 현실감 없는 광경이었기 때문이다. 설령 그것이 자신이 믿는 유일한 추론이라고 하더라도.

"그러고 보니 당신은 처음 사건 현장을 찾아왔을 때부터 까마귀라는 단어에 예민하게 반응했죠. 그때 이미 범인의 정체를 짐작했던 것 아닙니까?"

"확신은 없었지만요. 사건 전날 그 사람이 말했어요. 히트는 주변을 오염시킨다고. 그때 자세한 내용은 듣지 못했지만 분명 기류 씨도 야생동물이 오염될까 봐 우려한 것 같아요. 하지만 사태는 기류 씨의 예상보다 훨씬 더 빠르고 심각하게 진행됐죠."

"내 입으로 이런 말 하는 것도 이상하지만, 미사토 씨는 저기…… 그 말을 곧바로 믿었습니까? 살인 까마귀라는 터무니없는 이야기를."

"솔직히 말하면 난 생물학은 잘 모르지만 그래도 약학도 잖아요. 그래서 '종의 장벽'이 있다는 걸 아니까 그 사람이 책에 메모해 둔 다이옥신의 구조식을 발견하기 전까지는 반신반의했어요."

"종의…… 장벽이요?"

"새를 감염시키는 바이러스가 꼭 인간도 감염시키는 건 아니잖아요. 마찬가지로 인간에게 효과가 있는 약이라고 다른 척추동물에게까지 영향을 미치는 건 아니에요. 생물의 구조가 다르면 유전자 구조도 면역체계도 다르거든요. 특히 뇌의 중추에 작용하는 마약류라면 그 장벽은 더욱 높죠. 그래서 인간에게 영향을 미치는 히트가 까마귀까지 오염시킨다는 건 선뜻 믿기 어려운 이야기였어요. 하지만 다이옥신이라는 용어를 듣자마자 바로 이해가 갔죠. 다이옥신의 특성은 지난번에 설명했죠? 생체에 들어가면 특정 단백질과 결합해 유전자에 영향을 주면서 유독물질을 만들어 낸다고. 다이옥신의 이런 특성은 종을 가리지 않거든요. 그래서 히트는 종의 장벽을 넘을 수 있었던 거예요. 다이옥신과 결합함으로써.”

미사토의 설명에 죽은 남자친구에 대한 찬사가 묻어났다.

“미안하지만 나는 기류 다카시라는 사람을 대단하다고 생각하고 싶지 않습니다.”

“그 사람이 히트의 개발자고 이른바 마녀의 후예이기 때문에요?”

“그런 이유도 있지만 어릴 때 반 아이의 급식에 농약을 넣은 건 아무리 좋게 포장해도 정상이 아니라고 생각하거든요.”

“무엇이 정상이고 무엇이 비정상인지는 사람마다 의견이 갈리겠지만……, 그 사람이 복수의 수단으로 농약을 선택한 건 지극히 당연한 일이었어요. 혹시 그 사람 고모에 대해 들은 적 있어요?”

“사기야마 다쓰 씨요? 압니다. 당시 여덟 살 난 기류 다카시를 맡아 키우면서도 2억 4천만 엔에는 단 한 푼도 손대지 않았지만, 성정은 조금 나쁜 노인 아닙니까.”

“……틀렸어요.”

“뭐가 말입니까.”

“형사님은 당시 신문과 주변인의 이야기를 통해 과거 이야기를 알아냈겠죠? 하지만 사실과는 다른 부분이 많아요.

사기야마 다쓰는 돈에 눈이 먼 인간이었어요. 제가 기류 씨에게 직접 들은 이야기예요. 고모와 함께 살기 시작한 뒤 어느 날 아침부터 된장국 맛이 갑자기 이상해졌대요.”

“된장국이요?”

“이상한 쓴맛이 났다더라고요. 된장으로 맛을 가렸지만 육수와 건더기 외에 무언가가 섞여 있다고 느꼈대요. 그렇게 아침을 먹고 학교에 갔는데 아니나 다를까 배가 아파서 전부 토해냈고 그런 일이 사흘 동안 반복됐어요. 그리고 다섯째 날 아침, 전날부터 이어진 복통이 다시 시작돼서 평소보다 일찍 눈을 떴는데 부엌에서 아침을 준비하는 고모가 보였어요. 고모는 마침 된장국을 끓이고 있었는데 국에 하얀 가루를 뿌렸죠. 소금이 아니었어요. 소금보다는 알갱이가 조금 더 굵었어요. 그때 기류 씨는 알아차렸어요. 그 가루의 색과 크기가 고모가 농사를 지을 때 밭에 뿌리던 약과 비슷하다는 사실을. 그날부터 기류 씨는 된장국에 입도 대지 않았어요. 싫어하는 척하고, 꼭 마셔야 하는 상황이면 입에 머금고 있다가 뱉어냈어요. 결국 고모는 된장국뿐 아니라 다른 반찬에도 농약을 섞었대요. 물론 맛이 진하거나 자극적인 음식에만 조금씩 섞었죠. 결국 그 사람은 일부러 늦잠 자는 척하며 아침을 거르고 등교했어요. 저녁도 밖에서 사 먹었죠. 어때요? 재미있는 이야기죠?”

“그러니까……, 국물에 약을 섞은 건 그가 생각해낸 아이디어가 아니라는 뜻이군요."

"그래요. 조카에게 남겨진 거액의 보험금, 그걸 흥청망청 썼다가는 손가락질받을 테지만 만약 아이가 죽으면 그 돈은 유일한 가족인 고모의 차지가 되죠. 그러면 자기 돈 자기가 쓴다는데 누가 뭐라고 하겠어요."

마키하타는 할 말을 잃었다. 집에서는 은밀하게 자신을 독살하려는 사람과 함께 밥을 먹어야 하고, 학교에 가면 반 아이들에게 괴롭힘당하는 날들. 부모 형제를 잃은 여덟 살짜리 소년에게 그것은 도대체 어떤 삶이었을까.

"집에서도 학교에서도 표적이 되는, 공포와 긴장으로 점철된 삶……. 나는 상상도 안 가요. 키우던 개와 시간을 보낼 때만 안식을 얻을 수 있었다니. 그런데 유일한 안식처였던 개가 끌려가 죽었죠. 결국 참다 못해 농약을 훔쳐 고모의 수법을 흉내 낸 그를 누가 비난할 수 있겠어요?"

말문이 막힌 마키하타를 뒤로한 채 미사토는 계속 걸었다.

"그런데 도대체 어디로 가는 겁니까? 만약 연구소로 가는 거라면 안 됩니다."

"아니에요. 서식지로 가는 거예요."

"서식지요?"

"사흘 동안 헤매다 간신히 찾았어요. 이렇게 추운 계절이면 까마귀는 밤에 한곳에 모여 자요. 기류 씨를 공격했던 놈들도 틀림없이 거기 있을 거예요."

"잠든 틈을 노린다니, 무슨 생각입니까?"

"말로 해결할 수 없는 상대잖아요."

'아, 스턴버그 제약이 아니라 살인을 직접 실행한 범인에 대한 복수를 말하는 것이구나.'

마키하타는 자신의 예상이 조금 빗나갔음을 깨닫고 당황했다. 적어도 무엇이 도사리고 있을지 모르는 연구소에 홀로 쳐들어갈 생각은 아닌 듯했다. 그런데 상대가 아무리 날짐승이라도 야생동물보다 훨씬 포악한 존재였다. 나나오의 말처럼 스턴버그 제약에서도 그들을 위험하다고 판단하지 않았나.

"형사님. 권총 있어요?"

"명령이 없는 한 가지고 다니지 않습니다."

"권총 말고 다른 무기는 없어요?"

마키하타가 고개를 끄덕이자 미사토는 혀를 끌끌 차며 쏘아봤다.

"괜히 기대했네요. 이럴 줄 알았으면 인터넷에서 권총이라도 사 올걸."

"당신이 설령 바주카포를 들고 있다고 해도 거기 보낼 수는 없습니다."

미사토의 팔을 움켜잡았다.

"시민의 안전을 지키기 위해서요? 이럴 때 그런 겉만 번지르르한 말은 더 이상 듣기 싫어요."

"그런 의미 없는 말이 아닙니다. 전국에 경찰이 존재하는 이유가 바로 그거니까요."

"그렇다면 범죄자를 잡는 것도 경찰의 존재 이유라는 것도 알겠네요. 내가 가는 곳에 아마 증거가 남아 있을 거예요."

"증거?"

"까마귀의 습성이 뭔지 알아요? 먹이를 저장하는 거예요. 그 자리에서 다 먹을 수 없는 먹이를 둥지까지 물고 와 저장해 두는 거죠. 히트에 오염돼서 체질은 변했을지 몰라도 까마귀종으로서의 습성이 변하지 않았다면 놈들이 먹다 남은 먹이가 거기 있을 거예요. 그게 까마귀 범인설이라는 황당한 추론의 확실한 증거가 되겠죠."

증거라는 말에 마키하타의 의지가 휘청였다. 미사토의 지적처럼 최근 잇따라 발생한 사건의 범인이 까마귀라고 주장하면 비웃음을 사거나 무시당할 것이다. 그런데 만약 까마귀 둥지에서 물증이, 예컨대 실종된 영아의 시신 일부가 발견된다면 어떻게 될까?

"밤에는, 특히 이렇게 눈이 내리는 밤에는 놈들도 잠들어요. 둥지로 들어가 증거를 찾기에 지금보다 더 좋은 기회는 없어요."

"그럼 거기가 어딘지 알려줘요. 굳이 당신이 직접 갈 필요는 없잖아요."

"말도 안 되는 소리 말아요. 내가 그걸 알아내려고 얼마나 고생한 줄 알아요? 이 지역 사람들과 수렵관리협회를 찾아가 서식지를 묻기도 하고 까마귀 한 마리를 집요하게 쫓기도 했어요. 그런 노력의 결실을 옆에서 가로챌 생각 말아요."

"그래도."

"둥지로 들어가 기관총을 난사할 생각은 없어요. 그러고 싶은 마음은 굴뚝 같지만 최소한 확인이라도 해야죠. 조건은 이거예요. 날 데리고 간다고 약속하면 그곳의 위치를 알려줄게요. 그렇지 않으면 아무것도 말하지 않을 거예요."

마키하타는 잠시 고민에 잠겼지만, 적의 휴식 시간이 한정되어 있다는 사실과 확인만 한다는 미사토의 말에 경계심이 무너졌다.

"진짜 확인만 할 거죠?"

"어차피 무기가 없으면 아무것도 못 하잖아요."

"좋아요……. 함께 가죠."

마키하타가 팔을 놓아 주자 미사토가 다시 걸었다.

마키하타는 가슴에 착용한 권총집에 담긴 권총을 손으로 더듬어 확인했다. 미사토에게 말하지 않았지만 본부를 나오기 전에 와타세에게 휴대 명령을 받았다. 시그사우어 P230, 32구경. 적이 몇 마리인지 짐작도 안 가지만 일단은 더없이 든든한 파트너처럼 느껴졌다.

그러나 잠시 후, 마키하타는 이 결정을 죽을 만큼 후회했다.

소용돌이치는 바람에 굵은 눈발이 위아래로 흩날렸다. 그치지 않는 눈에 바람까지 거세지면 곧 눈보라가 칠지도 몰랐다. 날씨가 더 심해지기 전에 목적을 달성하지 못하면 두 사람은 오늘 집으로 돌아가지 못한 채 여기에서 하룻밤을 지새워야 한다. 이렇게 살을 에는 듯 추운 날에 밖에서. 심지어 미사토는 다운 재킷 한 벌 차림이었고 마키하타는 방한용품이라고는 아무것도 없는 상황이었다. 그런 사태만은 막아야 했다.

하지만 미사토는 마키하타가 그런 걱정을 하든 말든 신경 쓰지 않고 앞으로만 나아갔다. 어느 틈에 준비했는지 할로겐 전구만큼 밝은 손전등을 들고 있었다. 늪지 옆을 걸어 눈 덮인 들판을 지나 이제는 익숙해진 삼거리에 다다랐다. 미사토는 조금도 망설이지 않고 연구소까지 이어지는 길로 향했다.

"저기요, 잠시만요. 거긴."

"방향이 같아요. 연구소로 가는 게 아니에요."

그렇게 일축한 미사토였지만 그 길목에서 갑자기 걸음을 멈췄다. 마키하타 역시 기가 막힌 광경에 멈춰 섰다.

연구소로 들어가는 입구가 막혀 있었다. 숲 사이로 열려 있던 입구를 눈의 무게를 버티지 못하고 휘어진 나뭇가지들이 막고 있었는데, 그 위를 덮은 하얀 눈 때문에 마치 회반죽을 칠한 벽처럼 보였다.

상황이 이러니 포기할 수밖에 없다. 그런 생각을 하는데 미사토가 갑자기 재킷을 벗었다.

"뭘 할 생각입니까?"

"강행 돌파요. 형사님, 지금 외투든 뭐든 아무것도 없는 맨몸이잖아요. 그럼 우산이라도 같이 써야죠."

"이대로 뚫고 가겠다고요?"

말이 채 끝나기도 전에 미사토가 두 사람의 머리 위로 다운 재킷을 씌웠다. 미사토의 향수 냄새가 은은하게 퍼졌다. 그리고 어깨가 맞닿고 길고 부드러운 머리카락이 뺨을 스친 순간.

"가요!"

신호와 함께 미사토가 뛰어나갔다. 어깨를 맞댄 마키하타도 반사적으로 달리기 시작했다.

눈보라 속을 질주할 각오까지 한 마키하타였지만 막상 그 안으로 들어가자마자 맥이 빠졌다. 재킷을 살짝 들춰 숲을 살펴보니 나무들이 눈을 막아주고 있었다. 하지만 살을 에는 한기까지는 막지 못했다.

"지금쯤이면 까마귀들이 모두 잠들었을 거라고 했죠? 잠든 틈을 노린다는 건데 혹시 소란스러워질 염려는 없습니까?"

"괜찮아요. 말이 잠이지 거의 동면이나 마찬가지거든요. 기관총이라도 난사하지 않는 한 깰 일 없어요."

'참나, 무슨 전원을 끈 기계도 아니고.'

마키하타는 속으로만 반박했다. 괜찮다고 장담하는 미사토의 목소리에서 불안한 기색이 배어 나왔다. 그래도 증거 확보가 절실한 마키하타는 미사토와 동행할 수밖에 없었다. 터무니없는 추론, 엉뚱하다기보다 판타지에 가까운 이야기. 하지만 물증만 있으면 그것은 곧 현실이 된다. 범인이 까마귀라는 사실이 밝혀지면 그 시점에서 이 일은 경찰의 손을 떠나게 될 수도 있지만 적어도 사건은 결론이 난다.

숲의 출구에 다다랐다. 두 사람은 재킷을 머리에 뒤집어쓴 채 눈으로 막힌 길을 뚫고 나갔다.

숲을 빠져나오자마자 시린 바람이 두 사람을 덮쳤다. 세찬 칼바람은 아니었지만 가볍게 휘몰아치는 눈보라는 마치 그 자체로 살아 숨 쉬는 존재 같았다.

눈앞에 우뚝 선 연구소는 원래 벽이 흰 탓에 어둠과 눈보라 속에서 형태가 흐릿해 보였다. 하지만 검고 높은 철문만은 선명했다.

"뭔가…… 현실 같지 않네요."

"환상 같습니까?"

"마치 중세 시대 동화 속 한 장면 같아요."

"동화?"

"눈이 펑펑 내리는 어느 날 밤, 남자아이와 여자아이가 숲에서 길을 헤매다가 새하얀 성을 발견했어요. 두 사람은 기뻐하며 성으로 들어갔죠. 하지만 그곳은 마녀가 사는 성이었어요……, 라는 내용의 동화 같은?"

이런 상황에서 어떻게 그런 생각을 떠올릴 수 있는지, 마키하타는 감탄이 나오기보다 황당했다. 하지만 마녀의 후예, 마법의 약, 까마귀 사건. 이 세 가지 소재를 조합해 이야기를 만든다면 누구나 동화를 떠올릴 것이다.

그때 마키하타는 문득 깨달았다. 동화 속에서 마녀는 언제나 까마귀를 부렸다.

"아직 길을 잃지 않았어요. 자, 어디로 가면 됩니까?"

미사토는 떨리는 손가락으로 연구소를 가리켰다.

"저기. 연구소 뒤요."

"뒤? 아아, 그 동굴 말입니까!"

구조와 연구소 주변을 둘러볼 때 발견한, 썩은 냄새가 나던 동굴. 썩은 냄새. 사체의 냄새. 까마귀. 세 가지가 곧바로 연상됐다. 하긴 그 동굴이라면 비와 이슬을 피할 수 있고 어느 정도 따뜻할 것이다. 겨우내 식량을 모아두기에도 안성맞춤이었다.

"수렵관리협회 사람이 거기 아니냐며 알려줬어요. 그래서 거기 가서 계속 지켜봤더니 해 질 무렵에 여러 마리가 동굴로 들어가서 안 나오더라고요. 틀림없어요. 거기가 놈들의 둥지예요."

"……갑시다."

담장을 따라 걸었다. 쌓인 눈이 반사하는 어슴푸레한 빛 때문에 주위가 완전히 캄캄하지는 않았지만 의지할 수 있는 불빛은 손전등이 유일했다. 목적지까지 가려면 이렇게 움직이는 편이 안전하고 확실했다. 마키하타는 낮에 한 번밖에 보지 못한 동굴의 정확한 위치를 도무지 가늠할 수 없었다. 그래서 까마귀가 둥지로 돌아가는 모습을 여러 번 목격하고 그 위치를 완벽하게 파악한 미사토가 길잡이 역할을 하며 앞장섰다. 경찰로서 자존심이 상했지만 온통 하얀색으로 가득한 세상에서 무턱대고 움직여 봤자 체력과 시간만 낭비한다는 것을 알기에 어쩔 수 없이 미사토의 뒤를 따랐다.

눈으로 덮인 풀밭을 밟으니 발이 복사뼈까지 푹푹 빠졌다. 눈에서 느껴지는 냉기보다 질퍽거리는 발밑이 문제였다. 얼굴로 쏟아지는 눈발도 수시로 시야를 가려 발목을 잡았다. 문제의 동굴까지 실제 거리는 수백 미터에 불과할 텐데 천릿길처럼 느껴졌다.

그리고 마침내 목적지에 도착했다.

하얀 담벼락 한쪽에 시커멓게 뚫린 구멍.

비밀스러운 약을 먹고 마녀의 심복이 된 까마귀들이 무리 지어 숨어 있는 소굴.

마키하타의 등줄기에 또다시 소름이 돋았다. 이성이나 상식이 아니라 본능과 생리가 이 악의 소굴로 들어가는 것을 거부했다.

하지만 미사토는 그 불안을 무시한 채 동굴을 향해 걸음을 뗐다.

“잠깐만요.”

마키하타는 한 손으로 미사토를 저지한 뒤 앞으로 나섰다. 설령 이 앞에 위험이 도사리고 있더라도 일반 시민까지 감당하게 할 수 없었다. 미사토가 뭐라고 하든 그녀를 데리고 들어갈 생각은 전혀 없었다.

하지만…….

팔을 세게 움켜쥐는 힘에 뒤를 돌아봤다. 마키하타의 팔을 힘껏 움켜쥔 미사토가 악력만큼이나 사나운 기세로 그를 노려보고 있었다.

“어느 날, 아무런 예고도 없이 세상에 하나밖에 없는 소중한 사람을 누군가의 손에 잃는 기분 알아요? 행복하고 즐거웠던 추억을 함께 나누고 앞으로 다가올 미래를 함께 만들어갈 사람을 갑자기 빼앗기는 기분 말이에요. 어제까지만 해도 당연한 듯 곁에서 웃고 있던 사람이 느닷없이 사라졌어요. 가족이나 연인은, 그냥 곁에 있는 사람이라는 의미를 넘어서 이미 내 일부가 된 존재잖아요. 그런 존재를 잃는 거라고요. 그게 얼마나 괴롭고 한이 맺히는 일인지, 형사님은 알아요? 그렇게 남겨진 사람이 가슴속에 품을 수 있는 생각은 바로 그 범인을 자기 손으로 벌하는 일이에요.”

“알아요. 이해는 합니다.”

“이해는 하지만 동의는 하지 않는다는 말이죠? 그럼 남겨진 사람들을 대신해 법이 범인을 어떻게 처벌할 건데요? 판결이 나오기까지 얼마나 오래 걸리는지 알잖아요. 그 사이에 세상은 이 사건을 잊겠죠. 하지만 남겨진 사람의 슬픔과 분노는 사건이 일어난 그날에 머물며 치유되지 않은 채 병들어가요. 특히 이번 사건의 실행범은 까마귀지만 그 배후에는 세계적인 제약회사가 있잖아요.”

마키하타는 말문이 막혔다. 누구를 기소하고 누구를 처벌할 것인가. 그것은 사건의 전말이 드러났을 때 마키하타가 가장 먼저 고민한 문제였다. 히트를 만든 스턴버그 제약에 사건을 일으킨 책임이 있는 것은 분명하다. 그러나 기류 다카시의 죽음에 관해서는 어디까지 책임을 물을 수 있을까? 그것은 현경 본부가 다룰 수 있는 범위를 넘어선 문제다. 그렇다고 까마귀 떼를 살인 사건의 용의자로 체포해 경찰서에 가둘 수도 없는 노릇 아닌가. 그야말로 웃음거리가 될 일이었다.

“이제는 이해한 것 같네요. 나도 형사님도 범인에게 손을 쓸 수는 없어요. 단 한 번, 이 기회를 제외하고는. 게다가 상대는 사람이 아니죠. 그냥 새예요. 한두 마리 죽인다고 법적으로 문제 될 건 없어요. 형사님이 막는대도 난 가겠어요.”

그렇게 말하고 걸음을 떼려던 미사토를 마키하타가 다시 막아섰다.

"형사님, 아직도…….."

"두고 갈 생각 없습니다."

마키하타는 미사토의 손에서 손전등을 빼앗았다.

"하지만 당신을 다치게 할 생각도 없어요. 내가 앞장섭니다. 알겠어요?"

동굴은 예상대로 훈기가 감돌았다. 들어가자마자 미지근한 공기가 몸을 감쌌다. 그러나 눈보라에서 벗어나 한숨 돌린 것도 잠시, 이내 이곳이 평온과는 무관한 장소라는 사실을 깨달았다. 미지근한 공기는 끈적한 습기까지 머금고는 피부를 불쾌하게 핥아댔다. 그리고 코를 찌르는 악취, 이 냄새야말로 불쾌감의 근원이었다.

썩은 내. 그것은 분명 동물의 사체가 부패하는 냄새였다.

썩은 냄새와 미지근한 공기가 뒤섞여 자아내는 시큼하면서 달큼한 냄새. 그것이 동굴 안에 가득했다.

천장은 생각보다 높았다. 몸을 숙이지 않아도 머리가 천장에 닿을 일은 없어 보였다. 깊이도 상당해서 손전등으로 안쪽을 비춰도 벽에만 빛이 닿을 뿐 끝은 보이지 않았다.

"자연적으로 생긴 동굴이 아닌 것 같아요."

"네. 구조 씨는 석탄 시굴을 했던 흔적 같다고 했어요."

"갱도요? 그렇다면 한참 들어가야겠네요."

그 말은 이 악취가 점점 심해진다는 의미였다. 안으로 들어갈수록 습도는 높아지고 부패한 사체는 더 가까워질 테니까. 직업 특성상 이 냄새에 익숙한 마키하타지만 냄새가 의미하는 바를 새삼 깨달았다. 사체가 부패하는 냄새는 당연히 죽음의 상징이었다. 그리고 또 하나, 이 어둠 역시 죽음의 상징이었다. 아무리 밝은 손전등을 켰다고 해도 불빛이 닿는 범위는 좁아서 두 사람을 압박하는 칠흑 같은 어둠을 물리칠 힘이 없었다.

"미사토 씨는 안 무섭습니까?"

"뭐가 무서워요?"

"이 어둠 말입니다. 내 전 부인은 잘 때도 작은 전등을 켜놔야 마음이 놓인다고 했거든요. 비단 여자뿐 아니라 남자도 보통은 어두운 걸 무서워하잖아요. 당신은 안 무섭습니까?"

"형사님은 어떤데요?"

"뭐가요?"

"무기를 든 범인이 버티고 있는 현장으로 출동할 때 무서워요? 아니면 아무렇지 않아요? 형사님도 총을 들었다고 가정했을 때."

"그야 무섭죠. 아무리 내 몸을 보호할 무기가 있다고 해도."

"그래도 가잖아요."

"네, 일이니까요. 무섭고 안 무섭고를 따질 상황이 아니죠."

"나도 그래요."

미사토는 단조로운 목소리로 대답했다.

"눈보라를 헤치고 약에 오염돼 괴물이 된 까마귀들이 숨어 있는 둥지로 들어간다. 어둠 속에 의지할 수 있는 것은 손전등 하나뿐. 이런 상황이 무섭지 않을 리 없잖아요. 그래도 맡은 일은 반드시 수행하는 것을 신조로 삼는 형사님처럼 나도 공포를 이겨내고 신념을 지키려는 거예요. 그 사람의 억울함을 아는 사람은 오직 나뿐이니까."

어둠 속에서 등에 꽂히는 미사토의 시선이 느껴졌다.

한참을 걸어가자 땅이 축축해졌다. 이곳부터는 완만한 내리막으로 이어지는데 지난밤까지 내린 비 때문에 젖은 땅이 아직 다 마르지 않은 듯했다. 게다가 땅이 고르지 않았고 사방에 굴착 흔적이 남아 웅덩이졌다. 발밑이 불안정해지고 악취가 더욱 강해지자 두 사람의 발걸음은 급격히 느려졌다.

마키하타는 불현듯 어렸을 적 친구들과 했던 담력 테스트가 떠올랐다.

초등학교 2학년 때였다. 여름방학, 연례 행사처럼 밤중에 공동묘지 탐험을 하게 됐다. 도중에 무엇 때문에 놀라서 겁먹었는지 구체적으로 기억나지는 않지만, 길에 깔려 있던 음산한 분위기와 비가 그친 뒤 질퍽거리던 발밑 감각만은 마치 잉크가 번지는 것처럼 생생하게 되살아났다. 긴장이 극에 달한 순간, 왜 그런 기억이 떠올랐는지 알 수 없었다. 그러나 이렇게 과거와 현재를 비교하다가 그는 깜짝 놀랐다. 어둠에 대한 공포, 정체 모를 것에 대한 불안감. 발밑

에서 느껴지는 눅눅한 불쾌감. 다를 것 없었다. 어린 시절에
도 어른이 된 지금도 자신은 원초적인 공포에 떨고 있었다.

일이니까 무서운지 안 무서운지를 따질 수 없다는 소리를
잘도 지껄였구나. 오히려 여자의 몸으로 처음부터 앞장선
미사토가 훨씬 용감했다. 마키하타는 스스로를 채찍질하듯
마음을 다잡고 보폭을 넓혀 앞으로 나아갔다.

그렇게 다리를 뻗었을 때 발끝에 무언가가 닿으며 '탁'하
고 단단한 것에 부딪히는 소리가 났다.

돌이 아니었다. 소리가 난 방향을 재빨리 손전등으로 비
추자 휴대폰이 보였다.

눈에 익은 휴대폰. 분명 구조의 것이었다.

황급히 손수건으로 감싸 집어 들었다. 그와 동시에 휴대
폰에 붙어 있던 잎사귀 같은 것이 팔랑 떨어졌다. 손전등을
비춰 그것이 검은 깃털임을 확인한 순간 손수건에 싸인 휴
대폰이 갑자기 불길하게 느껴졌다. 휴대폰을 열어보니 액정
은 완전히 박살 나 잔뜩 금이 갔고 배터리도 방전된 상태였
다. 다시 땅바닥을 비추자 두 사람 주변에 까마귀 깃털이 발
디딜 틈도 없이 가득 흩어져 있었다.

구조의 죽음. 확실하지만 현실감 없는 그 가정이 서서히
마키하타의 머리에 스며들었다. 혹시나 하는 마음에 주변에
구조의 신체 일부나 다른 유류품이 있는지 찾아봤지만 발견
하지 못했다.

"구조라는 분의 휴대폰이에요?"

고개를 끄덕이자 미사토가 어깨 너머로 액정을 응시했다.

"통화 중에 공격당했나 보네요."

"네. 그런 것 같습니다."

현경 본부에서 마키하타와 헤어진 뒤 구조는 사건의 핵심과 가까운 무언가를 깨달았다. 아마도 마키하타처럼. 그리고 현장에서 유일하게 수색하지 않았던 동굴이 떠올라 이곳에 들렀다가 무언가를 발견했다. 그리고 서둘러 마키하타에게 알리려고 휴대폰을 연 찰나…….

"습성 때문인 것 같아요."

"습성이요?"

"까마귀는 반짝이는 물건을 좋아하거든요. 땅에 떨어져 깨진 거울 조각 같은 거죠. 하늘을 날다가 그런 걸 발견하면 곧바로 내려와 홱 물고 날아가 버리죠. 만약 이런 어둠 속에서 휴대폰 화면을 켰다면…….”

거기까지 말한 순간 미사토는 화들짝 놀라 입을 다물었다.

그 뒤에 이어질 말을 쉽게 상상할 수 있었다. 빛나는 물건을 들고 있다가 까마귀의 습격을 받았다면 기류 다카시도 그랬을 가능성이 있다. 그는 휴대폰은 없었지만 안경을 쓰고 있었으니까. 그 안경에 가로등 불빛이 반사되어 까마귀의 관심을 끌었을 수 있다.

마키하타는 입을 꾹 다문 미사토를 배려해 더는 말을 걸지 않았다. 아니, 그보다 재치 있는 대답을 떠올릴 여유는 없었다. 지금 마키하타의 머릿속은 이곳에 휴대폰이 떨어져 있는 이상 가까운 곳에 물건의 주인도 있으리라는 단순한 추론으로 가득 했다. 이 안에 자신이 찾던 사람이 있다. 지금은 그 한 가지 사실만이 자신을 묵직하게 짓눌렀다. 지옥 같은 어둠, 혐오스러운 날짐승, 동료 경찰의 죽음. 그러나 그런 절망 속에서도 오랜 세월 갈고닦은 형사의 예리한 본성은 사라지지 않은 모양이었다. 그럼에도 뿌듯한 기분은 들지 않았다. 오히려 위험이 도사리고 있다는 사실을 알면서도 당연하다는 듯 호랑이 굴에 뛰어든 무모한 자신에게 염증을 느꼈다. 지금 마키하타의 등을 떠미는 것은 투철한 직업정신이나 신념이 아니라 한시라도 빨리 사건을 해결하고 싶다는 초조함이었기 때문이다. 한편으로는 자신의 의지와는 상관없이 구조와 미사토의 집념에 끌려가는 면도 있었다.

물론 자조 섞인 분석만으로는 설명할 수 없는 부분도 있었다. 그리고 그 원인이 바로 자신의 뒤를 따라 걷고 있는 사람이라는 사실도 잘 알았다. 미사토의 눈이 단호한 의지로 불타오른 순간 마키하타는 동굴로 뛰어들기로 결심했다. 그것은 경찰관으로서의 사명감 때문도, 미사토의 원한에 대한 공감 때문도 아니었다.

그때 서랍 깊숙한 곳에서 잠들어 있던 의문 하나가 깨어났다.

“그러고 보니.”

“네?”

“미사토 씨 덕분에 사건의 전말은 알았지만 아직 설명할 수 없는 부분이 하나 있습니다.”

“그게 뭐죠?”

“기류 다카시는 대체 무슨 목적으로 연구소로 향했을까요?”

답은 없었다.

“자신이 개량한 히트 때문에 도쿄에서 세 사건이 일어났어요. 다시 말하면 본인이 사건을 일으킨 셈이었죠. 보통 사람이라면 죄책감에 떨며 집에 틀어박혀 있을 텐데 기류 씨는 연구소로 향했습니다. 그 이유가 뭘까요?”

뒤를 돌아보자 미사토의 눈에 반감이 드러났다.

“솔직히 납득할 만한 답이 전혀 떠오르지 않습니다. 하지만 당신이라면, 그와 가장 가까운 사이였던 미사토 씨라면 뭐라도 떠오르는 게 있겠죠. 그 생각을 꼭 들어 보고 싶군요.”

“어차피 안 믿을 거잖아요.”

“그렇지 않습니다. 내가 지금 여기 있는 이유도 미사토 씨의 말을 믿기 때문이에요.”

“까마귀 사체라는 물증 때문에 온 거면서. 형사님이 믿는 건 증거지 내 말이 아니죠. 하지만 그 사람의 행동을 증명할 방법이 없어요. 그냥 내 희망 섞인 추측뿐이죠. 그러니까 내가 지금 아무리 그런 이야기를 해봤자 소용없어요.”

마키하타는 반박하려고 했지만 결국 입을 다물었다.

마키하타는 자조하듯 고개를 저었다. 타인을 이해하지 않고 의심으로 맞선다. 불신과 무관용. 그것이 바로 사람과 사람 사이에 빚어지는 비극의 근원일지 모른다. 마키하타는 그 사실을 알면서도 언제나 같은 실수를 되풀이했다. 요리코 때도, 그리고 지금도.

그 순간 깨달았다. 불신과 무관용, 그리고 끝없는 의심. 그 모든 것이 바로 소년 시절 기류 다카시였다.

"그럼 이 질문에는 답해줘요. 당신이 본 기류 다카시는 어떤 사람이었습니까?"

"이제 와 왜 그런 걸 물어보는 거예요?"

"물어보면 안 되나요? 분명히 말하지만 우리 경찰은 기류 다카시가 스턴버그 제약의 연구원이었다는 사실, 나아가 히트의 개발자였다는 사실에 현혹돼 그가 어떤 사람이었는지는 깊게 생각하지 않았어요. 그 사람의 본질이 어땠는지 말입니다. 정작 그게 가장 중요한 것이었음에도. 그러니 그걸 알면 기류 다카시가 연구소로 향한 이유도 자연스럽게 추측할 수 있겠죠."

"그렇게까지 말하는 걸 보니 형사님은 이미 기류 씨가 어떤 사람이었는지, 왜 연구소에 가려고 했는지도 어느 정도 짐작하나 보네요."

"그런 셈이죠."

"설명해줄래요?"

"말하면 미사토 씨 기분이 썩 좋지는 않을 텐데요."

"지금까지 기분 좋았던 적 없어요. 무슨 말을 해도 상관없어요. 심지어 지금도 기분이 최악이니까."

"기류 다카시는 어려서부터 줄곧 피해자였습니다. 가족을 재해로 잃고 반 아이들에게는 괴롭힘을 당하고 유일한 혈육인 고모에게 독살당할 뻔하고 유일한 마음의 안식처였던 반려견도 끌려가 죽었죠. 여덟 살짜리 아이의 삶치고는 너무 가혹했습니다. 하지만 피해자는 어느 계기만 있으면 순식간에 가해자가 될 수도 있습니다. 바로 복수를 떠올린 순간이죠. 고모가 자신을 독살하려던 방법을 이용해 반려견의 복수를 계획한 시점에서 기류 다카시의 위치가 바뀌었습니다. 그리고 한번 가해자의 위치에 선 사람은 다시는 피해자가 되려고 하지 않죠."

미사토는 반응하지 않았다. 그저 뒤를 따라오는 기색만 느껴졌다.

"반려견의 원수를 갚고 그의 복수는 끝났을까? 아뇨, 그의 적은 한 명이 아니었으니까. 타인의 행복을 시기하고 불행을 바라는 세상 사람들 자체가 적이었습니다. 어른이 된 그는 약학을 전공한 뒤 스턴버그 제약에 들어가 회사의 지시로 마약을 개발했습니다. 그 마약은 거의 완벽해서 복용한 사람은 폐인이 되고 접촉한 사람은 예외 없이 병원이나 시체 안치소로 끌려가게 되는 훌륭한 무기였죠.”

“평생 폐인이 된다고요?”

“아, 네. 개량된 히트를 복용한 소년들은 아직도 경찰병원에 격리되어 고통받고 있어요. 마약 해독도 화약 요법도 전혀 효과가 없어서 종일 혼탁한 정신으로 고통받고 있죠. 아무 죄 없는 시민들이 대거 피해를 입었고 범행을 저지른 자는 폐인이 됐습니다. 세상을 향한 복수로서 완벽했죠. 뉴스에서 반복되는 범행 장면을 볼 때마다 머리가 핑 돌 정도로 쾌감을 느꼈을 겁니다. 하지만 사건은 점점 잊혀 갔죠. 그토록 세상을 떠들썩하게 한 도쿄의 세 사건도 예외는 아니었습니다. 이제 그 황홀한 감각을 더는 느낄 수 없는 것인가. 좋다, 그러면 다시 한번 지옥의 문을 열자. 하지만 그는 이때 깨달았습니다. 그 멋진 화학의 결정체가 이제는 없다는 사실을. 그러면 어떻게 해야 할까? 간단합니다. 또 만들면 됩니다. 연구소는 폐쇄됐지만 갑작스럽게 철수하면서 연구 시설과 약품은 그대로 남아 있을 것이다. 그렇게 생각하고 연구소로 향하던 그는 늪지에 다다릅니다. 그리고…….”

반쯤 도발할 의도로 시작한 마키하타의 말은 끝을 맺지 못했다. 미사토 때문이 아니었다. 코를 찌르는 악취가 순식간에 더욱 자극적인 냄새로 바뀌어 머리를 뒤흔들었다. 너무나 충격적이고 폭력적인 냄새에 콧속 점막이 따갑고 고통스러울 지경이었다. 구역질을 참을 수 없어 코를 틀어막았다. 뒤를 돌아보니 미사토도 코를 막고 얼굴을 찌푸리고 있었다. 말하지 않아도 상대방이 자신과 같은 생각을 한다는 것을 표정으로 알 수 있었다.

마침내 둥지의 중심에 다다랐다.

손전등으로 조심스레 정면을 비췄다.

가장 먼저 보인 것은 칠흑 같은 벽이었다. 동굴의 끝을 알리는 막다른 벽. 돌들이 불규칙하고 투박하게 튀어나와 검은색 일색인 공간에 더욱 짙은 그림자를 드리웠다.

손전등을 옆으로 움직이자 드디어 검은색이 아닌 다른 색이 나타났다. 갈색, 짙은 갈색, 어두운 갈색, 회색……. 다양한 색을 띠는 흙주머니가 허리 높이까지 아무렇게나 쌓여 있었다.

아니, 흙주머니가 아니었다.

이상하다는 생각에 가까이 다가가 그 정체를 확인하자 이번에야말로 위를 쥐어짜는 듯 고통스러운 구역질이 치밀었다.

수없이 쌓인 동물 사체였다.

개.

고양이.

쥐.

새.

그리고 무엇이었는지 짐작도 가지 않는 작은 동물들의 잔해.

진흙과 피, 검은 깃털이 뒤엉킨 크고 작은 사체들이 무더기로 쌓여 있었다. 그 더미 사이로 얼굴이 튀어나와 있어서 개나 고양이임을 분간할 수 있는 사체도 있었지만 대부분은 머리와 팔다리가 사라진 고깃덩어리로 변해 있었다.

이것이 바로 먹이를 저장하는 까마귀의 습성이었다. 나무 열매나 벌레, 버려진 음식 등 한번에 먹을 수 없는 먹이를 둥지로 물고 와 저장하는 습성. 약에 오염되면 까마귀의 그 습성은 어떻게 될까? 이 끔찍한 사체 더미가 바로 그 질문의 답이었다.

성견으로 보이는 고깃덩어리도 있었다. 마을에서 사라진 고양이 아홉 마리도 이 끔찍한 더미 속에 파묻혀 있겠지. 하늘에서 느닷없이 쏟아진 까마귀의 공격에 개나 고양이는 저항할 겨를도 없이 목숨을 빼앗겼을 터다. 그리고 히트에 오염됐어도 몸집은 평범한 까마귀와 같아서 덩치 큰 먹잇감은 혼자 옮길 수 없으니 사냥을 함께한 다른 까마귀들과 먹잇감을 해체하거나 여럿이서 함께 물어다 이곳으로 옮긴 것으로 추정됐다.

그리고 더럽혀진 흰 천을 더미 속에서 발견한 마키하타는 심장이 멎었다.

사라진 아기.

'유괴범에게는 아기든 고양이든 모두 똑같은 존재다'라고 말하던 구조가 떠올랐다.

'당신 말이 맞았군요.'

흰 천이 아기의 배냇저고리라는 사실을 확인한 마키하타는 마음속으로 말했다.

옷자락을 잡아당겼더니 아기의 목은 없었다.

"흐읍" 하고 크게 숨을 삼키는 소리가 났다. 돌아보니 미사토가 입과 코를 막은 채 서 있었다. 한계까지 버티던 정신력이 아기의 시신을 보자마자 무너져 내린 것 같았다. 그럴 만했다. 마키하타도 지금 당장 이곳에서 도망치고 싶을 정도였으니까.

그때 문득 발밑에 닿는 감촉이 달라져서 몸을 틀었더니 흙이 아닌 부드러운 무언가가 밟혔다. 마키하타는 손전등으로 발밑을 비췄다. 그 순간 "악!" 소리를 내며 주저앉았다. 숨을 쉬는 것조차 잊었다.

원형을 알아볼 수 없는 옷 조각 사이로 흰 뼈가 보였고 뼈에는 살점이 들러붙어 있었다. 누런 지방과 검붉은 섬유질이 얽힌 끔찍한 광경이었다. 옷감과 진흙과 살과 뼈, 그 사이를 검은 깃털이 메웠다.

그 섬뜩한 콜라주가 손전등 불빛 안에 가득 찼다.

순간 기시감이 엄습했다. 이 현장은 기류 다카시의 살해 현장을 재현한 것처럼 보였다.

설마…….

그런데 일말의 의심조차 허락하지 않는 물건이 시야 가장 자리에 들어왔다. 마키하타가 가장 보고 싶지 않았던 물건이었다.

안경알이 산산조각 나서 테만 남은 무테안경. 틀림없었다. 구조의 또 다른 유품이었다.

발악하는 심정으로 다시 불빛을 비춰 주변을 둘러봤다. 덜덜 떨리는 손이 말을 듣지 않았다. 가슴 밑바닥에서 치밀어 오르는 충동을 간신이 억누르며 자세히 살펴보니 옷 조각 역시 마지막으로 봤을 때 구조가 입고 있던 재킷과 색이 같았다.

절망과 상실감, 공포와 분노가 급류처럼 불어나 단번에 덮쳤다. 비명이 목구멍까지 치밀어올랐다.

그때 뒤에서 또 다른 소리가 났다. 얼음 조각을 지르밟는 듯한 메마른 소리. 뒤를 돌아보니 미사토가 조금 전과 같은 자세로 서 있었다. 그리고 그녀의 발밑에 산산이 부서진 작은 두개골이 있었다.

고양이의 머리 같았다. 아니, 그렇게 쉽게 부서진 것을 보면 덩치가 훨씬 작은 척추동물의 머리였을지도 모른다. 하지만 타이밍이 너무 나빴다. 이미 머리가 없는 아기의 시신을 목격한 미사토는 자신이 밟은 두개골이 아기의 머리라고 생각한 듯했다.

한계였다. 막을 새도 없었다. 미사토의 반듯한 얼굴이 공포로 일그러지는 순간 길고 날카로운 비명이 온 사방에 메아리쳤다.

그 소리는 비명을 멈춘 후에도 한동안 웅웅 울렸다.

메아리가 잦아들면서 다시 정적이 찾아왔다. 그러나 그것은 지금까지 두 사람을 둘러싸고 있던 평범한 정적이 아니었다. 흉포한 기운을 감춘 채 불온하게 내려앉은 침묵이었다.

푸득.

미사토가 움찔 몸서리쳤다.

푸득 푸득 푸드득.

온몸에 소름이 돋았다.

불규칙한 날갯짓 소리가 점점 늘어났다. 소리가 난 쪽으로 불빛을 비추자 아까 봤던 막다른 벽이 눈앞에 펼쳐졌다. 그러나 그 광경을 목격한 마키하타는 경악했다.

벽 전체가 꿈틀거렸다.

아니다.

애초에 그것은 벽이 아니라 추위를 피해 몸을 웅크리고 모여 있던 까마귀 떼였다. 불빛 속에 드러난 수만 어림잡아 서른 마리. 까마귀들이 없는 곳을 찾기 위해 손전등을 부지런히 움직였지만 울룩불룩 솟은 벽은 끝도 없이 이어졌다.

푸드득, 푸득, 푸드득, 푸득, 푸드득, 푸드득, 푸드득, 푸득, 푸드득, 푸드득, 푸득, 푸드득, 푸드득, 푸드득, 푸드득, 푸득, 푸득, 푸드득, 푸득.

날갯짓 소리가 들불처럼 번지며 까마귀들이 순식간에 두

사람을 포위했다.

심장이 미친 듯이 뛰었다.

마키하타의 본능이 경고음을 울렸다.

도망쳐!

마키하타의 다리가 땅을 박찼다.

그러고는 미사토의 팔을 붙잡았다.

바로 그때였다.

갑자기 산사태라도 난 듯 굉음이 울려 퍼졌다. 돌아보지 않아도 알 수 있었다. 까마귀 떼가 날개를 펴고 일제히 날아오른 것이다. 미사토를 껴안다시피 붙잡고 출구를 향해 뛰었다. 현장 보존도 유류품 채취도 이미 머릿속에 없었다.

오르막길도 진창도 그대로였지만 속도를 늦출 수는 없었다. 이 좁은 동굴에 멈춰 서는 것은 죽음을 의미했다.

귀청을 찢는 굉음이 순식간에 달려들어 뒤를 덮쳤다. 산사태를 피해 도망치듯 정신없이 달렸다.

넋이 나간 채로 끌려가던 미사토가 마침내 정신을 차리고 절박하게 다리를 움직였다. 궁지에 몰린 작은 동물처럼 겁에 질린 모습이었다. 마키하타는 미사토에게 손전등을 건네고 그녀의 등을 밀며 재촉했지만 공포에 질린 다리가 뜻대로 움직이지 않는 듯했다.

그 순간 왼쪽 어깨에 강한 충격이 느껴졌다.

부리로 쪼았는지 둔탁하면서도 뼈까지 울리는 충격이었

다. 그러나 이상하게 통증은 느껴지지 않았다. 아드레날린이 분비돼서일까. 또 다른 자신이 다시 냉정하게 판단했다. 황급히 재킷을 벗어 휘두르며 까마귀를 쫓으려고 했지만 등 뒤를 노리는 강한 부리는 잠시도 주춤하지 않았다.

탁 트인 공간, 더 넓은 곳으로 가야 한다. 그 순간 까마귀가 먹어 치워서 동굴에 흩어져 있던 구조의 시신이 머리를 스쳤다.

공포가 두 다리를 채찍질했다. 마키하타와 미사토가 다시 나란히 달리게 되자 그는 미사토를 안고 전속력으로 질주했다. 갱도의 폭이 좁아 두 사람이 나란히 서면 틈이 없을 정도였지만 그 대신 옆에서 공격하는 까마귀를 막는 데 유리했다.

공격이 몹시 집요하게 이어졌다. 마키하타가 오른손으로 까마귀들을 쳐내고 왼손으로 미사토를 보호하는 동안 까마귀의 부리가 사정없이 등을 파고들었다. 통각은 마비됐지만 쪼아대는 충격과 서서히 번지는 열감으로 수많은 상처가 났음을 짐작했다. 아마 피도 흐르고 있을 것이다.

이제 한시도 지체해서는 안 된다.

달려야 한다.

미사토의 머리를 손으로 힘껏 누르고 스스로도 몸을 숙인 자세로 쉬지 않고 달렸다. 혼신의 힘을 다해 땅을 박찼다. 하지만 까마귀 떼는 끈질기게 쫓아왔고 거리는 서서히 좁혀졌다. 쫓는 자와 쫓기는 자, 야생이 불러온 힘의 차이가 명확했다.

그때 땀에 젖은 뺨에 바람이 느껴졌다.

차가우면서도 건조한 공기.

예고도 없이 시야가 확 트였다.

드디어 동굴을 탈출한 것이다. 그 순간 살을 에는 냉기와 소용돌이치는 바람이 두 사람을 둘러쌌다. 그러나 해방감과 뒤섞인 그 감각은 추위보다 환희를 불러일으켰다. 하늘을 올려다보니 아득히 먼 하늘에서 눈송이가 떨어졌다. 순간 마키하타의 몸에서 힘이 쭉 빠졌다.

그러나 찰나의 안도는 등 뒤에서 다가오는 소리에 흔적도 없이 사라졌다. 까마귀들의 날갯짓 소리가 사방으로 퍼져나가며 두 사람을 압박했다. 도망갈 수 있는 공간은 넓어졌지만 결국 좁은 우리에 갇혔느냐 넓은 우리에 갇혔느냐의 차이였다. 날갯짓 소리 사이로 야생동물의 공격 본능 외에 다른 무언가를 감지했다.

증오였다.

수많은 까마귀가 포식과 증오라는 하나의 의지로 마치 한 몸처럼 움직였다. 히트를 사용한 소년들이 주위의 모든 존재를 적으로 간주하고 흉기를 겨누었던 것처럼.

아직 끝나지 않았다.

피신처를 찾아 이동해야 한다.

미사토는 안심했는지 무릎을 굽히고 주저앉으려고 했다. 마키하타는 그런 그녀를 억지로 일으켜 세우며 또다시 힘껏 밀었다.

"뛰어요! 연구소로."

"하지만 열쇠가."

"자물쇠가 풀려 있어요!"

그 목소리를 신호로 미사토는 다시 땅을 박찼다. 그러나 찰나의 휴식은 상대에게 기회가 되고 말았다. 미사토가 입고 있던 다운 재킷에 까마귀 몇 마리가 달려들었다. 하얀 재킷이 검은색으로 뒤덮였다. 마키하타는 자신의 재킷을 미친 듯이 휘두르며 까마귀를 떨어뜨렸다.

연구소에서 이곳까지 직선거리로 그리 멀지 않다. 땅에 쌓인 눈이 걸음을 방해하겠지만 달리면 금방 도착하리라. 도중에 힘만 빠지지 않는다면.

"뛰어! 뒤돌아보지 마!"

마키하타도 서둘러 뛰었지만 발밑이 푹푹 빠졌고 얼굴을 때리는 눈보라는 시야를 방해했다. 까마귀 떼는 자비 없이 달려들어 어깨와 팔을 부리로 마구 쪼아댔다. 휘두르는 오른팔만 간신히 공격을 피하고 있었지만 과연 정말로 무사한지 알 수는 없었다. 질퍽이는 발밑이 점점 불안해져 걸음을 떼기도 힘들었다. 차라리 동굴 안에 깔려 있던 진흙탕이 훨씬 낫다는 생각마저 들었다.

아직 멀었나.

얼마나 더 가야 하지.

부리가 쉴 새 없이 내리꽂히는 상황에서 마치 족쇄를 찬 죄수처럼 도망치는 동안 의식마저 흐려졌다. 최소한 정신만은 놓지 않으려 아랫입술을 꽉 깨물며 죽을 힘을 다해 움직였지만 애초에 통각이 마비된 탓에 효과가 없었다. 그저 입안 가득 쇠 맛 같은 피비린내만 퍼질 뿐이었다.

울부짖는 바람 소리도 까마귀 울음소리도 점점 희미해졌다. 온몸을 옥죄는 추위로 고통스럽던 몸에 더 이상 아무 감각도 느껴지지 않았다. 여기서 포기하면 편해질 수 있다.

어차피 고통도 느끼지 않을 것이다. 느낀다고 해도 한순간이다.

감미로운 속삭임이 머릿속에 맴돌았다.

안 돼! 멈추지 마!

유혹을 뿌리치듯 시선을 앞으로 돌렸다. 그곳에는 자신 외에 지켜야 할 또 다른 존재가 등을 보인 채 달음질치고 있었다.

사그라들던 영혼에 다시 불꽃이 타오르던 순간 마침내 연구소의 문이 보였다. 눈 내리는 검은 철창 정문이 평소보다 더 또렷해 보였다.

휘두르던 팔이 점점 둔해졌다. 까마귀 한 마리가 그 손바닥을 향해 발톱을 세웠다. 겨우 한 마리를 떼어내려고 힘을 쓰는 것이 아깝게 느껴져서 내버려두었더니 까마귀 떼가 그를 집중 공격하기 시작했다. 마키하타는 상체에 몰려드는 까마귀들의 무게에 휘청이며 균형을 잃었다.

그때 탄식이 터졌다.

완전히 잊고 있었다.

가슴에 착용하고 있던 묵직한 권총집을.

지금까지는 도망치는 데만 정신이 팔려 반격은 생각조차 못 했지만 내게도 싸울 수 있는 발톱이 있다.

미사토를 등지며 몸을 돌렸다. 그 반동을 이용해 상체에 달라붙은 까마귀들을 힘껏 떨쳐냈다.

권총을 뽑았다. 안전장치를 해제했다. 슬라이드를 당기자마자 손가락을 방아쇠에 얹었다. 조준할 필요도 없었다. 눈앞에 있는 검은 덩어리를 향해 주저 없이 방아쇠를 당겼다.

공기총과 비슷한 건조한 파열음이 눈보라 사이를 가르며 하늘로 빨려 들어갔다.

새까맣게 달라붙던 수많은 까마귀를 생각하면 두세 마리는 관통당하고 총성에 놀란 다른 까마귀들은 사방으로 흩어져야 했다.

그러나 그런 일은 일어나지 않았다.

까마귀가 눈밭에 떨어지기는 했으나 남은 까마귀들은 아무 일도 없었다는 듯 다시 발톱을 세우고 마키하타를 공격했다. 권총은 전혀 신경 쓰지 않았다.

마키하타는 경악했다.

유일한 무기가 아무런 도움도 되지 않았다. 까마귀 떼에게 총은 논두렁에 세워 놓은 허수아비만큼도 위협적이지 않았다. 살상 능력을 지닌 쇠붙이가 지금은 그저 장난감에 불과했다.

자신감도 의욕도 한순간에 날아갔다. 머릿속이 새하얘졌다.

까악.

그 소리는 까마귀 울음소리였을까 타격음이었을까. 마키하타의 머리가 백지가 된 순간, 그 틈을 노린 까마귀가 부리로 마키하타의 이마를 거세게 쪼았다. 그가 살이 없는 부위를 직격당하며 견디지 못하고 뒤로 넘어가자 꿀에 몰려드는 개미 떼처럼 순식간에 까마귀가 몰려들었다. 눈앞을 덮쳐오는 검은 덩어리를 보고 마키하타는 자신도 모르게 눈을 감았다.

그때 누군가가 몸을 쭉 끌어당겼다.

"열렸어요!"

미사토가 초조와 분노가 뒤섞인 모습으로 소리쳤다. 올려다보니 살짝 열린 정문이 눈에 들어왔다.

아직 퇴로가 끊기지 않았다. 마키하타는 기어가다시피 미사토를 따라갔다. 목부터 허리까지 빈틈없이 까마귀들을 달고 있는 그는 마치 검은 갑옷을 입은 패잔병 같았다.

미사토가 갑자기 휙 하고 뒤를 돌더니 분노로 이글거리는 눈으로 다운 재킷을 휘두르며 맹렬한 기세로 달려왔다. 그러더니 고함을 지르며 마키하타에게 달라붙은 까마귀들을 힘껏 내리쳤다.

미사토를 말리려던 마키하타의 머릿속에 순간 미사토는 연구소 건물의 입구를 딸 수 없다는 사실이 떠올랐다. 픽건을 능숙하게 다루지 못하기 때문이다. 마키하타는 적들의 주의가 분산된 틈을 놓치지 않고 벌떡 일어나 연구소 입구로 달려갔다. 다행히 평범한 유리문이었고 안쪽에서 금속 잠금장치를 걸어 잠그는 종류는 아니었다. 문손잡이 바로 위를 겨냥해 권총 손잡이로 힘껏 내리쳤다.

한 번. 그리고 또 한 번.

그러나 유리는 의외로 튼튼해서 권총을 튕겨냈다.

등 뒤로 들리는 까마귀 울음소리와 미사토의 비명이 점점 가까워졌다. 마키하타는 한 걸음 물러서서 문손잡이 근처를 겨누고 총을 발사했다. 둔탁한 소리와 함께 유리에 거미줄이 갔다. 그러고는 팔꿈치에 재킷을 감아 금이 간 부분의 정중앙을 후려치듯 내리찍었다.

한 번. 균열이 커졌다.

팔을 크게 휘둘러 한 번 더 내리찍었다. 그러자 쩌억 소리를 내며 금이 간 유리가 마침내 수많은 파편이 되어 튀었고 팔 하나가 겨우 들어갈 만한 구멍이 생겼다. 그 구멍을 둘러싼 날카로운 유리 조각이 보였지만 망설일 틈은 없었다. 구멍으로 팔을 욱여넣어 안쪽 손잡이에 손을 뻗었다. 전자 잠금장치 중에는 안쪽에 잠금 꼭지가 없는 모델도 있는데, 만약 이 문이 그렇다면 모든 희망이 사라지는 상황이었다. 마키하타는 간절한 심정으로 손을 더듬어 잠금장치를 찾았다.

'제발. 오늘은 하루 종일 재수 없는 일뿐이었다고.'

마침내 행운의 여신이 마키하타에게 미소 지었다. 튀어나온 부분이 손가락 끝에 닿았고 그것을 잡아 돌리자 둔탁하고 무거운 소리와 함께 잠금장치가 풀렸다. 미사토는 여전히 마키하타를 등지고 까마귀의 공격을 버티고 있었다. 마키하타는 다시 날카로운 유리를 헤치며 구멍에서 팔을 빼낸 뒤 미사토의 어깨를 붙잡았다. 그의 팔을 힐긋 본 미사토의 눈이 경악과 공포로 휘둥그레졌지만 마키하타는 말할 틈도 주지 않은 채 사람 한 명 들어갈 만큼 열린 문틈으로 그녀를 밀어 넣었다.

먹잇감을 한 명 놓친 까마귀들이 일제히 마키하타에게 달려들었다. 그는 거의 본능적으로 정면을 향해 총을 한 발 발사했다. 그러나 결과는 같았다. 마치 일개 중대 안에 돌멩이 하나를 던진 효과밖에 없었다. 수많은 부리와 발톱이 맹렬한 기세로 그를 향해 다가왔다.

자신도 모르게 눈을 감은 순간 마키하타의 몸이 건물로 끌려 들어갔다. 그리고 곧바로 닫힌 문 너머로 까마귀들이 잇달아 충돌했다. 그중 몇 마리는 마키하타가 만든 구멍으로 목을 들이밀며 침입을 시도했는데, 미사토가 너덜너덜해진 다운 재킷을 서둘러 구멍에 쑤셔 넣자 마침내 까마귀들의 울음소리가 문 너머로 멀어졌다.

가슴 깊은 곳에서 저절로 한숨이 터져 나왔다. 이번에는 정말로 안도의 순간을 맞이한 듯했다. 다리에 힘이 풀린 마키하타는 문에 등을 기대고 천천히 주저앉았다. 그토록 혐오스럽고 삿된 건물이 지금은 평온한 안식처가 되었다는 현실이 참으로 아이러니했다. 요새 안으로 몸을 피한 것 같은 안도감마저 들었다.

정신을 차려 보니 미사토도 바로 옆에 웅크리고 앉아 있었다.

"괜찮아요?"

이런 상황에서 던지기에는 멍청한 질문이라는 생각이 들었는데 아니나 다를까 미사토가 뾰로통한 눈으로 쳐다봤다.

"하나도 안 괜찮아요."

"당연히 그렇겠죠."

"내가 아니라 형사님이요!"

그러면서 미사토가 마키하타의 팔을 들어 올렸다. 그런 자신의 팔을 본 마키하타는 "아아, 이거" 하고 중얼거렸다.

수없이 많은 상처에서 흘러내리는 피, 그리고 검은 깃털이 온몸을 뒤덮고 있었다. 그 모습을 멍하니 바라보는데 갑자기 등에서 진동이 느껴졌다. 까마귀들이 다시 공격하는지 유리 너머로 충격이 전해졌다. 다운 재킷으로 막아둔 구멍 주변으로도 간헐적인 공격이 이어졌고 그럴 때마다 유리문에 점점 더 금이 가기 시작했다. 한번 깨진 유리는 매우 약하다. 이대로 공격이 계속된다면 문이 뚫리는 것은 시간문제였다.

'도무지 쉴 틈을 안 주는군.'

"손전등 좀 빌려줘요."

마키하타가 건네받은 손전등으로 주위를 비췄다. 현관은 2평 정도 됐는데 구석에 놓인 사람 키만 한 락커는 아마도 마쓰바라 레이코가 말했던 개인 물품 보관함인 것 같았다. 두 사람의 정면에는 내부로 이어지는 두 번째 문이 있었다. 이 문에는 안을 들여다볼 수 있는 창문조차 달려 있지 않았다. 방화문처럼 외부 침입을 완전히 차단한 문이었다. 혹시나 해서 손잡이를 돌려봤지만 역시 잠겨 있었다.

팔꿈치에 감은 재킷을 두세 번 흔들자 픽건이 떨어졌다. 세로 모양 총구가 이중으로 만들어진 형태였다. 과거에 범인에게 압수했던 픽건과 모양이 달랐다. 하지만 사용법에는 별 차이 없을 것이다.

미사토의 도움을 받아 락커를 유리문 앞으로 옮겼다. 그 순간 락커 뒤에서 적들이 휘두르는 칼날에 굉음이 났다. 그 공격에 제법 무거운 락커가 앞뒤로 흔들렸다. 유리에 난 금이 점점 커지고 락커에 직접적인 공격이 가해지면 이 방어

벽 또한 맥없이 무너질 것이다.

픽건 옆면에 있는 레버를 누르자 총구에서 얇은 금속 픽이 튀어나왔다. 그 픽을 천천히 열쇠 구멍에 꽂고 총구를 중심 회전부에 맞췄다. 이대로 방아쇠를 당기면 픽이 튕기면서 잠금장치 안에 있는 핀을 밀어내는 구조인데 결코 만만한 작업이 아니었다. 잠금장치의 종류에 따라 핀의 위치나 수가 달라진다는 점도 그렇지만 무엇보다 가장 큰 문제는 마키하타가 이 작업에 익숙하지 않다는 사실이었다. 픽건을 남겨준 구조에게 고마웠지만 한편으로는 미심쩍은 마음도 들었다.

'구조 씨가 이걸 처음 보여줬을 때 꽤 능숙해 보였는데, 그만큼 불법 수사를 많이 했다는 건가?'

손가락이 피에 젖어 미끄럽고 힘도 제대로 들어가지 않아서 작업이 더 느려졌다. 미사토의 손을 빌릴까도 생각했지만 그녀는 당장이라도 쓰러질 것 같은 락커를 등으로 밀며 버티느라 전혀 도움을 줄 수 없는 상황이었다. 락커 뒤를 두드리는 소리가 점점 크고 시끄러워졌다. 당장이라도 구멍을 낼 기세였다.

찰칵.

방아쇠를 여섯 번째 당겼을 때 마침내 핀이 빠졌다. 체중을 이용해 문을 열고 미사토를 안으로 밀어 넣은 뒤 자신도 쓰러지듯 안으로 들어갔다. 문이 닫히기 직전 락커가 크게 기우는 모습이 보였다.

철커덩.

묵직하고 눅눅한 소리가 희미한 어둠 속에 울려 퍼졌다. 두꺼운 벽에 방음 시설이 설치되어 있는지, 문을 닫자마자 외부의 소음이 완전히 차단되어 두 사람의 거친 숨소리만 들렸다. 마키하타는 잠시 다른 세계에 떨어진 듯한 기분이 들었다. 보통 외부의 소리는 문이나 창을 통해 새어 들어오는데 작은 창이 있긴 하지만 복도가 시설 전체를 둘러싼 이중벽 구조라 소음이 들리지 않는 것 같았다.

천장을 올려다보니 2층 부분이 뚫려서 층고가 높은 큰 홀 형태로 되어 있었다. 천장 바로 아래는 채광창이 원기둥 모양으로 둥글게 설치되어 있었는데 그 창으로 들어오는 눈밭에 반사된 빛이 실내를 은은하게 밝혔다. 2층 창가에는 키가 큰 식물들이 놓여 있었다. 그곳에서 연결되는 방이 아마 재배실인 듯했다. 사전 정보에 따르면 1층에는 전자 현미경실, 배양실, 조제실, 약품 창고, 소회의실 네 개가 있는데, 모든 공간이 얇은 천장과 파티션으로만 구분된 단순한 구조였다. 파티션이 투명한 아크릴로 만들어져서 쇼룸 같아 보였다. 아마도 기밀 정보가 많아서 이런 구조로 지은 듯했다.

이곳에는 윙윙거리는 바람 소리조차 닿지 않았다. 그런데 그렇게 생각한 순간, 몸이 소리를 감지했다. 귀에 들리는 소리가 아니라 형광등의 고주파음이나 가청 한계의 저주파처럼 피부가 느끼는 소리였다. 이게 도대체 무슨…….

돌연 강렬한 충격이 몸을 강타했다. 마치 온몸의 세포 하나하나를 파괴하는 듯한 충격이었다. 마키하타는 화들짝 놀라 몸을 뒤로 홱 젖혔다.

소리가 아니었다. 몸속에서 치밀어 오르는 충격파였다. 아드레날린이 분비되면서 마비됐던 감각이 한꺼번에 되살아난 것이다. 땀을 흘리고 열을 발산한 피부는 빠르게 식었지만 상처 부위는 달군 쇠꼬챙이로 지지는 것처럼 뜨거웠다. 경미한 것까지 포함하면 찢어진 상처가 수십 군데였다. 그 모든 부위가 벌레를 심어놓은 듯 꿈틀거리는 것 같았고, 심장 박동에 맞춰 수많은 쐐기가 박히는 기분이었다. 극심한 통증에 숨이 멎고 목소리도 나오지 않았다.

튀어 오르려는 몸을 누르기 위해 스스로 어깨를 끌어안았지만 척수에서 시작된 듯한 떨림은 도무지 잦아들 기미가 보이지 않았다.

경직된 어깨에 타인의 피부가 닿았다. 흐릿한 시야 속에 미사토의 창백한 얼굴이 보였다.

"의무실이 어디예요?"

"뭐……라고요……?"

"퇴사한 직원한테 들었을 거 아니에요! 1층에 의무실이 있을 텐데."

"계단 맞은편…… 복도 끝…… 안쪽에 있는 방이요."

입이 제대로 움직이지 않았다. 추위 때문이 아니라 아까부터 입술을 꽉 깨물고 있던 탓에 피가 멈추지 않았기 때문이다.

"기다려요."

미사토가 복도 저편으로 사라졌다. 시야가 일그러진 탓에 그녀의 모습이 좌우로 흔들렸다.

'본인도…… 다쳤을 텐데…… 뛸 수 있으려나.'

누적된 피로가 체력을 갉아먹고 추위와 통증에 맞설 면역력마저 앗아갔다. 면역력이 떨어지니 체력도 빠르게 고갈됐다. 희미해지는 의식 속에서 불현듯 현실감을 동반한 죽음이 모습을 드러냈다. 까마귀에게 쪼였다고 죽는다고? 엄살이 심하다. 하지만 실제로 남자 두 명과 갓난아기 한 명이 놈들의 부리와 발톱에 참혹하게 목숨을 잃지 않았던가. 그것은 평범한 새가 아니었다. 히트를 복용한 소년들처럼 히트에 오염된 까마귀도 그 자체로 하나의 무기가 된 것이다. 하늘을 자유롭게 날고 떼지어 다니며 알을 낳아 번식하는 무기. 마키하타는 몸서리쳤다.

얼마 지나지 않아 미사토가 겨드랑이에 약병과 붕대를 끼고 돌아왔다. 저항도 못 한 채 붙잡힌 팔에 날카로운 주삿바늘이 꽂혔다.

"그게 뭡니까?"

"진통제요."

“오버하는 거 아닙니까.”

“오버한다고요? 저기 바닥에서 여기까지 온통 피바다인 거 안 보여요? 다 형사님이 흘린 피라고요.”

멍하니 자신의 몸을 내려다봤다. 흰 셔츠는 피에 푹 젖어 하얀 부분이 거의 보이지 않았고 바짓단에서도 피가 뚝뚝 떨어졌다.

“모, 모르핀은 안 돼요. 그거 맞으면 판단력이 흐려져요.”

“그런 건 있지도 않아요.”

미사토가 조심스러운 손길로 마키하타의 셔츠와 내의를 벗겼다. 완전히 드러난 상체를 본 그녀의 얼굴이 경악으로 일그러졌다. 그 모습에 자신이 얼마큼 부상을 입었는지 대충 짐작이 갔기 때문에 굳이 확인할 마음은 들지 않았다.

이윽고 과산화수소수의 자극적인 냄새가 코를 찔렀다. 환부에 오싹한 느낌이 나더니 이내 몸속을 파고드는 날카로운 통증이 엄습했다. 자신도 모르게 비명을 지를 뻔했지만 목소리는 나오지 않았다.

“움직이지 말아요.”

움직이지 않는 것이 아니라 움직일 수 없는 상태였다. 미사토가 마키하타의 몸에 붕대를 감았다.

“미리 말하는데 나 이런 거 잘 못 해요.”

그 말에 거짓은 없었다. 붕대를 감는 모양도 들쭉날쭉하고 손놀림도 서툴렀다. 하지만 그런 사소한 부분을 신경 쓸 상황은 아니었다.

"미사토 씨는…… 다친 데는…… 괜찮습니까?"

"다운 재킷이 두꺼웠거든요. 그냥 긁힌 정도예요."

이 말은 거짓이었다. 적어도 관자놀이에 피를 흘리면서 할 말은 아니었다.

"고마워요. 나는 이제 괜찮아요."

"이건 그냥 응급 처치라 빨리 병원에 가야 해요."

"일단 본부에 연락만이라도 해 두죠."

마키하타는 휴대폰을 꺼냈다. 그러나 화면에 통화권 이탈 표시가 떴다.

"통화권 이탈이라고? 바로 옆 동네에 기지국이 있는데?"

"잠시만요. 내 걸로 해볼게요."

이번에는 미사토가 자신의 휴대폰을 꺼냈다. 하지만 그녀의 미간에 주름이 잡혔다. 자리에서 일어났다가 홀을 여기저기 돌아다니며 휴대폰이 반응하기를 기다렸지만 미간의 주름은 여전했다.

"……왜 안 되죠?"

"아마 벽 때문인 것 같습니다."

마키하타가 등을 기댄 벽을 손가락으로 두드리며 말을 이었다.

"보안이 몹시 철저했다더군요. 입구에서 휴대폰을 걷는 것도 모자라 벽에 전파 차단 시설까지 설치했다니. 상상 이상으로 철저했네요.”

“그렇다면 추위를 견디면서 한동안 몸을 숨기고 기다릴 수밖에 없겠네요. 놈들도 날이 밝기 전에는 포기하고 돌아가겠죠.”

과연 그럴까. 마키하타는 자문했다. 미사토의 판단은 지극히 상식적이었지만 그것은 문제의 까마귀들이 평범한 날짐승일 때 이야기였다. 물론 놈들에게도 동물의 본능이 남아 있겠지만 만약 무기로서의 성능이 본능을 능가한다면…….

그러다가 무심코 천장을 올려다본 순간 숨을 삼켰다.

눈을 의심하게 하는 광경이었다.

“왜 그래요?”

미사토에게 마키하타가 눈짓했고, 미사토는 그가 가리키는 곳을 보고는 짧은 비명을 질렀다.

새하얀 설원이 보여야 할 채광창이 완전히 시커멓게 변해 있었다.

까마귀 떼가 빈틈없이 모여들어 일렬로 늘어서 있었기 때문이다.

어느새 수백 쌍의 눈이 두 사람을 주시하고 있었다. 감정이 느껴지지 않는 차갑고 검은 눈이.

그러는 사이에 삐걱거리는 소리와 함께 창문 일부가 흔들렸다. 그리고 다시 한번. 자세히 보니 무리 속 몇 마리가 계속 창문에 몸을 부딪치고 있었다.

뚫고 들어올 작정이다. 충돌음만 들어도 채광창은 입구의 유리문만큼 두껍고 튼튼하지 않다는 것을 알 수 있었다.

오래 버티지 못한다.

절망 섞인 판단을 내리자마자 마키하타는 상체를 벽에 기댄 채 천천히 일어섰다. 현기증이 났다.

"이동하죠."

"어디로요?"

"지하요."

머릿속에 연구실 도면과 마쓰바라 레이코의 설명이 떠올랐다. 북쪽에 계단이 있고 1층과 지하 사이에 방화문이 있다고 했다. 홀 중앙에서 가까웠다. 미사토의 팔을 잡고 계단 입구까지 걸어가자 한 줄기 빛도 들어오지 않는 나락이 기다리고 있었다.

문손잡이를 잡고 무거운 몸을 버팀목 삼아 방화문을 닫았다.

완전한 어둠이 찾아왔다.

마키하타는 정신을 잃었다.

2

눈앞에 붉고 탁한 급류가 용처럼 넘실거렸다. 마키하타는 지금 그 한가운데 있었다. 하늘에서 차가운 비가 내리꽂히며 목 위와 아래가 서로 다른 온도로 차갑게 식었다.

먹잇감을 집어삼켜 강바닥의 물풀로 만들려는 듯 거센 물살이 사방에서 마키하타를 덮쳤다. 물에 잠기지는 않았지만 몸을 움직일 수 없었고 체온은 급격히 떨어졌다.

이번에도 늦은 걸까.

아니.

사납게 몰아치는 물살에 몸이 연신 보이다 사라졌다 했지만 하류 방향으로 몇 미터 앞에 떠 있는 것은 확실히 사람의 머리였다.

아득히 먼 곳이 아니었다. 헤엄쳐 가면 손이 닿을 만한 거리였다. 수영을 잘하는 나라면 더더욱 수월하리라.

아직 늦지 않았다. 하지만 서둘러야 한다.

급류에 휩쓸려 죽는 사람의 사인이 모두 익사는 아니다. 떠내려가는 도중에 부유목이나 바위에 부딪혀 목숨을 잃는 사람도 많았다. 주위를 둘러보니 양쪽 강변에 짐승의 엄니처럼 날카로운 바위들이 늘어서서 물살에 휩쓸려 다가올 먹잇감을 기다리고 있었다. 아이의 몸이 저곳에 부딪힌다면 잠시도 버티지 못 하리라.

마키하타는 아이를 향해 헤엄쳤다. 거세게 출렁이는 물살이 그의 몸을 연신 뒤흔들며 방해하는 바람에 아무리 필사적으로 물살을 헤쳐도 계속 밀려났다. 그러나 어려서부터 강이 놀이터나 마찬가지였던 마키하타는 그 흐름을 거스르지 않으면서도 천천히 착실하게 거리를 좁혀 나갔다.

그러고는 정신없이 소리쳤다.

몇 차례 물을 들이켜고 온몸이 사느랗게 식어 점점 경직될 때, 마침내 간신히 손이 닿을 거리에 아이가 보였다. 긴 머리가 수면에 넓게 퍼져 있었다. 여자아이였다. 곧바로 물속에 잠긴 팔을 붙잡자 나뭇가지처럼 가느다란 손목이 움찔 반응했다.

살아 있다!

기쁨으로 가슴이 벅차올랐다. 빠져나가던 힘이 어느새 온몸에 다시 가득 찼다. 물에 떠 있던 작은 몸을 끌어당겨 품에 안았다. 작은 몸에서 느껴지는 생명의 증거인 온기가 피부를 통해 마키하타의 몸속으로 밀려 들어왔다.

무척 따듯했다.

차갑고 경직된 몸이 순식간에 녹아내렸다. 몸을 감싼 물도 따뜻해졌다. 방금까지 온몸을 찌르는 얼음장 같던 물이 이제는 어머니 뱃속의 양수처럼 편안했다.

따뜻하다.

정말로 따뜻했다.

눈을 뜬 마키하타는 여전히 어둠 속에 있었다. 까마귀 떼의 습격을 받고 연구소로 몸을 피하고……. 기억이 단번에 되살아났다. 그래, 이곳은 연구소 지하 1층이었고 자신은 딱딱하고 차가운 리놀륨 바닥에 누워 있다.

그런데 마키하타의 뺨에 닿은 감촉은 부드럽고 따뜻했다. 두 개의 봉긋한 곡선은 벨벳보다 부드럽고 비단보다 매끄러웠으며 달콤한 향기가 은은하게 났다. 기분 좋은 탄력. 피부에 닿기만 해도 안심이 됐다.

마키하타는 마침내 정신을 차렸다. 그것은 사람의, 여자의 피부였다.

"정신이 좀 들어요? 그렇게 바둥거리지 말아요. 스웨터 찢어지니까."

머리 위에서 미사토의 쉰 목소리가 들렸다. 그제야 비로소 자신이 미사토의 벌거벗은 가슴에 얼굴을 묻은 채 그녀의 스웨터에 감싸여 있다는 사실을 알아차렸다. 마치 아기가 엄마의 가슴에 얼굴을 파묻은 듯한 자세였다.

조심스레 스웨터에서 빠져나오자 미사토의 두 손이 뺨에 닿았다.

"다행이네요. 체온이 돌아왔어요."

불빛이 하나도 없어서 미사토의 얼굴은 보이지 않았지만 오히려 다행이라고 생각했다.

"……계속 내 몸을 덥혀 줬어요?"

"온몸이 얼음장 같았거든요. 이럴 때는 사람의 체온으로 녹이는 게 가장 좋다고 들어서……. 게다가 여긴 난방 장치도 없잖아요."

옷이 스치는 소리가 났다. 미사토가 벗어둔 옷을 주워 모으는 듯했다. 그 소리를 듣자 심장이 빠르게 뛰었다. 민망함과 미묘한 죄책감에 얼굴이 화끈거렸다.

가만히 허공을 응시했다. 지금쯤이면 눈이 어둠에 익숙해졌을 법도 한데 주변의 윤곽조차 보이지 않았다. 이곳은 빛한 줄기 들어오지 않는 암실이기 때문이었다.

"손전등은요?"

잠시 후 희미한 불빛이 켜졌다. 손전등을 건네받아 주위를 비추니 바로 앞에 계단이 있었다. 미사토가 자신을 옮겨준 덕분에 방화문을 닫자마자 의식을 잃었는데도 다치지 않았다. 앞으로 걸어가 엘리베이터 앞에서 왼쪽으로 꺾으면 실험실이 있을 것이다.

입에서 하얀 입김이 나왔다. 도대체 실내 온도가 몇 도란 말인가. 바깥만큼은 아니지만 오래 버틸 만한 추위는 아니었다. 미사토의 얼굴을 비춰보니 입술을 바들바들 떨고 있었다.

손전등을 쥔 손등 위로 미사토가 손을 포갰다. 가슴과 달리 손바닥은 싸늘했다. 그러나 살과 살이 맞닿은 부분에서 서서히 온기가 피어났다. 마키하타는 아무것도 묻지도 거부하지도 않은 채 미사토의 움직임에 모든 것을 맡겼다.

"방금 떠올랐어요."

"뭐가요?"

"기류 씨요. 그 사람도 처음에는 그렇게 떨었어요. 형사님처럼요."

"뭡니까. 연애 이야기입니까."

"사귄 지 반년쯤 지났을 때인가. 평소에는 좀처럼 감정을 드러내지 않던 사람이 웬일로 침울해 있더라고요. 평소에 예뻐했던 동물들이 실험에 투입돼 거의 다 죽었다고. 본인은 하고 싶지 않은 실험이었는데 회사 일이라서 어쩔 수 없었대요. 그 무렵에는 기류 씨가 사람보다 동물을 더 좋아한다는 걸 알았기 때문에 나는 웃지도, 어설픈 위로도 하지 않고 그 사람이 마음을 추스르기를 그저 조용히 기다렸어요. 그런데 반나절이 지나도 기분이 나아지기는커녕 점점 더 심해진 거예요. 그래서 내가 먼저 다가갔죠. 그날 날씨가 아직 더웠거든요. 읽던 책 때문에 발 디딜 틈도 없던 그 집에서 두 명이 겨우 누울 자리를 만드느라 내가 얼마나 고생했는지 몰라요.”

기류 다카시의 집을 떠올리고는 그랬겠다고 납득했다. 마치 도서관 서가에서 섹스하는 기분이었겠지.

“내가 옷을 다 벗으니까 그 사람이 너무 긴장하더라고요. 처음인가? 하는 생각이 들었죠. 살을 맞댔더니 그 사람이 떨고 있었어요. 그때 비로소 깨달았어요. 긴장 때문이 아니라 겁먹어서 떨고 있다는 걸.”

“겁을 먹었다고요?”

“뺨. 가슴. 배. 만질 때마다 움찔 반응했어요. 왜 그러는지 물었죠. 이유는 간단했어요. 사람의 피부……, 그러니까 털이 없고 매끈한 맨살에 닿으면 어렸을 때 당한 폭력이 생각난다고요. 그러니까 그 사람에게 타인과의 스킨십이란 누군가에게 맞는 행위일 뿐이었어요. 기류 씨가 가여워 견딜 수 없어서 안아줬어요. 강하게, 그리고 부드럽게. 그러자 그 사람이 울음을 터뜨렸어요. 이렇게 따뜻하다니, 이렇게 부드럽다니, 하면서. 그러고는 울면서 유두를 빨았어요. 꼭 엄마 젖에 매달리는 아기처럼요.”

“그게 기류 다카시가 선량하다는 증거입니까?”

미사토가 고개를 끄덕였다.

피부를 맞댄 것만으로 상대의 마음이나 성정을 파악할 수 있다고 미사토는 말한다. 그것이 사실이라면 성매매 업소 여성이 경찰을 해야 할 것이다. 마키하타는 속으로 그렇게 생각했지만 미사토의 진지한 목소리에서 단순한 믿음 이상의 무언가를 감지하고는 잠자코 있었다.

스턴버그 제약의 연구원이자 히트의 판매책이었다는 사실로 미루어 짐작했던 냉혹한 화학자라는 기류 다카시의 인상이 이제는 달라졌다. 기류 다카시는 아무도 없는 해 질 녘 공원에서 홀로 울고 있는 아이 같은 사람 아니었을까. 살면서 무시만 당하면서 미소라는 갑옷을 두르고 타인과의 교류를 차단했던 그 남자가 처음으로 사람의 따스한 체온을 알게 됐다면 어쩌면 달라졌을 수도 있다. 예전 같으면 비웃고 말았을 생각을 스스로 떠올리는 자신이 놀라웠다.

그러면 인간성을 되찾았다는 기류 다카시는 무엇을 찾으러 이 연구소에 오려고 했을까.

"우연인지 필연인지 모르겠지만 우리는 지금 이곳에 있고 마침 이 앞에 기류 씨의 실험실이 있어요. 운명의 장난 같군요. 미사토 씨는 기류 다카시의 성선설을 증명할 무언가가 거기 있다고 보는 거죠? 좋습니다. 지금부터 그걸 찾아봅시다."

그곳에는 기류 다카시가 마지막 순간에 바라던 것이 있다. 미사토가 주장한 기류 다카시 성선설을 증명할 만한 무언가가 있다. 그리고 마키하타가 마녀의 악의를 증명할 수 있는 무언가도 있다.

미사토는 말없이 고개를 끄덕였다.

손전등으로 각 방에 걸린 명패를 차례차례 확인했다. 가열처리실, 동력제어실, 소독멸균실, 폐기물 처리실, 미생물 실험실, 방사선 조사실, 동물 실험실. 목적지인 기류팀의 실험실은 복도 가장 안쪽에 있었다.

아니나 다를까 실험실은 잠겨 있었다. 이번에도 픽건을 붙잡고 힘겨운 싸움을 벌여야 하나, 하고 속으로 탄식하자 미사토가 어깨에 머리를 기댔다.

마키하타가 무슨 일이냐고 묻기도 전에 미사토가 "미안해요"라며 고개를 들었다.

"괜찮아요?"

"일단 빨리 문부터……."

몸 상태가 좋지 않으리라고 예상은 했지만 지금 문을 따는 손을 멈추는 것은 미사토가 용납하지 않을 터다. 그녀가 일단 한번 말한 것은 반드시 밀어붙여야 직성이 풀리는 성격이라는 것을 최근 며칠 동안 뼈저리게 깨달았다. 잠금장치를 따는 요령은 아까 현관에서 익혔지만 추위로 손가락이 곱아서 뜻대로 움직이지 않았다. 한 손에는 손전등을 들고 있어서 자세가 더욱 불안정했다.

"내가 들게요."

보다 못한 미사토가 손전등을 가져갔다.

"천천히 해도 돼요. 이제 쫓기지 않으니까."

그 한마디에 순식간에 긴장이 풀렸다. 픽건을 잡은 손에 남은 한 손을 보태자 손가락의 떨림도 겨우 가라앉았다.

딸깍. 귀에 거슬리는 금속음이 고요한 어둠 속에 울려 퍼졌다. 문을 열자 미사토가 손전등으로 실내를 비췄다. 불빛이 부족해서 선명하게 볼 수는 없지만 방 길이는 약 10미터로 생각보다 넓었다. 교실 정도 크기였다. 중앙에 컴퓨터가 한 대씩 놓인 책상이 여섯 개. 벽에는 철제 선반과 사람 키만 한 캐비닛이 나란히 놓여 있었다. 언뜻 보기에는 평범한 사무실 장비뿐이었고 한쪽 구석에 놓인 현미경과 내용물이 담기지 않은 시험관대만이 이곳이 제약회사 연구실임을 나타냈다. 눈에 띄는 비품이라고는 아무것도 남아 있지 않았고, 일반 사무실이라면 여기저기 흩어져 있을 종이 한 장조차 찾아볼 수 없었다.

연구소 정문에 허술하게 자물쇠 하나만 달아놨기에 빈집처럼 어지럽혀져 있을 것이라고 예상했는데 완전히 빗나갔다. 사무실 상태를 보니 계획적으로 연구소를 포기하고 철수했음을 충분히 짐작하게 했다.

미사토가 먼저 들어가 가장 먼저 철제 선반으로 향했고, 그곳에 꽂혀 있는 파일을 맹렬한 기세로 뒤지기 시작했다. 한 권씩 검토가 끝난 파일들은 바닥에 내던졌다.

"이럴 수가! 아무것도 안 남아 있잖아요."

미사토는 짜증스러운 기색으로 마지막 파일을 내던졌다.

"히트는커녕 아젤팔린에 대한 단서조차 없어요. 별거 아닌 일반 의료 자료뿐이에요."

"당연하죠. 철수하는 마당에 이런 곳에 기밀 서류를 남겨 둘 리 없잖아요."

"그건 나도 알아요. 일단 그냥 확인한 거예요. 분명 책상 속에도 아무것도 없을 거예요. 내 목적은 어디까지나 그거 예요. 컴퓨터 하드디스크."

그러고 보니 나나오 규이치로가 했던 말과 상황이 달랐 다. 마키하타는 몹시 그리운 기분으로 그때를 떠올렸다. 현 경 본부에서 와타세와 나나오와 셋이 대화를 나누던 것이 불과 몇 시간 전의 일이었건만 마치 전생처럼 느껴졌다.

"그런데 컴퓨터가 여섯 대인데 어떤 게 기류 다카시가 쓰 던 건지 알 수 있겠어요?"

"아마 알 수 있을 거예요."

미사토는 그렇게 말하더니 책상 위로 몸을 숙이고 표면을 샅샅이 살폈다. 책상을 거의 핥을 기세로 얼굴을 바짝 대고 확인한 뒤 다른 책상으로 이동했다. 이 과정을 여러 번 반 복하다가 시험관대에서 가장 가까운 책상을 확인하던 순간 "이거예요" 하고 손가락으로 가리켰다.

"어떻게 알았습니까?"

“여기 좀 봐요.”

미사토가 손가락을 가리킨 지점을 뚫어지게 살피자 손전등 불빛이 만들어 낸 원형 안에 누군가의 낙서 같은 것이 흐릿하게 보였다.

“수식이나 화학 구조식인가 보군요. 무엇을 의미하는지는 전혀 모르겠지만, 이게 증거입니까?”

“그 사람의 버릇이에요. 떠오른 생각은 무엇이든 그 자리에 적어 놓는 거. 집에 있는 책에도 맥락 없이 다이옥신 구조식을 적어놨잖아요.”

“하지만 낙서는 누구나 할 수 있잖아요.”

“숫자 9를 봐요. 풍선처럼 생겼죠? 그 사람 필체예요. 틀림없어요.”

“좋습니다. 이 책상과 컴퓨터가 기류 다카시의 물건이었다고 하죠. 그러면 이제 어떻게 할 겁니까? 컴퓨터는 부팅하지 않으면 그냥 상자나 다름없는 물건 아닙니까.”

“알면서 그러시네. 규모가 크든 작든 의료 관련 시설에는 보통 자가 발전 장치가 있어요. 거의 의무 조항 같은 거라서요. 병원은 수술 중에 정전되는 상황에 대비하기 위해서고, 이런 기초 연구 시설은 세균이나 미생물의 온도를 일정하게 유지해서 바이오해저드를 막기 위해서죠.”

마키하타는 미사토의 말을 곰곰이 되뇌었다. 일리 있는 말이었다.

“분명…… 지하 1층 끝에 동력제어실이 있었던 것 같습니다.”

“그러니까요.”

미사토의 목소리가 마키하타를 동력제어실로 이끄는 듯 울렸다. 하지만 마키하타는 다른 생각에 잠겨 있었다.

전원을 복구하면 컴퓨터는 물론 조명도 켜지고 난방도 작동할 것이다.

빛과 온기. 그것은 마키하타에게 무엇보다 달콤한 유혹이었다.

그런데 찰나의 순간 무언가가 머리를 스쳤다.

누군가가 흘렸던 한마디.

중요한 경고.

가물가물한 그것을 또렷하게 떠올리려고 노력했지만 누적된 피로와 전원 복구에 대한 조급한 마음이 그것을 방해했다. 결국 쫓기듯 동력제어실로 향하던 중에 그 경고는 안개처럼 사라져 버렸다.

더는 애먹이지 말라는 바람이 통했는지 동력제어실은 잠겨 있지 않았다. 안으로 들어가자 눈앞에 거대한 배전반이 나타났다. 큼직한 장롱 하나 크기 정도 될까. 배전반의 문을 열자 차단기 스위치가 피아노 건반처럼 가득 늘어서 있어서 마키하타는 약간 위압감을 느꼈다. 마음을 다잡고 살펴보다가 마침내 긴급 전원이라고 적힌 스위치를 발견했다.

이 스위치구나. 마키하타는 주저하지 않고 스위치를 눌렀다.

잠시 후, 낮고 묵직한 소리와 함께 바닥이 살짝 떨렸다. 그리고 진동이 가라앉자 바닥 아래에서 거대한 코일이 회전하는 소리가 들려왔다.

발전기가 가동됐구나. 그 사실을 깨달았을 때 복도에 불이 들어왔다. 푸르스름하고 연한 불빛. 하지만 오랜 시간 어둠을 헤맨 끝에 찾은 빛은 너무나 눈부셔서 눈을 똑바로 뜰 수 없었다.

차갑게 느껴져야 할 형광등 불빛이 벽난로의 모닥불처럼 느껴졌다. 잠시 그 빛을 음미한 뒤 실험실로 돌아가자 미사토는 이미 책상 밑에 틀어박혀 있었다.

"서버 켰어요."

난방은 어떻게 됐냐고 물으려다가 말았다. 올려다보니 천장 한가운데에 달린 온풍기가 요란한 소리를 내며 돌아가고 있었기 때문이다. 이제 막 가동했으니 온풍기 바람의 온도는 십몇 도 정도겠지만 꽁꽁 얼어붙은 몸에는 뼛속까지 녹이는 듯한 온기로 느껴졌다.

"여기까지는 순조롭군요. 하지만 문제는 지금부터죠. 자, 어떻게 할 겁니까?"

미사토가 응시하는 컴퓨터 모니터에는 비밀번호를 묻는 화면이 표시되어 있었다. 미사토는 두 손에 입김을 분 뒤 손가락을 꼼지락거리며 피가 통하는지 확인한 뒤 키보드 위에 손을 올려놓았다.

"비밀번호. 모른다고 했죠?"

"정말이에요. 집에 있는 컴퓨터도 여기 있는 컴퓨터도 다 몰라요. 그 사람에게 물어본 적도 없고."

"비밀번호 몇 자리예요?"

"영문이나 숫자 여덟 자리 이하요."

"지금 장난합니까? 그 조합이 몇 개나 되는지 알아요? 나는 당신에게 뭔가 계획이 있을 줄 알았는데."

"방법이 전혀 없는 건 아니에요. 어쨌든 톱 시크릿이 가득 담긴 상자잖아요. 그럼 이걸 열 수 있는 주문도 그만큼 특별하겠죠. 자기 이름이나 생년월일, 집 주소의 번지수 같은 건 고려할 필요도 없어요. 외부인은 물론 회사 동료들도 모르는 완전히 사적인 영문이나 숫자 여덟 자리 이하. 취미나 관심사가 한정되어 있던 사람이니 여덟 자리 이하라면 후보가 많지는 않아요."

기류 다카시의 사적인 영역까지 속속들이 알고 있다는 뜻이다. 마키하타는 책상 끝에 걸터앉아 잠시 조용히 지켜보기로 했다.

미사토가 처음으로 입력한 비밀번호는 'misato'였다. 사적인 영역과 관련된 비밀번호일 줄 알았는데 결과는 오류였다. 오류 표시를 본 미사토는 순간 눈썹을 찌푸렸지만 곧이어차례차례 비밀번호를 입력했다.

heat(히트): 에러

azelfalin(아젤팔린): 글자 수 초과

porling(폴링): 에러

vitamin(비타민): 에러

여섯 번째 시도를 하기 전에 미사토가 손을 멈췄다.

"왜 그래요? 벌써 아이디어가 떨어졌어요?"

"여섯 번째잖아요……."

"그래서?"

"프로그램마다 다르지만 비밀번호 입력을 여섯 번 시도하면 시스템이 잠기는 것도 있어요. 그러니까 이번에 틀리면 어쩌면……."

"자신은 있어요?"

"하나는 우리가 처음 데이트한 장소예요. 다른 하나는…… 내 생일이고요."

자신 없는 목소리였다.

사적인 영역.

자신만의 비밀.

과거.

거기까지 생각이 뻗어갔을 때였다.

순간, 마키하타의 머릿속을 번개처럼 스친 그 이름. 황급히 그 이름을 되뇌어 봤다. 글자 수가 여덟 글자 이하였다.

“미사토 씨. 떠오른 단어가 있어요. 도전해 볼까요?”

“뭔데요?”

“칼. 스펠링은 아마 karl일 거예요.”

미사토는 순간 미심쩍은 표정을 지었지만 곧바로 마키하타가 불러 준 스펠링을 그대로 입력했다. 몇 초간의 침묵 끝에…… 화면이 켜졌다.

“빙고!”

“정답이었네요.”

“대단하네요. 그런데 칼이 누구예요? 여자 이름은 아닌 것 같은데.”

“기류 다카시가 어렸을 적 길렀던 개의 이름이요.”

미사토는 조금 전보다 더욱 눈썹을 찌푸렸다가 금세 마음을 가다듬고 화면을 바라봤다. 화면의 약 절반은 아이콘으로 가득했는데 미사토는 그 제목을 유심히 살펴보는 듯했다.

“역시 안 되겠어요, 제목이 전부 기호로 적혀 있어요. 일단 하나씩 열어볼게요.”

미사토는 말을 채 끝내기도 전에 아이콘을 하나씩 열며 스크롤했다. 아직 손이 충분히 풀리지 않았는지 손가락이 다소 느리게 움직였지만 그래도 마키하타의 타자 속도와는 비교할 수 없을 정도로 빨랐다.

“일본 지사 폐쇄 절차……. 아마 이게 본사에서 내린 마지막 지시일 거예요. 날짜가 폐쇄 이틀 전으로 적혀 있어요.”

“뭐라고 적혀 있어요?”

“감정이 완전히 배제되어 있네요. 소회 같은 인사말은 한 마디도 없고 폐쇄 절차만 순서대로 조목조목 적혀 있어요. 저장된 데이터를 모두 본사로 발송할 것, MO 디스크와 CD 롬 폐기, 서류 소각, 하드 디스크 데이터 삭제, 시약 폐기, 검체 동물의 약물 처리 절차…….”

“잠시만……, 이상한데요.”

“뭐가요?”

“그 검체 동물의 약물 처리, 그 부분 좀 읽어줄래요?”

“검체 동물에 관하여. 검체 동물은 실험용이든 예비용이든 상관없이 모두 약물로 죽인 뒤 의료 폐기물로 처분한다……. 이게 다예요.”

“역시 이상해요. 의료 폐기물로 처분하라는 건 약물로 죽인 동물을 이 연구소 뒤쪽에 있는 의료 폐기물 처리장에 버리라는 의미잖아요.”

“문장 그대로 해석한다면 그렇죠.”

“그런데 이 연구소에는 소각로가 있잖아요. 폐쇄하기까지 이틀이나 남았는데 사체를 태우지 않고 그냥 버려두라고요?”

“아.”

미사토가 작게 소리쳤다.

“몸에 히트가 쌓인 실험동물의 사체를 까마귀가 먹었고, 그 때문에 까마귀가 흉포해졌죠. 그건 까마귀의 포식 행위를 누구도 예상치 못했다는 전제로 한 추론입니다. 하지만 그게 만약 처음부터 계획된 일이었다면? 도쿄에서 발생한 세 사건이 기류 다카시의 실험의 산물이라는 보고를 받은 스턴버그 제약 본사가 몸에 히트가 남아 있는 사체를 야외에 버려뒀을 때 벌어질 일을 이미 알고 있었다면? 그럼 더이상 사고가 아니죠. 스턴버그 제약의 음모예요.”

“음모라니, 말도 안 돼요.”

“음모라는 말이 너무 거창하게 들린다면……, 그래요, 실험이라고 바꿔 말하면 어떨까요? 그러고 보니 지금 생각났네요. 과거에 미국이 베트남에서 고엽제를 살포하기 전에 먼저 광대한 농지를 실험 장소로 사용했다더군요. 뉴멕시코주에서 원자폭탄 실험을 한 것처럼요. 스턴버그 제약도 이 연구소를 중심으로 가미시마초 지역 일대를 실험 장소로 이용한 겁니다. 히트를 전략 무기 중 하나로 본다면 모든 게 이해가 돼요. 인위적으로 농축한 히트를 병사 한 명 한 명에게 주사해 전쟁에 내보내는 것보다 지역 전체를 히트로 오염시켜 생태계 전체를 관찰하는 게 훨씬 효율적이니까요.”

“그 일에 기류 씨도 가담했다고 생각하는 거예요?”

미사토는 마키하타가 마치 이 모든 사건을 저지른 장본인인 것처럼 노려보더니 계속해서 아이콘을 눌러 파일을 열었다. 말없이 분주하게 키보드만 두드리는 그녀의 뒷모습은 필사적으로 변명거리를 찾는 아이 같았다.

그리고 한동안 난방과 컴퓨터 돌아가는 소리만 들리던 가운데…….

"아아!"

안도와 놀람이 뒤섞인 한숨이 미사토의 입에서 새어 나왔다.

"다행이다! 역시 있었어요. 여기 있었다고요!"

"뭘 찾았습니까?"

미사토가 의기양양하게 가리킨 화면에는 또다시 거북이 등 같은 육각형 모양 구조식이 있었다.

"그건 무슨 구조식이죠?"

"효소요. 다만 인공적으로 만들어 낸 것이에요."

"효소는 원래 우리 몸에 자연적으로 있는 물질 아닙니까?"

"맞아요. 그래서 이 효소는 인체 내 효소를 손봐서 만든 분해 효소인 셈이죠. 아젤팔린에 다이옥신 성질을 결합해 히트를 만든 것처럼 말이에요. 그래, 산성이나 알칼리성 물질로도, 700도 미만의 열로도 파괴할 수 없는 히트를 체내에서 분해할 수 있는 유일한 효소. 이게 바로 그거예요. 기류 씨는 이걸 완성하려고 했던 거예요!"

"그러니까 해독제 말입니까? 그럼 그게 있으면 도쿄 세 사건의 범인들도……."

"아뇨, 그건 아직……."

"아직?"

"완성된 게 아니에요. 기류 씨의 머릿속에서는 완성됐을지 모르지만 실제로 임상 단계까지 이르지 못했고, 무엇보다 이 데이터도 중간에 끝나 버려서요."

"……그게 기류 다카시가 연구소에 오려고 한 이유군요."

"그 소년들이 일으킨 사건이 보도된 직후 기류 씨를 만났을 때 얼굴이 새파랗게 질려 있었어요. 어쩔 줄 몰라 하며 어떻게 해야 하냐는 말만 반복했죠. 내가 그 사람에게 직접 들었어요. 스턴버그 제약 본사에서 아젤팔린의 샘플을 보내 왔을 때 그 약이 포식 능력을 높인다는 걸 알고 누구보다 열정적으로 연구했다고 했어요. 그리고 그 열정이 뜻밖의 끔찍한 사건을 일으킨 거죠. 그때 기류 씨가 유일하게 할 수 있었던 속죄는 아직 이론에 불과한 이 효소를 개발하는 것이었어요. 효소 개발은 히트가 완성된 직후 시작됐겠죠. 생화학 무기를 만들 때는 보통 면역 물질도 함께 개발하니까요. 하지만 도쿄의 사건들이 세상에 알려지면서 효소 개발 연구는 갑자기 중단될 수밖에 없었어요. 하지만 기류 씨는 어떻게든 효소를 완성하고 싶었죠. 그런데 데이터 반출이 엄격히 금지되어 있어서 폐쇄된 연구소로 향할 수밖에 없었던 거예요. 그래서……."

"그리고 놈들에게 습격당했다, 그런 말이군요. 아이러니한 이야기네요. 결국 자신의 이론을 몸소 증명해준 실험 대상에게 살해당한 셈이니까요."

마키하타는 무언가를 말하려다 멈췄다. 그를 등진 미사토의 뒷모습이 가늘게 떨리면서 억눌렀던 오열이 새어 나왔기 때문이다. 어쩌면 미사토 본인도 이곳에 효소 데이터가 남아 있을지 확신하지 못했을 것이다. 그렇게 생각하면 고통스러운 과정 끝에 사랑하는 사람의 선한 의도를 입증할 단서를 찾아내 기뻐하는 마음이 충분히 이해가 갔다.

그러나 증거가 없었다. 기류 다카시가 미사토 앞에서 죄책감에 떨던 모습은 연기였을지도 모른다. 결국 그는 해독제가 될 효소가 아니라 더 강력한 히트를 손에 넣기 위해 연구소로 향했으리라는 추론을 부정할 만한 물증은 아무것도 없었다.

하지만 그는 미사토의 추측이 진실이길 바랐다. 형사로서는 부적절한 태도겠지만 그렇지 않다면 용의자 취급을 받으면서도 차가운 하늘 아래서 까마귀를 추적한 뒤 자신의 목숨까지 걸고 연구소로 뛰어든 미사토가 너무도 가여웠기 때문이었다.

"……그럼 그 연구를 완성할 수 있습니까? 거기 남은 데이터로 다른 연구원들이 효소를 만들 수 있습니까?"

"그럴 수 있을 거예요. 하지만 시간이 필요하죠. 나머지 부분을 완성하겠다는 건 기류 씨의 머릿속을 읽겠다는 것이니까요."

'하지만 불가능하지는 않잖아?'

그렇게 말하려고 한 순간이었다.

정체를 알 수 없는 충격이 마키하타의 온몸을 덮쳤다.

통증이나 고통이 아니라 보이지 않는 철사에 온몸이 꽁꽁 묶인 느낌이었다. 마키하타는 숨도 쉬지 못한 채 바닥으로 무너져 내렸다. 몹시 놀란 미사토의 얼굴이 느린 화면처럼 눈에 들어 왔다. 미사토는 이 충격을 못 느끼는 건가? 의아하게 생각하면서 바닥에 처박혔다. 하지만 통증은 없었다.

갑작스러운 사태에 숨을 쉴 수 없었다. 숨을 쉬려고 해도 목 근육이 경직돼 제 기능을 하지 못했다. 목 외에도 온몸의 관절이 마치 남의 몸인 것처럼 말을 듣지 않았다. 그런데도 정신은 또렷해서 머리를 맹렬히 굴려 상황을 판단했다.

지금 몸에 이상을 느낀 사람은 자신뿐이고 미사토는 무사하다. 그러면 나와 가까이 있던 것은…….

'온풍기! 저 송풍구에서…….'

그 순간 구조가 했던 말이 떠올랐다.

―……포기한 연구소에 외부인이 침입했을 때 작동할 함정도 설치하는 것도 거의 의무였습니다. 시설의 전원을 일단 차단한 뒤 안전장치를 풀지 않은 채 다시 켜면 실내에 유독 가스가 나오게 되어 있습니다.

'함정이구나.'

아까 머리를 스쳤던 경고가 바로 이것이었다.

그렇다면 이것은 신경가스 같은 물질일까.

어쨌든 미사토에게 사실을 알려야 한다는 생각에 오른손 근처에 있는 미사토의 발목을 잡으려고 몸을 꿈틀거렸다.

하지만 이미 늦었다.

간신히 힘을 쥐어 짜내 미사토의 발목에 손이 닿았을 때 미사토의 몸이 휘청이며 기울었다. 바로 옆으로 쓰러지는 그녀의 몸을 뻗고 있던 팔로 쿠션 삼아 겨우 받아내는 것이 최선이었다.

괜찮아요? 라고 입 모양으로 물었다. 희미하게 눈을 뜬 미사토는 그 질문을 확인하더니 고개를 살짝 끄덕였다. 다행히 마키하타만큼 큰 영향을 받지 않은 모양이었다.

뻣뻣하게 굳은 목을 돌려 온풍기를 바라보니 역시나 송풍구에서 안개 같은 기체가 뿜어져 나오고 있었다. 그 안개는 공기보다 가벼운 듯 천장 부근에 층을 이루고 떠 있었는데 그 층이 점점 두터워졌다.

눈과 코 깊숙한 곳에 극심한 통증이 밀려왔다. 시야가 순식간에 눈물로 뿌옇게 변했다.

가스 분출을 멈춰야 한다. 아니, 그보다 이 연구실에서 당장 빠져나가야 한다.

그러지 않으면 죽는다.

그 순간 마비됐던 근육이 움찔거리며 의지가 통하기 시작했다.

미사토의 목을 끌어안고 팔꿈치에 힘을 주며 바닥을 기어갔다. 눈앞에 있는 문이 까마득했다. 필사적으로 뻗은 손으로 문손잡이를 돌린 뒤 겨우 벌어진 틈으로 억지로 몸을 밀어 넣었다.

그 순간 끔찍한 광경을 목격했다.

복도를 비추는 전등의 불빛이 자욱한 안개에 가려진 것이다. 함정은 연구실 안에만 설치된 것이 아니었다. 마키하타는 자신의 안이함을 저주하고 싶었다. 양쪽 벽을 봐도 온풍기를 끄는 스위치 같은 것은 어디에도 없었다.

메인 전원을 차단해야 한다. 마키하타는 곧바로 동력제어실로 향했다. 몸이 이렇게 무겁게 느껴진 적은 처음이었다. 반쯤 몽롱한 상태로 겨우 목적지에 도착했더니 배전반의 문이 열려 있었다. 문을 지지대 삼아 기어 올라가다시피 해 긴급 전원 스위치로 손을 뻗었다.

바닥이 내려앉는 듯한 소리와 함께 조명도 일제히 꺼졌다. 갑자기 중심을 잃은 마키하타의 몸이 바닥으로 무너져 내렸다.

그야말로 속수무책인 상황이었다.

슬슬 진통제 효과가 떨어지는지 온몸에 난 수많은 상처와 멍이 통증을 호소했다. 다른 기관과 감각은 마비됐는데 하필 통각만 그대로라니 정말 도움이 안 되는 가스였다.

함정에 빠진 불쌍한 먹잇감. 스턴버그 제약 놈들이 이 모습을 상상하며 비웃고 있으리라 생각하니 속이 뒤틀릴 만큼 분노가 치밀어올랐다.

풍선에 바람이 빠지듯 기력이 사라졌다. 더는 손가락 하나도 꼼짝하고 싶지 않았다. 숨 쉬는 것조차 힘들어서 차갑고 매끄러운 리놀륨 바닥에 누워 있는 것이 최고의 행복처럼 느껴졌다. 힘이 다한 자에게 안성맞춤인 침대였다.

이제 그만하자.

충분하다.

남은 힘을 모두 써 버렸다. 나는 최선을 다했다. 여기서 영원한 잠을 잔다고 뭐라고 할 사람은 없을 것이다.

눈물은 아직 멈추지 않았다. 코 깊숙한 곳은 대못을 박은 것처럼 여전히 아팠다. 혀는 딱딱하게 굳었고 입천장은 시멘트벽처럼 까끌까끌했다. 그리고 귀는…….

심장 박동에 맞춰 욱신거리는 통증이 소리로 변해 고막을 때렸다. 그 사이로 누군가 속삭이는 소리가 섞여들었다.

아니, 이것은 속삭임이 아니라 거친 기침 소리였다.

미사토가 연신 기침을 토했다.

그 순간 마키하타는 깨달았다.

아직 자신이 지켜야 할 사람이 있다는 사실을.

그 사실을 인식한 순간 마키하타는 내면에서 소리치는 목소리를 들었다.

최선을 다했다는 둥 헛소리하지 마.

네놈에게는 사명이라는 게 있었잖아. 결국 이루지 못해서 자책하고 자괴감에 빠져 살게 한 원흉. 너의 사명, 너의 정의. 그건 누군가를 지키는 것 아니었어? 곤경에 처한 사람을 구하는 것 아니었냐고. 그것도 해내지 못하고서 무슨 안식이야.

요리코도, 유산된 아이도, 그리고 그날 강물에 휩쓸려 사라진 소년도 구하지 못했어. 너라면 분명 구했을지도 모르는데. 오직 너만이 구할 수 있었을지도 모르는데. 너는 그저 겁에 질려 멀리서 구경만 했잖아.

자신의 안위를 지키려고.

지울 수 없는 책임의 무게 때문에.

잃어버린 것은 다시는 돌아오지 않아. 다시 시작할 수도 없어.

하지만 분명 같은 실수를 반복하지 않을 수는 있어. 그리고 그날 잃어버린 네 정의도 되찾을 수 있지.

이번이 마지막 기회다.

지금 다시 일어나.

아니. 몇 번이고 다시 일어나라고.

순간, 번개라도 맞은 듯 마키하타의 몸이 움찔 튀어 올랐다.

긴 악몽에서 깨어난 사람처럼 눈꺼풀을 들어 올렸다. 손가락과 발가락의 감각을 확인했다. 온몸 마디마디가 비명을 지르는 것을 느끼고는 오히려 마음이 놓였다. 통증을 느낄 수 있다면 감각이 아직 살아 있다는 뜻이다. 감각이 살아 있다면 뇌의 명령을 받아 움직일 수도 있다.

움직여라.

움직여라.

움직여라.

움직여라. 움직여라. 움직여, 움직여, 움직여, 움직여, 움직여.

그러자 몸 어디에 그런 힘이 남아 있었는지 양쪽 팔꿈치를 바닥에 대고 서서히 포복 자세로 기어갔다. 마키하타는 부활의 함성을 질렀다. 하지만 속도는 전보다 느렸다.

미사토는 동력제어실 바로 앞에 있었다. 불이 다시 꺼졌기 때문에 얼굴은 보이지 않았지만 아마도 마키하타처럼 멈추지 않는 눈물로 얼룩덜룩할 것이다. 어깨를 감싸 안자 물에 빠져 허우적대는 아이처럼 매달려 왔다.

귀를 기울였다. 배기음은 들리지 않았다. 유독 가스 분출은 일단 멈춘 듯했다.

물론 안심하면 안 된다는 것을 안다. 비록 공기보다 가볍다고 해도 가스가 이대로 천장 근처에만 머물러 있을 리 없었으니까. 서서히 아래쪽으로 가라앉을 것이다. 그렇게 되기 전에 이곳을 탈출하지 못하면 두 사람이 살아남을 가망은 없었다.

그렇다면 어디로 탈출할 것인가. 구조가 했던 말에 따르면 이러한 연구시설에는 만일의 사태에 대비한 비상 출구가 있다고 했지만 마쓰바라 레이코의 설명에 그런 말은 없었다. 애초에 레이코도 몰랐을까, 아니면 알고도 입을 다물었을까. 어쨌든 지금부터 그곳을 찾아내기에는 시간도 체력도 남지 않았으니 일단 원래 있던 곳으로 돌아가는 수밖에 없었다.

'아직 움직일 수 있어요?'

그렇게 물으려고 했지만 목소리가 제대로 나오지 않았다. 하지만 미사토는 마키하타의 생각을 짐작한 듯 조금이라도 앞으로 나아가려고 몸을 꿈틀거렸다.

미사토는 손전등을 들고 있지 않았다. 가스가 분출되고 전원을 끌 때 놓친 듯했다. 마키하타는 바지 주머니에서 펜 라이트를 꺼내 입에 물었다. 가스는 아직 천장 부근에 고여 있었고 두 사람이 기어가는 바닥의 시야를 가릴 정도는 아니었다.

미사토의 움직임이 점점 둔해졌다. 마키하타는 미사토의 어깨를 다시 감싸 안으며 끌어올렸다. 2인 3각이 아니라 2인 3팔 형태가 됐고 기어가는 속도도 더욱 느려졌다. 그때 어깨에 두른 손에 저항을 느꼈다. 미사토가 상체를 비틀어 팔을 풀어내려고 한 것이다.

"놓아줘요."

겨우 짜낸 목소리로 말했다.

"먼저 가세요."

하지만 마키하타는 미사토의 저항을 무시한 채 그 몸을 잡아끌었다. 팔꿈치는 이미 쓸릴 대로 쓸려서 피로 축축했지만 그 통증마저 무시했다. 머릿속에는 생각 대신 오로지 의지만 남아 있었다. 이성이 아니라 본능이 마키하타의 몸을 채찍질했다.

이윽고 펜라이트의 희미한 불빛이 계단을 비췄다. 다행히도 계단 위쪽에는 가스가 보이지 않았다.

첫 번째 계단에 오른쪽 팔꿈치를 얹고 온몸의 힘을 쥐어짜서 두 사람의 몸을 끌어올렸다. 팔뼈가 비명을 질렀지만 그마저도 무시했다. 계단 모서리가 살을 꾸득꾸득 파고들었다. 다시 한 계단, 그리고 또 한 계단.

"안 들려요? ……놓아 달라고요."

"안 돼요……. 여기까지 오는 동안…… 당신 말은 충분히 들어줬어요.……이제는…… 내 마음대로 할 겁니다."

"무슨…… 멋있는 척을 하고 그래요? ……지금 그럴 때가…… 아니잖아요."

겨우 남은 힘으로 너덜너덜한 몸을 계속 끌고 갔다. 몸뿐 아니라 생명력까지 사라져 가는 것 같았다. 지옥의 밑바닥에서 기어오르자 마침내 끝이 보였다.

팔에 힘을 주어 계단 끝까지 오르자마자 미사토를 끌어당겨 올렸다. 미사토의 몸은 무거웠고 바닥에 눕혀도 기운 없이 축 늘어졌다. 그 순간 한기가 온몸을 관통했다.

이 추위에는 사람뿐 아니라 다른 동물들도 움직이지 못할 것이다. 마키하타는 간절히 기도하며 네 발로 엎드려 방화문에 귀를 가져다 댔다. 어떤 소리나 새들의 울음소리가 전혀 들리지 않았다. 조금 전까지만 해도 사람 잡아먹는 까마귀들의 소굴이었던 곳이 지금은 안전한 장소로 바뀌었다. 목숨 걸고 도망친 곳에 다시 희망을 걸어야 하는 아이러니한 상황이 이어졌다. 숨을 멈추고 조용히 문을 열었다.

얼어붙은 공기가 문틈으로 흘러들어와 얼굴을 찔렀다. 조명이 없어도 쌓여 있는 눈에 반사된 빛으로 1층 홀 중심이 어렴풋이 보였다. 천천히 일어나 창문에 시선을 고정했다. 원통형으로 설치된 창문을 가득 메웠던 까마귀들이 지금은 한 마리도 없었다. 도저히 믿기지 않아 다시 한번 주위를 둘러봤지만 역시나 까마귀로 보이는 실루엣은 하나도 없었다.

'살았다.'

팽팽하게 조여 있던 신경이 순식간에 풀어졌다.

놈들은 한 마리도 남김없이 둥지로 돌아갔다. 이제 연구소 밖으로 나가 본부에 연락해서 구조를 기다리면 된다. 와타세는 단독 행동을 한 마키하타에게 노발대발하겠지만 몇 시간 동안 파악한 진상과 심각한 부상을 봐서 용서해줄 것이다. 이번에는 마키하타를 포함해 증인이 존재했다. 스턴버그 제약 본사의 눈치를 보지 않고 수사 영장을 청구할 수 있다. 그리고 기류 다카시의 컴퓨터에 남은 모든 자료를 확보한다면 사건은 머지않아 해결되리라.

그런 생각에 잠겨 있을 때였다.

목덜미에 차가운 감각이 스쳤다.

바람은 아니었다.

손을 가져다 대니 물방울이었다.

눈. 어디서 떨어졌을까?

마치 누가 잡아당긴 것처럼 고개를 뒤로 돌렸다.

그리고 보고 말았다.

사각지대였던 바로 뒤, 창문 하나에 거대한 구멍이 뚫려 있었고, 그곳으로 눈이 가루처럼 흩날리며 떨어졌다.

돌아간 것이 아니었나.

동굴에서 느꼈던 섬뜩한 공포가 다시 온몸을 강타했다.

스포트라이트를 비춘 듯한 홀 중앙에 정신이 팔린 사이, 지금까지 신경 쓰지 않았던 홀 구석에서 칠흑 같은 그림자가 사악한 기운을 뿜어내며 도사리고 있었다.

극심한 공포에 헛웃음을 터뜨릴 뻔했다.

까악.

그것이 신호였다.

산사태가 일어나는 듯한 굉음과 함께 시커먼 어둠 속에서 악마들이 일제히 날아들었다.

사방에서 쏟아지는 공격을 피할 틈도 없었다. 마치 정말로

흙더미에 삼켜지는 것처럼 마키하타의 몸은 힘없이 떠밀려 넘어졌다.

공포와 절망과 함께 이로써 끝이라는 안도감이 들었다. 팔과 다리에 부리가 꽂혔지만 싸울 만한 체력도 기력도 남아 있지 않았다.

그러나 이어지는 충격에 마키하타는 결국 비명을 질렀다.

부리 두 개가 왼쪽 눈을 공격했다. 단순히 쪼아대는 정도가 아니라 몸 전체를 날려 눈구멍을 뚫을 셈이었다. 온몸의 신경이 날카롭게 비명을 지르는 듯한 극심한 통증, 그리고 이대로 잡아먹힐 것이라는 공포가 분노에 불을 당겼다.

왼쪽 눈에 박힌 까마귀를 뽑아내자마자 힘껏 움켜쥐어 터뜨리고 입술을 쪼려던 한 놈의 머리를 꽉 붙잡았다. 그리고는 힘껏 씹어 버렸다. 약에 오염돼 공격 본능이 강화됐지만 호두만큼 단단하지 않아서 머리뼈가 순식간에 박살 났다. 뇌수인지 피인지 모를 쓰고 끈적한 액체가 입안에 퍼졌다.

그 순간 이성이 산산이 부서져 날아갔다.

마키하타는 포효했다. 다시 아드레날린이 솟구쳤다. 온몸의 피가 들끓었다.

갑자기 치솟은 힘을 최대한 쥐어 짜내서 마키하타의 뱃살을 물어뜯던 까마귀 두 마리를 맹금류처럼 낚아채 바닥에 패대기쳤다. 둔탁한 소리와 함께 살인자 두 마리는 고깃덩어리가 됐다. 다음으로 가슴을 물어뜯는 세 마리를, 그다음에는 어깨를 짓누르는 두 마리를 감정 없는 기계처럼 짓눌러 으깨고 부숴 버렸다. 물론 마키하타도 피부가 벗겨지고 살점이 뜯겼다. 양손이 점점 끈적거리고 미끄러웠지만 그것이 까마귀 피 때문인지 자신의 피 때문인지 구분이 가지 않았다.

머릿속에 남은 일말의 이성은 그제야 비로소 죽음을 인식했다. 하지만 자신이 시신이 되어 쓰러져 있는 모습은 전혀 상상이 가지 않았다. 지금은 그저 눈앞을 덮치는 수많은 적을 향한 폭발할 듯한 분노만이 남아 있었다.

나는 어차피 죽을 운명이다. 하지만 죽기 전에 한 마리라도 더 길동무 삼을 것이다.

그것은 더 이상 새와 인간의 싸움이 아니었다.

포식동물의 본능 때문인지 신체에서 비교적 연한 부분인 얼굴, 목, 위팔, 배를 집중적으로 공격했다. 그러나 급소인 그 부위들을 방어하는 것은 진작에 포기했다. 몸을 비틀어도 손으로 막아도 소용없었다. 그 대신 몰려드는 적을 없애는 데 힘을 쏟는 것이 그나마 나은 선택이었다.

이윽고 놈들이 셔츠가 찢어져 드러난 가슴을 공격했다. 피부를 뚫고 갈비뼈를 부러뜨린 뒤 심장을 쪼아먹을 작정인가. 그러면 더는 저항할 도리가 없었다. 마키하타는 가슴팍으로 몰려드는 까마귀들을 떼어냈다. 하지만 단단한 뼈로 보호하는 부위이기에 그곳이 가장 중요한 급소라는 사실을

마녀의 심복

알기라도 하는 듯 공격은 집요하고 끝이 없었다. 몇 마리를 움켜쥐어 뭉개버려도, 몇 마리를 떼어내도 공격은 사라지지 않았다. 그러다가 피에 젖은 손이 미끄러워서 끝내 적의 몸을 움켜쥘 수 없게 됐다.

의식이 점점 흐려졌다. 빈 병을 뒤집어서 탈탈 털어 마지막 한 방울이 떨어지기 직전인 상태 같았다. 그렇게 마침내 몸과 정신을 잇는 실이 끊어지려던 바로 그 순간이었다.

별안간 까마귀들의 공격이 멎었다.

마키하타를 짓누르던 놈들은 몸에 박아넣은 부리를 빼고 일제히 멀어졌다. 그들이 향하는 방향으로 시선을 돌리니 홀 중앙에 점과 같은 광원이 있었다. 놈들은 그것은 새로운 사냥감으로 인식하고 공격했다.

그 순간 마키하타의 몸이 뒤쪽으로 끌려가더니 저항할 틈도 없이 방화문 틈으로 빨려 들어갔다.

닫힌 문 너머에서 까마귀들이 부딪히는 격렬한 소음이 한동안 계속됐지만 그 소리도 소나기가 그치듯 뜸해지더니 이내 조용해졌다.

"살아 있어요? 형사님, 살아 있어요?"

떨리는 목소리와 함께 따뜻한 온기가 느껴지는 손바닥이 얼굴에 닿았다. 상대를 안심시키기 위해 그 손 위에 자신의 손을 포갰다.

"아까…… 그 불빛은?"

“형사님이 가지고 있던 펜라이트요. 여기에 있기에 급하게 던져서 까마귀들을 유인했어요. 잠깐 기다리세요, 아직 지혈제가 남아 있어요.”

부드러운 손이 뺨에 난 상처를 더듬다가 이마로 옮겨갔다. 그리고 눈썹에 닿았다가 안구가 사라진 눈구멍을 더듬었을 때 화들짝 놀라 손을 멈췄다.

미사토의 머리카락이, 숨결이, 그리고 얼굴이 마키하타의 가슴으로 무너져 내렸다.

“……왜 그래요?”

“당했어요? 한쪽 눈.”

“아…….”

“안 보여요?”

“아마도. 터진 것 같아요.”

“왜……, 왜 이 지경이 될 때까지……. 나를…… 나 같은 걸 지키려고.”

“내가 따라가겠다고 나선 겁니다. 미사토 씨는 아무 잘못 없어요.”

“그래도…….”

“어차피 캄캄하잖아요. 크게 달라진 상황은 아닙니다. 그것보다……, 아까 우리가 마신 가스, 그게 뭔지 알겠어요?”

딸각하는 소리가 나더니 눈앞에 작은 불빛이 나타났다. 미사토가 라이터를 켠 것이다. 아무리 작아도 암흑 속에서

마녀의 심복

는 눈부신 빛이었다. 미사토는 그 빛에 의지해 지혈제를 놓고 붕대를 감았다.

"불빛은 이 라이터가 전부예요.⋯⋯내 전문 분야가 아니라서 잘은 모르지만⋯⋯ 피부로 침투하는 즉효성을 지닌 가스 같아요, 그 이상은⋯⋯."

"그래 맞아요. 그 가스를 맞는 순간 순식간에 힘이 빠졌으니까. 그런데⋯⋯ 이상하지 않아요? 나는 온풍기 바로 아래 있어서 가스를 직격으로 맞았어요. 이미 크고 작은 부상도 입었고 진통제 효과도 남아 있지 않았죠. 그런데 아직 제대로 움직이고 있잖아요. 당신도 그렇고요. 나보다 가스를 덜 맞았다고 해도 복도를 기어서 여기까지 올라올 수 있었던 이유가 뭘까요?"

"왜냐하면 그건."

"⋯⋯빈사 상태에서도 끝이 없는 체력을 유지한다니 비정상적입니다. 히트예요. 히트가 우리 몸속에 들어와 이런 초인적인 힘을 발휘하게 하는 거예요."

"⋯⋯그 까마귀들을 통해 우리 몸속으로 들어왔다는 말이군요?"

"쉴새 없이 부리로 쪼였잖아요. 꼭 타액이 아니더라도 피가 몸속에 들어와 섞였을 수도 있고요. 어쩌면 소량만 체내에 들어와서 이성이 간신히 남은 몸에 체력만 비정상적으로 끌어올려지고 있는 걸 수도 있어요."

“그런데 어떻게 그렇게 침착할 수 있어요!”

미사토가 겁에 질린 목소리로 분노에 차 소리쳤다.

“아무리 소량이라도 히트는 몸속에서 분해되지 않는다고요. 이성이 유지된다는 속 편한 소리를 언제까지 할 수 있을지 몰라요.”

“나도 압니다. 걱정 마요. 미사토 씨만은 무슨 일이 있어도 여기서 내보내줄 테니까.”

“이야기가 왜 그렇게 흘러가는데요! ‘미사토 씨만은’이라니 무슨 소리예요! 아까부터 계속 영웅 행세는 혼자 다 하고. 지금 거울로 보여주고 싶네요. 형사님 지금 몰골이 말이 아니에요. 그런 꼴로 남을 돕겠다니, 도대체 무슨 소리인지. 아니면 순직 같은 게 멋지다고 진심으로 생각하는 거예요?”

“영웅 행세하는 거 아닙니다. 나는 그저 비겁한 사람이 되고 싶지 않을 뿐입니다.”

“비겁한 사람이요?”

“해결할 능력이 있는데 이런저런 핑계로 도망치는 놈을 부르는 말이죠.”

“형사님을 희생해서 나 혼자 살아남아도 하나도 안 기쁠 거예요…….”

“두 명보다 한 명이 탈출하는 게 확률이 더 높아요. 당신은 중요한 증인입니다. 당신이 살아남지 못하면 누가 스턴버그 제약의 더러운 계획을 폭로하겠어요? 누가 히트를 분해할 효소가 있다는 사실을 전달하겠어요? 게다가 이건……
나 자신을 위한 일이기도 합니다.”

“그게…… 무슨 말이에요?”

“만약 여기서 당신을 구하지 못하면 나는 다시는 나 자신을
용서하지 못할 겁니다.”

“알아듣게 설명해요.”

“여기서 무사히 탈출하면.”

반박의 여지는 남기지 않는 말투에 미사토는 입을 다물
었다.

마키하타의 몸은 이미 반쯤은 죽은 상태라 이 몸을 방패
삼는다고 해도 사람 한 명을 구할 수 있을지 의문이었다.

그러나 비관적이기는 해도 절망하지 않았다.

이곳에는 미사토가 있으니까.

지금까지 포기하고 싶은 순간이 몇 번이나 있었지만 곁
에 미사토가 있다는 사실을 떠올릴 때마다 다시 힘을 낼 수
있었다. 정신이 무너질 것 같을 때도 지켜야 할 사람이 곁에
있으면 사람은 스스로도 몰랐던 힘을 발휘하게 된다.

“미사토 씨가 한 말이 맞았네요.”

“무슨 말이요?”

“이건 현대에 되살아난 마녀의 이야기예요. 인간을 믿지
못했던 기류 다카시라는 마녀의 후예가 그 원한 때문에 인
간 세상에 재앙을 불러올 저주를 걸었죠. 나중에 마음이 바

꿰어서 저주를 풀려고 했지만 그것은 이미 주인의 손을 떠나 자신의 의지를 갖게 됐어요……. 인간이 증오라는 굴레에서 벗어나지 못하는 한 마녀는 언제라도 몇 번이고 되살아날 겁니다.”

“그 동화는 해피엔드인가요?”

“모르죠. 진짜 동화는 결말이 상당히 잔인하다고 들었으니까.”

“그럼 해피엔드로 만들려면 무엇이 필요할까요? 마법의 검? 아니면 착한 마법사?”

“불…….”

“불이요?”

“히트에 오염됐어도 놈들은 까마귀의 습성이 짙게 남아 있습니다. 그렇다면 야생동물이 불을 무서워하듯이 놈들도 역시 불을 무서워할 겁니다. 화염 방사기까지는 아니라도 가스 토치 같은 것이라도 있다면…….”

“화학 실험할 때 큰 화력이 필요한 경우는 있지만 그중에서 휴대용으로 쓸 만한 장비는 떠오르지 않네요. 무엇보다 연료가스가 없어서 도구가 있더라도 사용할 수 없어요.”

“아, 그러면 소독용 알코올은 좀 남았습니까? 잘하면 간단한 화염병을 만들 수 있거든요, 화력은 약해도.”

“원래 약병에 절반도 안 남아 있었는데 그마저도 형사님 상처를 소독하는 데 다 썼어요. 게다가 약용 알코올은 불이 잘 안 붙어요.”

“그렇다면 그 라이터는 아끼는 편이 좋겠군요. 이제 꺼 둬
요. 남은 천으로 횃불을 만들…….”

“잠시만요! 어쩌면…… 방법이 있을지 몰라요.”

눈을 잃은 부위는 물론이고 온몸이 상처투성이였다. 원래
라면 엄청난 출혈과 극심한 통증 때문에 의식을 잃었을 테
지만 통증은 그저 욱신거리는 정도였고 정신은 여전히 또
렷했다. 마치 온몸에 국소 마취를 한 것처럼. 이것이 히트의
효과라면 감탄이 나올 정도로 놀라운 약이었다. 국지전용으
로 개발된 무기라는 사실이 이해가 갔다.

추위도 더위도 고통도 느끼지 못한 채 오로지 정신만 또
렷했다. 마치 꿈을 꾸는 기분이었다. 꿈에서처럼 뭐든 다 할
수 있을 것만 같은 기분이 들어서 그런가. 그러나 히트는 사
람이 꿀 수 있는 가장 끔찍한 악몽이었다. 이 꿈이 자신을
집어삼킨다면 자신도 서슴없이 미사토의 목을 조를 것이다.
그렇게 되기 전에 미사토를 이곳에서 탈출시키고 자신에게
서 떼어놔야 한다.

그것은 결국 자신을 희생해야 한다는 뜻이었지만 이상하
게도 비장함이나 슬픔은 조금도 느껴지지 않았다.

“좋은 방법이 있습니까?”

“토치가 아니어도 화력만 세면 되죠? 그렇다면 폭탄은 어

때요?”

“그런 쓸 만한 물건이 여기 어디…….”

“만들면 되죠! 1층에 약제 창고가 있잖아요. 의약품을 그대로 놔두고 갔을 정도니 분명 약제 창고에도 약품들이 그대로 남아 있을 거예요. 그 약들을 조합해서 폭탄을 만들면 돼요.”

“연구소에 남은 약들은 의약품이지 않습니까. 도대체 의약품을 조합해서 어떻게 폭탄을 만든다는 거죠? 무엇보다 그런 걸 만들어 본 적 있습니까?”

“대학에서 실험할 때 잠깐. 그리고 기본 지식…….”

그때 무언가 깨달은 듯 갑자기 말을 멈췄다.

미사토가 망설이는 이유를 곧 알았다. 약제 창고와 조제실은 홀 건너편에 있었다. 즉 그곳에 가려면 까마귀 떼가 도사리고 있는 홀 한가운데를 지나가야 했다. 게다가 그런 위험을 무릅쓰고 가도 약품이 남아 있다는 보장은 없다. 설령 있다 하더라도 문이 잠겨 있다면 문을 따는 내내 까마귀들의 공격에 노출되는 상황이었다.

그러나 마키하타는 오히려 의욕이 솟았다.

까마귀 떼를 뚫고 지나가야 한다고? 이보다 좋을 수는 없다. 어차피 마지막에는 놈들과 정면 승부를 봐야 할 테니까.

만약 약품이 남아 있지 않다면? 그때는 약제 창고에 미사토를 밀어 넣고 자신은 어떻게든 연구소 밖으로 탈출해 본부에 연락을 시도할 것이다. 아마 전화를 걸기 전에 까마귀 떼에게 잡아 먹힐 테지만 휴대폰에 GPS 기능이 있으니 곧 본부에서 구조대가 출동할 것이다. 그리고 현관에서 마키하타의 시신을 발견한 뒤 곧바로 미사토를 구해낼 것이다.

만약 미사토의 계획대로 폭탄을 만들 수 있다면? 그것이야말로 바라던 바다. 자신이 쓰러지기 전에 한 마리라도 더 불태울 것이다. 창문은 하나만 깨져 있으니 놈들도 한꺼번에 도망칠 수 없을 테고 히트에 오염된 까마귀는 도망가려는 의지도 약할 것이다. 그렇게 화약고가 된 이 건물에서 놈들이 우왕좌왕하는 동안에 미사토를 밖으로 내보내면 된다. 무엇보다 이것이야말로 구조의 복수를 마무리하는 데 가장 어울리는 폭죽이리라.

"폭탄을 만드는 데 쓸 만한 재료가 있을 것 같아요?"

"히트 같은 걸 만드는 연구소잖아요. 특정 독극물이 잔뜩 쌓여 있어도 이상하지 않죠."

마키하타는 횃불의 심지를 만들 만한 재료를 찾아봤지만 이 한정된 공간에 그런 것은 없었다.

그때, 순간 신발이 떠올랐다. 피와 진흙, 눈으로 엉망이 된 신발을 벗은 뒤 발끝 부분을 셔츠로 감았다. 곧 길이 30센티미터 정도 되는 투박한 횃불 두 개가 완성됐다. 이것을 둘 다 들면 양손이 묶이지만 어쨌든 자신이 방패가 되어 미사토를 지켜야 했다.

"약제 창고가 잠겨 있으면 당신이 문을 따야 해요. 자 여기, 만능열쇠. 어떻게 사용하는지 알려줄게요."

희미한 라이터 불빛 속에서 미사토는 고개를 살짝 끄덕였다.

약병 바닥에 아주 조금 남아 있는 소독용 알코올을 발견하고는 횃불 끝에 마지막 한 방울까지 탈탈 털어 적셨다.

불을 붙이자 푸르스름한 불꽃이 순식간에 커졌다.

횃불이라고 해도 심지를 합성 가죽으로 대충 만든 물건이었다. 5분이면 다 타버릴 것이다.

고작 5분.

하지만 5분이면 충분했다.

그렇게 마음을 다잡고 자리에서 일어나려는데 하체가 말을 듣지 않았다. 몸에 퍼져 있던 독가스가 사라지지 않고 어느새 발밑부터 서서히 좀먹고 있었다.

인간을 짐승으로 만드는 마약, 히트. 그것이 사악한 발명품이라는 사실은 부정할 수 없다. 하지만 비록 악마의 선물일지라도 지금은 다시 한번 그 힘이 간절히 필요했다.

아까의 일을 떠올렸다. 생명의 불꽃이 꺼져갈 때 힘을 일깨우는 것은 공포와 분노다. 마키하타는 까마귀의 습격을 받았을 때 느꼈던 끔찍한 두려움, 아이를 구하지 못했던 스스로를 향한 격렬한 분노를 되새겼다. 원래라면 자신을 위축시켰을 그 감정이 지금은 오히려 강력한 각성제 역할을 했다.

피와 짐승, 소독용 알코올과 라이터 냄새가 코를 자극했다. 가슴 깊은 곳에서 어두운 불꽃이 서서히 타올랐다.

하체에 서서히 감각이 돌아왔다. 마키하타는 벽에 등을 기댄 채 몸을 질질 끌어올렸다.

"난 신경 쓰지 말아요. 미사토 씨는 무조건 약제 창고로 뛰어가기만 해요. 나를 신경 쓸수록 우리가 살아남을 확률은 낮아지니까. 알겠어요?"

"……알겠어요."

마키하타는 두려움을 떨쳐내듯 지옥의 문을 열었다.

방화문을 열자마자 놈들이 기다렸다는 듯 덮쳐왔다. 그러나 발톱과 부리가 닿기 전에 횃불이 날개 몇 개를 태우자 그 기세가 꺾였다. 놈들을 위협할 정도는 아니지만 그래도 주춤하게 할 정도는 됐다. 역시 불을 싫어하는 듯했다. 마키하타는 횃불을 사방으로 흔들며 공격을 분산시켰다. 불길이 닿지 않는 하체와 등은 부리로 공격을 당했지만 급소를 공격당하는 것보다는 견딜 만했다. 그 광란 속에서 차갑게 식은 감각 일부가 뒤를 스쳐 지나가는 미사토를 감지했다.

횃불을 거칠게 휘둘러도 불은 꺼지지 않았다. 불길이 심지의 셔츠를 다 태우고 이제는 신발 표면을 태우기 시작했는데, 합성 가죽은 한 번 불이 붙으니 오래된 타이어처럼 활

활 타올랐다. 천연 가죽이었다면 이 정도는 아니었을 텐데, 어차피 닳을 것이라며 저렴한 신발을 산 것이 오히려 도움이 됐다.

지금쯤이면 됐을 텐데…….

그때, 마키하타는 초조함과 안도감이 뒤섞인 기분으로 미사토의 손에 이끌려 뒷걸음질로 걸었다. 몇 걸음 걸어간 뒤 오른쪽으로 돈 다음 또다시 비좁은 문틈으로 몸이 끌려 들어갔다. 그리고 문이 닫혔다. 앞에 달라붙어 있던 까마귀들은 코앞에서 쫓겨났다.

몸은 참으로 단순하고 솔직해서 적이 사라진 순간 힘이 탁 풀렸다. 하체가 쑥 꺼지는 느낌이 들었을 때 부드러운 몸이 그를 받아냈다.

미사토가 말없이 가느다란 팔로 마키하타의 목을 끌어안고 뺨을 비볐다. 그녀의 얼굴은 눈물로 젖어 있었다.

"미사토 씨……. 난 구조견이 아니라고요."

"알아요. 개는 그렇게 꼬박꼬박 말대꾸하지 않거든요."

"분명 나는 신경 쓰지 말라고 했는데……."

"형사님은 아직 할 일이 남았잖아요. 나를 여기서 무사히 구해주겠다면서요? 그 임무가 끝날 때까지는 죽게 내버려두지 않을 거예요!"

미사토는 날카로운 목소리와는 반대로 마키하타의 상체를 깨지기 쉬운 유리 다루듯 조심스럽게 벽에 기대 놓았다.

약제 창고라고 하기에 정로환이나 과산화수소수 냄새가 날 줄 알았는데 의외로 약 냄새는 나지 않았다.

한편 미사토의 예상은 적중했다. 비축한 약들은 손도 대지 않은 채 그대로 남아 있었다. 어둠 속에서 라이터 불꽃이 흔들렸다. 미사토가 옆으로 이동하며 선반에 빼곡히 늘어선 약병들을 하나하나 확인했다.

“없어…….”

미사토는 조바심 어린 목소리로 말했다. 그러고는 선반에서 물러나 라이터로 벽을 비추며 무언가를 찾았다.

“왜 그래요?”

“열쇠로 잠가 두는 약품 보관함이 있을 거예요. 독이나 극약은 그렇게 보관하도록 법으로 정해져 있거든요. …… 있다!”

미사토가 찾던 보관함은 바로 발밑에 있었다. 허리까지 오는 높이로 벽에 매립되어 있었다. 몸을 숙여 문을 밀고 당겨 봤지만 잠긴 문은 열리지 않았다. 그러나 미사토는 실망한 기색 없이 픽건을 꺼내 열쇠 구멍에 꽂았다. 조금 전에 약제 창고의 문을 여는 데 고생한 경험이 도움이 됐는지 이번에는 문을 따는 데 오래 걸리지 않았다.

보관함을 열자 예상대로 그들이 찾던 독극물이 들어 있었다. 미사토는 서둘러 약병의 라벨을 확인했다.

“에틸렌옥사이드……, 클로로메테인……, 시안화 수소……, 브로모에탄……, 피크르산.”

마키하타는 주문처럼 이어지는 소리를 들으며 만약 미사토가 형사라면 꽤 좋은 파트너가 될 수 있겠다는 생각을 했다. 다만 준법정신이 투철한 콤비는 될 수 없으리라. 여기 오기까지 두 사람이 얼마나 많은 불법을 저질렀던가. 당장 생각나는 것만 해도 주거 침입, 기물 파손, 절도, 독극물 관리법 위반이었다. 하지만 어쩔 수 없는 선택이었다. 모두 미사토와 자신을 지키기 위한 일이었다. 정식 절차를 밟았더라면 목숨을 지킬 수 없었을 터다. 지켜야 할 정의도 잃었을 것이다.

뭐지. 예전에 구조가 한 말과 같지 않은가.

감화된 것인가?

"아니에요."

어느새 바로 옆에 구조가 나타나 웃으며 말했다.

"마키하타 형사님은 원래부터 그런 경찰이었던 거예요. 아니, 경찰이라면 모두 그래야 하죠."

"다소 과격한 의견이군요."

"우리를 둘러싼 상황이 과격하니까요. 어쩔 수 없는 부분입니다. 한 나라의 정치를 그 나라의 국민이 만들 듯 한 나라의 경찰은 그 나라의 범죄가 만드는 겁니다."

"이게…… 정말 잘한 선택일까요?"

"후회하세요?"

"아뇨……, 판단이 서지 않아서요."

"그런 사람은 대부분 자신의 생각이 옳다는 걸 다른 사람에게 확인받고 싶어 하죠. ……이 정도면 사건은 해결됐다고 봐도 될 겁니다. 기류 다카시 사건과 영아 유괴 사건의 범인은 까마귀라고 결론지을 수 있습니다. 물론 입건하려면 물증을 확보하는 데 애는 먹겠지만, 어차피 놈들을 전부 잡아 구치소로 보낼 생각은 없지 않습니까. 형사님은 스턴버그 제약을 고발하고 싶겠지만 안타깝게도 그러면 경찰청뿐 아니라 후생노동성과 외무성까지 끌어들이게 되는 국제적인 사건으로 발전할 테고, 결국 형사님의 손을 떠나게 될 겁니다."

"저는…… 구조 씨의 복수를 하고 싶었는데요."

"그거 참 감사한 일이네요……. 하지만 지금 형사님에게 가장 중요한 건 마리무라 미사토 씨를 구하는 것 아닙니까?"

"그건…… 그렇지만. 하지만 미사토 씨를 여기까지 데리고 와 오히려 위험에 빠뜨리고 말았습니다."

"아뇨. 형사님이 함께 움직이지 않았다면 미사토 씨는 동굴에서 까마귀의 먹이가 되었을 겁니다. 형사님은 충분히 제 몫을 다했어요."

"아직…… 멀었습니다. 놈들을 이곳에 묶어 두고 미사토 씨를 탈출시켜야 제 임무가 끝납니다. 그런데……."

"그런데?"

"한심하게도 몸이 말을 듣지 않네요. 지금까지 약의 힘을 빌려 어떻게든 버텼지만 이제는 정말 한계인 것 같습니다. 이제 내 힘으로 움직일 수 있는 건 심장과 뇌뿐이에요.”

“그 두 가지만 움직일 수 있으면 괜찮아요. 다리 쪽은, 부족하지만 제가 힘을 빌려 드리죠.”

“형사님! 내 목소리 들려요? 저기요, 눈 좀 떠요. 정신 차려 보라고요!”

한쪽 눈을 힘겹게 뜨자 금방이라도 눈물을 터뜨릴 듯한 미사토의 얼굴이 보였다.

“아아, 다행이다! 아직 살아 있는 거죠?”

“멋대로…… 죽이지 마요.”

“설 수 있겠어요?”

“설 수…… 있어야죠.”

“폭탄을 어찌저찌 만들기는 했어요.”

미사토가 팔을 책상 위로 뻗자 라이터 불빛 아래로 주둥이가 넓은 병 네 개가 보였다. 병 입구에는 고무줄로 묶은 세 개의 시험관이 각각 꽂혀 있었다.

“병에는 독극물을 넣었고 시험관에는 산화제와 알칼리 약품을 넣었어요. 시험관이 깨지면서 산화제와 독극물이 섞이면 폭발하는 구조예요.”

“위력은 어느 정도 됩니까?”

“솔직히 모르겠어요. 이런 건 살면서 처음 만드는 데다, 약품이 모자라서 네 병에 각각 다른 독극물을 넣었거든요.”

"하지만 위험도는 높죠?"

"그야…… 절대로 섞지 말라고 배운 조합이니까요."

"그럼 충분해요."

비록 폭죽 수준의 위력이라도 없는 것보다는 낫다. 맨몸으로 맞서야 하는 처지에 그 정도면 감지덕지였다. 문제는 거의 시체나 다름없는 몸이 얼마나 움직여 주느냐였다.

이제 정말 마지막이다.

앞으로 5분만 더…….

마음속으로 그렇게 되뇌자 믿을 수 없는 일이 일어났다.

특별히 의식하지 않아도 무릎이 구부려지고 힘을 주지 않아도 허리가 펴졌다. 스스로 일어나는 것이 아니라 누군가가 몸을 끌어올리는 것처럼 벌떡 일어섰다. 스스로의 힘으로 움직일 수 있는 것은 심장과 뇌뿐이었던 것이 언제였냐는 듯 마치 다른 존재가 빙의해 몸을 움직이는 것 같았다.

미사토가 놀란 눈으로 바라봤다.

히트의 약효 때문일까, 세상을 떠난 구조의 힘 덕분일까. 이제는 중요하지 않았다. 시간이 제한된 마법이라는 것을 안다. 그 시간 안에 반드시 모든 것을 끝내야만 한다.

"아직 그 정도 체력이 남아 있다면 분명 둘이서도……."

마키하타가 미사토의 말을 저지했다. 그녀의 어깨에 손을 얹고 얼굴을 똑바로 마주 봤다.

"미사토 씨가 문을 열어요. 내가 폭탄을 던져 돌파구를 만들 테니까 당신은 문 뒤에 숨어 있어요. 그다음에는 무조건 내 뒤에 붙어서 따라와야 해요. 현관홀에 도착하면 바로 문을 부술 거예요. 당신은 탈출해서 현경에 구조 요청을 해요. 그동안 나는 여기서 까마귀를 막을게요.”

“하지만…….”

“이번에는 반드시 구할 거야.”

입 밖으로 내뱉은 순간 별안간 마음이 홀가분해졌다.

그날 이후 가슴속에 묻어두었던 마음을 이제야 비로소 꺼낼 수 있었다. 이 여자를 구할 수만 있다면 나는 내 정의를 지킬 수 있다. 과거에 구하지 못한 생명에게 속죄할 수 있다.

“당신만은 반드시 살아서 돌아갈 겁니다. 자, 문을 열어요.”

한쪽 눈을 잃고 피로 범벅이 된 얼굴로 마키하타가 사나운 기세로 말했다. 말을 이으려던 미사토는 그 기백에 눌려 말을 삼켰다.

즉석으로 만든 폭탄 하나를 손에 들었다. 마비된 줄 알았던 콧속을 자극적인 냄새가 찌르고 들어오자 그제야 병 속에 든 내용물이 얼마나 위험한지 깨달았다. 그 흉포한 기운이 병에서 팔로, 팔에서 뇌로 전달됐다.

미사토가 문손잡이를 잡았다.

“열게요.”

문이 거세게 열렸다.

그와 동시에 어슴푸레한 저편에서 시커먼 덩어리가 달려

들었다. 하지만 두렵지 않았다. 그 덩어리의 중심을 향해 병을 힘껏 내던졌다.

검은 무리가 병을 집어삼킨 순간.

둔탁한 폭발음과 함께 까마귀 떼의 뒤에서 주황색 불길이 일었다.

마키하타는 불꽃의 지름이 1미터를 넘어설 때까지밖에 볼 수 없었다. 곧바로 휘몰아친 폭풍에 몸이 뒤쪽으로 강하게 날아가 버렸기 때문이다.

소리를 압도할 만큼 격렬한 불길. 그리고 불길보다 맹렬한 폭풍이 순식간에 덮쳐왔다. 엉덩방아를 찧은 마키하타는 불덩이가 된 까마귀 몇 마리가 벽과 사무 집기에 처박히는 광경을 뚫어지게 쳐다봤다. 그러다가 문득 복부에 이상한 느낌이 들어서 시선을 내리자 까맣게 탄 까마귀 사체 두 구가 달라붙어 있었다. 자세히 보니 한쪽 날개와 목이 잘려 있었다.

생각보다 연기는 많이 나지 않아서 폭발이 일어난 중심 지점이 어렴풋이 보였다. 까마귀 떼로 새까맣던 문 주변은 형체를 알아볼 수 없을 정도로 쑥대밭이 됐다.

예상을 뛰어넘는 위력이었다.

반드시 이길 수 있다.

자신이 만든 폭탄의 위력에 반쯤 넋이 나간 미사토의 어깨를 두드리고는 남은 병 중 두 개를 집어 들었다.

"하나는 미사토 씨가 갖고 있어요."

문을 나섰다. 알코올이 타는 냄새가 코를 찌르는 가운데 복도를 가로지르자 현관홀 한가운데에 둥지를 튼 적이 보였다. 하나 남은 눈으로 원근감을 파악하기 어려워서 거리를 가늠할 수 없었다. 기억이 맞다면 지금 서 있는 곳에서 십여 미터도 떨어져 있지 않겠지만 지금 체력으로는 폭탄을 그곳까지 던질 수 있을지 자신이 없었다. 확실하게 하려면 역시 가까이 다가가야 했다.

그리고 한 걸음 내디뎠을 때 강한 충격이 왼쪽 어깨를 덮쳤다.

부리가 반 이상이나 박혔다. 순간 손에 들고 있던 폭탄을 놓칠 뻔해서 떨어뜨리지 않으려고 억지로 팔을 들어 올렸지만, 손이 머리 위로 올라갔을 때 손가락에서 힘이 빠지고 말았다.

폭탄이 2미터 앞에 떨어졌다.

붉은 섬광이 번쩍이며 묵직한 폭발음이 사방의 벽을 흔들었다.

몇 초간 정신을 잃은 마키하타는 충격파로 벽까지 밀려나 짓눌려졌다가 두세 번 머리를 흔든 뒤 겨우 정신을 차렸다. 귓속에는 아직도 날카로운 이명이 울렸다. 다시 자세히 보니 하얀 연기에 가려진 저편에 여전히 검은 덩어리가 있었다. 방금 터진 폭탄에도 흩어지지 않은 모양이었다.

혹시…….

야생동물은 대체로 사람보다 소리에 민감하다. 그 예민한 청력이 지나치게 큰 폭발음 때문에 과부하를 일으켜 일종의 쇼크 상태에 빠진 것 아닐까?

몸이 머리보다 먼저 움직였다. 이번에는 방해하는 적도 없었다. 땅을 박차고 달려 나가 오른팔을 머리 위로 크게 휘두르며 까마귀 떼의 중심에 폭탄을 힘껏 던졌다. 그리고 그것이 완만한 포물선을 그리며 목표 지점에 떨어지는 모습을 곁눈으로 확인하며 충격파를 피하기 위해 바닥에 엎드렸다.

몸을 한껏 웅크렸다. 그런데…….

폭발음이 들리지 않았다.

병이 깨지는 소리만 났다.

불발. 약품이 화학반응을 일으키지 않은 것인가.

온몸에서 피가 빠져나가는 기분이었다. 그런데 그때.

따닥, 하고 발화하는 소리가 검은 덩어리 속에서 새어 나왔다. 그와 동시에 푸르스름한 불꽃이 치솟았고 그 불길은 바닥을 기어가며 넓게 번졌다.

까마귀 떼가 갈기갈기 찢어졌다.

화학약품을 뒤집어쓰고 푸른 불길에 휩싸인 까마귀들이 분노인지 비명인지 알 수 없는 소리로 울부짖으며 일제히 하늘로 날아올랐다. 사납게 난무하는 불길에 현관홀이 순식간에 밝아졌다.

다시 오지 않을 단 한 번의 기회.

마키하타는 일어서려고 몸을 일으켰다. 그런데…….

무릎 아래가 움직이지 않았다.

균형을 잃고 손으로 바닥을 짚었다.

거의 다 왔는데.

스스로가 한심해서 아랫입술을 꽉 깨물었다.

그러고는 뒤를 돌아보며 소리쳤다.

"문을 부숴요! 어서!"

등 뒤에 못 박힌 듯 서 있던 미사토가 퍼뜩 정신을 차리고는 달려갔다.

미사토가 들고 있는 마지막 폭탄이 얼마만큼 위력이 있을지는 몰랐다. 하지만 지금 두 사람에게는 이 병 하나만이 유일한 희망이었다.

현관을 향해 내달리는 미사토가 몸을 웅크린 마키하타의 옆을 지나갔다.

그때, 화염에 휩싸인 까마귀 한 마리가 무서운 속도로 이쪽을 향해 날아왔다. 두 사람을 공격하려는 목적이 아니라 탈출구를 찾아 나가려 몸부림치는 듯 보였다.

비상계단으로 이어지는 방화문 근처에서 까마귀가 미사토를 스치듯 지나갔다. 그리고 바로 그 순간.

건물 전체를 뒤흔드는 굉음과 함께 방화문 틈 사이로 적갈색 불길이 거세게 일었다.

마녀의 심복

방화문이 세차게 열리다 못해 경첩까지 끊어지며 날아갔다.

마키하타의 몸이 열풍에 휩쓸려 허공으로 솟구쳤다. 벽에 부딪히기 직전, 자신처럼 공중으로 날아오른 사무 집기들과 미사토가 보였다.

후두부에 강한 충격을 느꼈고, 그대로 바닥에 내던져졌다. 차라리 고통을 느끼지 않도록 기절하고 싶었지만 피부를 태우는 열풍이 안식을 허락하지 않았다.

뿌연 한쪽 눈을 억지로 뜨고 살피니 주변은 눈 깜짝할 사이에 불지옥으로 변해 있었다. 소파와 책상은 물론 바닥, 벽, 게시물 등 모든 것이 불타올랐다. 급상승한 공기가 바람을 일으켰고, 그 바람을 타고 불길이 크게 번졌다. 그리고 강해진 화력을 등에 업은 불길이 또다시 거센 바람을 일으켰다.

비상구에서 쉬지 않고 불길이 치솟았다. 굉음을 일으키며 불이 타오르는 소리 사이로 간헐적인 작은 폭발음도 들렸다. 지하에서는 건축자재가 부서지는 소리가 바닥을 타고 전해졌다.

손에 든 폭탄에 불이 붙어 폭발하고 만 것이다.

미사토는 어디 있지?

마키하타의 눈이 더듬더듬 미사토를 찾았다. 맹렬하게 날름대는 불길에 홀은 이제 대낮처럼 밝았지만 쓰러진 비품과 불길이 어지럽게 뒤엉켜 미사토가 어디 있는지 보이지 않았다. 그러다가 마침내 홀 구석, 옆으로 쓰러진 책장 사이로 삐져나와 있는 다리를 발견했다.

다리가 말을 듣지 않아서 기어갈 수밖에 없었다. 원래라면 차가워야 할 리놀륨 바닥이 지금은 한여름의 아스팔트처럼 지글거렸다.

손바닥이 타들어 가는 듯한 고통을 참으며 간신히 그곳에 다다랐다. 책장을 밀어내자 미사토의 몸이 굴러 나왔다. 그녀의 모습을 확인한 마키하타는 숨을 삼켰다. 건물을 날려 버릴 정도의 격렬한 폭발 속에서도 다행히 사지는 붙어 있었다. 하지만 옷은 거의 타거나 갈가리 찢어져 반나체 상태였고 드러난 피부에도 온통 화상을 입었다. 미사토를 조심스럽게 안아서 일으켰다. 얼굴은 마치 죽은 사람처럼 생기가 없었고 눈도 깜빡이지 않았다. 맥박을 확인했다. 여전히 뛰고는 있지만 아주 미약했다.

미사토는 오른손으로 병 주둥이 부분을 꽉 쥐고 있었다. 병은 비어 있었다. 폭탄이 폭발할 때 충격파로 몸이 날아가면서 병에 든 약품이 미사토의 피부에 쏟아져 심각한 화상을 입혔을 수도 있었다. 이제 확실한 사실은 두 사람이 탈출할 수단은 없다는 것이다. 사람 키만 한 락커가 바깥쪽에서 현관을 막은 채 기대어 서 있었다. 마키하타에게 아무런 힘도 남아 있지 않은 지금 현관을 돌파하려면 폭탄이 반드시 있어야 했다.

날아가 버린 것도, 불에 탄 것도 많을 텐데 아직도 상당히 많은 까마귀가 천장 가까이에서 맴돌고 있었다. 유리창은 거의 다 깨져 탈출구가 생겼음에도 놈들이 여전히 이곳을 맴도는 이유는 이 지경에 이르러서도 두 사람의 몸을 노리는 본능 때문이었다.

바닥을 타고 번지는 불길이 벌써 코앞까지 닥쳤다. 뜨거운 바람도 점점 강해져 그 압력만으로도 몸을 가눌 수 없을 정도였다. 두 사람은 몇 분 안에 불에 타 죽거나 건물에 깔려 죽을 것이 분명했다.

이제 끝이다. 그 생각이 들자마자 정신이 아득해졌다. 등을 노리는 불길이 뒷머리를 핥았다.

마키하타는 미사토를 끌어안고는 흠칫 놀랐다.

너무나도 부드럽고 가녀린 몸.

이렇게 연약한 사람을 구하지 못했다.

미안해요. 그렇게 중얼거리며 조용히 눈을 감았다.

그 순간이었다.

가까운 곳에서 다시 유리 깨지는 소리가 들렸다.

기물이 쓰러지는 소리.

불기둥이 치솟는 소리.

그리고 성난 고함.

갑자기 어깨에 손길이 닿았다. 멀어지던 의식을 누군가 뒤에서 꽉 붙잡아 현실로 다시 끌어냈다. 품에 미사토를 안은 채 몸이 둥실 떠올랐다. 아무래도 누군가가 옮기고 있는 듯했다.

피부에 닿는 공기가 순식간에 열기를 잃었다. 감은 눈 너머로 빛이 점점 멀어졌다.

"마키하타!"

겨우 눈을 뜨자 와타세가 보였다.

마키하타는 입을 달싹였다.

"바보 같은 놈! 말하지 마. 이 이상 뭘 더 하려고 하면 다시 저 불바다에 던져 버릴 테니까."

"그래요. 설명 안 해도 이 상황을 보면 무슨 일이 있었는지 알 것 같습니다."

이번에는 나나오 규이치로의 목소리인가.

화상을 입은 살갗에 이따금 차가운 무언가가 닿았다.

눈, 그리고 자연의 바람.

살았구나.

"……허참, 사고 한번 요란하게도 쳤구만. 너답지 않은 짓인데. 설마 구조가 빙의라도 한 거야?"

고개를 돌리니, 연구소를 집어삼킨 선명한 불길이 하늘까지 붉게 물들이고 있었다.

노크 소리가 들리더니 대답할 새도 없이 문이 열렸다.

"몸은 좀 어때."

짐작한 대로 와타세였다. 병문안 온 사람답지 않게 언짢은 표정은 평소와 같았다.

와타세는 침대 옆에 세워 놓은 목발을 힐끗 보더니 물었다.

"다음 달이면 붕대를 푼다고?"

"네, 걱정해주신 덕분입니다."

"전치 8주라고 했던가? 그렇게 끔찍한 일을 겪었는데 이 정도로 끝난 게 천만다행이야. 하늘에 감사할 일이야."

"히트에게 감사해야죠? 게다가 완치한다고 해도 몸에 남아 있는 히트 때문에 검사는 계속 받아야 해요. 당분간 여기가 제집이나 마찬가지예요."

"그만 투덜대. 도쿄의 세 사건을 일으킨 소년들처럼 경찰 병원에 갇힌 게 아닌 것만으로도 감사하게 생각해. 아아, 그리고 네가 제출한 사직서, 보류했어. 다른 데는 어떨지 몰라도 우리 1과는 늘 사람이 부족해서. 그렇게 쉽게 놓아줄 수 없다고."

"하지만 몸이 이래서야……."

"눈 하나 잃은 게 대수야? 눈 두 개 멀쩡히 달려 있어도 밥값 못하는 형사가 얼마나 많은데."

아니다.

한쪽 눈만 잃은 것이 아니다.

그토록 지켜주겠다고 맹세했는데.

미사토는 지금도 중환자실에 있다. 간신히 숨은 붙어 있지만 온몸의 30퍼센트는 화상을 입었고 중증 타박상도 열 군데가 넘었다. 병원에 실려 온 뒤에도 의식을 한 번도 회복하지 못하며 여전히 사경을 헤매고 있었다. 설사 의식을 회복한다고 해도 얼굴 반쪽에 남은 화상 흉터를 보고서 삶의 의지가 꺾이지 않을지 걱정됐다.

분명 목숨은 지켰다. 하지만 폐인이나 다름없이 목숨만 연장하는 삶이 무슨 의미가 있을까. 마키하타를 바라보던 열기를 품은 강렬한 눈빛도 이제 더는 볼 수 없고 온기를 나눠주던 피부마저 생명 유지 장치에 둘러싸여 생기를 잃었다. 자신이 지키고 싶었던 것은 손가락 사이로 흘러내려 놓치고 말았다. 기류가 개발하고 있었다던 히트의 해독제를 만드는 방법을 알아냈다면 그나마 위안이 됐겠지만 데이터는 연구소와 함께 잿더미가 되었고, 데이터를 직접 목격한 미사토가 혼수상태에 빠진 지금으로서는 할 수 있는 일이 없었다.

그런데도 자신은 이렇게 뻔뻔하게 살아남았다. 히트의 약효 덕분에 죽을 고비를 넘겼을 뿐 아니라, 의사의 설명으로는 출혈이 심했던 것이 오히려 전화위복이 되어 히트가 몸에 쌓이지 않고 밖으로 배출됐다고 한다. 그 덕분에 후유증도 거의 없다고. 결국 히트 덕분에 목숨을 구한 것이나 마찬가지인데 그것을 생각하면 스스로를 찢어발기고 싶었다.

아무도 구하지 못했고 아무것도 지켜내지 못했다.

결국 또 실패하고 말았다.

고개를 떨구자 와타세도 마키하타의 심정을 눈치챘는지 말을 잇지 못했다. 불편한 침묵이 감돌았다.

그때 간호사가 문을 열고 얼굴을 빼꼼히 내밀었다.

"마키하타 씨, 재활 치료 시간인데요……."

"아, 그럼 나는 여기서 기다릴게."

"반장님. 괜찮으시다면 같이 가주시겠어요? 보호자가 있으면 밖에 나가서 재활 치료를 받을 수 있거든요."

크리스마스가 다가왔지만 오늘은 햇살이 따뜻해서 날씨가 마치 3월 같았다. 새들이 나뭇가지에 앉아 지저귀는 가운데 보호자와 함께 외출한 환자들이 포근한 햇살을 즐기고 있었다. 마키하타에게는 다소 현실감 없는 풍경이었다.

사흘 전부터 재활을 시작해서 아직 목발을 짚고 걷는 데 익숙하지 않았다. 마키하타는 병원 생활을 하면서 굳은 몸을 실감하며 불안한 걸음으로 재활 치료 코스를 걸었다.

"사건은 어떻게 됐습니까?"

"입건은 어려워. 너도 예상은 했잖아. 동굴에서 발견된 구조와 아기의 시신으로 까마귀가 범인이라는 건 밝혀냈지만 피의자가 까마귀 떼라니 답이 없잖아. 결국 이번 사건들은 사고로 처리해야 맞다는 게 윗선의 판단이야. 게다가 사건의 핵심인 스턴버그 제약에 대해서는 정황 증거만 있어서 검찰을 움직이기도 힘들지. 결정적으로 그다음 날 바로 경찰청과 후생노동성이 개입하면서 스턴버그 제약에 대한 조사는 그쪽으로 넘어갔어. 외국 기업 소유인 건물이 완전히 불에 탔잖아. 이제는 현경 차원에서 다룰 문제가 아니지. 사건의 규모를 따져 보면 그렇게 되는 것도 당연해."

모두 예상한 결과였기에 마키하타는 헛웃음만 나왔다.

앞으로 어떻게 흘러갈지도 쉽게 상상이 갔다. 비록 경찰청이나 다른 정부 부처에서 수사를 맡는다고 해도 물증이 부족하다는 사실은 달라지지 않는다. 더구나 상대는 여러 차례 의혹을 받으면서도 지금까지 단 한 번도 법의 심판을 받지 않은 거대 기업이다. 아마 이번에도 완벽하게 빠져나갈 것이다. 그리고 유럽의 눈치를 보는 외무성이 사건을 덮어달라고 조만간 요청하겠지.

그렇게 아무도 심판받지 않고 누구도 책임을 지지 않을 것이다. 그토록 많은 이가 피를 흘리고 그토록 많은 이가 목숨을 잃었는데도.

"그런데 마키하타. 사건의 결말이 신경 쓰이겠지만 그건 본질이 아니야."

"본질이…… 아니라고요?"

"실은 그날 이후 마음에 걸리는 사건이 일어났거든. 연구소가 불타고 일주일쯤 지났나? 현장 근처를 어슬렁거리던 들개가 장을 보러 가던 주부를 갑자기 덮쳤어. 단순히 문 게 아니라 말 그대로 덮쳤지. 오른손 손목과 하반신이 너덜너덜해졌는데 그야말로 잡아먹힐 뻔했다는 말이 어울릴 정도였대. 주변에 있던 남자 몇 명이 힘을 합쳐 겨우 그 개를 처리했는데……, 그 개를 부검했더니 몸에서 히트가 검출됐어."

마키하타가 걸음을 멈췄다.

그날, 불에 타죽지 않고 창문으로 탈출한 까마귀도 많았을 것이다. 하지만 히트에 오염됐다고 불멸의 존재가 되는 것은 아니다. 사고나 굶주림, 또 다른 이유로 당연히 죽기도 했다. 죽은 까마귀의 체액, 혹은 히트에 오염된 동물의 배설물이 땅과 지하수에 스며든다면…….

마키하타는 몸서리쳤다. 사건은 아직 끝나지 않았다. 오염물질인 다이옥신이 퍼지는 방식을 생각하면 앞으로 사건은 점점 더 커지리라. 현장 근처의 식수나 농작물에 히트가 녹아들었을 수도 있다. 아니, 현장 주변에만 그치지 않을 것이다. 만약 그 까마귀들이 새로운 먹이터를 찾아 도심으로 이동한다면…….

등골에 소름이 돋았다.

모든 것이 끝난 줄 알았는데 아니었다.

이것은 또 다른 서막에 불과했다.

그때 공포에 기름을 붓는 소리가 들렸다.

까악.

정신이 번쩍 들어 올려다보니 나뭇가지에 까마귀가 앉아 있었다.

정수리의 털이 삐죽 솟은, 한쪽 눈이 사라진 까마귀.

하나밖에 남지 않은 검은 눈이 마키하타를 똑바로 응시했다.

마치 조롱하는 눈빛으로.

마키하타는 불현듯 깨달았다.

오냐.

네놈이 우두머리구나.

적이 무슨 생각을 하는지 알겠다.

놈도 눈 하나를 잃었고, 나도 눈 하나를 잃었다.

끝장을 보러 왔구나.

목발을 고쳐 잡았다.

그것이 신호라도 된 양 까마귀가 날개를 활짝 펼쳤다.

그제야 이상한 낌새를 눈치챈 와타세를 마키하타가 밀어냈다.

까마귀가 날아올랐다.

목발을 휘둘렀다.

그리고 그 순간, 시야가 새까맣게 물들었다.

우리가
나카야마 시치리를
사랑하는 이유

거장이나 인기 작가의 초기작품을 만나는 것은 작가가 독자적인 스타일, 세계관, 명성을 구축하기 전에 어떤 씨앗을 심고 어떻게 싹을 틔웠는지 확인하는 흥미진진하고 매력적인 시간입니다. 현재는 어엿한 정원사로 성장한 작가의 거칠지만 순수했던 시절을 엿볼 수 있는 시간여행 같은 작업이죠.

늦다면 늦은 나이에 작가로 데뷔한 나카야마 시치리는 데뷔 시절에도 워낙 능숙하게 독자의 마음을 사로잡아서 데뷔한 지 오래되지 않은 작가라는 사실을 잊게 하는 매력이 있었습니다. 하지만 그런 나카야마 시치리에게도 자신의 정원을 가꾸기 위해 씨앗을 심던 시절이 있습니다. 마녀와 까마귀. 서늘하고 불길한 잔혹동화를 떠올리게 하는 소재로 엽기 살인과 거대 제약회사의 음모를 그려낸『마녀는 되살아난다』가

바로 그 씨앗 중 하나입니다.

『마녀는 되살아난다』는 일본에서 2011년에 출간됐지만 사실 2010년에 출간된 작가의 데뷔작『안녕 드뷔시』보다 먼저 완성된 작품입니다.

나카야마 시치리는 제8회 '이 미스터리가 대단해!' 대상에서『안녕 드뷔시』로 대상을 수상하며 데뷔했는데, 이때 출품한『안녕 드뷔시』와『연쇄 살인마 개구리 남자』가 모두 최종 심사에 오르는 기염을 토했습니다. 대상은『안녕 드뷔시』로 선정됐지만 이후 출간된『연쇄 살인마 개구리 남자』도 작가의 대표작으로 많은 사랑을 받고 있죠.

그런데 작가는 이 공모전 전에 이미 제6회 '이 미스터리가 대단해!' 대상에 참가한 적이 있습니다. 그때 제출한 작품이 바로『마녀는 되살아난다』입니다. 그러니까 데뷔작보다 더 먼저 집필한 작품인 셈이죠. 그때도 최종 심사까지 올랐지만 '제약회사의 음모'라는 소재가 식상하다는 평을 받으며 아쉽게도 수상은 불발됐습니다. 그러나 한편으로는 나카야마 시치리의 뛰어난 필력을 칭찬하며 작가로 데뷔해야 한다고 높게 평가한 심사위원도 많았습니다. 그리고 이후 작가는 제8회 '이 미스터리가 대단해!' 대상에서 그 사실을 증명했고, 데뷔 후 꾸준히 왕성한 작품 활동을 벌이면서 여전한 실력을 과시하고 있습니다.

어느 날, 사이타마현의 한 외곽 지역에서 시신이 갈기갈기 찢긴 채 버려진 참혹한 엽기 살인 사건이 일어납니다. 피해자는 사건 현장 근처에 있는 한 제약회사의, 지금은 폐쇄된 연구소에서 근무하던 연구원이었습니다. 사이타마현경은 사건 수사를 시작하고, 수사 과정에서 피해자가 신종 마약 관련 사건과 연관이 있다는 사실이 밝혀지며 사건은 점입가경으로 치닫습니다.

『마녀는 되살아난다』는 독일의 한 제약회사의 일본 지사 연구소에서 개발하던 신종 마약 '히트'를 둘러싸고 펼쳐지는 이야기입니다. 사건 현장과 연구소를 맴도는 불길한 까마귀, 삿된 기운을 내뿜는 폐쇄된 연구소의 비밀, 음모를 품고 있는 비밀스러운 약이 시종일관 서늘하고 불온하고 불길한 분위기를 자아내면서 작품은 물론 독자까지 지배하는 작품입니다.

그리고 비밀스러운 마약 '히트'를 둘러싼 이야기는 『마녀는 되살아난다』에서 끝나지 않고 2012년에 일본에서 출간된 『히트업』으로 이어집니다. 『히트업』은 『마녀는 되살아난다』에서 잠깐 등장한 간토신에쓰 후생국 마약단속부의 나나오 규이치로가 주인공이 되어 야쿠자 간부와 협력해 '히트'를 둘러싼 복잡한 사건을 해결하는 작품입니다. 이 과정에서 이야기의 무대는 경찰 조직과 더 넓은 사회 시스템으로 확장되며, 후더닛을 중심으로 한 서스펜스 스릴러이자 모험 활극으로 긴장감 있게 펼쳐집니다. 『마녀는 되살아난다』에서 미처 다 풀지 못한 '히트'의 또 다른 이야기는 국내에서도 출간 예정인 『히트업』에서 만날 수 있습니다. 이 작품 또한 나카야마 시치리 작가의 초기작으로서 색다른 매력을 느낄 수 있으리라 생각합니다.

한편 나카야마 시치리 월드를 사랑하는 독자라면 이 작품에서 반가울 얼굴이 두 명 있습니다. 바로 사이타마현경의 '와타세 경부'와 '고테가와'입니다. 와타세 경부는 작가가 선보인 다양한 시리즈 중 와타세 경부 시리즈인 『테미스의 검』과 『네메시스의 사자』 등에서 만나 볼 수 있습니다. 또한 고테가와는 『연쇄 살인마 개구리 남자』, 『연쇄 살인마 개구리 남자의 귀환』, 『속죄의 소나타』, 『살인마 잭의 고백』, 『히포크라테스 선서』 등에 등장합니다. 작가의 왕성한 집필 활동 덕분에 위에 언급한 작품 외에도 다양한 작품에 와타세 경부와 고테가와가 직간접적으로 등장하니 또 어느 작품에서 이들을 만날 수 있을지 찾아보는 재미도 나카야마 시치리 월드의 별미일 것입니다.

'반전의 제왕'이라는 이름으로 '나카야마 시치리 월드'를 구축하며 데뷔 후 십 년 넘게 꾸준히 사랑받는 작가 나카야마 시치리. 『마녀는 되살아난다』는 바로 그런 작가의 다소 투박하지만 순수한 열정, 정제되지 않은 대담함이 가득한 작가의 원점이자 밑거름이 된 작품입니다. 매력적인 정원사 나카야마 시치리의 프롤로그와도 같은 작품이죠.

저는 이 작품을 번역하면서 반갑고도 그리운 기분이 들었습니다. 십수 년 전에 작가의 작품들과 처음 만나면서 느꼈던, 나카야마 시치리 초기작에서 느낄 수 있는 특유의 패기를 오랜만에 다시 느낄 수 있었기 때문입니다. 조금 요란을 떠는 것 같아 민망하지만 향수를 불러일으키는 듯한 느낌에 애틋한 마음마저 들었습니다. 그렇게 제가 나카야마 시치리에게 첫눈에 반할 수밖에 없었던 이유를 다시금 깨달았습니다.

독자마다 나카야마 시치리를 좋아하는 저마다의 이유가 있겠지만, 작가가 데뷔한 지 15년이 된 시점에서 만나는 『마녀는 되살아난다』는 우리가 나카야마 시치리를 사랑할 수밖에 없는 이유를 되짚어 볼 수 있는 작품이 되지 않을까 생각합니다. 반전의 제왕이 아직 왕관을 쓰기 전에 심었던 씨앗이 궁금한 독자에게 이 작품이 더할 나위 없는 선물이 되기를 바랍니다.

2026년 겨울
문지원

마녀는 되살아난다

1판 1쇄 인쇄 2026년 1월 18일

1판 1쇄 발행 2026년 1월 28일

지은이 나카야마 시치리 **옮긴이** 문지원

발행인 송호준 **편집장** 민현주 **총괄이사** 황인용

표지 디자인 박진범 **본문 디자인** 송재원

마케팅 소금 **제작** 송승욱 **제작처** 블루엔

발행처 블루홀식스 **출판등록** 2016년 4월 5일 제 2016-000100호

주소 경기도 파주시 회동길 483-1 **전화** 031-955-9777 **팩스** 031-955-9779

이메일 blueholesix@naver.com

ISBN 979-11-93149-67-6 03830